M000206880

El mercader de la muerte

Gervasio Posadas

El mercader de la muerte

Papel certificado por el Forest Stewardship Council®

Primera edición: abril de 2020

© Gervasio Posadas, 2020
© 2020, Penguin Random House Grupo Editorial, S. A. U.
Travessera de Gràcia, 47-49. 08021 Barcelona

Printed in Spain – Impreso en España

ISBN: 978-84-9129-360-6
Depósito legal: B-4147-2020

Impreso en Rodesa, Villatuerta (Navarra)

SL93606

Penguin
Random House
Grupo Editorial

Aunque quede feo, este libro quiero dedicármelo a mí; por los años, las noches, las vacaciones y los fines de semana en los que me ha hecho sufrir casi tanto como disfrutar.

«Los destinos de las naciones eran su deporte; el movimiento de tropas y los asuntos de los gobiernos, su pasión. Buscando la guerra, este misterioso personaje recorría la torturada Europa».

LORD BEAVERBROOK, político y periodista británico

«Pides su partida de nacimiento, ¡ay! Un incendio destruyó el registro de la iglesia. Buscas un documento sobre él en los archivos; la carpeta aparece, pero está vacía».

ROBERT NEUMANN, *Zaharoff, el rey del armamento*

«Desmentida la muerte de *sir* Basil Zaharoff. Una vez más, como tantas otras, la noticia del fallecimiento del hombre más misterioso del mundo resulta ser falsa. Se le ha visto esta mañana almorzando en el Hotel de París de Montecarlo».

The New York Times, 29 de junio de 1933

Introducción

Cuando era pequeño, la afición de mi familia por los libros de Tintín nos llevaba a mis hermanas y a mí a organizar concursos de preguntas y respuestas sobre las aventuras del pequeño reportero belga. A medida que pasaba el tiempo, las preguntas se volvían más y más difíciles, hasta llegar a los nombres de personajes que apenas aparecían en un puñado de viñetas. Uno de estos figurantes era Basil Bazaroff, un traficante de armas que aparecía en *La oreja rota* y que vendía armas al mismo tiempo a la república de San Theodoros y al vecino estado de Nuevo Rico. Después, durante muchos años olvidé completamente su existencia.

Como la inspiración aparece en los lugares que menos esperas, recientemente empecé a releer a Tintín y me encontré de nuevo con este personaje. La curiosidad me llevó a Google y a descubrir que Bazaroff era el trasunto poco disimulado de Basil Zaharoff, una figura ahora olvidada de la que apenas existen media docena de fotografías, pero de enorme trascendencia, especialmente en los primeros años del siglo xx. Por si fuera poco para despertar mi interés, la vida del llamado millonario más misterioso del mundo estaba llena de aventuras imposibles, anécdotas sin verificar y conspiraciones ocultas de todo tipo, el terreno perfecto para la fabulación. Sin embargo, esta novela no pretende ser solo un retrato del más célebre de los mercaderes de la muerte de la época, sino también reflejar el estado de ánimo de la Europa de entreguerras, un continente que aún sufría el trauma de la Primera Guerra Mundial, que se debatía entre quienes querían impedir un nuevo conflicto a toda costa y quienes creían que solo las armas arreglarían las injusticias del Tratado de Paz de Versalles. Por ese motivo, junto a Zaharoff aparecen otros personajes que estuvieron próximos a él o que son representativos de aquella época. Si se toman la molestia en comprobarlo, verán que los espías, timadores, asesinos, mayordomos, porteros de hotel o miembros de la realeza que figuran en esta novela aparecen en los libros de historia, bien como protagonistas, bien como simples notas a pie de página. A todos ellos he intentado dar vida sin traicionar la que creo que debía de ser su esencia para narrar una trama que en sus elementos principales también está basada en hechos reales.

PRIMERA PARTE

I

Los primeros rayos iluminaban la bahía de Mónaco. Sobre las aguas tranquilas de la mañana, distinguí un cuerpo flotando entre los veleros amarrados en esa parte del puerto. Un par de hombres, utilizando un bichero, intentaban sacarlo del agua. A pesar de llevar toda la noche despierto, la curiosidad me empujó a acercarme para ver qué pasaba. Un tipo grande, con un buen traje que no disimulaba su aspecto de policía o detective privado, me cortó el paso.

—*S'il vous plais, monsieur, pas votre affaire* —dijo con corrección, pero con firmeza, mientras me indicaba que siguiera mi camino.

Hice amago de obedecer y retrocedí. Cuando mi interlocutor giró la cabeza, entré en el siguiente pantalán, desde donde, oculto por los barcos, podía observar bastante bien la escena. Los dos individuos del bichero acababan de sacar del agua un cuerpo. Parecía un hombre de mediana edad, gordo, con la cara marcada de viruela, vestido con un esmoquin, o al menos un traje oscuro. Y claramente estaba muerto. Los tipos, sin mucha consideración, revisaron los bolsillos del cadáver. Encontraron la cartera, pero me dio la sensación de que, en vez de sacar nada, metían unos cuantos billetes en ella. Luego volvieron a tirar el cuerpo al agua, se sacudieron las manos y se dirigieron hacia la salida del puerto como si tal cosa. Estupefacto, no supe qué hacer. ¿Qué significaba aquello? ¿En vez de buscar documentación o dinero le dejan una propina al fiambre?

—*Vous inquietez pas, monsieur, c'est normal ici* —dijo una voz a mi espalda en un francés rasposo con acento italiano. Me di la vuelta y vi a un hombre de pelo blanco que, con la colilla de un cigarrillo en el extremo de la boca, recogía un cabo entre el codo y la mano—. Son empleados del casino. Ya sabe la mala publicidad que dan los suicidas a su negocio. En cuanto sale una noticia así en los periódicos franceses empiezan los de siempre a lamentarse de lo malo que es el juego, de cómo arruina a los hombres más sensatos, cómo los empuja a la muerte. Por eso los del casino están siempre pendientes; cuando aparece un cuerpo se las apañan para llegar antes que la policía y llenarle de billetes los bolsillos. Ya sabe, ¡ningún jugador se suicida si todavía le quedan aunque sea cinco francos en la cartera! —exclamó con una carcajada sorda. Le interrumpió un ataque de tos, soltó un esputo que cayó en el agua y luego volvió a sonreír con su dentadura incompleta—: *Bienvenue a Monte-Carlo!* Como dirían en el casino: «*Ici la maison gagne toujours!*», ¡la banca siempre gana!

Rien ne va plus. Sin embargo, no había ido a Mónaco a apostar a la ruleta, sino a jugarme mi futuro.

Mientras aún le daba vueltas al episodio que acababa de presenciar, busqué una pensión barata cerca del puerto y me di cuenta de que muchas todavía no habían abierto. El otoño era un periodo muerto entre el verano, cada vez más de moda gracias a las excentricidades de los turistas americanos, los primeros en empezar a adorar al sol, y la tradicional temporada de invierno, la de toda la vida en la Riviera, según las crónicas de sociedad. Finalmente encontré una que debía de estar cerca del mercado, a juzgar por el olor a pescado que llenaba la recepción.

—*José Ortega, espagnol, journaliste* —dijo el propietario mientras sostenía a la altura de los ojos la ficha de registro y la observaba a través de sus viejos quevedos—. Ya que se trata de un huésped distinguido, ¿le gustaría disfrutar de nuestra suite con vistas? Son solo unos francos más.

Las vistas resultaron ser a un callejón donde los gatos se disputaban los restos de la mercancía que tiraban los del mercado. Entre dos edificios se podía entrever una muy estrecha franja del azul del Mediterráneo. El tratamiento a los clientes de las presuntas suites también incluía un buen café au lait y un cruasán en el comedor de la pensión y «una selección de prensa internacional», un montón de periódicos atrasados que debían de haber dejado otros huéspedes.

Entre ellos encontré lo que casi me pareció un lujo insólito: un *ABC* de la semana anterior, del 5 de octubre de 1933. Hacía mucho que no leía prensa española y me lancé sobre las páginas con avidez: un editorial advirtiendo del peligro de la secesión de Cataluña; rumores de disolución de las Cortes y convocatoria de nuevas elecciones; las fiestas de Albacete y Antequera; también una entrevista con Herman Goering, la mano derecha de Hitler. «El alemán es un pueblo pacífico, nadie en el mundo dudará de que queremos mantener la paz a toda costa». Las palabras sonaban bien, pero al mismo tiempo los nazis anunciaban que se retirarían de la Liga de las

Naciones y de la conferencia mundial de desarme. Desde que había salido de Berlín hacía seis meses, intentaba no enterarme demasiado de lo que pasaba allí. Aún dolían demasiado los recuerdos.

Tomé unas vacaciones y, como no tenía ganas de volver a España con el rabo entre las piernas, pasé el verano en la granja de unos parientes de mi madre cerca de Lyon, reverdeciendo el francés de la escuela. Cuando quise enterarme, me había quedado sin trabajo: «Pepe. Stop. De momento no tenemos hueco para ti. Stop. Ya sabes cómo están las cosas por aquí. Stop. Te avisaré para trabajos puntuales. Stop». Veinticinco palabras exactas, para no pasarse al tramo superior de tarifa de los telegramas, menudo cabrón el redactor jefe de *El Heraldo*. De corresponsal en Berlín a desempleado. Mi carrera de periodista, que nunca había acabado de despegar del todo, pasaba, en el mejor de los casos, al purgatorio. Sin embargo, ahora que había perdido una oportunidad caída del cielo que no valoré en su momento, estaba decidido a luchar por continuar en mi profesión.

Revisé el *ABC* de arriba abajo, pero no conseguí encontrar ni rastro de la noticia que me había traído hasta allí. Había leído en la prensa francesa que Alfonso XIII se encontraba pasando unos días en Montecarlo y sabía que si lograba una entrevista, o al menos unas palabras, del rey destronado —que llevaba meses sin hablar con ningún medio—, volverían a contar conmigo, ya fuera en *El Heraldo* o cualquier otro periódico de renombre. Por ese motivo, había viajado toda la noche en tren desde Lyon, esperando que mi presa no levantara el vuelo antes de mi llegada. Estaba apostando mi futuro a una sola carta, no me quedaba más remedio.

—¿Ha venido usted a jugar? —preguntó el dueño de la pensión; y sin esperar se respondió a sí mismo—: Por supuesto, es a lo que vienen todos aquí, los ricos y los pobres, los emperadores y los plebeyos. Todos menos los ciudadanos de Mónaco, que lo tenemos prohibido por ley —dijo con un guiño.

Parecía un contrasentido que un Estado que se financiaba con el juego se lo prohibiera a sus ciudadanos, pero no me interesaban mucho las timbas, las apuestas ni ninguna de esas cosas. No obstante, resultaba lógico empezar la búsqueda de don Alfonso por el casino. ¿Qué otra cosa podía hacer en Montecarlo en esa época del año?

—Si le gusta la ruleta, le aconsejo la mesa dos y la seis. Según me ha contado un amigo crupier, son las que más ganadores dan. Y hoy es día doce; dos por seis, doce. —El dueño de la pensión parecía empeñado en enseñarme las matemáticas del juego—. Y el doce va justo antes del trece. A mucha gente le gusta el número.

12 de octubre, día de la Virgen del Pilar. El santo de mi madre. A lo mejor me traía suerte.

—Recuerde, doce, par y rojo.

2

Cuando cayó la tarde me puse mi mejor esmoquin de los tiempos en los que todavía tenía dinero, y, siguiendo las indicaciones de mi casero, tomé la Rue Grimaldi. Continué hasta la altura de la iglesia de Sainte-Dévote y ascendí por una empinada avenida que unía el centro de Mónaco con Montecarlo, el barrio donde estaba el casino. A un lado chalés y hoteles de lujo y al otro el mar. El cielo estaba encapotado y amenazaba lluvia. El viento fresco del otoño soplaba con cierta fuerza y las olas chocaban contra las rocas. Recordé el cadáver que había visto esa mañana flotando entre los barcos; por muy elegante que resultara morir en Montecarlo, no dejaba de ser estúpido suicidarte por perder los ahorros. Si fuera por eso, yo debería llevar años viendo crecer la hierba desde abajo.

La campana del tranvía que pasaba a mi lado me indicó que estaba llegando a mi destino. La avenida desembocaba en una gran plaza redonda con una fuente iluminada en primer plano, una explanada de jardines detrás con palmeras que escalaban la pendiente de la montaña y, a su alrededor, varios edificios que oscilaban entre lo majestuoso y la decoración de un pastel de boda. Obviamente me encontraba en la plaza del casino. Los coches de lujo, como perros guardianes, esperaban en perfecto orden sobre la acera. Todo olía a caro. Un rumboso guardia urbano de casco blanco, con la disposición de un guía turístico, me explicó que el edificio que tenía a mi izquierda era el Hotel de París, el más lujoso de Montecarlo, el primero del mundo en instalar, en mil ochocientos ochenta y tantos, cuartos de baño en todas las habitaciones. Enfrente, el Café de París, el lugar perfecto para una copa o un bocado rápido entre partida y partida, y a mi derecha el famoso casino y la ópera, ambos edificios construidos por Garnier, el mismo arquitecto de la ópera de la capital francesa. Solo le faltó darme un mapa de la ciudad.

El vestíbulo del casino tenía lo necesario para deslumbrar a los paletos como yo: un grandioso atrio de dos alturas con columnas romanas, el techo acristalado, los frescos de motivos mitológicos, los dorados y una gigantesca araña que pendía del techo. La gente debía de sentir más ganas de jugarse hasta el pan de sus hijos en un palacio como aquel. Sin embargo, pasada la primera impresión, me llamó la atención el aspecto de la gente que aguardaba junto a mí para comprar su entrada: yo esperaba elegantes caballeros vestidos de etiqueta acompañados de glamurosas damas llenas de joyas y pieles; lo que se veía en las películas de entonces, príncipes y princesas, duques y estrellas de la ópera, qué sé yo. En su lugar, una cola de señoras humildemente vestidas y de hombres con trajes aseados y modestos hacían cola para pagar la entrada.

—Montecarlo ya no es lo que era —dijo, adivinándome el pensamiento, un caballero de barba puntiaguda de chivo, monóculo en el ojo y un impecable frac, que estaba a mi lado.

En medio de su pelo blanco, brillaba un único mechón negro—. Desde que llegó la crisis económica se han relajado mucho las normas que regulan la indumentaria. ¡Imagínese que en verano incluso se permite la entrada sin chaqueta! No pueden perder un cliente. También es cierto que estamos fuera de temporada. Además, hoy es jueves, el día de salida del servicio, y eso siempre se nota. Los criados ya no tienen que pedir permiso a sus señores para jugar.

No respondí; mientras pagábamos la entrada, el caballero sacó un gran pañuelo y estornudó con prudencia repetidas veces. Ya dentro de la sala de juego, me tendió la mano con ceremoniosidad.

—Conde Meneses de Oliveira, para servir a *vossa* excelencia —dijo inclinando la cabeza en una reverencia algo exagerada—. ¿Es la primera vez que viene al casino? Si es así, tendrá suerte, siempre pasa. —A continuación, dio la vuelta y desapareció entre los jugadores.

—Tres, impar y falta.

El primer salón era igual de imponente y recargado que el vestíbulo, aunque por los techos altos, la luz pálida de las lámparas, la frialdad del ambiente y el continuo vaivén de gente me recordó en cierta forma a una gran estación de tren. Con el ceño fruncido y expresión reconcentrada, los jugadores se arremolinaban en torno a las mesas, algunos incluso corrían de una a otra para colocar apuestas en dos tapetes a la vez, esperando al último momento, a la intuición genial para situar sus fichas. A pesar del trasiego, el silencio era casi absoluto, roto solo por las voces de los crupieres, por la alegría contenida de la jugada ganadora y por el suspiro lastimero de los perdedores. La tensión, la esperanza, el miedo... podían verse en cada uno de aquellos rostros que seguían a la bola mientras esta buscaba su hueco en la rueda de la fortuna. En cuanto te fijabas un poco distinguías las pequeñas supersticiones o los ritos de cada cual: algunos cruzaban los dedos, otros se aplastaban la nariz o se tiraban de la oreja, había quienes apretaban en la mano o en el bolsillo algún amuleto.

De todos los vicios, el juego siempre me había parecido el más estúpido. El sexo tiene sus recompensas evidentes, el alcohol es el lubricante social imprescindible, el tabaco acompaña y los estupefacientes permiten evadirse. Por el contrario, en esa época no acababa de verle ninguna gracia a dejarse el alma en un tapete verde, a quemarme las pestañas en una interminable partida de póquer. Además, no tenía ni la paciencia ni la concentración para estar atento a los pequeños detalles o estratagemas que en el juego separan el éxito del fracaso.

Pero ya que estaba en el casino más famoso del mundo, ¿por qué no comprobar lo que tiene el agua cuando la bendicen? Por el público asistente estaba claro que no iba a aparecer por allí su majestad el antiguo rey de España a echar unas manitas, así que más valía amortizar la entrada, pasar el rato e intentar averiguar alguna información interesante entre jugada y jugada. Si es que conseguía arrancar una palabra a alguno de aquellos seres hipnotizados por el azar, lo cual no parecía fácil.

Doce, el día del Pilar, ¿no? Me acerqué a una mesa cualquiera, pedí color para poder apostar —como me indicó un impaciente compañero de partida— y puse tres o cuatro fichas al doce. No sentí ninguna sensación especial cuando la bola empezó a girar en sentido contrario al de la ruleta. Tampoco me sorprendí cuando se detuvo en el treinta y uno, impar y pasa. Coloqué de nuevo un par de fichas al doce y otro al veinticuatro, por aquello de que era el doble de la cifra inicial. Nada. En la siguiente jugada insistí en los mismos números y añadí el veintisiete, el número que correspondía a mi edad.

La bola, ante el desencanto de mis pocos compañeros de mesa, cayó en el cero.

—*Mais no, monsieur, pas comme ça, jamais comme ça!* —Era el conde portugués al que había conocido a la entrada; otra vez ese pesado—. Si continúa jugando así, en menos de cinco minutos habrá perdido todo su dinero —dijo mientras acariciaba su mechón negro. Intenté explicarle que solo estaba divirtiéndome, que ya iba a dejarlo, pero él parecía no entender de bromas—. Si se juega, se juega en serio. Antes que nada, jamás elija una mesa que acaba de abrir. Y menos aún esta.

El conde me acompañó hasta la mesa número dos, una de las que me había recomendado el dueño de la pensión. Al contrario de lo que pasaba en la anterior, estaba llena de jugadores, pero el conde consiguió abrirse camino con suavidad hasta la primera fila.

—Otra cosa fundamental, debe usted emplear un método. —Observó mi cara de pasmado a través de su monóculo y sonrió con benevolencia. Tenía un aire a un Papá Noel lisboeta, si es que existe semejante cosa—. Como en toda guerra, no puede usted atacar a tontas y a locas porque le volarán la cabeza antes de que pueda realizar un solo disparo. Debe contar con una estrategia que le permita ganar minimizando las pérdidas. Le voy a proponer una muy sencilla que hasta usted entenderá. —Estaba convencido de que me iba a hablar de algo tan aburrido como las apuestas al rojo o al negro, pero el conde parecía que tenía muchos años de casino—. Juguemos a las docenas. Divida el dinero en cuatro partes y apueste tres cuartos a falta, los números del uno al dieciocho, o a pasa, del diecinueve al treinta y seis. El resto, en el transversal correspondiente. De esta forma tiene usted cubierta al menos la mitad del tapete que elija.

Como he dicho antes, soy un poco obtuso con las sutilidades del juego, pero después de un par de jugadas acabé entendiendo más o menos de qué se trataba. Puse sesenta francos a falta y veinte del diecinueve al veinticuatro. Gané diez francos.

—¡Le felicito, señor Ortega! —dijo mi profesor con una palmada afectuosa en la espalda—. Ahora le dejo solo para que practique.

Concienzudamente, como un alumno torpe y aplicado, estuve jugando tres cuartos de hora en aquella mesa. Tuve suerte y en ese rato acumulé un capital de ciento setenta francos. El problema era que me estaba aburriendo como una ostra. Ganaba, sí, pero muy poco a poco; aquello era como picar piedra o trabajar en una oficina, estaba muy lejos de la emoción que se le suponía al juego. Harto de tanta estrategia, me lancé al campo de batalla a pecho descubierto y aposté todo lo que había ganado más otros doscientos francos al número doce y sus alrededores. Así podría perder la cantidad que me había propuesto jugar y largarme de una vez de allí.

—Doce, par y falta.

Fue como si hubiese metido los dedos en un enchufe. Cuando vi las torres de fichas que el crupier colocaba delante de mí, no podía controlar el temblor de las manos. Había ganado una fortuna. Así de fácil, en un momento, sin trabajar, sin robar, simplemente por el capricho de una bola que caía en un número y no en otro.

—¡Vaya! *Parabens,* ¡le felicito! ¡Diez mil trescientos sesenta francos! —La mano regordeta del conde me palmeó la espalda—. ¡Bien hecho! A veces el jugador tiene que olvidarse de las estrategias y hacer caso a su instinto. Ya está usted preparado para batallas más serias —dijo mientras me llevaba suavemente hacia un extremo del salón.

3

Según el conde, que me llamaba cariñosamente «*mon* élève», el siguiente y definitivo paso para entender el placer de jugar era hacerlo «entre caballeros».

—La chusma juega con tal ansiedad que no sabe lo que está haciendo. Son como animales, para ellos ganar es cuestión de vida o muerte y olvidan los pocos modales que tienen; si pierden, se comportan como si hubiese muerto su abuela. En las salas privadas del casino todo es muy distinto. La gente de nuestra condición —dijo mi instructor mientras me miraba a través de su monóculo con una sonrisa paternal— sabe perder con una sonrisa y ganar sin levantar la ceja. En definitiva, sabemos vivir. Y la vida es un juego.

—Se lo agradezco mucho, pero esto ha sido solo un golpe de suerte —le respondí mirando hacia la salida—. Además, no he venido a jugar, solo estaba buscando a una persona y no creo que se encuentre aquí.

—¿De quién se trata? Quizás yo le pueda ayudar, vengo a Montecarlo desde hace muchos años y estoy bien relacionado —preguntó el conde remolcándome de forma imperceptible hacia las salas privadas.

—De don Alfonso de Borbón, el antiguo rey de España.

El monóculo del conde se le cayó del ojo y quedó suspendido del bolsillo de su chaleco por un cordel.

—¡Don Alphonse! *Mais oui!* ¡Por supuesto! ¡Lo conozco desde que era un niño! ¡Yo era muy amigo de su padre! —exclamó mientras peinaba su mechón negro.

—¿Está usted seguro? Alfonso XII murió en 1885.

El conde me abrazó de nuevo con esa sonrisa entrañable.

—Le agradezco que me diga que no aparento mi edad. Además, cuando le conocí a través de mi tío Gastón Orleans de Oliveira, yo era un imberbe. Venga, vamos a las salas privadas, seguro que encontramos a Alphonse allí, ¡adora el *chemin de fer!*

El conde insistió en que abriera el camino para entrar. En la puerta, dos boxeadores muy bien vestidos nos dejaron pasar sin poner reparos mientras mi acompañante volvía a sufrir un nuevo ataque de estornudos. Parecía que mi cara de ganador me abría hasta las puertas de los ambientes más selectos, la fortuna estaba conmigo.

Los criados de librea y calzón corto nos recibieron con una copa de champán. Frente a las masificaciones que había visto antes, el ambiente allí era el de un club de caballeros: íntimo, acogedor, impregnado del olor a caoba de las *boiseries,* de los cigarros habanos y del fuego de las chimeneas. Las gruesas alfombras masajeaban los pies mientras paseábamos entre las quince mesas de ruleta, seis de treinta y cuarenta, una de bacará y cuatro de *chemin de fer* que ocupaban el centro de las salas, según me explicó mi guía. En las esquinas unos mullidos sillones de cuero verde permitían a los jugadores reponerse de las emociones con un tentempié o una copa por cuenta de la casa.

—¡Ah!, querido amigo, es posible que tenga una sorpresa para usted —dijo el conde poniéndose de puntillas y oteando entre la multitud—. Creo que acabo de ver al barón des Hautes Tours. Es gran amigo de don Alphonse. Voy a preguntarle si sabe dónde podemos encontrarle. Por cierto —continuó, posando la mano con suavidad en mi hombro mientras me miraba con sus ojos bonachones—. Por allí también está la caja. Si quiere, puedo cambiarle sus fichas. En estas salas la apuesta mínima es de doscientos francos. —La cantidad me pareció excesiva y dudé un instante—. No se preocupe, ¡está usted en racha! Deme también el resto del dinero que tenga en la cartera. Hay que aprovechar cuando la diosa Fortuna nos besa en la frente. Yo también voy a jugarme todo lo que he traído. ¡Con su suerte y mis conocimientos somos invencibles! —dijo con una carcajada amistosa—. ¡Invencibles, ya lo verá! —repetía eufórico mientras se alejaba entre los jugadores.

Una copa de champán. Yo también me sentía eufórico ante la posibilidad, ante la certeza de multiplicar mis recientes y modestos ahorros. Respiré hondo. No, no iba a caer en el cuento de la lechera, imaginarme dueño de un yate o de un palacete en el paseo de la Castellana. Solo aspiraba a tener el dinero suficiente para no estar agobiado durante una temporada, con eso me bastaba.

Me sentía a gusto en aquel ambiente finolis. El público de las salas privadas, aunque cargado de años, se deslizaba con discreta elegancia entre mesa y mesa. Muchas señoras rondando los setenta y ancladas en la moda anterior a la guerra, venerables caballeros que secaban su frente con pañuelos de batista blanca, alguna muchacha demasiado maquillada que estaba más atenta a la caza del millonario despistado que a lo que pasaba sobre los tapetes verdes. El silencio que ya había observado en la otra sala solo lo interrumpían unos americanos, que jugaban a los dados enfundados en esmóquines más anchos y brillantes que los demás. Me acerqué a su mesa, pero estaba junto a un ventanal que daba sobre la plaza del Casino y preferí disfrutar de la vista mientras esperaba al conde. Las luces del Hotel de París iluminaban las palmeras de la plaza, bajo las que paseaban algunas parejas cogidas del brazo. Justo debajo de mí, salían algunos jugadores del casino. Los imaginaba contentos, dispuestos a quemar sus ganancias en cualquier club nocturno de moda. O arruinados, pensando en tirarse a la bahía, como el pobre desgraciado que había visto esa mañana.

De repente, reconocí entre la gente un mechón negro sobre el pelo blanco. El conde se alejaba del casino. Por un instante pensé que mis ojos me engañaban; ¿qué iba a hacer mi nuevo amigo en la calle si había ido a cambiar mis fichas? Pero era él, no había duda. Con un movimiento rápido se quitó lo que parecía una peluca y se calzó una gorra; antes de que pudiera reaccionar lo vi coger una bicicleta que estaba junto a uno de los bancos y alejarse pedaleando tranquilamente. Una oleada de pánico me recorrió de abajo arriba y desembocó como un martillazo en la cabeza. ¡Mi dinero! ¡Me estaban robando delante de mis propias narices! Intenté abrir la ventana, pero solo conseguí quedarme con la manilla en la mano.

—¿Le sucede algo, monsieur?

Era uno de los criados vestidos de librea que atendían las salas privadas. Pensé gritar, montar un escándalo, romperlo todo. Sin embargo, con solo un vistazo a mi alrededor era fácil adivinar que aquello no me iba a ayudar nada. En cuanto diera la primera voz caerían sobre mí los guardias de seguridad de la entrada y me molerían a palos antes de que pudiera explicarme. Tampoco tenía sentido salir corriendo, tratar de alcanzar la bicicleta, que para entonces me llevaba una ventaja insalvable.

Aunque debía mantener la calma, me costó balbucear que acaba de ver saliendo a una persona que tenía mi dinero, que necesitaba llamarle para que volviera. El mayordomo me aclaró con flema que las ventanas estaban siempre cerradas «para la tranquilidad de todos» y se alejó después de ofrecerme otra copa como toda solución a mis problemas. Trabajando en el casino debía de estar más que acostumbrado a toparse con histéricos incoherentes.

Me tome el champán de un trago, intentando detener los pistones que golpeaban a toda velocidad mi cerebro. ¿Cómo había podido ser tan imbécil de dejarme engañar? ¿Cómo no había sospechado de un tipo que no conocía de nada y que encima decía que era íntimo amigo del difunto Alfonso XII, que llevaba cincuenta años criando malvas? De nada servían las lamentaciones ni mortificarme. El supuesto conde no solo se había llevado los diez mil francos que yo había ganado, sino hasta el último céntimo que tenía. No me quedaba más remedio que acudir a la policía, dejar que se rieran de mi ingenuidad y confiar en la providencia.

Resignado ante la necesidad de presentar la denuncia, me dirigía hacia la puerta cuando noté que acababa de pisar algo. Levanté el pie y encontré debajo una ficha de dos mil francos. No era posible, tenía que haberla puesto allí un bromista. Cuando me agachase a recogerla, el clásico gracioso tiraría de un hilo invisible y todos se partirían de risa de mí... ¿Y si no era una broma? Estaba junto a una de las mesas, podía habérsele caído a alguien. Esa era más o menos la cantidad que llevaba al entrar en el casino. Lo comido por lo servido, sin meterme en líos con la policía local, algo que podía resultar complicado para un extranjero como yo.

Pensé en las alternativas: mientras encontraban a ese hijo de perra, si es que daban con él, ¿de qué iba a vivir? La idea de vagar por las calles como un mendigo hasta recibir alguna ayuda de mis familiares evocaba en mi cabeza imágenes sacadas de una novela de Dickens. Frío, hambre, piojos; primero una tos, luego la enfermedad, muerte, fosa común. O acabar como el ahogado de la bahía, al que yo había despreciado unas horas antes por dejarse llevar por la desesperación. Mi lado dramático me estaba ganando una vez más.

En cualquier caso, no había duda de que encontrarme con aquella ficha era lo mejor que podía pasarme, una lección indolora sobre los males de la codicia. Claro que lo importante era que nadie me viera recogerla. Volví a mirar a mi alrededor. Los que estaban cerca parecían demasiado concentrados en el juego para fijarse si me agachaba o si me colgaba de una de las cortinas. Todos menos un caballero de pelo blanco, ojos oscuros y grandes bigotes negros apenas encanecidos. En realidad, no parecía estar observándome, sino a un punto indefinido detrás de mí, quizás otra persona. Yo no me decidía, pero cuando se giró para encender un cigarrillo a una señora, aproveché mi oportunidad y, mientras fingía atarme los cordones de los zapatos, me hice con la ficha con un movimiento rápido. El corazón retumbaba como un bongo. Comprobé que nadie me miraba y me encaminé a la puerta. Estaba llegando a la salida cuando me detuve lleno de dudas. Dos mil francos no iban a alcanzarme para mucho; en realidad, era miseria. ¿Por qué no cambiar la ficha y arriesgar quinientos? De forma conservadora, rojo o negro. Si ganaba, me iría con algo más de dinero y no estaría tan agobiado. No, no, aparté el pensamiento, ya estaba bien de timbear, casi me habían dejado en calzoncillos. Continué andando y volví a detenerme. ¿No decían los jugadores que había que aprovechar las rachas? Deseché el pensamiento, eran demasiadas emociones por una noche, mejor ser razonable por una vez. Satisfecho por mi fuerza de voluntad, estaba ya saliendo de las salas privadas cuando sentí una mano en mi hombro.

—*S'il vous plaît, monsieur,* ¿le importaría acompañarme?

4

El distinguido caballero del pelo blanco y los grandes bigotes negros me miraba fijamente. No adoptó la actitud intimidante habitual en estos casos, sino que se recostó con una elegante languidez en el asiento. Me había sacado con discreción de las salas privadas y a través de un largo pasillo me llevó hasta un pequeño despacho, un poco estrecho incluso para una mesa y dos sillas enfrentadas. Yo intentaba controlar mis nervios. No había cometido ningún crimen terrible, no había recogido una cartera del suelo y me la había guardado. Una ficha del casino era como un billete encontrado en la calle, un título al portador, sin dueño conocido.

—Bien, monsieur, supongo que está usted al corriente de que recoger una ficha del suelo que no le pertenece supone una grave infracción en este y en todos los casinos. ¿Sería tan amable de vaciar sus bolsillos?

—Si no es molestia, ¿podría decirme con quién estoy hablando?

Aunque dadas las circunstancias quizás no era la mejor idea ponerme chulo, necesitaba hacerme una composición de lugar. No era lo mismo hablar con un policía que con un empleado del casino, por muy bien vestido que estuviera.

—Por supuesto, discúlpeme por no haberme presentado antes. Soy el general Pierre Polovtsoff, director del Sporting, el club privado del casino de Montecarlo.

Un general y encima jefe del casino; decidí deponer las armas y confesarme culpable. A modo de atenuante le narré todas mis desventuras desde que había entrado en aquel edificio: mi encuentro con el conde, mis ganancias en la ruleta, cómo me había llevado a las salas privadas y cómo me había desplumado como a una gallina incauta. El general me observó con la mirada del jugador que valora si su compañero de mesa se está tirando un farol y me preguntó el número de la mesa en la que había ganado, la cantidad de dinero y la hora exacta. A continuación, tocó un timbre que había sobre la mesa y apareció uno de los forzudos vestidos de esmoquin. El general le dijo algo al oído, probablemente que comprobase la información que yo le había dado. Luego empezó a revisar mi indumentaria, estudiando el corte de mi esmoquin y deteniéndose especialmente en los zapatos.

—Y ahora, si es tan amable, señor..., señor Ortega, eso es, ¿podría hablarme un poco de usted para conocerle mejor?

Sopesé la posibilidad de contar las patrañas con las que habitualmente edulcoraba mis presentaciones en Berlín para ganarme las simpatías de mis interlocutores: mi parentesco con el torero Joselito Gómez Ortega, *El Gallo* —para los amantes de lo exótico—, o con José Ortega y Gasset, para los intelectuales sesudos. Sin embargo, decidí que era mejor no intentar engañar a aquel zorro con bigotes, así que me atuve a una versión dulcificada de mis últimos años, mi incorporación a la redacción de *El Heraldo* en Madrid, los supuestos méritos que me permitieron ser enviado como corresponsal a Berlín, mi labor allí y, finalmente, mi llegada a Francia hacía unos meses «para descansar».

El general pareció muy interesado por mi trabajo en Alemania y me preguntó por la situación en ese país. Yo, alterado por las circunstancias, respondí con franqueza, quizás demasiada, lo que opinaba sobre el peligro que representaban Hitler y sus compinches. De inmediato me arrepentí de mi sinceridad. En ese momento Europa estaba llena de admiradores de los nazis; levantabas una piedra y te encontrabas con uno que te hablaba de la necesidad de que hubiese más líderes fuertes como el Führer en el mundo. Y yo no estaba en situación de caerle mal a mi interrogador. No obstante, cuando terminé, el general se alisó los mostachos mientras torcía los labios en una sonrisa fugaz.

—¿Así que cree que Gran Bretaña y Francia deberían adoptar una postura firme frente a los nazis? Desgraciadamente, no son muchos los que opinan lo mismo. —Polovtsoff parecía mirarme con simpatía.

En ese momento, regresó el boxeador elegante y el general se levantó para escuchar el informe que le murmuraron al oído. Luego se volvió a sentar y puso los brazos sobre la mesa.

—Monsieur Ortega, no tiene que preocuparse por el pequeño incidente con la ficha. Nuestro servicio de seguridad ha confirmado punto por punto su historia: sobre las siete cuarenta y cinco de esta tarde entró usted en el casino; a las nueve y diez ganó usted diez mil doscientos sesenta francos en la mesa dos apostando al número doce y nos consta que no reinvirtió este dinero con posterioridad ni en las salas públicas ni en las privadas y que este tampoco se encuentra en su poder en estos momentos. Obviamente, le debemos una disculpa por un fallo tan imperdonable en nuestra seguridad, por no haber detectado la presencia de ese sinvergüenza. El estafador que se ha aprovechado de usted seguramente sabía que hoy no estaba de servicio Le Broq. —¿A quién se refería? ¿A un sabueso con un olfato especialmente fino? El general me sacó enseguida de la duda—. El señor Le Broq es, desde hace muchos años, nuestro fisonomista, el mejor del mundo, según dicen. Es capaz de identificar unas sesenta mil caras y asociar un nombre a la mitad de ellas. Lo formidable es que no se fija si alguien es bajo o alto, si tiene bigote, barba o va rapado al cero. Tampoco en el color de los cabellos —algo fácil de alterar, como usted mismo ha podido comprobar esta noche—, ni siquiera en algo tan característico como los ojos. Según él, lo que nos distingue a los seres humanos es nuestra postura, nuestro porte. Imagínese que hace poco identificó a un australiano que volvió a aparecer por el casino a pesar de que hacía veinticinco años no había devuelto un *viatique*. El caballero se puso tan contento de que le reconocieran después de tanto tiempo que pagó la cantidad adeudada más unos generosos intereses de demora.

Dadas mis lagunas en francés, no tuve más remedio que preguntar lo que probablemente era una obviedad:

—¿Qué es el *viatique*?

—Es una cantidad de dinero que el casino entrega a aquellos clientes que han perdido hasta el último céntimo jugando para que puedan regresar a sus países de origen. Con la condición, claro está, de que la reembolsen cuando lleguen allí. Antes se la dábamos a todos los que nos la pedían, pero en los últimos años solo a las personas que merecen nuestra confianza. Por supuesto, si está interesado y en vista de las circunstancias, en su caso no habrá ningún problema en tramitar su *viatique* para que pueda marcharse de aquí —dijo el general mientras me ofrecía un cigarrillo.

—En realidad —respondí yo intentando dar apariencia de formalidad—, no he venido aquí a jugar, sino por trabajo. Como le he dicho, soy periodista y tengo que entrevistar a un personaje celebre.

—¿De quién se trata?

Con un poco de suerte, pensé, ya no tendré que buscar a Alfonso XIII como alma en pena por los restaurantes y los hoteles; ese tipo debía de conocer a todo el mundo allí y quizás podría echarme una mano. Sin embargo, el general acabó enseguida con mis ilusiones.

—Soy buen amigo de don Alphonse y por desgracia se marchó de aquí hace un par de días. Como comprenderá, por motivos de seguridad no puedo indicarle cuál era su destino.

¿En qué momento se me había ocurrido ir a Montecarlo, así, al tuntún, a la desesperada, para conseguir un reportaje que nadie me había pedido? No solo se había escapado mi presa, sino que había perdido todo mi dinero como un bobo. ¿Cómo podía volver así? Y sobre todo, ¿a dónde regresaría? ¿A Madrid, sin oficio ni beneficio? Hundí la cabeza entre las manos para evitar que Polovtsoff viera mi desesperación.

—Ya le digo que no habría ningún problema en tramitarle el *viatique*. —El general, que debía de haber vivido esa situación mil veces, se dispuso a levantarse de la mesa para dar concluida la reunión. Sin embargo, se detuvo en el último momento como si se le hubiese ocurrido una idea—. A juzgar por sus modales y su indumentaria, parece usted un joven instruido, con buena educación, con cierta costumbre de tratar con gente de la sociedad. —Se quedó mirándome con el ceño fruncido—. ¿Sabe? En cierta forma me recuerda usted a mí cuando era joven. Igual de impulsivo y atolondrado. Una vez me sucedió algo parecido, en Londres, antes de la guerra. Me robaron hasta el último penique e incluso mis documentos en una situación comprometida. Si un desconocido no me hubiese ayudado entonces, probablemente habría acabado en la cárcel. Por ese motivo estoy pensando que, en el caso de que desee quedarse en Montecarlo, quizás pueda encontrarle una ocupación. ¿Le interesa?

Era absurdo seguir persiguiendo a Alfonso XIII por Europa y tampoco tenía nada mejor que hacer en ningún otro sitio, así que acepté muy agradecido su ofrecimiento. El general se disculpó un momento y salió de la habitación. Trabajar en un casino parecía algo descabellado; no sabía ni jugar al mus y, como se había demostrado, cualquiera con dos dedos de frente me podía engañar. Claro que, por lo que sabía, los sueldos eran altos y podía ser una experiencia insólita y divertida, llena de posibilidades. Aunque no tuviera aptitudes para tallar naipes, me imaginaba sirviendo sofisticados cócteles a los grandes magnates mientras me convertía en su confidente. O, en el peor de los casos, como vigilante de las salas privadas, siempre atento a los más hábiles estafadores. Luego podría escribir una serie de reportajes que todos los periódicos se disputarían: *El Montecarlo desconocido, testimonio del único periodista español que desentrañó los secretos del casino.*

A su vuelta el general me hizo ver que no iban por ahí los tiros.

—Acabo de recordar que el otro día un amigo, el director del Hotel de París, me habló de un cliente que buscaba a alguien para una ocupación bastante inusual y creo que el puesto podría encajarle. —Me entregó un pequeño folleto del tamaño de un misal de apenas unas pocas páginas. Era una guía de Montecarlo en español—. Es lo único que he conseguido encontrar por aquí en su idioma. Le ruego que lo abra por cualquier página y lea en voz alta.

Sin entender muy bien qué pretendía el general, abrí el librito y, tras aclarar la voz, empecé a leer:

—Los primeros casinos se instalaron en Mónaco a mediados del siglo XIX. No obstante, en esa época el acceso al principado desde otros lugares de Europa era complicado y los visitantes llegaban con cuentagotas. No fue hasta que el señor François Blanc se hizo cargo de la concesión del juego cuando se consiguió establecer un servicio regular de barcos desde Niza y comenzaron las obras de una nueva carretera y de una vía ferroviaria. —Me detuve un momento y miré al general, que me hizo un gesto para que continuara leyendo. Al parecer el tal Blanc constituyó en 1863 la Société des Bains de Mer y obtuvo de Carlos III de Mónaco terrenos en una parte del principado casi deshabitada y llena de huertos de limones. La visión comercial de Blanc y su habilidad para promover el casino en otros países pronto lo convirtió en la mina de oro que era en la actualidad.

Cuando acabé, el general me miró con una sonrisa satisfecha.

—A pesar de que no entiendo bien el español, me gusta cómo suena su voz y la soltura con la que lee. Si le parece, mañana hablaré con el director del Hotel de París para que le concierte una entrevista con ese cliente del que le hablaba. Seguro que le interesará conocerle.

5

Al día siguiente, a las dos en punto de la tarde, me encontraba de nuevo en la plaza del Casino con mi mejor traje, dispuesto para mi entrevista. Las palmeras, los jardines, los edificios suntuosos, las mujeres distinguidas y los hombres elegantes resultaban aún más deslumbrantes a la luz del sol tibio de octubre. No había ni un papel en el suelo, ni una hoja fuera de sitio, el césped parecía cortado a navaja, las flores lucían como si las hubieran plantado esa mañana. Daba respeto hasta tirar una colilla allí. Me detuve a admirar los coches que estaban aparcados frente al casino; Rolls Royces, Bugattis o Hispano Suizas que solo había visto en las revistas marcaban el territorio de los muy ricos, atendido por decenas de jardineros, mozos y barrenderos que se encargaban de que nada desentonara en aquel paisaje de postal. Ellos me recordaban el papel subalterno que me esperaba en aquel escenario, aunque aún desconocía cuál me correspondería exactamente. Lo único que sabía es que debía presentarme en el Hotel de París y preguntar por el señor McDermott.

—Si es tan amable, espere aquí.

El suspicaz portero estaba a la altura de lo que se espera en un sitio así. Era un impresionante negro con gorra de plato y un uniforme lleno de condecoraciones que te clavaba al suelo con una mirada desafiante. Si lo que buscaban al contratar a ese tipo era intimidar a los catetos como yo, lograban su objetivo con creces. A los millonarios debía de gustarles lo exótico porque pronto apareció un indio como recién sacado de un relato de Kipling, con su turbante, camisa larga de seda negra y todo, que me pidió que le siguiera. El paso del sirviente era tan decidido que me costó mantener su ritmo a través del vestíbulo del hotel. Con un gesto indicó al ascensorista que nos llevara a la última planta y cuando se abrieron las puertas otro indio hermano gemelo del anterior me condujo a una de las habitaciones, una suite reconvertida en oficina. Sentados en una mesa me esperaban dos individuos: uno, corpulento, con poco pelo, llevaba unas gafas diminutas y un cuello almidonado que sufría para contener un cogote de toro; el otro era delgado, con la cara larga y aspecto de sepulturero en excedencia.

—Siéntese, por favor, señor Ortega —dijo el más grueso—. Mi nombre es Theodore McDermott y este es mi colega, el señor McPhearson. Somos los secretarios personales de un importante hombre de negocios que está pasando una temporada en Montecarlo y nos han indicado que puede usted ser un buen candidato para un puesto vacante que queremos cubrir. Antes que nada, debo advertirle de que somos muy estrictos en nuestros procesos de selección. Es necesario que lo seamos, ya que la persona que buscamos no solo ha de ser adecuada para la labor que realizará, también debe demostrar que es intachable, digna de toda confianza. Así que no se sorprenda por algunas de las preguntas que vamos a hacerle. ¿Sería tan amable de enseñarnos las manos?

A pesar de la advertencia, dudé un momento, pero acabé por ponerlas encima de la mesa. Los dos individuos las examinaron con cuidado

—Bien, uñas limpias y sin morder —dijo McPhearson mirando primero a su compañero y luego a mí.

—¿Fuma usted? —preguntó McDermott. Contesté que sí, pero que no más de siete u ocho cigarrillos al día—. Es importante que no lo haga cuando realice su trabajo.

—¿Cuáles son sus ideas políticas?

—No me interesa mucho la política. —Esta vez preferí no arriesgar, me venía bien un sueldo.

—¿Pertenece o ha pertenecido en algún momento a organizaciones pacifistas? —Era el turno del secretario gordo y daba la impresión de que se esforzaba por parecer severo. No tuve que mentir cuando dije que no era capaz de recordar el nombre de ninguno de esos movimientos, muy en boga entonces.

—¿Es usted sensible a los calores extremos? —¿Tendría que viajar a lugares lejanos? Daba la impresión de que mezclaban preguntas serias con idioteces para despistar.

—Si puedo aguantar un verano en Madrid, supongo que soy capaz de soportar casi cualquier cosa. Ya saben que allí el sol pega fuerte.

—Por favor, intente responder de forma concisa —dijo de modo cortante McPhearson.

Los secretarios se iban turnando en el interrogatorio. Uno tomaba notas y el otro me observaba como si intentara cazar cualquier gesto que me delatara.

—¿Tiene deudas importantes de algún tipo? ¿Juega habitualmente? —Para no dejar lugar a la duda, expliqué lo sucedido en el casino el día anterior, un episodio que dejaba patente mi patética falta de experiencia en el juego.

—¿Está ahora mismo a sueldo de algún periódico? —No, no lo estaba. Desde que *El Heraldo* me había cesado, no había tenido contacto con ningún medio de comunicación.

—¿Trabaja o ha trabajado para algún Gobierno? —¿Dónde querían ir a parar con ese cuestionario? Por si acaso les dejé claro que yo era uno de los pocos españoles que no era funcionario ni había estado nunca en la nómina del Estado.

—¿Le gustan a usted los huevos?

—¿A qué se refiere?

—¿Huevos fritos, pasados por agua, duros? —preguntó McDermott. Precisamente hasta ahí era hasta donde me tenían ya con sus preguntitas—. Todo tipo de huevos. Si trabaja con nosotros es posible que tenga que comer grandes cantidades de huevos. —Me pareció ver cómo los secretarios esta vez intercambiaban una mirada risueña y me arriesgué de nuevo a ser ocurrente.

—No solo me encantan, sino que reto al chef de este hotel a hacer la tortilla de patatas mejor que yo.

McDermott sonrió y empezó a rebuscar algo en su mesa llena de papeles. El esfuerzo y el anticuado cuello duro le hacían resoplar. Por fin encontró un libro que estaba bajo una torre de carpetas.

—Lea, por favor —dijo congestionado en un español torpe cuando me lo entregó. Aunque no tenía título en la portada, lo reconocí enseguida.

—«Capítulo dos. Que trata de la primera salida que de su tierra hizo el ingenioso don Quijote. Hechas, pues, estas prevenciones, no quiso aguardar más tiempo a poner en efeto su pensamiento, apretándole a ello la falta que él pensaba que hacía en el mundo su tardanza, según eran los agravios que pensaba deshacer, tuertos que enderezar, sinrazones que emendar y abusos que mejorar y deudas que satisfacer». —McDermott me escuchaba con los ojos cerrados, como el que asiste a un concierto, mientras McPhearson continuaba observándome de una manera molesta. Como no me indicaban que parase, leí las dos primeras páginas del capítulo.

El secretario gordo pareció darse por satisfecho:

—Como habrá podido imaginarse, estamos buscando una persona que pueda leer con soltura en voz alta a una persona de edad avanzada que ama el *Quijote* y que quiere mantener fresco su castellano —dijo McDermott. Yo había barajado varias posibilidades, pero no esa.

—Es un trabajo bien remunerado. Sin embargo, le advierto que el caballero en cuestión es sumamente exigente. Y nosotros más aún —continuó McPhearson con su retintín desagradable. Asentí mientras aseguraba estar a la altura del encargo; las palabras «bien remunerado» eran todo lo que yo quería oír.

Los dos secretarios acercaron un instante sus cabezas para cuchichear entre ellos. Parecían no estar de acuerdo.

—Hay un serio inconveniente con su candidatura, señor Ortega. —Volvía a hablar McDermott, como en un agotador partido de tenis. Aunque eran físicamente opuestos, los rostros de los secretarios empezaban a fundirse en mi cabeza—. Usted es periodista, aunque, como nos ha dicho, ahora mismo no trabaja para ningún diario, ¿no es así? El caso es que nuestro jefe es un personaje muy relevante, que atrae la curiosidad de la prensa del mundo entero. —Noté que salivaba como si me hubiesen puesto un bocadillo de jamón serrano delante.

—Francamente, no creo que sea usted la persona más adecuada para este puesto. —El tono de McPhearson era todavía más afilado del que había utilizado hasta entonces—. Lo último que necesitamos por aquí es un gacetillero fisgón.

—No obstante —terció el gordo McDermott intentando suavizar el ambiente—, nuestro jefe tiene unos criterios bastante personales para elegir a sus empleados y no debemos descartarle aún. De todas maneras, es importante que sepa que si decidimos contratarle tendría que firmar un contrato de confidencialidad mucho más estricto de lo habitual, un contrato blindado que le impedirá contar a otras personas, no digamos publicar, cualquier cosa que vea u oiga mientras trabaje con nosotros.

—Este contrato tendría vigencia durante veinte años. Y le aseguro que tenemos los medios para obligar a su debido cumplimiento. —El secretario delgado no dejaba pasar la ocasión de ser desagradable. Le aseguré que no habría problemas en ese sentido—. No se haga ilusiones, comprobaremos la información que nos ha proporcionado y no crea que va ser fácil que supere nuestro filtro.

—Mientras realizamos estas verificaciones —dijo McDermott sonriendo al ver mi cara de aprensión—, permítanos que le convidemos a ser nuestro huésped en este hotel durante unos días. No se preocupe por su equipaje, mandaremos a buscarlo adonde usted nos indique.

—Una última pregunta antes de que se vaya —interrumpió McPhearson cuando yo ya estaba levantándome—: ¿Le dice algo el nombre de *sir* Basil Zaharoff?

6

¿Zaharoff? ¿*Sir* Basil Zaharoff? Tenía que ser un millonario porque en esa época había gente que decía «Vives como un Zaharoff» cuando estrenabas un traje nuevo o fumabas un cigarro caro, de la misma forma que mentaban a Rockefeller, pero hasta entonces no había conectado la expresión con un personaje de carne y hueso. La verdad es que tengo la mala costumbre de leer por encima las noticias que no me tocan de cerca y así me va.

Como suelo hacer, busqué todas las pegas posibles a un trabajo que aún no me habían ofrecido. Me daba la sensación de que, como ya me había sucedido en otras ocasiones, estaba vendiéndome por un plato de lentejas, dejando de lado mi carrera por un trabajo circunstancial e incierto. Pero en el fondo, ¿qué más daba? Tampoco es que yo fuera un periodista muy prestigioso en esos momentos, y un sueldo solo por leerle a un viejo por las noches... era algo demasiado bueno para ser cierto, pensó mi yo timorato antes de que mi parte práctica me convenciera de que disfrutara de la oportunidad. Había pasado de una pensión de mala muerte con vistas a un callejón lleno de gatos al Hotel de París, uno de los más lujosos de Europa. Aunque la habitación que me habían asignado estaba en la zona en la que alojaban al servicio de los grandes señores y por ella pasaba una bajante bastante ruidosa, tenía mi cuarto de baño privado e incluso, si me asomaba a la ventana, podía ver un cachito de mar. De no tener un céntimo a vivir como los ricos... Decidí dejar de preocuparme por un puesto para el que probablemente tendrían candidatos mejores y aprovechar que tenía unos días por delante para vivir como un marqués. Aunque luego tuviera que volver a mis estrecheces habituales.

Antes de nada, decidí explorar mis nuevos dominios. Cuando llegué a la entrevista no tuve tiempo de fijarme en el vestíbulo del hotel, pero ahora que un indio no me estaba remolcando a una entrevista con unos desconocidos para un trabajo desconocido con un jefe desconocido, pude admirar los frisos con angelotes esculpidos en mármol y las columnas jónicas (o dóricas, nunca me he aclarado mucho con esas cosas) que sujetaban unos techos de cinco metros de alto coronados por una cúpula de cristal de la que colgaba una araña de varias toneladas. Bajo ella, alfombras kilométricas bordeadas de maceteros con plantas tropicales, confortables sofás de cuero y una pequeña estatua ecuestre de algún monarca empelucado sobre una peana de mármol. Me di cuenta de que el bronce de la pata derecha del caballo brillaba mucho más que el resto de la escultura, como desgastada por el roce.

—Monsieur, si piensa ir al casino, le recomiendo que pase la mano por esa escultura de Luis XV. Es una tradición de nuestros huéspedes, le traerá suerte. —El portero ya no parecía tan fiero como cuando me recibió en la entrada del hotel. Su cara era mucho más sonriente esta vez, los grandes dientes blancos brillaban en aquel rostro color tinta de calamar. Si no hubiese sabido que era el conserje, por la gorra de plato y el uniforme con la pechera llena de condecoraciones, le habría tomado por el comandante de algún regimiento colonial—. Creo que es usted un nuevo huésped de *sir* Basil Zaharoff, ¿no es así? Me llaman Samba, para servirle. —Parecía que corrían rápido las noticias por allí, eso explicaba su cambio de actitud—. Puedo ayudarle con lo que necesite, cambiar un billete de tren, conseguir entradas para un espectáculo, averiguar cualquier dirección o número telefónico o comprar flores para una dama. —Según él, su misión era que yo no tuviera que encargarme de nada durante mi estadía. También me explicó que, además de las instalaciones del hotel, podía utilizar el club de tenis, el de golf y las termas marinas que estaban en los bajos del hotel Hermitage, ideales para reponerme del cansancio de mi viaje. Supongo que así deben de sentirse los millonarios, con el mundo a sus pies. Aproveché la disposición de aquel tipo tan servicial para intentar averiguar otras cosas que me interesaban.

—Dígame, Samba, ¿el señor Zaharoff también se aloja aquí o solo tiene sus oficinas? ¿A qué se dedica exactamente?

La sonrisa de Samba se torció en una mueca.

—Es un hombre muy importante, muy importante, eso todo el mundo lo sabe, evidentemente..., pero... es posible que usted tenga hambre. Es la hora de la cena y nuestro chef ha preparado hoy un magnífico *Canard* à *l'orange*. Si le parece bien, puedo encontrarle una buena mesa. —No parecía que el portero estuviera dispuesto a decir mucho más, así que preferí no insistir y le acompañé; no había tomado nada desde el desayuno.

El restaurante era un gran salón con techos abovedados, frescos en las paredes y un aire versallesco a tono con la categoría del hotel. Miré a un lado y a otro sin saber adónde dirigirme; me sentía cohibido por el silencio, solo quebrado por el ruido de los cubiertos, por las elegantes parejas de cierta edad que disfrutaban de la comida en mesas muy separadas unas de otras. Sin embargo, conseguí recordar que debía aprovechar la ocasión, que, ya que no me darían el trabajo, el tal Zaharoff me iba a pagar una cena de padre y muy señor mío. No solo me aticé el pato a la naranja, sino también una ensalada de bogavante y una *crème brûlée,* todo acompañado por una botella de Châteauneuf du Pape del 21.

Cuando me acabé el banquetazo, necesitaba urgentemente un digestivo y seguí otro consejo que Samba acompañó con una de sus gigantescas sonrisas:

—Quizás después le apetezca pasar por el bar americano. Allí Émile se encargará de que se sienta como un bebe en el vientre de su madre.

Émile resultó ser una de esas instituciones que hay en todos los hoteles de categoría, un sabio de la alquimia alcohólica, un experto en animar a los deprimidos y a los solitarios. También parecía el prototipo de barman profesional, serio, imperturbable, el busto de faraón excavado en granito, la memoria muda de las noches borrosas. Sin mediar palabra, me saludó con una inclinación de la cabeza y empezó a mezclar licores en su coctelera. Luego vertió el resultado en una copa y me la puso delante.

—Es usted español, ¿no es cierto? Espero que no sea republicano —dijo afilando mínimamente los labios—. Este es el cóctel que le preparo habitualmente a su rey, Alfonso XIII. Ginebra, Dubonnet, un poco de angostura y un toque de limón.

Aunque el hieratismo de Émile no prometía indiscreciones, aprovechando la bebida que me había preparado, le pregunté por el monarca español. Él se disculpó con pocas palabras y buscó refugió en el otro extremo de la barra. Parecía que el barman de un hotel elegante no podía permitirse ser tan parlanchín como los taberneros vulgares.

Me tomé la copa mientras hojeaba un periódico. Apenas había otras dos personas en el bar, la noche estaba tranquila. Tanto, que al cabo de un rato Émile se aproximó y empezó a pasar un trapo cerca de donde yo estaba sentado.

—Sí, a su rey le encanta mi cóctel —dijo como hablando para sí mismo y sin mirarme mientras continuaba con su supuesta limpieza—. Suele sentarse en ese rincón, en el fondo, y se toma unos cuantos sin que nadie le vea. ¡Dice que viene a Montecarlo solo por mi combinado! —Yo le sonreí con interés, sin preguntarle nada para no interrumpirle—. Imagínese que cuando tuvo que exilarse en 1931 el barco que le traía de España atracó en Marsella y él tomó un coche y se vino al Hotel de París. No quiero decirle cuántos tragos tuve que prepararle aquella noche. Me decía: «Amo a España, pero los españoles son unos desagradecidos». Estuvo aquí la semana pasada, en su rincón de siempre. Le felicité por su buen aspecto y me contestó: «Lo malo que tiene el exilio, Émile, es que engorda mucho». No sé cómo será como rey, pero es un caballero encantador. —Al menos ya sabía dónde buscar a Alfonso XIII la próxima vez que el monarca visitara Montecarlo.

Otro tipo se sentó en la barra y Émile le sirvió una cerveza sin preguntarle qué deseaba. Debía de ser cliente habitual y no le presté mucha atención. Para evitar que el barman retornara a la discreción inicial, le pregunté si había atendido a más gente importante.

—Por aquí han pasado todos los grandes personajes que pueda imaginar. Millonarios, aristócratas, cabezas coronadas, nadie puede resistirse al arte de Émile —respondió levantando el mentón con orgullo mientras limpiaba un vaso—. Una noche tuve aquí a tres reyes, el de Portugal, el de Suecia y el de Dinamarca, compitiendo a ver quién tomaba más cócteles de champán. El portugués se retiró mareado al cabo de unas rondas, pero los otros dos casi acaban con las existencias. ¡Son formidables estos nórdicos!

Luego el barman me preparó un combinado Riviera (ginebra, Cointreau y zumo de naranja) al gusto del Aga Khan, el gran magnate oriental que se había casado con Ginetta, una bailarina del ballet de Montecarlo a la que conoció en ese mismo bar. Al parecer, la primera noche le había regalado un diamante del tamaño de una canica. Tras varias sabrosas anécdotas más, me atreví a preguntarle por el personaje que me intrigaba en ese momento:

—¿Suele venir por aquí el señor Zaharoff?

La cara de Émile, que había adquirido color en las mejillas durante sus historias, volvió al estado esfinge y continuó con la inútil labor de limpieza de la impoluta barra.

—Supongo que sabrá que *sir* Basil es el propietario de este hotel —intervino en un pésimo francés y con una sonrisa socarrona mi compañero de barra, que hasta entonces se había bebido tres cervezas sin dar señal de estar siguiendo la conversación. Llevaba una chaqueta azul ceñida, botas de caña alta y un bigote casi pelirrojo tapaba el labio superior de una boca llena de dientes montados unos sobre otros—. Es decir, es el jefe de Émile. —El barman asintió con una sonrisa tímida—. Me imagino que también estará al corriente de que no le gusta que hablen de él y menos aún sus empleados. —Émile seguía sacando brillo al mostrador mientras el extraño continuaba hablando—. Es un hombre muy listo, muy inteligente, *a self made man*. De la nada ha llegado a acumular una fortuna formidable, a ser amigo de presidentes y de reyes que alaban su generosidad. —El barman detuvo la labor de limpieza, como sintiéndose obligado a aportar algo a la conversación.

—Sí, en efecto, dona auténticas fortunas para obras de beneficencia. Ha construido hospitales, universidades..., de todo; imagínese que el equipo francés pudo acudir a los Juegos Olímpicos de 1920 gracias a una de sus aportaciones desinteresadas. —Con un gesto rápido, Émile rompió el protocolo sirviéndose en un vaso del tamaño de un dedal un aguardiente que se ventiló de un golpe.

—Como suele pasar —continuó el desconocido con un gesto desdeñoso mientras se tiraba con suavidad de los pelos del bigote—, hay gente mal intencionada, periodistas carroñeros que intentan manchar su reputación con informaciones maliciosas, pero como sabe eso les pasa a todos los hombres de éxito que han hecho mucho dinero; no hay nada peor que la envidia. —El propio desmentido confirmaba una parte oscura del personaje. Esto se ponía interesante.

—Ya sabe, hay determinados negocios que tienen una mala prensa —dijo Émile al mismo tiempo que parecía estar arrepintiéndose de lo que se le acababa de escapar. Frotando con más intensidad el mostrador, añadió—: De forma completamente injustificada, por supuesto. Si no fuera por monsieur Zaharoff no sé qué habría sido de Montecarlo después de la guerra. Él consiguió ponerlo de nuevo de moda, que regresaran las grandes personalidades de todo el mundo, que este lugar volviera a ser el centro de reunión de la sociedad elegante. En esa época también adquirió este hotel y, por lo tanto, es nuestro gran patrón, ¡un genio! —Émile miró con resquemor al desconocido, que, con una mueca, pareció indicarle que no era necesario que continuara con la espiral de adulaciones.

—Por cierto, también es mi jefe —dijo el bigotudo mientras me ofrecía la mano—. Soy Elan, el conductor de *sir* Basil. —Se la estreché mientras me presentaba, intentando disimular mi intranquilidad—. He oído que está usted entrevistándose para trabajar con nosotros —continuó mientras me miraba a los ojos—. Le recomiendo que deje de hacer tantas preguntas, por aquí no gustan mucho los curiosos. —Todavía retenía mi mano entre la suya. Aunque parecía que Elan quería amedrentarme, yo intuía que solo estaba midiéndome.

—Déjeme que le pregunte una cosa más —dije sosteniéndole la mirada—. ¿Me permitiría que le invitase a, como dicen ustedes los ingleses, un *nightcap*, una última copa para conciliar el sueño?

Elan me soltó la mano y torció el gesto un instante.

—No se confunda —respondió con una seriedad que me desconcertó. Tras un instante incómodo continuó—: Soy escocés. Pero precisamente por eso nunca digo que no a un trago. —Luego soltó una carcajada y me golpeó amistosamente en el brazo.

7

Aunque lo poco que había conseguido averiguar de Zaharoff había despertado mi curiosidad, no parecía aconsejable seguir planteando preguntas por el hotel y decidí hacer lo que se espera de un periodista: buscar documentación.

—¿Una biblioteca? —Samba parecía alarmado con mi pregunta—. En todos los años que llevo trabajando en este hotel es la primera vez que me preguntan algo así. A Montecarlo se viene a jugar, a divertirse, a conocer mujeres hermosas, a comer bien, a beber, incluso ahora se ha puesto de moda tomar el sol en verano. Pero una biblioteca...

Su cara se comprimió en un esfuerzo de concentración suprema; parecía que le había pillado, que por una vez no iba a ser capaz de dar la información que le pedían, pero por fin respiró aliviado.

—Jamás he puesto un pie en ella ni conozco a nadie que lo haya hecho, pero acabo de recordar que alguien me ha dicho que hay una en la Roca, junto al palacio. Si toma el tranvía número 3, que tiene parada enfrente del hotel, estará allá en diez minutos.

Para los que no hayan estado en Mónaco, la Roca es la parte antigua del principado. Si Montecarlo es lujo y grandiosidad, este distrito, construido encima de un peñón, tiene el aspecto de un próspero pueblo genovés que no ha perdido sus costumbres y donde el francés deja lugar al dialecto mestizo del lugar. Su centro es el palacio del Príncipe, un cruce bastante decepcionante entre casona de pueblo y fortaleza de juguete que no transmitía la majestuosidad de otras residencias reales.

Le pregunté a una vieja que vendía cucuruchos de maíz en la plaza para dar de comer a las palomas si el príncipe vivía allí habitualmente.

—¡Que va! —dijo chasqueando la lengua—. Como ve, no está izada la bandera, así que no se encuentra aquí. En realidad, no viene casi nunca, siempre está cazando por el norte. Esto no le gusta. La que nos visita a menudo es su hija, la princesa Carlota. Ella sí que es una auténtica monegasca, firme como esta roca. —Luego me miró frunciendo el entrecejo—. ¿Vamos a seguir de charla toda la tarde o va a comprarme algo?

No me atreví a preguntarle dónde estaba la biblioteca, pero no me resultó difícil encontrarla. Pequeña y triste, con los estantes medio vacíos, apenas tenía recursos que pudieran ayudarme en la investigación. La enciclopedia de la que disponían tenía más de veinte años y en ella no había ni rastro de Zaharoff. Raro. Por los indicios, debía de tratarse de un hombre mayor con mucho dinero, un millonario. ¿Se había hecho rico de la mañana a la noche? El bibliotecario, un viejo bastante malencarado, jugueteó un momento con su dentadura postiza antes de responder que él no era una oficina de información. Incluso tuve que insistir para que sacara varios gruesos tomos de la única recopilación de periódicos que tenía: la *Gazette de Monaco et de Monte-Carlo*.

—Busque usted mismo. Si se trata de una persona que viene por aquí regularmente, saldrá en nuestro boletín local.

Después de quemarme los ojos un par de horas rebuscando en aquellas páginas llenas de anuncios de espectáculos y reseñas sociales, solo conseguí encontrar un par de menciones de mi misterioso millonario: su nombre entre los asistentes en 1920 a la boda de, precisamente, la princesa Carlota y su presencia en la Gala de la Cruz Roja de 1928, en la que había cedido su palco en la ópera a varios oficiales mutilados. Desanimado, empecé a hojear el último número del periódico que encontré en una mesa. Mis ojos se fueron directamente a una pequeña noticia de la segunda página:

«Aparece un cadáver en la bahía de Mónaco». Por la fecha comprobé que tenía que tratarse del mismo que yo había visto la mañana de mi llegada. Según decía el redactor, todo apuntaba a un desgraciado accidente y aún se desconocía el nombre del fallecido. El cuerpo permanecía en la morgue a la espera de identificación.

Como todo el que presencia un hecho impactante, la noticia me llamó la atención, pero en ese momento estaba más interesado en averiguar algo sobre mi posible empleador y en la segunda parte de mi entrevista, así que pregunté al bibliotecario si tenían un *Quijote* en español; por lo menos así podría practicar en el caso de que volviesen a hacerme una prueba. La cara del funcionario se retorció aún más de fastidio. Solo la llave del Hotel de París obró el milagro de que accediera a entregármelo a condición de que se lo devolviera en el plazo de una semana.

Cuando salí de allí, y como había gastado mis últimos francos en el tranvía, decidí volver andando. Bajé de la Roca por las escaleras que llevaban al puerto y casi sin querer llegué hasta el mismo sitio en el que me encontraba la mañana de mi llegada a Mónaco. Me acerqué al pantalán donde habían pescado aquel cadáver. Ahora que me fijaba, entre la colina en la que se encontraba el casino y el agua había un muelle bastante ancho. Si después de perder hasta el último céntimo el suicida hubiese saltado desde las terrazas del casino, no habría llegado hasta el mar, se habría estrellado contra el cemento. Claro que había otras posibilidades.

—Si está imaginando que el hombre al que sacaron del agua el otro día pudo saltar desde un yate, piense en otra cosa. —Era el mismo viejo desdentado que me había encontrado aquella mañana; esta vez estaba limpiando el casco de un velero pequeño—. No se ha denunciado ningún desaparecido entre los pasajeros ni la tripulación de los que están fondeados aquí. —Le pregunté si ya no creía que aquel individuo se había suicidado. Hizo una mueca y lanzó un escupitajo—. Lo que es seguro es que no se le ocurrió darse un chapuzón en mitad de la noche vestido de esmoquin. ¿Un asesinato? ¿Quién sabe...? Montecarlo es como esas aguas aparentemente en calma que esconden corrientes traicioneras que te arrastran y te llevan al fondo. —Parecía la clásica sentencia de un viejo marinero aburrido al que le gustaba hacerse el interesante.

Subí la cuesta que llevaba al hotel. Según me había dicho Samba, las terrazas que arrancaban detrás del casino eran el lugar de paseo acostumbrado para los turistas elegantes. A pesar de que estábamos a mediados de octubre el mar resplandecía con una intensidad casi veraniega mientras las velas de las embarcaciones que entraban en la bahía se hinchaban con un viento suave. Matrimonios maduros y respetables viudas con sus perros falderos y escoltadas por sus damas de compañía se saludaban con una inclinación de cabeza al cruzarse.

Parecía que allí nada había cambiado desde antes de la guerra, como si las revoluciones de los últimos años solo hubiesen sido un sueño, como si los mismos apellidos ilustres siguieran luciendo sus blasones, como si los grandes duques rusos continuaran derrochando alegremente el producto del sudor de sus siervos sobre el tapete verde, como si el dinero permaneciera en los mismos bolsillos. Es decir, en otros distintos a los de mis pantalones. Me resultaba incómoda la sensación de no poderme comprar ni un paquete de cerillas, me hacía sentir como un intruso que se cuela en una fiesta de alto copete para cenar a base de los canapés que pueda escamotear.

De repente, me sobresaltaron dos detonaciones consecutivas, luego dos más. No había dudas, eran disparos. Recordé de nuevo el cadáver flotando en el agua del puerto. Los tiros sonaban justo debajo de las terrazas. A pesar de que el resto de los paseantes parecía muy tranquilo, corrí y me asomé a la balaustrada para ver qué sucedía. Abajo, sobre un gran semicírculo de hierba que se recortaba contra el mar, dos caballeros derribaban con sus escopetas los pichones desorientados que salían expulsados de unas catapultas situadas a izquierda y derecha de los tiradores. A pesar de que sabía que aquel era un deporte habitual entre los ricos, el sobresalto hizo aflorar un vago presentimiento de que quizás el marinero tenía razón cuando hablaba de los peligros ocultos en aquel paraíso.

8

Como no tuve noticias de mis posibles empleadores tampoco en los días siguientes, continué sacando el máximo provecho a mi estancia en un hotel de lujo con todos los gastos pagados: dejé que me masajeara un vigoroso turco de grandes mostachos en la zona de aguas, me zambullí en las piscinas calientes con vista a la bahía hasta arrugarme como una pasa, me corté el pelo y me hice la manicura en la peluquería, rematando la jornada con otra cena digna de un maharajá.

Las horas muertas las maté con una novelita de espías que encontré abandonada en uno de los salones. El argumento era el habitual en las obras del género de esa época: en un lugar exótico (Estambul, Argel, un crucero), el protagonista (un joven algo despistado) conoce a una mujer misteriosa (aparentemente indefensa) y se ve envuelto de forma involuntaria en una conspiración internacional. Era curioso cómo con un esquema tan similar pudieran hacerse tantas obras y que la mayoría fueran tan entretenidas como aquella. Nada mejor para evadirse que las tramas que uno supone que están lejos de los problemas que nos preocupan.

También aproveché para ponerme al corriente con mi correspondencia y escribí a mi amigo Felipe Fernández Armesto (o Augusto Assía, como le conocían los lectores), que había sido destinado a Londres por *La Vanguardia* después de ser expulsado de Alemania tras un encontronazo con las autoridades nazis. *Sir* Basil tenía un título inglés y seguro que Felipe, mucho mejor informado que yo, sabría algo más sobre este misterioso personaje.

Cuando terminé de escribir volví a recordar que no tenía dinero ni para comprar el sello para mandar las cartas y bajé a buscar a Samba, seguro de que resolvería mi problema. Fue entonces, mientras cruzaba el vestíbulo en dirección a la puerta, cuando la vi por primera vez. O más bien la olí. Su fragancia llegó antes que ella y me hizo frenar el paso. Los perfumes de las mujeres son para mí como la música en las películas: crean un ambiente, iluminan un encuentro, aumentan la tensión. Pequeña, morena y con andar decidido, se detuvo un instante frente a mí para buscar algo en el bolso. Llevaba unos llamativos guantes rojos que contrastaban con una indumentaria discreta. Me miró un instante a través de la redecilla que cubría el sombrero mientras se pintaba los labios y continuó andando. Aún envuelto en su aroma, la seguí con la vista hasta el ascensor.

Mientras le entregaba la carta, pregunté a Samba si sabía quién era esa chica. Confiaba en que pudiera darme un nombre, una pista que alimentara mi curiosidad, pero el eficiente portero estaba ocupado con el equipaje de unos recién llegados y contestó que ni siquiera la había visto. Me acerqué al ascensorista y también lo interrogué. Tampoco parecía recordarla. ¿Había sido una aparición? ¿Un sueño? Era como si se tratase de una presencia de la que yo solo me había percatado.

Patrullé arriba y abajo el vestíbulo del hotel durante un buen rato; necesitaba comprobar si no había sufrido una alucinación, si esa mujer existía y si era tan atractiva como parecía. Guantes rojos, guantes rojos, empezaba a obsesionarme, pero ella no aparecía. Samba me pidió, con muy buenas formas, que dejara de dar vueltas alrededor de los huéspedes o acabarían por confundirme con un carterista; me vi obligado a confesarle el motivo de mi ofuscación, el impacto que me había causado aquel encuentro.

—No se preocupe tanto por una mujer —respondió con su sonrisa de pianola—. Si Alá no lo evita, en Montecarlo encontrará más de las que necesita. —Era musulmán, pero no parecía muy convencido de las ventajas de la poligamia—. Tengo dos esposas y las dos muy celosas. Cuando llego tarde siempre me regañan: «¡Bamako, seguro que has estado con la otra!». —Ese era su nombre real, pero cuando le contrataron, la dirección del hotel decidió que Samba sonaba más exótico—. He tenido que ponerles una casa a cada una. Me cuesta un dineral mantenerlas, pero, como diría el hombre sabio, divide y vencerás. No hay nada peor que dos mujeres que se ponen de acuerdo para hacerte la vida imposible —dijo mientras me guiñaba un ojo con complicidad.

Luego me habló de sus tres hijos, que trabajaban también en el casino, y de que cuando se retirase volvería a Senegal, pero yo ya no oía nada de lo que me contaba. Cuando uno se ofusca con una tontería, solo hay un sitio al que puede dirigirse. Émile me esperaba acodado en la barra como el padre que aguarda al hijo pródigo. Esa noche había más clientes, pero ya estaban atendidos y me escuchó con paciencia.

—¿Una mujer con guantes rojos y un sombrero de redecilla tapándole la cara? —dijo mirándome imperturbable—. No es mi intención aguarle la fiesta, pero está claro que debe de tratarse de una *demimondaine;* ya sabe, una profesional. Suelen darse a conocer por esos pequeños complementos, es como una especie de código.

Intenté convencerle de que eso era imposible, de que ella era muy fina y educada, de que iba vestida de una forma muy discreta; aunque más que verlos, yo esos detalles solo los había intuido.

—Se sorprendería usted. Las mejores, las que son admitidas en este hotel por la importancia de su clientela, serían capaces de hacerle creer a la madre de usted que han sido educadas por la reina de Inglaterra.

Por absurdo que pueda parecer, la noticia de la presunta identidad de la desconocida de los guantes rojos me dejó vacío, abatido. El sexto sentido de barman veterano de Émile debió de haberlo notado enseguida porque, sin que yo se lo pidiera, me preparó un Brain-Duster.

—No se preocupe, en Montecarlo nada es lo que parece. Pronto se acostumbrará —dijo con la voz tranquilizadora de una madre que da el biberón a su niño.

Ese mejunje a base de whisky y vermut italiano demostró ser muy efectivo porque al segundo trago veía las cosas con más perspectiva. Aquella fijación con una desconocida a la que casi no había visto la cara solo podía ser consecuencia de la novela de espías que había leído esa tarde, de las ganas de tener alguna aventura emocionante. Al acabar el vaso casi no recordaba lo sucedido; solo quería llegar a mi cama antes de quedarme dormido encima de la barra.

9

Al cabo de tres días recibí el aviso de los secretarios para que acudiera a su despacho. A pesar de que al principio no le había dado mucha importancia a un trabajo que estaba convencido de que no me darían, el enigma que había alrededor del famoso Zaharoff hizo que me preparara la entrevista con ahínco, leyendo en voz alta las aventuras del caballero de la triste figura por los salones, ante la indiferencia de un servicio habituado a excentricidades. No debía de dárseme mal porque, aunque no entendía español, Émile me pedía que le leyera un rato cuando no tenía clientes.

—Su idioma suena como si estuviera mascando un manojo de guijarros —decía—. Es como uno de esos vodkas de alta graduación que te hacen llorar, pero te despejan la garganta.

—Supongo que para un barman eso debe de ser un cumplido.

Cuando me llamaron para la entrevista estaba perfectamente preparado para una nueva prueba de lectura, aunque no tanto para una completa disección de mi corta vida.

—Hemos estado comprobando su historial para ver si se adecúa al puesto que buscamos. —McPhearson me miraba con un gesto de desprecio, casi de asco. Pensé que ya habían decidido no darme el trabajo—. Hijo único. Su padre, funcionario del Ministerio de Hacienda, murió hace unos años. Su madre vive en el domicilio familiar de la calle Espronceda, un barrio de clase media venida a menos, con una tía soltera. Usted cursó estudios en el colegio Sagrado Corazón de los hermanos maristas; alumno mediocre, aunque avispado. Sus profesores le recuerdan como el clásico niño que tapaba sus trastadas con cara de no haber roto un plato. Empezó la carrera de Derecho, pero solo aprobó algunas asignaturas del primer año. Parece que estaba más interesado en los bares de los alrededores que en la universidad.

Tragué saliva, aquella gente parecía que se había tomado la molestia de investigar mis más insignificantes pecadillos.

—Tras algunos trabajos circunstanciales, comenzó a trabajar en el periódico *El Heraldo* gracias a la recomendación de su tío Jacinto, amigo de uno de los periodistas de la redacción. —Ahora había tomado la palabra McDermott, que me miraba a través de sus diminutas gafas con montura de oro—. Le comenzaron encargando artículos de información local de poca importancia, pero demostró habilidad hablando con la gente, buscando fuentes. Al cabo de dieciocho meses, debido al fallecimiento súbito de la persona elegida previamente para el cargo y a su facilidad para los idiomas, fue enviado como corresponsal a Berlín; una posición que, según sus compañeros, estaba por encima de sus capacidades. Sin embargo, y a pesar de unos comienzos titubeantes, pronto consiguió entrevistas con personajes muy relevantes de la vida germana. Al parecer logró acceder a ellos gracias a su relación con Erik Jan Hanussen, célebre mentalista para el que trabajó de forma recurrente hasta su muerte, provocada aparentemente por elementos de las SA en febrero de este año. Unas semanas más tarde, dejó su puesto en Berlín y se trasladó a la granja de unos tíos a las afueras de Lyon para perfeccionar su francés.

¿Quién era esa gente capaz en cuatro días de enterarse de cómo se llamaba mi maestra del jardín de infancia? ¿Por qué se tomaban tantas molestias? Me sentí muy incómodo, a la defensiva, como si tuviera que justificar de alguna forma mi pasado. Si no querían contratarme, que me lo dijeran cuanto antes, no era necesario humillarme.

—No voy a aburrirle con otros datos menores que nos han proporcionado nuestras fuentes. —McPhearson me observaba con la expresión de un cuervo desconfiado—. La información que hemos recibido no ha hecho más que confirmar lo que yo ya sabía: no es usted el tipo de persona que habitualmente contratamos. Su trayectoria es errática, su personalidad frívola e inmadura y su futuro incierto. —Casi me sentía aliviado de no conseguir el trabajo, de no estar permanentemente bajo la lupa de aquella gente—. Sin embargo..., sin embargo, por algún motivo que desconocemos, ya que es un hombre sumamente exigente, su historial le ha caído en gracia a nuestro jefe y en contra de mi criterio nos ha obligado a considerar su candidatura. También debo fiarme del instinto de mi colega, el señor McDermott, que está convencido de que usted no tiene el valor para atenerse a las consecuencias que le acarrearía hablar, o escribir, más de lo debido.

—¿Estoy o no estoy en lo cierto? —ladró McDermott. Asentí como un cachorrito y McPhearson pareció satisfecho con mi apocamiento—. Muy bien, ya que estamos de acuerdo, le ruego que firme este documento de confidencialidad. Ojo, esto no quiere decir que ya sea suyo el empleo. Es solo para asegurarnos de que no desvelará ningún aspecto de la entrevista que va a mantener a continuación con *sir* Basil Zaharoff.

Iba a conocer al millonario misterioso. Aunque no me contrataran, merecía la pena averiguar quién era ese tipo del que parecía que nadie quería hablar. Sin leerlo, firmé el documento que me pasaban. ¿A qué venían tantas precauciones?

McDermott me acompañó a una suite en la misma planta, la más espaciosa del hotel, según me enteré más tarde. La puerta estaba custodiada por dos sirvientes indios como los que ya había visto el primer día y uno de ellos nos guio dentro. Cuando entré sentí que me faltaba el aire: la calefacción era asfixiante y el aroma de las flores, las gardenias que rebosaban los jarrones que se veían en cada rincón, era tan fuerte que te golpeaba entre los ojos. Rompí a sudar. Ese debía de ser el motivo por el que me habían preguntado en la entrevista si aguantaba el calor extremo. Atravesamos un gran salón en penumbra hasta llegar a una habitación con un mirador por el que se filtraba el sol de la tarde, que dibujaba rayas horizontales sobre una gran alfombra persa y sobre los libros y documentos que llenaban un escritorio de caoba. Junto a él, sentado en una silla de ruedas, se encontraba un anciano cubierto con un sombrero de lana escocesa y tapado con una manta. Verle así de abrigado me hizo sudar aún más. Al aproximarme a saludarle, levantó los ojos hacía mí. Por un instante pensé que era ciego. Pocas veces he visto una mirada como aquella: los ojos eran de un azul clarísimo, casi puro, apenas manchado por unas diminutas motas amarillas. Zaharoff me tendió una mano larga y trasparente, como la de la estatua de un santo; con un gesto me pidió que me sentara junto a él.

—Perdone que no me levante, la dichosa gota manda sobre mi buena educación —dijo en francés mientras se acariciaba la pierna derecha, que estaba apoyada en un escabel—.

Espero que también disculpe el ambiente algo cargado de mi apartamento. —El bigote, engomado en las puntas, y la perilla eran casi tan blancos como su piel—. Ya soy viejo, cada vez tolero menos el frío y, como todos los meridionales, echo de menos la calidez y el aroma de nuestros jardines. —En los ojos diáfanos se reflejaban las partes iluminadas de la alfombra, como si fueran rayas encarnadas sobre un fondo blanco—. Flaubert decía que Montecarlo le recordaba a Grecia, pero en invierno tengo que ayudar un poco a la naturaleza para llegar a la temperatura a la que se me deshiela la sangre en las venas.

A pesar de que debía de tener más de ochenta años, de estar en una silla de ruedas y de la fragilidad de su aspecto, conservaba un aura difícil de definir, un halo imponente, casi majestuoso, como esas escasas personas que ves por la calle y piensas, sin saber nada de ellas, que debe de tratarse de alguien célebre. Hizo una señal al secretario para que se retirase, se acercó con la silla de ruedas a la ventana y empezó a recitar en español.

—«Tendieron don Quijote y Sancho la vista por todas partes. Vieron el mar, hasta entonces dellos no visto; parecióles espaciosísimo y largo, harto más que las lagunas de Ruidera que en la Mancha habían visto». —Se notaba que hacía un esfuerzo para que su voz sonara más firme de lo habitual—; «... vieron las galeras que estaban en la playa, las cuales, abatiendo las tiendas, se descubrieron llenas de flámulas y gallardetes que tremolaban al viento y besaban y barrían el agua». —Le felicité por su dicción, casi sin acento y que solo arrastraba un poco las erres. Sonrió suavemente—. Es un bonito pasaje, una descripción escueta y precisa de lo que debe de ser observar el mar por primera vez, pero lo que más me gustan son las palabras, tan evocadoras, tan bellas en su sonido:

galeras..., gallardetes..., tremolaban..., besaban. —Dejaba caer cada una acentuando el peso de las consonantes—. Es una de las razones por las que amo este libro. Más allá del argumento, de la historia maravillosa que narra, es el único capaz de hacerme evocar emociones que creía perdidas. —Se quedó un momento en silencio, quizás esperando que yo dijera algo que en ese momento no se me ocurría—. ¿Le gusta a usted también el *Quijote,* señor Ortega? —preguntó finalmente.

Respondí recitando aquello de «En un lugar de la Mancha, de cuyo nombre no quiero acordarme» y lo de las lentejas los viernes y los palominos los domingos. Había memorizado la primera página de la novela y la parrafada me quedó bastante apañada, pero preferí dejar de lado mis patrañas habituales.

—Aunque podría intentar engañarle y decirle que este libro me ha marcado para siempre, como la mayoría de los españoles solo recuerdo estas primeras líneas y apenas he fingido leerlo en el colegio. Para nosotros el *Quijote* es como un antepasado ilustre del que uno se enorgullece, pero del que no sabe casi nada. Le he dedicado más tiempo en estos últimos días mientras ensayaba para esta entrevista que en todos los años de escuela.

—Pero supongo que sentirá simpatía por el personaje del caballero de la triste figura, un símbolo de las virtudes de su patria en el mundo entero —preguntó el anciano mientras elevaba la mano hacia el olimpo donde colocaba al hidalgo.

—¿Nunca le ha dado lástima a veces cuando en una comedia un personaje pisa una cáscara de plátano y se cae de culo una y mil veces? —Aunque resultaba evidente que aquello no era lo que Zaharoff esperaba oír, continué sin cohibirme. Había algo en él que inspiraba confianza—. Pues eso mismo me sucede con el *Quijote.* El pobre tiene la mejor voluntad, intenta ayudar a todo el mundo, salvar a las damas de los mayores peligros, pero acaba siempre molido a palos. No puedo evitar sentir pena por él. Y de tanta pena, acaba resultándome un poco patético.

Zaharoff soltó algo que empezó en gemido, se trasformó en risa y que acabó en una tos.

—No deja usted de tener algo de razón —dijo el millonario mientras tomaba el agua que su guardaespaldas indio le puso rápidamente en la mano—. Pero es lo que les sucede a los incomprendidos, a los rebeldes, a los que se salen de la norma: nadie los toma muy en serio y siempre se llevan golpes de todas partes.

—Especialmente si están locos de remate y ven cosas que no existen.

No sabía si era por el calor insoportable de la habitación, pero no paraba de decir disparates que en poco me podían ayudar en una entrevista de trabajo. El anciano volvió a reír y el indio miró alarmado, atento a detener un nuevo ataque de tos que no se produjo.

—Me gustan su sinceridad y su franqueza, señor Ortega. Si hay algo que no aguanto es la pedantería, los que pretenden ser lo que no son. Echo de menos esa espontaneidad tan española. Sin saberlo, son ustedes anarquistas, librepensadores, heterodoxos —dijo, y continuó con una retahíla de ejemplos, desde Séneca a Ortega pasando por Quevedo. Luego me preguntó si llevaba mucho tiempo en Montecarlo.

—Exactamente desde el 12 de octubre.

Me sorprendió al ver cómo se le iluminaba la cara.

—¡El día de la Virgen del Pilar! Es una fecha muy especial para mí, con muy buenos recuerdos. Durante muchos años siempre lo pasaba en Madrid.

—Es el santo de mi madre.

El anciano me sonrió con aún mayor satisfacción y me pidió que le contara cómo celebrábamos ese día en mi familia. Le hablé de los paseos por el Retiro tapizado de hojas ocres, de las carreras en los botes de remos del estanque del parque, del pregón de los barquilleros, de la misa de doce en los maristas, del chocolate con churros en la calle Espíritu Santo. Supongo que la nostalgia añadió color a mis palabras, porque Zaharoff parecía conmovido con mi relato.

—Normalmente se asocia el romanticismo con la primavera —dijo entornando los ojos cuando acabé—. Pero para mí el otoño es la estación del amor. ¿Ha estado usted enamorado de verdad?

Era la entrevista de trabajo más rara que había tenido.

—Una vez y no me quedó un diente sano.

El millonario volvió a soltar una de sus toses-carcajada.

—Señor Ortega —dijo finalmente—. He visto otras personas más adecuadas para el puesto que queremos cubrir, pero me resulta usted agradable. Y eso no es desdeñable teniendo en cuenta el misántropo en el que me he convertido. No obstante, si va a trabajar conmigo, a entrar en mi pequeño círculo, me veo en la necesidad de imponerle algunas condiciones. Creo que mis secretarios ya le han puesto al corriente del asunto de la confidencialidad. No me gusta la prensa y debo protegerme de ella con todos los medios a mi alcance. —Las facciones del anciano se afilaron un momento—. Por otra parte debo insistir en una total discreción en nuestro trato. Como ya le he dicho, conozco y aprecio el carácter expansivo de los españoles, pero sepa que no soporto las habladurías de las personas que pertenecen a mi servicio ni las preguntas indiscretas. —El tono volvió a ser amable y la boca perdió su dureza—. Ya sabe cómo somos de desconfiados los viejos, no es nada personal. Así podremos disfrutar con tranquilidad de nuestras sesiones de lectura, cabalgar juntos a lomos de Rocinante sin preocuparnos por nada.

Accedí a sus condiciones y sin más preámbulos me pidió que empezara a leer.

—No hace falta que empiece por el primer capítulo. Elija el que quiera. Como se imaginará, ya conozco el argumento. Solo quiero recordar, revivir —dijo mientras se arrellanaba en su silla de ruedas y cerraba los ojos. Abrí el libro. Aquel fue, al menos para mí, el comienzo de un viaje insospechado.

10

De esta manera, me incorporé al servicio de *sir* Basil Zaharoff y pasé a formar parte del pequeño grupo que atendía sus necesidades día y noche. Además de McDermott, McPhearson y Elan, el chófer al que ya conocía, estaba formado por Short, el mayordomo, y los seis indios guardaespaldas, que apenas se mezclaban con nosotros. Short, muy alto y delgado a pesar de su apellido, era el encargado de lavar y vestir al anciano, además de ordenar su despacho. Tenía la manía de pasarse constantemente la lengua por los dientes, lo cual le daba un aire conejil. Se llevaba bien con Elan y, como el anciano no salía del hotel a menudo, el chófer le ayudaba a servir la mesa y se encargaba de los recados; cuando no estaban de servicio, Elan y el mayordomo solían jugar a las cartas y sus partidas acababan convirtiéndose en encarnizadas disputas salpicadas de insultos entre dientes. Algunas tardes, como no tenía mucho que hacer, me sentaba con ellos a verlos jugar. Con los naipes en la mano el chófer era fogoso, impaciente, agresivo, intentaba ganar la partida cuanto antes. Short prefería una táctica conservadora, sin tomar riesgos, pero si veía un resquicio en el juego del adversario se lanzaba a degüello. Poco a poco se acostumbraron a mi presencia y, aunque no me invitaban a jugar, empezaron a regalarme alguna palabra.

—Debe de dar gracias a su buena fortuna que *sir* Basil le haya contratado —soltó Elan un día mientras el mayordomo repartía las cartas.

—¿Por qué lo dice? —Temía que el chófer me recordara delante de los demás las preguntas indiscretas sobre el patrón que había hecho en el bar del hotel.

—Es usted el primer no escocés que trabaja para *sir* Basil en un cargo de confianza desde la guerra. Todos lo somos: McDermott, McPhearson, Short y yo mismo, el ama de llaves de París, el encargado del *château* de Balincourt, todos. —El chófer era de Glasgow y Short había nacido en Aberdeen—. El señor Zaharoff considera que los escoceses somos los tipos más leales del mundo. Y no le falta razón —respondió con orgullo—. La lealtad a nuestra patria, a nuestras tradiciones, a las personas para las que trabajamos... es lo más importante para nosotros.

—¿Y los indios? —pregunté señalando las dos estatuas impávidas que vigilaban la puerta de la habitación del anciano.

—Son gurkas, los escoceses del ejército indio —terció Short con una sonrisa socarrona—. Gente honesta, valiente y a la que no le gusta quejarse. El Nepal, de donde ellos vienen, imprime el mismo carácter que las Highlands. También, como nosotros, son tozudos. —El mayordomo me explicó que los gurkas no llevaban habitualmente turbante y que había costado horrores que se los pusieran—. Al señor le parece que están mejor uniformados así. —Short les retaba de vez en cuando a un pulso. Aunque tenía casi cincuenta años, se jactaba de su fuerza. La necesitaba para ayudar a *sir* Basil.

—A pesar de su edad, es alto y grande; pesa lo suyo —me explicó mientras contaba el dinero que le había ganado a Elan—. No es fácil levantarlo de la cama y meterlo en la bañera. Además, como todos los viejos, tiene sus manías: tengo que levantarme a las seis de la mañana a llenar la tina de agua hirviendo para que a las ocho esté a la temperatura que a él le gusta: veintitrés grados, ni una décima más. Normalmente no da mucho la lata, pero con esa tontería es inflexible.

Más allá de esas pequeñas anécdotas, y al contrario de lo que yo suponía del servicio, apenas hablaban del anciano. Parecía que respetaban la discreción que me había pedido Zaharoff y yo me abstuve de preguntar nada por no quedar en evidencia. Otra cosa eran los comentarios sobre los secretarios, los jefes directos. A McPhearson lo llamaban «McHister», por sus modos autoritarios, porque siempre estaba nervioso y cualquier contratiempo le hacía saltar. McDermott era «el Gordo» y el mayordomo y el chófer solían reírse de su aire agobiado, que le hacía resoplar constantemente.

Los secretarios hacían vida aparte. Mientras los demás vivíamos en el piso superior, la parte destinada al servicio, ellos tenían habitaciones como el resto de los huéspedes. Siempre parecían atareados, hablando por teléfono o llevando papeles de un lado a otro. McDermott se dedicaba más a los asuntos relacionados con los negocios de Zaharoff mientras que McPhearson atendía la intendencia de las propiedades del anciano y al personal con una actitud de eficiencia extrema en la que no había lugar para momento de descanso o relajación. McDermott, en cambio, bajaba algunas tardes al bar americano y tocaba el piano. Solo en esos momentos daba rienda suelta a una melancolía que normalmente intentaba disimular.

Como no se permitía la entrada del personal del hotel a la parte que ocupábamos, de limpiar nuestras habitaciones y de la ropa de *sir* Basil se encargaban dos doncellas, por llamarlas de alguna forma, que también formaban parte del equipo. Chloe era una mujer gordita y callada de unos cuarenta años; su tía Afrodita, delgada y seca como una rama de olivo, era más habladora.

—Esos escoceses —me contó una tarde mientras cosía los botones de una camisa— se hinchan como pavos porque se creen importantes, pero nosotras sí que somos especiales: Por algo somos griegas como el jefe y llevamos más tiempo que nadie con el Kyrios. ¡Así le llamamos nosotras en nuestro idioma: el señor, el cabeza de familia. ¡Somos parte de los Zaharoff desde hace décadas! —Afrodita hablaba con enfado, comiéndose las palabras, como si alguien pusiera en cuestión sus credenciales—. ¡Yo he cuidado durante años de sus hermanas mayores, las señoritas Sevasti, Zoe y Chariklea, que Dios tenga siempre en su gloria! Y mi madre ya trabajaba para él cuando estuvo en Chipre. Vivió bastante tiempo en Limassol, ¿lo sabía?

No, yo no sabía ni que Zaharoff fuese griego. El apellido sonaba eslavo y él tenía aspecto de gran duque ruso, pero el título de *sir*..., ¿no era inglés? Intenté tirarle de la lengua a Afrodita para que me contara un poco más sobre el jefe y ella sonrió con la sorna desconfiada de los viejos de pueblo.

—Si yo contara lo que sé... ¡Me pagarían millones! Cuando trabajas para alguien, lo conoces mejor que nadie, ves lo que nadie ve: sus momentos de tristeza, de duda, de dolor... El Kyrios es un hombre único, predestinado, capaz de lo mejor y de lo peor, como los grandes reyes. Si se conociera, su historia dejaría sin aliento a cualquiera... Pero no hay dinero en el mundo para que yo hable.

—Pero, dígame, ¿por qué es tan rico? —pregunté bajando la voz.

—¡Afrodita!, deje de charlar y póngase a hacer algo útil. ¡Hay una pila enorme de ropa para planchar! —Los gritos de McPhearson no sorprendieron a la doncella, que se puso de pie sin prisa y se alejó rezongando—. Y usted, señor Ortega, deje de cuchichear como una vieja. Ya le advertimos sobre los riesgos del exceso de curiosidad. La próxima vez le pongo en la calle, ¿se entera? —Asentí sin levantar la cabeza—. ¡Ahora póngase a hacer algo de provecho! —A pesar de las amenazas, o gracias a ellas, cada vez tenía mayor interés en saber más sobre el misterioso Basil Zaharoff.

I I

Por una vez, parecía que el destino me sonreía: tenía un trabajo sin complicaciones, vivía en uno de los mejores hoteles del mundo y disponía de mucho tiempo libre. Al principio McPhearson se empeñaba en que estuviera permanentemente disponible, como si Zaharoff pudiese tener el antojo de que le leyeran en cualquier momento, así que los primeros días apenas salía del hotel. Sin embargo, pronto me di cuenta de que el anciano era muy regular en los horarios y solía hacerme llamar después de cenar, sobre las ocho. Como me había pedido en nuestro primer encuentro, yo abría el libro al azar y empezaba a leer por el capítulo que tocara. Al principio Zaharoff me escuchaba en silencio, con una quietud casi de figura de cera; solo de vez en cuando se tocaba la pierna derecha, que siempre tenía en alto y tapada por una manta.

—«Haz gala, Sancho, de la humildad de tu linaje, y no te desprecies de decir que vienes de labradores; porque, viendo que no te corres, ninguno se pondrá a correrte; y préciate más de ser humilde virtuoso que pecador soberbio. Innumerables son aquellos que, de baja estirpe nacidos, han subido a la suma dignidad pontificia e imperatoria; y de esta verdad te pudiera traer tantos ejemplos, que te cansaran».

No fue hasta pasadas un par de semanas y al hilo de los consejos que don Quijote le da a Sancho cuando va a convertirse en gobernador de la ínsula de Barataria que Zaharoff empezó a comentar nuestras lecturas:

—¡Qué gran verdad es esa! —dijo con una voz distante, como si estuviera hablando para sí mismo—. Me ha llevado muchos años entender que este es uno de los consejos más importantes de este libro. A lo largo de mi vida he dicho muchas mentiras (por necesidad, por diversión o por vergüenza), pero en este momento solo me arrepiento de las relativas a mis orígenes. En la época en que era un joven ambicioso y lleno de pretensiones, como lo son la mayoría de los jóvenes, le contaba a quien quisiera oírme que había venido al mundo en Fanar, el barrio de los griegos ricos de Constantinopla. Un sitio precioso, con grandes mansiones de madera, jardines, calles anchas y arboladas, el enorme colegio ortodoxo de ladrillo rojo y la iglesia de San Jorge, sede del patriarcado, dominando el estuario. En Fanar vivían los que habían triunfado, las antiguas familias de mercaderes que llevaban allí desde la caída de Constantinopla y que se habían acomodado al Imperio otomano. Era el lugar al que yo imaginaba que debía pertenecer.

—¿Y no era cierto? —Yo no quería interrumpir, romper aquel hilo de intimidad que se estaba creando entre nosotros, solo animarle a continuar el relato.

—Nada más lejos. En realidad, mi barrio era Tatavla, a solo unos kilómetros al otro lado del Cuerno de Oro, pero a miles de años luz de Fanar. Un nido de callejuelas estrechas que no llevaban a ninguna parte donde emigrantes griegos de provincias más pobres pugnaban cada día para hacerse con cuatro piastras que les permitieran poner algo de comida en la mesa. En vez de palacetes burgueses y bibliotecas, había casas de mala reputación para entretener a los marineros del puerto, tabernas destartaladas donde los viejos desayunaban ouzo y los jóvenes se dejaban el jornal, tenderetes callejeros que ofrecían comida barata y niños peleando por una pelota de trapo. Y mierda, mucha mierda. Mierda de los animales, mierda que caía de los balcones o subía de los desagües y que nadie recogía. Ya ha visto que me gusta tener siempre mis habitaciones llenas de flores. Pues cuando recuerdo mi barrio aún puedo oler aquella fetidez, aquella peste que casi se podía palpar en los días calurosos del verano. No en vano Tatavla significa en griego algo parecido a establo.

—Así que es usted griego. Su apellido parece más bien ruso. —El anciano se había quedado en silencio, enganchado a los recuerdos, y yo quería saber más.

—Para entender las cosas hay que conocer el contexto —respondió Zaharoff mientras se erguía y arreglaba la manta que le cubría la pierna—. No resultaba fácil ser griego en la Constantinopla del siglo XIX. Éramos una minoría incómoda, un recuerdo constante de que, antes de que los turcos la conquistaran, la gran capital de Oriente nos pertenecía. Este odio latente nos convertía en los perfectos chivos expiatorios, los culpables de todas las desgracias: había una epidemia, son los griegos, que nunca se lavan; un incendio, a por los griegos, que quieren quemar nuestros templos. También éramos responsables de lo que pasaba a cientos de kilómetros. Cuando Grecia se independizó del Imperio otomano en 1821 lo pagamos los griegos de Constantinopla, que nunca habíamos pisado la patria. Durante semanas, nuestras casas fueron quemadas, nuestras mujeres violadas, nuestras iglesias destruidas. Las matanzas fueron salvajes y cuando colgaron al patriarca Jorge, la autoridad máxima de nuestra comunidad, de una viga de la catedral muchos escaparon de la ciudad para salvar la vida. Como tantos otros, mis abuelos huyeron a Rusia con poco más que un hatillo. A pesar de que éramos cristianos ortodoxos y eso nos abría las puertas de ese país, no dejábamos de ser extranjeros. Buscando ser aceptado y poder ejercer su profesión de sastre, el abuelo transformó su apellido original, Zachariadis en Zaharoff, mucho más aceptable para los rusos, un apellido que más tarde ha provocado muchas especulaciones sobre mi origen, un elemento más de la leyenda que se ha tejido a mi alrededor y que no he intentado aclarar. —¿Leyenda? Esto se iba poniendo cada vez más interesante—. Pero nuestro corazón siempre ha sido griego. Mi padre nació en Odessa y creció en aquellas tierras añorando la ciudad que nunca había conocido. Para nosotros, Constantinopla, la brisa del Bósforo, las cúpulas de Santa Sofía... son más Grecia que la propia Atenas. Por eso cuando años más tarde, en 1849, el odio de los turcos descendió a unos niveles aceptables, mi familia decidió volver a lo que considerábamos nuestro hogar. Yo nací durante el viaje de regreso, en un pequeño pueblo de Anatolia y fui bautizado como Zacarías Zaharoff.

—Pero se crió en Tatavla, ¿no? ¿Tuvo oportunidad de estudiar? —le pregunté con curiosidad genuina. Siempre me han interesado los orígenes de los hombres hechos a sí mismos. El viejo movió la mano para dar a entender que más o menos.

—Puestos a confesar embustes, no me importa decirle que también mentí con respecto a mi educación. Incluso llegué a decir a mis amistades ilustres que había asistido al famoso colegio británico de Rugby. ¡Imagínese qué disparate! En realidad, mi padre se había arruinado en un negocio de importación de esencias de rosas de Bulgaria y solo conseguí ir a un colegio de misioneros anglicanos, mucho más barato que los griegos, gracias a la ayuda de un pariente. Allí fue donde los profesores decidieron llamarme Basil (por Basileos, mi segundo nombre) en vez de Zacarías. A ellos les resultaba más fácil de pronunciar y a mí también me gustaba, sonaba británico y todo lo británico en esa época era moderno, nuevo. En ese colegio descubrí mi buena memoria y mi facilidad para los idiomas, en pocos meses hablaba el inglés a la perfección. Y lo puse en buen uso enseguida. En una casa con tres hermanas mayores solteras y un padre sin dinero no quedaba más remedio que trabajar y, aprovechando lo que aprendía en la escuela, hacía de guía para turistas.

Zaharoff cerró los ojos, como intentando volver al puente de Gálata, el lugar donde un chiquillo rubio, alto y delgado solía apostarse para encontrar a sus clientes. Me habló del aire cálido y pegajoso de las tardes de verano, del olor a mar mezclado con el tufillo de las curtiembres, del grito del muecín multiplicado por cien al que replicaban tímidamente las campanas griegas, de las velas sobre el Bósforo; de las miles de gaviotas volando sobre las mezquitas, las sinagogas, las iglesias.

—Cuando aparecía una familia de europeos con aspecto de turistas yo me abría paso entre la maraña de niños que los acosaban. «*Mister, mister, do you want a free tour?*». Los extranjeros me miraban con simpatía, mi pelo rubio y los ojos azules apaciguaban los miedos de los visitantes occidentales al verse rodeados de tantas pieles oscuras. Además, con seis o siete años yo era capaz de contar las cuatro obviedades sobre la catedral de Santa Sofía o el gran bazar en francés, alemán, ruso o casi cualquier otra lengua que hablasen los turistas. Era pícaro, rápido, simpático y mis clientes me adoraban.

—¿Ganaba mucho dinero así?

—Las propinas no están mal, pero ¿puedo contarle algo en confianza? —dijo Zaharoff mientras giraba su cuerpo hacia mí como buscando más intimidad—. Sacaba mucho más con el cambio. «*Monsieur, avez-vous besoin de changer de monnaie?*». Movía las manos con rapidez, sacaba y metía monedas en los bolsillos. Los turistas no estaban al tanto de que la piastra perdía valor constantemente y que las monedas antiguas contenían mucha más plata que las nuevas. Cuando acababa la operación salía corriendo a toda velocidad, muerto de risa, hasta encontrar un rincón donde contar las ganancias. —El anciano abrió los ojos con una sonrisa melancólica en los labios—. En esos años aprendí todo lo que necesitaría más tarde en la vida: a ser un poco más rápido que el de enfrente, a usar mi buena memoria, a explotar mi aspecto físico y a hablar, a seducir, en cualquier idioma. Sí, Pepe —dijo apoyando su mano en mi brazo—. Aquel pillastre es el padre de mi fortuna actual. Ya no me avergüenzo de la vieja Tatavla. La vanidad y el orgullo, esas fuerzas tan poderosas y tan inútiles, han dejado de incordiarme. O al menos se han vuelto más juiciosas. Hace años que me di cuenta de que mi fortuna, todo lo que he logrado, tiene mucho más valor por venir de tan abajo.

12

Empezó a crearse entre nosotros una confianza cada vez mayor y llegué a esperar con ganas las sesiones de lectura con Zaharoff, en parte también porque el resto de aquellos primeros días me aburría como una ostra. Aún no había cobrado mi primer sueldo, no me atrevía a pedir un anticipo a McPhearson y acabé por hartarme de pasar las tardes viendo como Short y Elan jugaban a las cartas, así que bajaba al vestíbulo y leía alguna de esas novelitas de espías que los clientes olvidaban en alguno de los salones mientras que con el rabillo del ojo vigilaba a los que entraban y salían del hotel. A pesar de las advertencias, no perdía la esperanza de volver a ver a aquella mujer fatal de los guantes rojos e imaginaba que, como sucedía en uno de esos libritos a los que me había aficionado, yo recogía un pañuelo perfumado que ella dejaba caer. Agradecida, me invitaba a recorrer la Riviera en un veloz descapotable y vivíamos un apasionado romance.

Cuando me cansaba de esperar el milagro, salía a pasear por los jardines y me sentaba como un jubilado a tomar el sol en la plaza que había enfrente del hotel, conocida coloquialmente como «el Queso» por su forma redonda. Allí se reunían los únicos personajes de Montecarlo que estaban tan tiesos como yo: los jugadores que se habían quedado sin blanca. Era algo así como el cementerio de los elefantes, la isla de los desafortunados que miraban la reluciente fachada del casino como Moisés la tierra prometida, tan lejos y tan cerca.

—Monsieur, perdone que le moleste. Soy notario en Carcassonne y he tenido un pequeño percance, quizás pueda usted...

Primero intentaban que les prestaras unos billetes, que te asociaras con ellos para, gracias a una estratagema infalible, ganar millones. Cuando veían que no había dónde rascar, te mareaban con historias interminables sobre cómo habían estado a punto de hacer saltar la banca.

Un día decidí bajar pronto por la mañana, antes de que aparecieran los jugadores, para ahorrarme la conversación. A pesar de que estábamos a principios de noviembre, la temperatura era agradable y me senté en uno de los bancos, aún vacíos, a digerir el desayuno. Refunfuñé entre dientes cuando al cabo de un rato un tipo se sentó a mi lado. Afortunadamente, el recién llegado —bien vestido, con aspecto de deportista— abrió su periódico sin dedicarme una mirada. Sin embargo, mi suerte no duró mucho: poco después apareció otro tipo y se sentó entre los dos. Era calvo, parecía más mayor de lo que en realidad debía de ser, estaba nervioso y tenía pinta de no haber dormido bajo techo. No tardó ni un segundo en empezar a contarme la clásica milonga de que se había quedado sin dinero y que estaba esperando un giro de un tío millonario que vivía en Nápoles. Le tuve que explicar que yo era un periodista en paro y que no tenía dónde caerme muerto.

—¿Periodista? —preguntó con ansiedad—. Si es capaz de encontrar algo de dinero, tengo una buena historia para usted.

—¿Ah, sí? Cuénteme un poco más y si me interesa hablaremos de negocios. —No tenía nada mejor que hacer y así me entretendría un rato.

—Esta información que le voy a dar puede ser una gran exclusiva —dijo mientras intentaba serenarse y aparentar compostura, aunque sin poder detener el movimiento nervioso de su rodilla derecha—. Aunque haya tenido que empeñar mis trajes y no lo parezca, soy un hombre de una cierta posición y cuando vengo a Montecarlo suelo alojarme en el hotel Excelsior. Hace unas semanas, a mediados de octubre, tenía como vecino de habitación a un tipo gordo, algo desagradable, con la cara picada de viruela y aspecto de ser un policía o militar retirado. No hacía ruido, no hablaba con nadie y ni siquiera desayunaba en el restaurante, solo coincidía con él en el ascensor. Pues bien, una noche, cuando volvía del casino, oí una discusión en la habitación de al lado. Las voces se convirtieron en golpes y de repente todo volvió a estar en silencio. Me asomé con cuidado a la puerta y vi cómo dos tipos sacaban inconsciente y a rastras a mi vecino de la habitación.

—Una pelea de borrachos, no creo que pueda interesarle a mi periódico —interrumpí sin recordar que acaba de decir que estaba en paro. Mi interlocutor hizo un gesto con la mano para que le dejara continuar.

—Le aseguro que fue bastante más que eso. Fui testigo de cómo lo metían en un carro de esos donde se ponen las sabanas sucias y lo bajaban en un montacargas.

—¿Estaba muerto?

—Ignoro si lo estaba en ese momento, pero por lo que yo sé, a la mañana siguiente apareció un cuerpo flotando en la bahía. —La rodilla derecha de aquel tipo no paraba de moverse.

Me incorporé con un respingo. No era posible que fuera el cadáver que yo había visto sacar del agua.

—¿Está seguro de que se trata de la misma persona?

—Yo creo que es evidente que sí —respondió mi interlocutor mientras intentaba refrenar el movimiento de su rodilla.

—¿Cuándo sucedió esto?

—Ya se lo he dicho, sobre el 11 o 12 de octubre. —El mismo día que había llegado yo, la cara picada de viruela, todo encajaba. Le pregunté por qué no lo había denunciado a la policía.

—Yo he venido a Montecarlo a jugar, no a visitar comisarías —dijo mi interlocutor mientras intentaba controlar el sube y baja de su muslo—. Y ahora, ¿qué hay de mi dinero? Hay más cosas inquietantes sobre este asunto que puedo contarle.

—Tengo que hablar con mi jefe, es posible que pueda...

—Usted está más seco que yo. —Se puso de pie contrariado—. No sé para qué pierdo el tiempo...

—Déjeme un poco de tiempo...

—Eso es precisamente lo que no tengo. Necesito jugar, recuperar el dinero que he perdido —respondió mientras miraba al otro lado de la plaza—. Acabo de ver a alguien que puede ayudarme, tenga usted muy buenos días.

Sin darme tiempo a responder, aquel individuo cruzó la calle con paso rápido. Pensé por un momento en seguirle, pero me di cuenta de que no tenía sentido. Aunque me intrigara el asunto, yo ya no ejercía de periodista. ¿Qué más me daba cómo había muerto el ahogado? Estaba leyendo demasiadas novelas de espías últimamente.

—Una historia peculiar, ¿no le parece? —dijo el tipo de aspecto deportista que también estaba sentado en el banco. Más o menos de mi edad, era rubio y llevaba el pelo corto por los costados, un estilo muy de moda entonces. Vestía una chaqueta sport estilo inglés.

—¿Usted le cree? —En condiciones normales es posible que me molestara que alguien se inmiscuyera en una de mis conversaciones, pero estaba aburrido y aquel hombre, a diferencia de los otros que pululaban por la plaza, no tenía pinta de intentar darme un sablazo.

—En la prensa local se mencionó el hallazgo del cuerpo, algo que no suele hacerse con los suicidios en Montecarlo por aquello de la mala publicidad que supone para el negocio del casino. Imagino que eso quiere decir que la policía la considera una muerte sospechosa.

—Aunque le parezca increíble, yo estaba presente cuando encontraron ese cadáver. —Le describí al extraño la escena, el pelo canoso chorreando agua, la cara picada de viruela, los rasgos hinchados y todo lo que había sucedido cuando yo estaba en el muelle.

—¿Así que le sacaron del agua, le metieron unos billetes y volvieron a tirarlo? —preguntó el rubio riendo, como si aquello fuera una broma.

—Según me dijeron, es lo que hacen aquí los empleados del casino con los suicidas.

—¿Está usted seguro de que esos tipos eran del casino? —preguntó el extraño—. ¿O de que además de dejar el dinero, no sacaron algo de la cartera? Al parecer, aún no han identificado el cadáver, así que no debía de llevar documentación.

—Yo no podía afirmar ninguna de las dos cosas. Estaba a cierta distancia y el sol de la mañana me daba en los ojos. Mi compañero de banco parecía cada vez más divertido con la historia—. Una posibilidad es que sustituyeran billetes extranjeros por franceses para que no se supiera de dónde venía el muerto. O que estuvieran buscando algún documento comprometedor. En fin, son solo ocurrencias de un aficionado a las novelas de misterio, pero tiene gracia jugar al detective, *n'est-ce pas?*

—Disculpe la curiosidad, ¿es usted alemán? —Hablaba francés bien, pero un cierto alargamiento de las vocales lo delataba.

—Sí, lo soy, supongo que no puedo negarlo. —Tenía una sonrisa que desarmaba todas las suspicacias. Me extendió una mano fuerte y franca—. Hans Günther von Dincklage, aunque mis amigos me llaman Spatz. Quiere decir gorrión; cuando era pequeño mi padre decía que tenía la voz cantarina como estos pájaros. —Típico de los alemanes de clase alta tener un apodo ridículo como contraste a sus apellidos altisonantes. Hablaba de forma sincopada, con ansia y se alegró mucho de que conociera su idioma—. Para las chicas, el francés; para los amigos, siempre mejor en nuestra lengua materna —dijo sonriendo. Sin entrar en muchos detalles, le conté que había vivido un tiempo en Berlín y estuvimos hablando un rato de restaurantes y cabarés. Luego le pregunté qué le traía por Montecarlo.

—Investigar la aparición de cuerpos sin identificar en la bahía —respondió mientras acompañaba la broma con una gran carcajada—. No, en serio, supongo que quiero escapar un rato de mi familia y jugar un poco, como todo el mundo.

En ese momento nos interrumpió un hombre de mediana edad, pequeño y con gafas. Llevaba un abrigo varias tallas más grandes y enseguida dejó claro que era otro soldado del ejército de sablistas profesionales. Solo le hacían falta quinientos francos para poner en práctica un método revolucionario para ganar al treinta y cuarenta. Por supuesto, nos devolvería nuestra inversión multiplicada por cien. Yo estaba harto de tanto pesado, pero Spatz se lo tomó con el mejor de los humores.

—Mire, le voy a contar algo que sucedió ahí mismo hace unos años —dijo mientras señalaba al Hotel de París—. Una mañana, uno de los mayores accionistas del casino estaba desayunando y leyendo tranquilamente el periódico en el restaurante cuando la típica señora entrometida (americana, por supuesto) lo reconoció y se acercó a su mesa. «Monsieur —le interpeló con una voz estridente y sin presentarse previamente—, ya que es usted el dueño del casino, ¿podría facilitarme algún sistema infalible para ganar a la ruleta?». Él la miró con sus ojos azules, casi trasparentes, gélidos, y le dijo con mucha cortesía: «Madame, le recomiendo que emplee el método más infalible que existe y que es el mismo que yo uso: nunca se acerque a una sala de juego». Luego levantó su periódico y siguió leyendo. Ese hombre era *sir* Basil Zaharoff y por algo es una de las mayores fortunas del mundo.

Spatz celebró con grandes carcajadas la anécdota mientras el sablista se marchaba acordándose de nuestros muertos. Me hizo gracia que surgiera el nombre de mi jefe en la conversación y es que mi nuevo amigo alemán era una máquina de hablar, de contar anécdotas, disparaba desde poesías de Schiller a cotilleos sobre las estrellas de cine. Un tipo simpático. Aquella mañana me invitó a unas cuantas cervezas en un café cercano y quedamos en volver a vernos cuando regresara a Montecarlo.

13

El anciano sonreía con las simplezas de Sancho, me hacía ver la agudeza de las sentencias de don Quijote, pero sobre todo estaba atento cuando el hidalgo hablaba de Dulcinea.

—Pepe, léame otra vez esa carta, «Amada enemiga mía» —decía mientras acariciaba una flor que se ponía de vez en cuando en el ojal.

—«Si tu fermosura me desprecia, si tu valor no es en mi pro, si tus desdenes son en mi afincamiento, aunque que yo sea asaz de sufrido, mal podré sostenerme en esta cuita, que además de ser fuerte es muy duradera».

—Es una pena que se pierdan estas palabras tan bellas. ¿Sabe usted que quiere decir «afincamiento»?

Yo, por supuesto, no tenía ni idea y el anciano consultaba su significado en un diccionario muy gastado que tenía siempre a mano. Al hilo de esas búsquedas o de lo que estábamos leyendo, Zaharoff me preguntaba de vez en cuando sobre mi vida; pequeños detalles que, a juzgar por la investigación que habían hecho los secretarios, probablemente conociera: a qué tipo de colegio había asistido, si tenía familia en otras partes de España... El tiempo que compartíamos era amable y sereno; parecía que estaba leyéndole a un viejo pariente hasta entonces desconocido que agradecía sinceramente el tiempo que pasaba con él. Un abuelo bonachón que —por la perilla, el bigote puntiagudo, la cara fina, la nariz aguileña, los dedos largos y huesudos— cada vez me recordaba más al caballero de la triste figura.

—«Hízome el cielo, según vosotros decís, hermosa, y de tal manera que, sin ser poderosos a otra cosa, a que me améis os mueve mi hermosura; y, por el amor que me mostráis, decís, y aun queréis, que esté yo obligada a amaros. —Esa noche tocaba la historia de Crisóstomo y Marcela, una de esas digresiones de las aventuras del hidalgo que se apartaban de la trama principal y que tanto me aburrían. Por el contrario, Zaharoff parecía más atento que nunca—. Si como el cielo me hizo hermosa me hiciera fea, ¿fuera justo que me quejara de vosotros porque no me amábades?».

—¿Se ha dado cuenta, Pepe, lo actuales que son las mujeres del *Quijote?* —Yo no me había dado cuenta de nada, ni de que en los ojos trasparentes y fríos del anciano había un brillo de emoción—. En las novelas de esa época los personajes femeninos eran planos y se limitaban a dos tipos de mujeres: por un lado, la santa, la virgen, la buena madre; y por otro, la perdida, la viciosa, la serpiente del árbol de la sabiduría. Por el contrario, las mujeres de Cervantes son poliédricas, llenas de matices, como las de verdad. Por ejemplo, este razonamiento de Marcela es el de un ser libre que sabe lo que quiere, que es mucho más que una cara bonita. ¿No es cierto?

—Desde luego, una moza que sala jamones como Aldonza Lorenzo no es la heroína más evidente para una novela

—dije intentando arrancar una sonrisa a mi jefe que, sin embargo, se dejaba llevar por lo que venía a la cabeza.

—Las mujeres son el alfa y el omega, las que hacen que cada mañana se levante la persiana del mundo y que las cosas funcionen, nuestra inteligencia práctica. Y son infinitamente más interesantes que los hombres. Es algo de lo que me di cuenta desde que era muy joven. He aprendido de ellas más que de nadie en mi vida. —Dudó un momento antes de seguir hablando—. ¿Puedo contarle algo en confianza? —preguntó mientras se incorporaba para mirarme a la cara y buscar complicidad.

—Por supuesto —respondí con gusto. Estaba deseando saber más de la vida del anciano.

—Como ya sabe, mis orígenes son muy humildes y tuve que trabajar desde muy joven para ayudar en casa.

—Me comentó el otro día que había trabajado de guía.

—Es cierto, pero necesitábamos más dinero y tuve que buscar un empleo con ingresos recurrentes, así que me coloqué como chico de los recados en una casa de tolerancia.

—Quiere decir...

—Sí, en un burdel —respondió sonriendo ante mi sorpresa—. Aunque usted me ve ahora rodeado de este lujo, dueño de una fortuna considerable, mi primer sueldo lo gané allí. Pero no era un burdel cualquiera, sino el mejor de la ciudad, el de Ben Salem, un tunecino muy listo que tenía a las chicas más guapas de Constantinopla. Las traía de todos lados: de Bulgaria, de Polonia, de Marruecos, hasta de Francia. —El anciano se detuvo y me pidió un cigarrillo. A pesar de que McPhearson me había repetido hasta la saciedad que no debía fumar en la presencia de Zaharoff, ante su insistencia le di uno—. Por aquella casa pasaban todos los personajes importantes de la corte del sultán, gente que, aunque tenía el harén lleno de esposas y concubinas, prefería ir allí a divertirse —continuó mientras soltaba un hilo muy fino de humo con evidente placer—. Yo tenía en esa época unos diez años y mientras servía a los grandes señores, mientras cargaba sus pipas de opio o les traía una copa de vino, escuchaba en silencio sus conversaciones. Esa fue mi universidad, comprendí cómo piensan los que tienen dinero y poder, el doble lenguaje de los negocios y la política, el mejor momento para cerrar un trato y cuándo demorarlo. —El anciano se acercó un poco más—. Sin embargo, aprendí mucho más de las mujeres que trabajaban allí. Yo era la mascota del negocio, simpático y siempre servicial. Todas me querían, incluso se disputaban mi afecto con golosinas o pequeños regalos que compraban con el dinero que tanto les costaba ganar. Les recordaba a sus hijos, internos en algún colegio lejano o al cuidado de sus abuelos, y ellas me contaban sus historias, casi siempre tristes, pero que habitualmente demostraban fortaleza y decisión. Mujeres que debían luchar contra un mundo en el que tenían todo en contra. Confiaban tanto en mí que acabé por llevarles las cuentas a muchas de aquellas chicas.

—Una buena escuela de economía. No creo que Rockefeller estuviera en una igual —dije y el anciano soltó una carcajada. Uno de los indios que vigilaba la habitación y cuya presencia había olvidado se acercó con un vaso de agua, pero en esta ocasión Zaharoff no tosió.

—¿El viejo John? ¡No creo! Aunque muchos pensarán que es una deshonra haber crecido en este ambiente, entender a las mujeres, respetarlas sean cuales sean sus circunstancias, son enseñanzas que nunca olvidaré. Una de ellas, Alessia, una maltesa alta y fuerte que sabía dónde darles a los que les gustan esas cosas, me dijo un día: «Si los hombres amaran de verdad a sus hijos, también se harían putas como nosotras para alimentarlos». Y tenía razón: un hombre puede alcanzar metas muy altas, pero difícilmente aprenderá a querer a sus hijos, a su amante, a su padre, con la entrega de una mujer. Aquellas pobres chicas de casa de Ben Salem tenían el corazón más grande que cualquiera de los poderosos que he conocido. Tuve muchos romances después, pero gracias a lo que ellas me enseñaron, cuando apareció el amor supe valorarlo y cuidarlo.

—Es una historia apasionante, debería usted contarla, compartirla —dije con la admiración de oír a un hombre sabio mientras recordaba a la chica de guantes rojos con la que me había cruzado en el hall del hotel. Seguro que ella también tenía una triste historia detrás.

—Me gusta recordar esa parte de mi vida, pero no creo que incluya estas anécdotas en mis memorias. El mundo está lleno de fariseos que se rasgan las vestiduras por cualquier cosa —respondió el anciano y con un movimiento rápido escondió la colilla del cigarro que tenía entre los dedos. Una décima de segundo después se abrió la puerta de la habitación.

—¡Pepe!, ¿no le he prohibido expresamente que no fume en presencia de *sir* Basil? —bramó McPhearson, que entraba con una de las medicinas que debía tomar el anciano en la mano. Zaharoff le hizo un gesto para que bajara la voz y se calmara.

—No ha sido el señor Ortega. Le he pedido a Ganju que encendiera un cigarrillo —dijo señalando al gurka que vigilaba la habitación y que asintió obediente—. Es solo por el aroma. No va a privarme de ese triste disfrute a estas alturas, ¿verdad, McPhearson?

Zaharoff me dio las buenas noches y acompañó el agradecimiento por mis servicios con una sonrisa cómplice. Mientras me dirigía a mi habitación sentí una suave euforia, la satisfacción de estar mereciendo la confianza de aquel gran personaje, de un hombre hecho a sí mismo que se había convertido en un magnate. Además, había dado a entender que estaba escribiendo sus memorias. Quizás pudiera, como periodista, ayudarle de alguna forma.

14

Cuando llegué a mi habitación me encontré a Afrodita con la cabeza metida en mi armario.

—Estoy colocando bien sus cosas, esto no puede ser —dijo con su voz chirriante—. Las camisas deben estar arriba, los calcetines y la ropa interior en los cajones de abajo. ¡Cómo se le ocurre ponerlos así!

Aunque intenté explicarle que no me gustaba que tocaran mis cosas, que prefería mi propio desorden, no hubo forma de que dejara la tarea que nadie le había pedido, así que me senté en la cama y encendí un cigarrillo.

—Dígame, Afrodita, ¿es cierto lo que me ha contado *sir* Basil de que trabajó de joven en una casa de citas en Constantinopla? —pregunté más por la vanidad de que supiera que el anciano me hacía confidencias que por corroborar lo que me había contado. La doncella sacó la cabeza del armario y me miró mientras se limpiaba la frente con un pañuelo rojo.

—En efecto, aunque ahora pueda parecer extraño, el Kyrios fue mozo de confianza del prostíbulo de Ben Salem durante bastantes años. No era un lugar cualquiera, sino un templo del vicio conocido desde Viena hasta El Cairo. Podía haber hecho carrera porque al viejo Salem, que no tenía hijos, le había caído en gracia y lo tenía de mano derecha, pero con solo quince años sedujo a la favorita de su jefe, una argelina bellísima de veinticuatro. Salem se enteró entonces de lo que se cocía a sus espaldas y puso al Kyrios en la calle. —La historia de lo mucho que Zaharoff había aprendido en el burdel tenía más aristas de las que parecía en un primer momento—. Al muchacho no le quedó otra alternativa que colocarse de bombero.

—Una profesión muy noble. —Sobre todo en comparación con la de mozo de un prostíbulo otomano.

—Sí, claro, aunque a veces las cosas en Oriente no son como las imaginan ustedes los europeos.

—¿Qué quiere decir?

—¡Pues que un bombero en la Constantinopla de esa época no solo se encargaba de apagar fuegos! —Hablaba con fastidio, como si la estuviera obligando a aclarar algo que resultaba obvio—. Era un trabajo voluntario, así que tenían que encontrar la forma de ganar un dinerillo. No les quedaba más remedio que provocar algún incendio por su cuenta.

—¿Los bomberos eran... pirómanos? —Yo no podía dar crédito a lo que estaba oyendo.

—¡No sea tan puritano! No lo hacían por gusto, sino por necesidad. De esa forma podían quedarse con algunos objetos que sacaban del incendio y luego venderlos. Pero, ojo, no lo hacían en las casas de los pobres; solo de los turcos, los usureros o los popes. A veces un hombre tiene que hacer esas cosas para alimentar a su familia y todo el mundo lo entiende.

Bueno, todo el mundo no. Al jefe de bomberos lo apresaron poco después y lo ejecutaron esos asquerosos turcos. El Kyrios se libró por un pelo, pero los hombres de verdad, los que se visten por los pies, a veces deben hacer cosas que no nos gustan. —Aunque supongo que Afrodita esperaba que le diera la razón, no supe qué decirle. Me habían convencido de que trabajar en un burdel era muy honorable, pero lo de que incendiar casas también fuera un modo de vida como cualquier otro ya me parecía harina de otro costal. Con cara de contrariedad, la vieja doncella cerró la puerta del armario—. Ahora deje de distraerme, tengo muchas cosas que hacer. Aún me queda la escalera por baldear.

Cuando Afrodita recogía los útiles de limpieza, sonó el teléfono. Con gestos le indiqué que saliera y cerrara la puerta; la vieja así lo hizo, no sin antes dedicarme una mirada malhumorada que venía a decir que ella se iba cuando quería, no cuando se lo ordenaban. Me levanté para asegurarme de que se había ido. Era la conferencia telefónica con Londres que llevaba varios días intentando conseguir.

—Aló, ¿Pepe? ¿Me escuchas? —Era la voz nerviosa y levemente musical de mi amigo Felipe Fernández Armesto, corresponsal de *La Vanguardia* en Inglaterra.

—Claro, ¡qué alegría oírte!

Después de algunos meses sin vernos, resultaba reconfortante poder hablar de nuevo con él. Le pregunté qué tal estaba en su nuevo puesto, pero Felipe era un hombre directo y despachó en pocas palabras la puesta al día para ir directamente al grano.

—Recibí tu carta y ya puedes imaginar lo sorprendido que me quedé. ¡Realmente debe de ser cierto lo que dicen de que los tontos tenéis más suerte que nadie! —Su risa cascada resonó al otro lado del auricular.

—¿Por qué lo dices? —respondí escamado y confuso.

—Porque cualquier periódico pagaría una fortuna por tener unas palabras de *sir* Basil Zaharoff, al que llaman «el hombre más misterioso del mundo», un multimillonario invisible que no se deja ver en ningún sitio, que jamás habla con la prensa, del que no se sabe nada y del que apenas hay dos o tres fotografías viejas. ¡Y vas tú y te lo encuentras sin comerlo ni beberlo!

—Pero ¿tan famoso es? Llevo poco tiempo trabajando con él y aún no sé de dónde vienen sus millones. Aquí parece que nadie quiere hablar del tema. —Aunque no me gustaba quedar ante mi amigo como el cretino indocumentado que era, necesitaba la información que yo no había sido capaz de encontrar por mi cuenta.

—¡Ay Pepe, Pepe...! Mira que eres despistado. —Armesto sonaba más condescendiente que irónico—. Zaharoff también es conocido en todo el mundo como «El mercader de la muerte», «el fabricante de guerras», «el hombre más malvado de la historia». —No podía ser, tenía que haber un error—. No es ninguna exageración —continuó mi amigo—. Zaharoff es considerado el mayor vendedor de armas del planeta y se le supone detrás de la mayor parte de los conflictos armados de los últimos cuarenta o cincuenta años; algunos incluso lo relacionan con el origen de la Gran Guerra.

—¿Estás seguro de que se trata de la misma persona? —pregunté sin dar crédito aún a lo que estaba oyendo.

—Si trabajas para un viejo de ochenta y cuatro años muy rico, dueño del Hotel de París y que hasta hace poco era director de la célebre compañía británica Vickers, no te quepa la menor duda. Ese ancianito ha vendido miles de toneladas de armamento a los ejércitos de los cinco continentes hasta llegar a ser uno de los hombres más ricos del mundo, a la altura de los Rothschild, los Rockefeller o los Vanderbilt. Es dueño de bancos, periódicos, empresas, sus intereses cubren toda Europa y llegan mucho más allá de sus fronteras. Arriesgó su fortuna varias veces y siempre ganó; inglés en Inglaterra, francés en Francia, ruso en Rusia, poder en la sombra, omnipresente en cualquier escenario de conflicto, para muchos el nombre Zaharoff es sinónimo de muerte. —Tuve que tragar saliva para continuar oyendo. ¿Estaba Armesto hablando del anciano frágil y sensible con el que yo charlaba por las noches?—. Como te puedes imaginar, el dinero y el poder político van siempre de la mano. Se sabe que Zaharoff es íntimo amigo de Lloyd George, el primer ministro británico durante la guerra, del francés Clemenceau, del griego Venizelos. Porque su fortuna no habría sido posible sin ablandar la voluntad de varias generaciones de políticos de todos los continentes, sin regalos generosos en forma de comisiones. En el caso de que Zaharoff contase lo que sabe, las estatuas de unos cuantos próceres de la patria acabarían en el barro. Por cierto, ¿sabes si por casualidad está escribiendo sus memorias?

—Es posible, no estoy seguro. —Después de mi conversación con el viejo dudaba si ya estaba escribiéndolas o si simplemente estaba dando vueltas al asunto.

—Cualquier cosa de la que puedas enterarte sobre Zaharoff tendría un interés brutal, valdría su peso en oro. Además del tema de los sobornos, en los últimos tiempos se está hablando mucho sobre cómo contribuye la industria armamentística al estallido de los conflictos y la manera indecente en que se disparan sus beneficios durante ellos. Incluso se rumorea que el Senado de Estados Unidos va a crear una comisión para investigar y llegar al fondo del asunto. Como te puedes imaginar, Zaharoff es su principal objetivo, ya que las armas lo han convertido en el hombre más rico de Europa, según fuentes bien informadas. Ahora dicen que está retirado, que ya no se ocupa de sus negocios, pero si alguien conoce los entresijos de la política mundial es él y siempre que se busca la mano negra que provoca un conflicto, muchos le señalan. Le sobran los motivos para ser considerado uno de los hombres más odiados y temidos. Todos los que intentan investigar sobre él se topan con el miedo o el mutismo de los que le conocen y con la desaparición misteriosa de los documentos públicos relacionados con este personaje.

—¿Qué harías si estuvieras en mi lugar? —Yo seguía anonadado con todo lo que estaba oyendo.

—¡Pues ponerme muy contento! —Oí de nuevo la risa descacharrada de Armesto al otro lado del teléfono—. No, en serio, te recomiendo que andes con pies de plomo; tienes una oportunidad de oro, pero sé discreto y no te precipites. Seguro que tendrás tiempo y oportunidad de ir recopilando información de interés, de averiguar qué hay de cierto en todas las leyendas que circulan sobre Zaharoff. Llegado el momento, si quieres, podemos hablar con mi periódico, *La Vanguardia*, para la publicación de un reportaje o de una serie de artículos. Seguro que estarán más que dispuestos a pagarte una cantidad muy interesante. ¡Ya sabes que los catalanes también saben rascarse el bolsillo cuando algo merece la pena!

15

El simpático abuelito de batín y pantuflas al que yo leía historias al amor de la lumbre, con el que compartía las tardes y alguna confidencia sobre sus supuestos comienzos difíciles se había convertido de repente en Atila. No me había tomado la molestia de investigar de verdad de dónde venían el buen sueldo, la habitación de lujo y la pensión completa que adormecían mi consciencia y de pronto me veía al servicio de uno de los jinetes del Apocalipsis, de un hombre que solo dejaba detrás de sí la destrucción y la miseria, un perverso genio del mal que había empezado quemando las casas de los demás y que terminó por incendiar el mundo entero. O eso decían.

Aunque no dudaba de lo que me había dicho Armesto, me costaba mucho identificar al malvado traficante de armas con el anciano frágil, educado, extremadamente amable, para el que trabajaba. ¿Le había tomado cariño a Zaharoff? Era inevitable. Quizás fuera porque le agradaba tener compañía, pero no solo me trataba con consideración, sino también con cierto afecto, como si fuera un nieto postizo con el que compartía sus recuerdos. También resultaba un hombre fascinante, un gran narrador que te hacía vivir las historias que contaba. Supongo que otro en mi situación habría empezado a darle vueltas a cómo sacar tajada de la misma, a cómo hacerse con los secretos del traficante de armas para venderlos al mejor postor. Sin embargo, siempre he pecado de ser un sentimental y me cuesta pensar mal de los que se portan bien conmigo. Necesitaba ahondar en la historia del anciano, saber si las cosas terribles que contaban de él eran ciertas. También averiguar algo más de una historia que, por lo poco que sabía hasta entonces, parecía apasionante. En el caso de que *sir* Basil estuviera escribiendo sus memorias, lo lógico sería que estuvieran allí, en el hotel, en su despacho. Quizás en un descuido podría echarles un vistazo. En cualquier caso, debía encontrar la forma de estimular las confidencias, de fomentar el hilo de la confianza que parecía que nos unía.

Cuando esa noche me llamaron, antes de lo habitual, para acudir a la suite de Zaharoff, estaba confuso, lleno de ideas revueltas sobre cómo abordar la situación. También preocupado porque pudiera notar un cambio en mi actitud, en la forma de tratarle. Sin embargo, me encontré con una sorpresa para la que no estaba preparado: *sir* Basil no estaba solo. En una mesa dispuesta para una cena elegante había una mujer sentada junto a él. El corazón empezó a latirme con fuerza. La reconocí enseguida, aunque esta vez no llevara los guantes rojos que yo había evocado tantas veces. Tenía unos treinta años, la cara fina y alargada, una nariz orgullosa y unos ojos tristes pero incisivos que me miraban con curiosidad. Me pareció mucho más atractiva de lo que la había imaginado en mis elucubraciones calenturientas.

—¡Ah, Pepe! Por favor, siéntese con nosotros —dijo el anciano con una vivacidad que yo no le conocía hasta entonces; incluso parecía más erguido de lo habitual—. Le presento a una buena amiga, su alteza serenísima la princesa Carlota de Mónaco, la heredera de este trozo de paraíso.

¿Una princesa? Un golpe de calor me hizo resoplar. ¿Cómo podía haber creído que era una prostituta? ¿Cómo había dejado a Émile que me convenciera de que lo era? Recordé que en la noticia de su boda que había visto en uno de los viejos periódicos que consulté en la biblioteca Zaharoff figuraba como uno de los invitados.

—El señor Ortega es mi especialista en el *Quijote*, ¿sabe usted? He pensado que le agradaría conocerle, siempre será más divertido que cenar a solas con un viejo carcamal como yo.

Mientras la princesa intentaba convencer a Zaharoff de que eso eran tonterías y que estaba hecho un pimpollo, tomé asiento junto a ellos sin dejar de preguntarme qué pintaba yo en aquella mesa con un misterioso millonario y la hija de Luis II de Mónaco. A la que, por si fuera poco, había tomado por una golfa de altos vuelos y a la que llevaba idealizando un par de semanas.

—Siempre he sentido debilidad por el *Quijote* —dijo la princesa con esa facilidad que tiene la gente de mundo para hilar conversaciones con naturalidad que siempre he admirado—. Claro que, dada mi afición por la danza, estoy más familiarizada con la obra de ballet que con el libro. Llevo años intentando que se represente aquí, pero el cabezón de Diáguilev siempre ponía excusas para no hacerlo y con su muerte todo se ha complicado.

—Era un gran hombre. Complicado, como todos los genios, pero con un talento increíble. Creó una compañía de referencia en todo el mundo, llevó el nombre de Montecarlo a todos los rincones de la tierra. Con su ayuda inestimable, claro está, princesa. ¿Cómo están ahora las cosas? —preguntó Zaharoff. Yo seguía la conversación sin saber muy bien de qué hablaban.

—El nuevo nombre de la compañía es Ballet Russe de Montecarlo —respondió la princesa con un gesto amargo—. Fue una pena que el fallecimiento de Serge coincidiera con la crisis económica y llevara a la compañía anterior a la bancarrota. Ya sabe, *sir* Basil, lo importante que era para mí esta iniciativa que proyectaba una imagen tan hermosa de Mónaco. —El traficante de armas puso la mano sobre el antebrazo de su invitada de forma cariñosa—. Ahora estamos intentando volver a ponerla en marcha de nuevo; veremos si tenemos éxito en estos tiempos difíciles en los que es tan complicado encontrar financiación.

Aunque no sonó como una petición, Zaharoff recogió el guante de inmediato:

—Ya sabe que puede contar con toda mi ayuda para lo que necesite.

—Muchas gracias, querido amigo, su fidelidad me reconforta —dijo ella con una sonrisa entre satisfecha y cariñosa—. Pero no hablemos de cosas serias en esta reunión tan agradable. Dígame, señor Ortega, ya que es un especialista en el tema, ¿por qué cree que sigue siendo relevante el *Quijote* después de tantos años?

Aunque en mis ensoñaciones sobre la mujer de los guantes rojos había imaginado ese momento de muchas formas distintas, lo que diría cuando hablara con ella, cómo la impresionaría, aquella pregunta directa me pilló desprevenido y entré en pánico. Si bien por un momento estuve a punto de recurrir a lo de la modernidad de la mujer en el relato de Cervantes, me di cuenta de que no podía repetir el comentario delante de Zaharoff. Afortunadamente, en ese momento llegaron en mi rescate los camareros para servirnos el primer plato (*soupe au pistou*, una sopa con verduras, albahaca y aceite de oliva) y me dieron tiempo para pensar una respuesta.

—*Sir* Basil es demasiado generoso al considerarme un experto en esta obra. Soy simplemente un humilde admirador del inmortal Cervantes. —Qué redicho sonaba todo lo que estaba diciendo, tenía que dejar de parecer un maestrillo de pueblo—. Pero, en cualquier caso, lo que más me llama la atención del argumento de esta obra es el valor que da a la amistad, cómo entre dos hombres tan opuestos nace un afecto intenso y verdadero. Dos personas que en condiciones normales apenas se dirigirían la palabra y a los que acaba uniendo la vida en la misión más improbable: desterrar la injusticia del mundo. —No era una idea genial, creo que el profesor de literatura de mi infancia comentaba algo parecido, pero por lo menos no era una completa idiotez—. Don Quijote, el idealismo llevado a sus máximas consecuencias, y Sancho, terrenal y materialista, esas dos caras de carácter español, acaban formando casi una familia. Se preocupan el uno por el otro, se cuidan, se ayudan, acaban por no ver los defectos de su amigo, sino solo sus virtudes. —Según lo estaba diciendo, no pude evitar pensar en una cierta similitud entre esa relación y la mía con *sir* Basil, el señor y el criado, el viejo sabio y el joven inexperto, aunque a mí me faltase el rucio y al mercader de armas la inocencia.

—Casi como si fueran amantes. —La princesa sonrió con picardía. Se le marcaron muy suavemente dos hoyuelos en las mejillas.

—¡Ah, no! ¡De ninguna manera! —respondió Zaharoff alzando su mano larga y huesuda de Cristo medieval—. Toda la novela está envuelta en el aroma de la mujer ausente. De esa

Dulcinea perfecta e inalcanzable, el motor que empuja a don Quijote a llevar a cabo sus más grandes y descabelladas hazañas con el sueño de poder depositar los triunfos a sus pies. Esos amores son los que marcan la historia de la humanidad, los que explican muchas de nuestras más insólitas hazañas.

El anciano se conmovió y esta vez fue la princesa la que puso la mano en el dorso de la de él, que se la apretó con fuerza.

—La echa usted mucho de menos, ¿no es así?

—Todos los días. Incluso, ya sé que pensará que es una estupidez, hablo a menudo con ella.

—Era una gran mujer.

—La mejor. —Zaharoff alzó la vista, intentando controlar la emoción que amenazaba desbordar sus ojos casi transparentes—. Tenía una luz especial, nos hacía mejores a todos los que estábamos a su alrededor. Casi cuarenta años juntos y nunca le oí una queja, un reproche. Y eso a pesar, como bien sabe usted, de lo difícil que era nuestra situación, de los rumores y habladurías, de la tortura que suponía para ella (por sus creencias religiosas) no poder mostrarnos ante el mundo como marido y mujer, como lo que fuimos durante cuarenta años, hasta su muerte. Discreta, siempre en su lugar, una perfecta dama; al mismo tiempo, mi gran apoyo, mi mejor amiga.

—Era impresionante verlos a ustedes juntos; después de tantos años seguían pareciendo unos jóvenes novios. —Los ojos de la princesa parecían más tristes, pero más vivos, más bonitos aún.

—Sí, fui muy afortunado con ella. Hay tantos matrimonios que lo tienen todo y no son capaces de ser felices... —El anciano se detuvo titubeante—. No me refiero a su caso, por supuesto, querida.

—No se preocupe —dijo Carlota sin darle importancia—. El matrimonio es como la ruleta, hay gente que tiene suerte y otra que sale desplumada. A mí nunca se me dieron bien los juegos de azar.

Así que estaba separada. Descubrir que Zaharoff era viudo tenía en ese momento mucha menos importancia para mí que saber que había un resquicio, por pequeño que fuera, para seguir fantaseando con aquella mujer fascinante. En ese momento llegaron de nuevo los camareros para servir el segundo plato, unos *oeufs en meurette bourguignonne*, según anunció el cocinero.

—Espero que su alteza sepa disculpar esta cena tan frugal. —Zaharoff señaló la fuente con una mueca que pretendía ser cómica—. Antes era considerado un gran gastrónomo, pedía que me mandaran exquisiteces de todos los lugares del planeta. Por desgracia ahora la salud me obliga a ser más comedido. Huevos hervidos, escalfados, en tortilla, con una salsa, con otra... —Finalmente entendía la pregunta que me habían hecho los secretarios sobre si me gustaban los huevos.

—Pero ¿tantos huevos no son perjudiciales para su gota? —preguntó ella mientras se servía tres. Parecía que tenía buen apetito, otro tanto a su favor.

—Normalmente solo tomo las claras, es casi lo único que me deja comer el doctor. Según él, sirven para reducir las purinas —respondió compungido Zaharoff—. Adiós carne, adiós marisco, adiós salchichas. Los recuerdo casi como amigos queridos a los que no volveré a ver. Por fortuna, me gustan mucho los huevos, pero tengo que disfrazarlos para no aburrirme.

—Ya sabe cómo son los médicos, tan pronto dicen que algo es buenísimo para una enfermedad como que es puro veneno. En cualquier caso, estos huevos están deliciosos

—apuntó la princesa posando la servilleta en los labios con un gesto encantador—. Pero no cambiemos de tema, me encantaría saber cómo conoció a su mujer.

—¿No se lo he contado antes? No quiero aburrirla con mis historias. —La princesa, con una sonrisa, invitó al anciano a que continuara. En ese momento era como si yo hubiese desaparecido de la habitación: aquellas confesiones necesitaban un oído femenino—. Fue en el Orient Express. Estábamos casi llegando a París y salí de mi compartimento a fumar un cigarro. Era tarde, recuerdo que miré el reloj: las dos menos cuarto de la madrugada. De repente, oí un grito. —Zaharoff imitó la sorpresa de aquel momento.

—Siga, siga —le animó la princesa—. Parece una novela de misterio.

—Una pareja discutía al final del vagón y me acerqué a ver qué sucedía. Un hombre, completamente fuera de sí, retorcía la muñeca de una mujer hasta hacerla caer de rodillas entre llantos. Sin pensar en las consecuencias, me abalancé sobre aquel tipo y le pegué un puñetazo en la cara. Probablemente lo más correcto habría sido pedirle explicaciones, pero yo me crie en la calle, no en un palacio. —Los ojos de Zaharoff sonrieron maliciosos y la princesa sonrió con él.

—Muy bien, es lo que habría hecho cualquier hombre de verdad.

—Solo cuando ayudé a la mujer a levantarse me di cuenta de la belleza de sus enormes y asustados ojos castaños, de su talle mínimo, que parecía que podía quebrarse en cualquier momento. Recuerdo que su mano me pareció diminuta dentro de la mía. —El anciano tuvo que detenerse a beber un poco de vino para aclarar la voz, que se le quebraba—. Yo desconocía quién era aquella pareja, solo podía pensar en los ojos de aquella mujer, que se refugió en su compartimento mientras el marido intentaba reponerse del golpe. Poco después un ayuda de cámara me trajo una tarjeta del duque de tal y tal en la que me retaba a duelo. Yo nunca me había encontrado en una situación así, ni tampoco me interesaban los códigos de honor de la nobleza, pero no podía olvidar a aquella dama y decidí que si quería volver a verla, debía asistir a la cita con la muerte. Al día siguiente, al amanecer, me presenté con un amigo en un parque de Neuilly sur Seine. Hacía un frío de mil demonios, una lluvia fina nos calaba hasta los huesos. El duque me esperaba con sus padrinos, que, de forma muy solemne, me hicieron elegir entre los sables o las pistolas. Aunque no me gustaba ninguna de las dos alternativas, escogí el revólver. Si nos hubiésemos enfrentado a puño limpio, el pobre duque, que era bastante enclenque y poco viril, no me habría durado ni un asalto, pero, aunque pueda parecer un chiste, nunca he sido muy hábil con las armas.

—No me diga que le hirieron —dijo la princesa con una cara de susto algo forzada.

—Me tocó disparar primero y lo hice sin demasiadas ganas. No tenía deseos de matar a aquel tipo y fallé. El duque tuvo mejor puntería: un balazo en el hombro me mandó al hospital.

—¡Qué horror!

—Afortunadamente, allí recibí la mayor de las recompensas: un ramo de flores y un ejemplar del *Quijote* con su dedicatoria: «Para mi defensor de las causas perdidas», decía. —La princesa sacó un pañuelo y se lo entregó al anciano, que lo guardó en la mano sin hacer uso de él—. Cuando salí del hospital fui a visitarla para agradecerle el gesto. Aunque creía que probablemente mi memoria la habría embellecido, era aún más hermosa de como la recordaba. Su dulzura y su tristeza acabaron por conquistarme. A pesar de lo infeliz que era en un matrimonio con un hombre desequilibrado, de que la agobié con mis atenciones durante meses, rechazaba todos mis regalos. Flores, pequeñas joyas, libros de poemas, todo. Yo no podía comer ni dormir, no pensaba en otra cosa que no fuera ella. Finalmente, cuando ya estaba a punto de desesperar, me citó en el jardín de su palacete. Yo estaba tan nervioso que no podía ni hablar. Ella me entregó una rosa y me dijo: «Seré su Dulcinea. Espero que se comporte como el noble hidalgo que yo pienso que se esconde tras esa fachada de aventurero».

—Es una historia preciosa. —La princesa, a pesar de la expresión severa de su rostro, parecía emocionada.

—Le voy a confiar algo que no le he contado a nadie —dijo Zaharoff acercándose un poco más a ella. Seguía sin darse cuenta de que yo estaba allí—. Poco después de la muerte de mi mujer tuve que volver a tomar el Orient Express por un viaje de negocios. Los recuerdos pesaban demasiado y no quise ir a cenar al vagón restaurante. Me quedé solo en mi compartimento e intenté leer un rato, pero estaba agotado y acabé por quedarme profundamente dormido. De repente, en mitad de la noche me desperté como si me hubiesen dado un golpecito en el hombro. Abrí los ojos y no había nadie conmigo. Pero cuando miré el reloj vi que eran exactamente las dos menos cuarto de la mañana. La misma hora a la que la había conocido a ella cuarenta años atrás. ¿No es sorprendente?

—Hay amores que no mueren nunca —concluyó la princesa cogiéndole de las manos—. Y usted ha tenido la inmensa fortuna de disfrutar de uno de ellos.

—Tiene usted mucha razón. —La barbilla de Zaharoff subía y bajaba, pugnando por retener el llanto—. El gran triunfo de mi vida no han sido mis éxitos profesionales, la fortuna que he acumulado, la amistad de reyes y presidentes ni los honores que he recibido, sino haber tenido el privilegio de que esa mujer me haya amado. A mí, a un desconocido, a un extranjero, a un griego errante nacido en un barrio sucio y miserable de Constantinopla. La duquesa y el gitano. Olvidando todas las reglas, las convenciones, la etiqueta de una corte, luchando incluso con sus creencias religiosas. —Abrumado por los recuerdos, el anciano cerró los ojos y agachó la cabeza—. Se lo debo todo. Era una mujer tan excepcional, tan superior a mí en todos los aspectos, que he luchado lo indecible para estar a su altura, por ser digno de ella. Sin su compañía, yo habría sido uno más, un infeliz sin rumbo ni dirección que no habría llegado a ninguna parte. No cambiaría uno solo de los minutos que he pasado con ella por todo el oro del mundo. —Una lágrima cayó por la barba de *sir* Basil—. Pero de nada sirvió el dinero cuando llegó la enfermedad; ella se fue y ni yo ni los mejores médicos de Europa pudimos evitarlo.

Yo tenía un nudo en la garganta que no dejaba pasar el postre. La llamada de mi amigo Armesto había empezado a hacerme dudar de Zaharoff y la historia parecía sacada de una novelita romántica —la dama en peligro, el marido cruel, el héroe salvador—, pero nunca había visto a un hombre hablar así de su esposa, nunca había percibido un amor tan intenso. Me daba cuenta de que yo no había querido a ninguna mujer de esa forma, de que probablemente nunca llegaría a amar así aunque viviera mil años.

16

—Qué historia tan hermosa y tan triste, *n'est-ce pas?* ¿Sabía que ella murió aquí, en este mismo hotel? Creo que fue en 1926. ¡Cómo pasa el tiempo!

Zaharoff me había pedido que acompañara a la princesa a su coche. A pesar de que durante el resto de la cena ella había intentado alegrar al anciano con pequeños cotilleos sobre conocidos comunes, la velada nunca consiguió sacudirse la melancolía de encima. Yo casi no había abierto la boca, pero ahora que la princesa me hablaba mientras bajábamos en el ascensor, me atreví a preguntar lo que no había averiguado durante la cena: quién era la mujer de *sir* Basil. Carlota me miró con extrañeza.

—¿De verdad que no lo sabe? Era española. ¿Por qué si no iba monsieur Zaharoff a contratarlo a usted para que le lea el *Quijote* en su idioma original? —Aunque lo que decía la princesa tenía todo el sentido, yo no había sido capaz de llegar a esa conclusión.

—¿Cómo se llamaba?

—María del Pilar de Muguiro y Beruete, duquesa de Marchena y de Villafranca de los Caballeros, una mujer *très charmante*, especial. Y conste que no suelo opinar eso de casi nadie. —Con razón me había dicho Zaharoff que el día del Pilar le traía tantos recuerdos. Esa coincidencia, el hecho de que yo hubiese llegado a Montecarlo precisamente el 12 de octubre, que mi madre se llamase como su mujer, debía de ser otro de los motivos por los que Zaharoff me había dado el trabajo—. Cuando *sir* Basil la conoció, doña Pilar llevaba un par de años casada con Francisco de Borbón, un primo segundo de Alfonso XII. Lo cierto es que el pobre duque estaba loco como una escoba, incluso más que la media de las familias reales europeas, lo cual le aseguro que no es poco. Mezclaba la debilidad mental de su madre, a la que por algo llamaban «la infanta boba», con el amaneramiento de su tío Francisco de Asís, el marido de Isabel II de España. Como es lógico, la duquesa no tuvo más remedio que incapacitarlo poco después; yo habría hecho lo mismo.

Estábamos llegando a la salida del hotel y Samba nos abrió la puerta con una sonrisa más descomunal de lo acostumbrado y se apresuró para llegar antes que el mecánico a la limusina que estaba aparcada junto a la escalera. Sin embargo, la princesa hizo una señal y el conductor subió de nuevo al coche.

—Hace buena noche y me apetece pasear. Acompáñeme hasta palacio —me dijo sin mirarme.

Nos pusimos a andar con la limusina siguiéndonos muy lentamente, como un gran mastín oscuro que nos vigilaba.

—Lo que nunca le he preguntado a *sir* Basil —continuó ella retomando la conversación—, es qué pasó con el duque, el marido de Pilar, después de que ella se convirtiera en la amante de Zaharoff, dónde estuvo hasta su muerte treinta y tantos años después. No volvió a aparecer por la Corte española y hay gente que dice que ella le atendió hasta que murió, en un ala separada de su casa, *bien sûr*, con el debido personal médico. Lo cierto es que murió en Balincourt, el *château* que *sir* Basil le regaló a doña Pilar, y está enterrado allí.

—¿Cree usted que vivían los tres juntos? —¿La duquesa, el amante y el marido? La historia del traficante de armas no tenía desperdicio.

—Eso parece. Otros, sin embargo, dicen que los dos encerraron al duque en un manicomio y arrojaron la llave al río —dijo con un gesto que imitaba la acción de tirar algo por encima del hombro. La princesa era *petite*, como una muñeca, y sin embargo marchaba a paso vigoroso, me costaba seguirla—. ¿Sabe usted? Para mí esta historia es una prueba de que *sir* Basil no es tan malvado como dicen. Un hombre sin escrúpulos habría hecho matar discretamente al duque. Nadie habría echado de menos a semejante loco y él podría haberse casado con su mujer mucho antes. Sin embargo, no lo hizo y respetó las creencias católicas de doña Pilar, que le impedían divorciarse.

—Es posible que tenga razón. —A pesar de que la idea de vivir, al estilo de Jane Eyre, con el marido loco de tu amante encerrado en una torre, me parecía terrorífica, la princesa no dejaba de estar en lo cierto. La luz de las farolas hacía brillar sus ojos castaños.

—Por otra parte, juzgar a los demás me parece una pérdida de tiempo. Yo solo puedo hablar de lo que monsieur Zaharoff ha hecho por mí y por mi familia. Tras la Gran Guerra, se puso en cuestión la supervivencia de Mónaco y querían anexionar el principado a Francia, pero él impuso nuestra independencia en las condiciones del Tratado de Versalles gracias a sus influencias políticas. También se hizo cargo del casino cuando la familia Blanc, los descendientes del fundador, no fue capaz de adaptarse a los nuevos tiempos después del conflicto y gracias a él la sociedad volvió a tener beneficios. Por último, se ha portado excepcionalmente bien conmigo, sobre todo tras mi divorcio. Aunque ahora que lo pienso, quizás la perla gris que me regaló para la boda me trajo mala suerte, ya sabe lo que dicen de ellas.

—Siento su desgracia, ya me pareció por la conversación de la cena que ha tenido usted que pasar por el trance de la separación —dije yo pretendiendo ser elegante.

—¡No sea usted cursi, por favor! —respondió la princesa muy seria—. Además, se puede decir que es una maldición familiar y contra eso no se puede luchar.

—¿Qué quiere decir? —Ella se detuvo un momento y yo temí haberme pasado de curioso. Luego se encogió de hombros y siguió andando.

—¡Bah! ¿Por qué no voy a contárselo si todo el mundo lo sabe? En mi familia no se nos da bien el matrimonio. Siempre ha sido así y siempre lo será. Algunos dicen que esto viene de la época de mi antepasado Rainiero I, que reinó a finales del siglo XIII. Al parecer tenía una amante gitana a la que acusaron de hechicera y el príncipe no movió un dedo por salvarla de la hoguera. Cuando la estaban quemando en la plaza pública gritó bien alto para que todos la oyeran: «¡Yo te maldigo, Rainiero! ¡A ti y a los tuyos! ¡Ningún Grimaldi será feliz en su matrimonio, lo juro por Belcebú!». Debía de ser cierto que era bruja, porque su conjuro se ha cumplido al pie de la letra. Por no remontarnos mucho en mi genealogía, le diré que mi abuelo se separó dos veces. Quizás por eso mi padre nunca se ha casado.

—¿Su padre es... soltero? —Aunque debería de haberme callado y asentido de forma educada, la conversación de la princesa no dejaba de dar sorpresas.

—Es una larga historia, ya le contaré otro día. Lo cierto es que mi matrimonio fue un estrepitoso fracaso. Como tantos otros, era de conveniencia, pero ya sabe que el matrimonio es un sinsentido, tanto si uno elige la pareja como si lo hacen los demás. Ya antes de la boda me di cuenta de que aquello no funcionaría y los dos hijos que tuvimos, Antoinette y Rainiero, no mejoraron las cosas. No podíamos ser más opuestos: Pierre, a pesar de tener una madre mexicana, es elegante, frío, delicado. Yo necesito fuego, pasión.

Si se hubiese tratado de otra mujer, habría pensado que esta última afirmación iba con segundas, pero la princesa andaba demasiado rápido para estar coqueteando. Estábamos subiendo la cuesta pronunciada que llevaba a la roca de Mónaco y yo iba sin aliento. Por fin llegamos a la plaza que yo ya conocía, la del palacio del Príncipe. Los guardias, con unos uniformes un tanto ridículos parecidos a los de los policías de tráfico, se cuadraron ante la presencia de la princesa.

—Últimamente prefiero los animales a los humanos, es muy pesado sentirse juzgada por mi divorcio. Me encantan los perros, ¿sabe usted? Tengo cinco terriers preciosos, casi nunca me separo de ellos. No obstante, usted me resulta agradable, sabe escuchar sin interrumpir demasiado —dijo ella estrechándome la mano con fuerza—. No tengo mucho que hacer en estos días; mi padre está fuera y este palacio es aún más horrible cuando está vacío. Venga a verme una de estas tardes.

No quedó del todo claro si era una invitación o una orden.

17

De vuelta al hotel aún andaba revolucionado por el encuentro con la princesa y, como en ese estado no me resulta fácil conciliar el sueño, hice escala en el bar. Dos parejas de americanos de mediana edad fulminaban un cóctel tras otro entre carcajadas y Émile tardó un rato en poder atenderme.

—Lo siento, están festejando el final de la ley seca. Ya sabe usted que la derogan a principios del mes que viene y los estadounidenses están como locos por emborracharse para celebrar que pronto podrán emborracharse también en su país —se disculpó cuando por fin me sirvió el Dubonnet que había pedido. Yo tenía ganas de charla e intenté arrancar una conversación, pero parecía que los americanos necesitaban un fogonero a tiempo completo y ya creía que iba a tener que beber a solas cuando tuve la suerte de que apareciera por el bar otra cara conocida.

—¡Ah, *mon bon ami* Pepe, *Guten Abend!* —Era Spatz Dincklage, el alemán que había conocido recientemente en la plaza del Casino, y venía con unas pintas bastante estrafalarias para el Hotel de París: abrigo largo de piel de camello, pantalones cortos y zapatillas de deporte—. Me imagino que se preguntará cómo me han dejado entrar así —dijo con una carcajada refrescante mientras dejaba una raqueta sobre el mostrador—. Resulta que había quedado esta tarde con un amigo para jugar al tenis y nos hemos detenido a tomar una cerveza antes de ir al club. A la primera le han seguido unas cuantas más y al final... ¡nos hemos olvidado del partido! —Más allá del carácter alegre que recordaba de nuestro anterior encuentro, no parecía borracho ni especialmente achispado. Le pidió a Émile un gimlet cargado, «para que no se le enfriaran las piernas», me dio una amistosa palmada en la espalda y me preguntó qué tal iba todo. Yo, que seguía con mis fantasías, aproveché la ocasión para consultarle solapadamente sobre mi dilema con la princesa.

—Imagínese que conoce a una mujer en teoría inaccesible, y que cuando la acompaña a su casa ella le dice que usted le resulta agradable y que vaya a visitarla una de esas tardes. ¿Usted qué haría?

—¿Inaccesible por qué? —preguntó Spatz mientras se apartaba el flequillo con el dorso de la mano—. ¿Es una monja? ¿Una tía carnal? ¿Una hechicera watusi?

—Supongamos que tiene una posición muy relevante en su país. —No era cuestión de explicarle a un tipo que me caía bien, pero al que apenas conocía, cuáles eran las circunstancias de Carlota Grimaldi.

—En ese caso hay dos probabilidades: que quiera que usted le cuelgue unos cuadros o que desee que usted le haga el amor. En cualquiera de los casos, yo la hubiese besado en ese mismo instante. Por muy importante que sea, cuando una mujer dice algo tan equívoco no puede quejarse si la malinterpretas —añadió con otra de sus carcajadas cascabeleras. Le pregunté si estaba casado.

—Claro. Maxi, mi mujer, tiene lo mejor de la sangre renana y de la descendencia judía de su familia materna. ¡Por un lado es una excelente deportista y por otro una fiera con el dinero! Pero como le digo medio en broma, medio en serio, yo me he casado con ella para toda la vida, no para todo el rato. Aunque ahora estamos viviendo en un pequeño pueblo junto a Marsella, me gusta escaparme todo lo a menudo que puedo a «Monte» para airearme un poco en el casino.

Si su esposa tenía sangre judía, era lógico que hubiesen tenido que irse de Alemania, pero no quise atosigarle con el tema nazi y seguimos hablando de mujeres y temas de sociedad. Spatz parecía particularmente al corriente de los visitantes habituales al principado y me pareció una buena ocasión para ampliar información.

—El otro día me dijeron que se aloja en este hotel *sir* Basil Zaharoff, ese millonario del que usted contó una anécdota la primera vez que nos vimos. Un tipo misterioso, ¿no? —pregunté sin darle demasiada importancia.

—Ah, ¡ese sí que es un personaje como para una novela! —Spatz hizo un gesto a Émile para que nos sirviera otra ronda—. Como ya sabrá, el origen de su fortuna es el tráfico de armas y se le atribuyen las aventuras más extravagantes. Es tan misterioso que todo son leyendas a su alrededor. Nadie sabe a ciencia cierta dónde nació. Aunque unos dicen que es griego, su primer gran negocio fue venderle a Grecia un modelo de submarino de vapor de la marca Nordenfelt... ¡que él sabía que no se sumergía! —rio con ganas Dincklage—. A continuación, cruzó el Egeo y convenció a los turcos de que si los griegos, sus eternos enemigos, disponían de un arma tan terrible, ellos debían comprarle al menos dos submarinos. Con ese pedido en el bolsillo viajó a San Petersburgo y consiguió que los rusos, siempre enfrentados a los otomanos, le compraran... ¡cuatro sumergibles completamente inútiles! ¡Un genio!

—Sí, realmente es una genialidad —respondí sin ningún entusiasmo—. Pero no parece muy ético, ¿no?

—Ya sabe que la ética y los negocios tienen muy poco que ver. En cualquier caso, así empezó a poner en práctica el llamado «método Zaharoff», su particular forma de hacer negocios: vender armas a un bando y al contrario hasta que estalla el conflicto. Lo puso en práctica entre Rusia y Japón, en Sudamérica y en los Balcanes, territorios más que propicios por las guerras y revoluciones que sufrieron a finales del siglo XIX y principios del XX. No resultó mal: no solo se hizo inmensamente rico, sino que consiguió la respetabilidad que trae el dinero. Ha recibido condecoraciones que van desde la Legión de Honor francesa a la orden de Caballero del Imperio Británico, pasando por la Cruz de san Andrés que le impuso el propio zar.

—También he oído que tuvo un papel importante en la Gran Guerra.

—Se hizo aún más rico con ella —respondió Spatz torciendo mínimamente el gesto—. Algunos dicen que era algo así como el ministro de Armamento de los aliados. También se le atribuyen gestiones más o menos turbias para que Grecia entrara en el conflicto junto a Inglaterra y Francia, algo que era poco menos que imposible porque el rey heleno era primo del Káiser. Al parecer, pagó campañas de desinformación y a alborotadores para conseguir la destitución del monarca y el cambio de bando del Gobierno.

—¿Peleó usted en la guerra?

El tema había puesto serio a Spatz y supuse que quizás había sufrido alguna experiencia traumática durante el conflicto, pero Dincklage se echó a reír de nuevo ante mi pregunta.

—¡Era casi un niño en esa época! Serví unos meses en la división de fusileros de la guardia y apenas pisé el frente —respondió mientras buscaba algo en el bolsillo de su abrigo—. Pero basta ya de temas serios. ¿No le apetecen unas manitas de Gin rummy? ¡Cuando estoy en Monte necesito tener las manos ocupadas todo el rato!

—Le advierto de que no he traído dinero. —Me dio vergüenza confesar que aún no me habían pagado mi primer sueldo y que no tenía ni para comprar tabaco.

—Da igual, es solo para calentar los dedos —respondió mientras hacía crujir los nudillos—. Si tiene usted crédito en el hotel, nos jugaremos las copas. —Estuvimos jugando y bebiendo hasta que Émile cerró el bar. Aunque no era ningún experto, gané casi todas los manos y unos buenos francos que no me vinieron nada mal para salir del paso.

18

—Mire, Pepe, esta es una conversación que me resulta incómoda por obvia. —McDermott, en efecto, parecía molesto y no paraba de frotarse la base del cogote. Me había citado en el despacho a puerta cerrada—. No obstante, creo que debo dejarle claras algunas normas importantes a la hora de trabajar con nosotros de las que hasta ahora no habíamos hablado. Por ejemplo, si conoce a alguna de las amistades de *sir* Basil, como ha sucedido recientemente, debe evitar por todos los medios tomarse confianzas. Solo responderá cuando le hablen y si por una remota casualidad vuelve a verla, recuerde cuál es su posición, su lugar en el escalafón y en la vida. No tengo que aclararle, por supuesto, que bajo ningún concepto debe realizar comentarios al resto del servicio sobre estos personajes. Ni buenos ni malos. Tiene suerte de que McPhearson no se haya enterado de su paseo a la luz de la luna; si no, estaría ya en la calle. Ándese con cuidado. Y ahora tome y váyase. —Me entregó un sobre y me despidió con un gesto. Era mi primer sueldo.

Me sorprendió la advertencia, al fin y al cabo, solo había hecho lo que me habían pedido: acompañar a la dama hasta su casa. Sin embargo, el sermón sirvió para darme esperanzas. En circunstancias normales habría intentado no hacerme ilusiones con una princesa, pero aquel aviso me recordaba que ella no me había tratado como a un criado, lo más parecido al puesto que yo ocupaba en ese momento. Incluso había dejado una puerta abierta para volver a vernos. Los nuevos tiempos, supongo; no era el primer país en el que la realeza bajaba de su torre de marfil para mezclarse con la plebe.

La situación prometía: no todos los días te encuentras con la posibilidad de flirtear con una testa coronada y, además, siempre me han gustado las chicas que no sabes qué van a hacer o decir, las imprevisibles y temperamentales. Las difíciles, vaya. Carlota no era la geisha dulce y sumisa con la que yo había fantaseado en mis tardes de aburrimiento en el Hotel de París, pero resultaba muy atractiva. Por si fuera poco, acababa de divorciarse, lo cual en teoría la hacía más vulnerable, si es que ese adjetivo podía aplicarse a aquella mujer de armas tomar.

Desechada por puro realismo la posibilidad de una relación seria entre la heredera del trono de Mónaco y el pelagatos de Chamberí, imaginé el típico romance de transición que podía permitirse una dama de alta cuna como ella tras una relación desgraciada: ligero, apasionado, sin ataduras, fugaz e intenso. Justo lo que me venía bien a mí, que llevaba también un tiempo en el dique seco. No era más que una ilusión, un espejismo, aunque, como todos los que la sufren, sentía la euforia típica de estos casos. Por primera vez desde que estaba en Montecarlo tenía ganas de salir, de divertirme. ¿Dónde podía ir? Recordé que tenía otra invitación pendiente. Pero para eso tenía que pagar una deuda. El día que nos conocimos de aquella forma tan peculiar, el general Polovtsoff, con una gentileza que me desconcertó, me había convidado al Sporting Club, del que era el director. Sin embargo, no podía presentarme allí sin más después de que Polovtsoff me hubiese facilitado el trabajo con Zaharoff.

—Claro que conozco al general. ¿Un regalo para él? —Samba se respondió a sí mismo sin dudar y sin perder la sonrisa—: Le gustan mucho los encendedores. Incluso creo que los colecciona. Si me permite la indiscreción, ¿cuánto quiere gastarse? —Con la misma rapidez, me indicó una joyería donde podría comprar un mechero que entrara en mi presupuesto. Eso sí, tendría que alejarme de los establecimientos lujosos de la zona del casino.

Mónaco es tan pequeño y las indicaciones de Samba tan precisas que no tardé ni diez minutos en encontrar la tienda y menos incluso en comprar el modelo que el portero me había recomendado. Solo cuando iba a pagar me fijé en el cuadro que colgaba encima de la caja de la joyería: era una fotografía del príncipe Luis II posando de uniforme, con el pecho cuajado de medallas y un casco con plumas debajo del brazo. A su lado y de pie, con la mano en el hombro de su padre y la banda de una condecoración cruzando un vestido de gala, estaba mi amiga Carlota. Ella arriba y yo abajo. Ella con una tiara de diamantes y yo comprando un encendedor de doscientos francos como un gran regalo. McDermott tenía razón, más me valía pensar en otra cosa.

Al salir de la joyería vi en la acera de enfrente la entrada de un hotel, el Excelsior. ¿De qué me sonaba ese nombre? Recordé que era el que había mencionado aquel tipo tan peculiar que quería pegarme un sablazo en la plaza del Casino, el que decía que había visto como sacaban de la habitación contigua el cuerpo del tipo que apareció después muerto en la bahía. ¿Sería cierto lo que me había contado? Rodeé el edificio para ver si había una salida de servicio y la encontré en un callejón contiguo. Estaba lo suficientemente escondido como para poder sacar un cadáver sin que nadie lo viera. En la puerta había un viejo en mangas de camisa que fumaba una pipa requemada sentado sobre una caja de madera mientras acariciaba un pastor alemán. Supuse que trabajaba en el hotel y me acerqué a él.

—Disculpe, ¿cómo bajan ustedes la ropa sucia de las habitaciones? —pregunté con las manos en la espalda y mirando a los pisos altos como si no hubiese visto antes un edificio así.

—Tenemos dos montacargas. Por allí bajamos y subimos lo que haga falta sin molestar a los huéspedes. —El viejo se pasó la pipa de un lado a otro de la boca mientras me miraba con desconfianza.

—Es decir, que es posible sacar algo de las plantas superiores del hotel sin que nadie lo vea, ¿no es así? —Más aún si se hacía en mitad de la noche, mientras los empleados y los huéspedes dormían.

—Así que era eso —dijo el viejo escupiendo al suelo—. ¿Es usted policía o periodista? Da igual, no me gusta ninguno de los dos. Lárguese de aquí antes de que suelte al perro. —El animal enseñó los colmillos con un gesto amenazador y decidí que lo mejor era hacer lo que me ordenaban.

Así que la historia que me habían contado tenía algo de cierta; si no, el portero no se habría mostrado tan suspicaz. Volví a la fachada principal del hotel. Parecía un establecimiento de categoría media alta, respetable, un lugar que no encajaba con un ajuste de cuentas o el típico crimen mafioso. En ese momento se detuvo frente a la puerta un coche negro y de él salieron dos tipos con gabardina. Uno de ellos se dio la vuelta, tiró una colilla con un gesto rápido y se quedó mirándome durante un instante. Era alto, iba peinado con raya al medio y tenía un bigote manchado de nicotina. Luego subió las escaleras del hotel. Esos individuos podían ser pacíficos vendedores de aspiradoras, pero había algo siniestro en aquella mirada que se había cruzado con la mía. Volví a tener un sentimiento de desazón. Aquel asunto era otro clavo oculto en la nata de aquella tarta de aspecto apetitoso que era Montecarlo.

19

—¿Sería tan amable de entregarle mi tarjeta al general Polovtsoff? —pregunté, fingiendo altivez, al portero de librea que custodiaba la entrada mientras estiraba mi esmoquin.

El Sporting, el club más exclusivo del principado, tenía su sede en un edificio racionalista, sólido y austero —más apto para un banco o una compañía de seguros y muy diferente a la pretenciosidad de los otros edificios de la plaza del Casino— que estaba en la acera de enfrente de mi hotel, pero hasta que cobré mi primer sueldo no se me había ocurrido aventurarme más allá de lo que podía pagar.

Al cabo de unos minutos de espera, el portero me encomendó a un mayordomo vestido con levita y calzones cortos, el encargado de guiarme por un hall de techos altísimos, forrado de alfombras y tapices e iluminado con grandes candelabros dorados. El estilo era más moderno que el del casino y más imponente, casi podía olerse el dinero; era como si aquellas paredes estuvieran cimentadas en lingotes. Subimos hasta el primer piso y en el bar, desde donde dominaba las salas de juego, me esperaba el general.

—¡Monsieur Ortega! ¡Ha tardado mucho en venir a visitarme! Me alegro de verle finalmente —dijo mientras con un gesto ordenaba al empleado con el que estaba hablando que se retirase. Teniendo en cuenta que solo nos habíamos visto una vez y en una situación bastante comprometida, la bienvenida fue mucho más afable de lo que podía esperar—. Claro que la culpa es mía. Este es un club privado y debería haberle mandado una invitación. Vamos a resolver eso ahora mismo, venga conmigo a la oficina. —Según me contó, el Sporting solo aceptaba como socios a los miembros de los clubes sociales más prestigiosos del mundo. No hizo falta que le aclarara que yo ni remotamente pertenecía a ninguno—. Me siento en deuda por el malentendido del otro día, permítame que le incorpore a nuestro círculo de amigos. Como director, está entre mis prerrogativas hacer algunas excepciones a la regla. —A pesar de mis protestas, me inscribió él mismo en aquella distinguida lista. Se lo agradecí todo lo efusivamente que era capaz: era yo el que estaba en deuda con él por la ayuda que me había prestado para encontrar trabajo—. Tonterías, es lo menos que podía hacer —dijo con un gesto que quitaba importancia al asunto—. Además, ya le dije que me recuerda usted a mí cuando tenía su edad. Igual de ingenuo, inexperto y confundido en un país extraño, yo también necesité que me echaran una mano cuando las cartas venían mal dadas.

Cuando acabamos el trámite que me convertía en socio del Sporting, creí que el general me daría una palmadita en la espalda y, cumplida la cortesía, me dejaría para encargarse de otros temas, pero se empeñó en enseñarme personalmente sus dominios.

—Nuestro pequeño club —un bonito eufemismo dado el tamaño de un edificio que ocupaba una manzana entera— tiene la vocación de ser más selecto, más íntimo que el casino de Montecarlo. Por eso, las salas de juego son más espaciosas, pero con menos mesas. Disponemos de cinco de ruleta, cinco de *chemin de fer*, dos de treinta y cuarenta, una de dados y una de bacará. También contamos con dos restaurantes donde tienen lugar nuestros espectáculos, que, aunque esté mal que yo lo diga, son los mejores de la Riviera.

A pesar de que el silencio agitado de la sala era similar al que había observado en el casino, los socios del Sporting eran más modernos, más elegantes que los jugadores de las salas privadas, como salidos de una película sofisticada tipo *Gran Hotel*. Podía imaginarme a Greta Garbo descendiendo por las escaleras con un ajustado vestido de lamé y diciendo con voz desmayada a los galanes que la acosaban su famosa frase: «Quiero estar sola».

Mientras hablábamos, daba la sensación de que Polovtsoff tenía un ojo en cada una de las mesas. Con un gesto rápido, señaló a uno de los empleados —un hombre mayor, con los ojos enrojecidos de seguir las jugadas— que aumentase el crédito de un cliente. A continuación, el general me pidió que le acompañara:

—Venga, le enseñaré el restaurante, es uno de mis orgullos.

El restaurante del Sporting era una sala enorme, de unos cincuenta metros de largo, decorada muy a la última moda de aquella época, paredes pintadas de verde Nilo y grandes candelabros en forma de lirio de agua colgando del techo. Sobre un estrado, una orquesta vestida con chaquetas también verdes ambientaba la velada con melodías suaves que no molestaban las conversaciones. Los camareros se movían de un lado a otro de la sala con esa eficiencia metódica y sin prisa aparente de los restaurantes caros. Nos sentamos en una de las mesas que había junto a los ventanales y, a un gesto del general, nos trajeron un recipiente de plata con caviar, blinis y una botella de champán.

—Un brindis por el nuevo socio. —El general levantó su copa y me dio a entender que aquel era un ritual que seguía con sus amistades cuando se incorporaban al club.

—Veo que conserva las costumbres de su país. Porque usted es ruso, ¿no es cierto? —le pregunté.

—En efecto, los rusos siempre hemos amado Montecarlo. Tanto es así que en los buenos tiempos lo llamaban *Saint Petersbourg sur mer,* siempre ha sido nuestro balneario preferido. —Brindamos y el champán se mezcló en mi boca con el sabor a mar y metal del caviar.

—Se cuentan muchas cosas de las extravagancias de los rusos aquí en la época anterior a la revolución. —Las novelas de entonces estaban llenas de grandes duques que reventaban la fortuna familiar en un fin de semana.

—No es ningún secreto que a veces los eslavos somos un poco excesivos; a muchos se les va la mano bebiendo y a menudo hacen disparates —dijo Polovtsoff con una sonrisa mientras miraba su copa a trasluz, como buscando una diminuta mancha—. Por ejemplo, una noche, hace muchos años, cenábamos un grupo de amigos en el restaurante del hotel Hermitage. Entre ellos estaba el gran duque Dimitri Romanov, el primo del zar que luego participó en el asesinato de Rasputín, y después de beber más de la cuenta no se le ocurrió otra idea para animar la reunión que cada uno de los comensales apostase diez mil rublos en oro para ver quién era capaz de romper más botellas de champán de un solo golpe contra las columnas de la sala. Ganó el gran duque con cuarenta botellas de Veuve Clicquot de 1898. —Como suponía, el general se sentía a gusto hablando de los viejos tiempos. En sus palabras se palpaba la misma nostalgia que surgía en Montecarlo cuando se hablaba de la Belle Époque, de los tiempos anteriores a la guerra—. Aquellos excesos se pagaron con intereses —añadió con un suspiro triste—. De los seiscientos cincuenta socios rusos que tenía el Sporting en 1914, cuatrocientos treinta murieron de forma violenta durante los años siguientes, muchos de ellos quemados vivos por sus propios campesinos o sirvientes. Y los que consiguieron escapar lo hicieron con lo puesto. Por ejemplo, ¿recuerda usted a ese empleado que vigila las mesas en la sala de juego y al que antes le pedí que aumentara el crédito de un cliente? Es Simón Malutine y era uno de los industriales más ricos de Rusia; también era uno de los invitados de la cena de la que le hablaba antes: fue el segundo, después del gran duque, que más botellas de Veuve Clicquot rompió aquella noche. En esa época se divertía tirando a la calle monedas de oro desde el balcón de su suite en el Hotel de París y cada noche se dejaba auténticas fortunas jugando al bacará; ahora he tenido que emplearle como supervisor del casino con un pequeño sueldo para que no se muriera de hambre. —El general apuró la copa de champán de un trago y se irguió de nuevo en su asiento—. Como decía Dostoievski, la rueda de la ruleta no tiene memoria ni consciencia, la vida sigue a pesar de todas las desgracias. No queda otra que seguir adelante y, como hace Malutine, aceptar lo que nos trae el destino con elegancia, ¿no le parece?

Polovtsoff se estaba poniendo melancólico y me pareció un buen momento para entregarle mi regalo. A pesar de que el encendedor no era precisamente de Cartier, lo recibió con mucha efusión. Según él, era una pieza perfecta para su colección.

—Por cierto, creo que he pecado de descortesía al no interesarme por su nuevo trabajo. ¿Qué tal le va con monsieur Zaharoff? —Preferí no profundizar en mis dilemas, así que respondí sin entrar en detalles que me trataban bien y que le estaba muy agradecido por su gestión; tampoco era cuestión de preguntarle por qué no me había advertido de que se trataba de un traficante de armas odiado a nivel planetario. El general no se conformó con mis vaguedades y se interesó por la vida que llevaba mi jefe, si seguía trabajando en sus negocios o si recibía muchas visitas—: No puedo negarle que *sir* Basil despierta mucho mi curiosidad —continuó Polovtsoff—. Aunque, como director del casino, frecuento habitualmente a reyes y presidentes, él me parece un personaje mucho más interesante; ya sabe que el misterio siempre resulta atractivo. Si algún día Zaharoff publicara sus memorias, yo sería el primero en comprarlas. Ya sabe que hay periódicos que estarían dispuestos a pagar auténticas barbaridades por los misterios que supuestamente encierran.

Era normal que me preguntase por mi trabajo, aunque por su posición el general debía de tener acceso a gente cercana a *sir* Basil, mejor informada que yo sobre sus actividades. De todas formas, había temas que en ese momento me interesaban más que hablar de mi jefe:

—*Sir* Basil solo ha tenido una visita hasta ahora —contesté con aire inocente—. La princesa Carlota, ¿la conoce usted?

—Una bella mujer. He coincidido con ella algunas veces, sobre todo en actos oficiales —respondió el general sin aparentemente percatarse de mi interés—. Es una persona respetada aquí, la gente le tiene cariño, mucho más que a su padre. Luis II es un hombre hosco, huraño, que según dicen aborrece Mónaco; prefiere cazar en su castillo de Marchais y aquí solo viene muy de vez en cuando. En cambio, la princesa nos visita más a menudo.

Como no sabía si el comentario que me había hecho Carlota sobre su padre era producto de su particular sentido del humor, le pregunté a Polovtsoff si era cierto que el príncipe era soltero.

—En efecto, se trata de una historia curiosa. Luis II es soldado de vocación y hasta que empezó a reinar pasó toda su vida en la Legión Extranjera francesa. Incluso fue condecorado con el rango de Gran Oficial de la Legión de Honor por su valor en el campo de batalla —dijo el general con la admiración de un hombre de armas por otro—. Pues bien, a finales del siglo pasado, el príncipe, cuando aún era un joven teniente, conoció a una tal Juliette Louvet, una mujer separada que según algunos trabajaba en un tugurio sórdido de Montmartre. Cuando Luis fue destinado a Argelia, se la llevó con él y la colocó en la lavandería del regimiento. Allí nació Carlota, hija ilegítima, que pasó su infancia de internado en internado hasta que el príncipe Alberto, el padre de Luis II, al verse sin descendencia y sabiendo que un pariente de la rama alemana podía, para gran disgusto del Gobierno francés, reclamar el trono, aprobó una ley que la reconocía como su nieta.

—Por lo que me pareció entender en la cena, está divorciada, ¿quién era su marido? —Pensé que si seguía por ese camino el general acabaría por verme el plumero.

—El marido lo eligió Poincaré, el presidente de Francia: se trata del conde Pierre de Polignac, un hombre muy distinguido y culto, completamente opuesto a su suegro, que lo detesta. Pronto se hizo evidente que los recién casados tampoco se llevaban bien. —Le pregunté por el motivo y el general intentó no dar demasiados detalles—. Era, digamos, un poco blandito, muy amigo de Proust y esas cosas. Pero siempre se comportó con la máxima discreción y quizás fueran todo habladurías, ya sabe lo mala que puede ser la gente —dijo el general sobándose los bigotes con una cierta intranquilidad. Parecía estar hablando de más y cambió de tema casi sin que yo me diera cuenta.

20

Antes de que llegáramos a los postres, el general fue requerido por el jefe de sala para solucionar algún problema y tras disculparse se levantó de la mesa, no sin antes indicarle a uno de los camareros que me atendiera en todo lo que necesitara.

No fui capaz de acabarme el suflé de chocolate que me trajeron a continuación y pedí un coñac. Vino acompañado por un habano, atención de mi anfitrión, y me arrellané en la silla para digerir la cena. Me sentía a gusto, satisfecho. Con la copa en una mano y el puro en la otra yo era uno más de aquel grupo tan distinguido. Entre el humo de los cigarros y las risas, los elaboradísimos peinados de las señoras se entrelazaban con las diademas, las pieles dejaban al descubierto collares de diamantes y las miniaturas de las condecoraciones lucían sobre el satén de las solapas de los caballeros. Aunque no reconocía las caras, sabía que me encontraba entre los elegidos de la sociedad europea, gente que en vez de preocuparse por cómo llegar a final de mes o pagar el alquiler, lo hacían por el yate o la mansión que iban a comprarse el año siguiente. Las parejas empezaban a llenar la pista de baile y me repantigué aún más para observarlas.

—*Bon soir,* monsieur, ¿le interesaría conocer la suerte que le deparan los astros? —No había visto llegar a aquella mujer y eso que su indumentaria necesariamente llamaba la atención: llevaba la cabeza cubierta por un turbante verde, del mismo tono de la faja que ceñía un vestido naranja. Aunque tendría unos cincuenta años, seguía siendo bastante atractiva. Con la desenvoltura que dan las copas de más, la invité a sentarse. No hubo forma de que me dijera su nombre—: Soy la *bohémienne* del Sporting, su puerta hacia lo desconocido y lo inaudito —dijo mientras me enfocaba con unos ojos muy claros—. ¿Qué le gustaría saber? ¿Prefiere la quiromancia, el horóscopo o la grafología? ¿O quizás la bola de cristal? —Parecía que estaba recitando el menú del restaurante del más allá.

—Lo que me vendría mejor es que me dijera el número con el que puedo ganar un pleno a la ruleta.

Ella me sonrió con la paciencia de los que están acostumbrados a que les repitan siempre la misma idiotez y deben aguantarla para ganar unos francos.

—Me temo que no me está permitido aconsejar sobre las apuestas de juego. No obstante, puedo ver muchas otras cosas que quizás le resulten de interés: amor, negocios, lo que usted quiera —dijo tomando mi mano izquierda. Hice un gesto instintivo de retirarla, pero ella la retuvo y la acercó a la vela que iluminaba la mesa—. Ha venido a Montecarlo a jugar, aunque es posible que encuentre algo aquí más importante. —Empezábamos mal: la primera predicción podía aplicarse al noventa y nueve por ciento de las personas que estábamos en esa sala menos a mí—. Es usted joven, pero ya sabe lo que es el sufrimiento y la pérdida. —Como suponía, las vaguedades que podían esperarse de una pitonisa de casino—. Hasta ahora ha sido desafortunado en el amor, pero no desespere, pronto cambiará su suerte. —Eso tampoco resultaba difícil de adivinar, no tenía anillo de casado y estaba sentado solo en una mesa. Con sorna, le pregunté si la chica que me tenía reservado el destino llevaba una corona en la cabeza.

—No está claro si es una sola o varias —respondió mientras me miraba con esos ojos inquietantes que debían de ser un gran activo en su profesión—. Por lo menos veo dos, dos mujeres muy distintas que serán importantes para usted en los próximos meses. —A pares, las iba a tener a pares, aquello me hacía cada vez más gracia. Le pregunté si eran rubias o morenas.

—Esos detalles más concretos se ven con la bola —dijo ella mientras sacaba la que llevaba en el bolso—. Si quiere, son cien francos más. —Aquello era lo que valía una cena en un restaurante de lujo, así que, sin atreverme a preguntarle cuánto me iba a costar aquella lectura, le pedí que siguiera con la mano.

—Sus negocios van bien, pero pronto irán mejor: recibirá una gran cantidad de dinero de forma imprevista. —Le pregunté con ironía si iba a ganar a la ruleta o al *chemin de fer* y me señaló de nuevo la bola que había colocado en la mesa—. Sin embargo, ese dinero puede traerte problemas —dijo tuteándome por primera vez. Acercó la mano para poder ver mejor las líneas—. Debes tener cuidado. Parece que hay mucha gente que quiere utilizarte, aprovecharse de ti para sus propios fines. —La voz de la *bohémienne* sonaba distinta, más nerviosa. Sin querer, empecé a intranquilizarme—. Muchos quieren algo que tú no tienes y harán cualquier cosa por conseguirlo. No te fíes de nadie, repito, de nadie. —Se quedó un momento en silencio mientras sus ojos se dilataban—. Veo una muerte, un cadáver.

—¿El mío? —Ya no tenía ganas de reírme.

—No lo sé. —Esta vez fui yo el que miró la bola—. Tampoco de esa forma puedo decírtelo. No sé, quizás sea algo del pasado.

—¿Un cuerpo que sacan del agua? —pregunté con la esperanza de que se tratase del muerto que había visto pescar en la bahía el día de mi llegada a Mónaco.

—Quizás no sea nada importante, no debe preocuparse —dijo ella volviendo a tratarme de usted y mientras le daba un trago a mi copa de coñac—. Ahora, si me permite, debo atender a otros clientes. Son cincuenta francos.

21

Cuando a la noche siguiente me dirigía a las habitaciones para leerle al viejo, McPhearson me detuvo en el pasillo.

—Esta noche *sir* Basil no necesitará de sus servicios, retírese —dijo con su habitual tono displicente.

Ya iba a regresar a mi habitación cuando apareció McDermott.

—Creo que en su estado al señor le vendrá bien un poco de compañía. Además, Short le ha puesto una inyección de vitaminas y pronto estará mejor —dijo mientras me sujetaba del brazo. McPhearson, molesto por la intromisión, pareció sopesar si enfrentarse al otro secretario, pero acabó por marcharse y McDermott me acompañó a la suite del viejo—. A veces, cuando *sir* Basil habla con otras personas de su difunta esposa, cae en la melancolía y lleva varios días triste después de su conversación con la princesa Carlota. Intente entretenerle, divertirle. He notado que se siente a gusto charlando con usted.

Cuando llegué al salón, Zaharoff estaba sentado en su sillón con la mirada traslúcida fija en ninguna parte. Parecía más frágil y quebradizo que nunca, casi como si fuera a disolverse en un montón de polvo. Su cara, casi sin color, estaba encogida en una mueca de amargura. Me senté, cogí el tomo del *Quijote* y lo abrí por una página cualquiera.

—Déjelo, hoy no estoy de humor —dijo sin levantar siquiera una mano—. Hágame el favor de tirar al fuego esos papeles que están encima del escritorio.

Me acerqué a la mesa y recogí los folios, escritos hasta los márgenes con una letra larga y anticuada. En ese momento vi una carpeta abultada que estaba junto a ellos: «Tiempo y vida de Basil Zaharoff». Así que efectivamente existían las memorias. Debía de encontrar la ocasión propicia para poder echarles un vistazo, pero como me había pedido, llevé los papeles a la chimenea y aticé el fuego para que ardieran.

—Cuando hablo con alguien de Pilar, de mi esposa, a menudo tengo la sensación de que aún está viva, de viaje en algún sitio, a punto de regresar —dijo él con los ojos fijos en las llamas—. Entonces le escribo una larga carta contándole las novedades de las últimas semanas, las pequeñas anécdotas sin importancia que a ella le hacían reír. Cuando termino me doy cuenta de que no hay ninguna dirección posible a la que enviar esos folios y me hundo en la desesperación. Antes por lo menos tenía mi trabajo para intentar olvidar, pero ya soy viejo, solo me queda administrar mi fortuna, una labor sin sentido a estas alturas.

—Tiene su vida, sus recuerdos, ¿por qué no me cuenta alguna historia? ¡Deben de haberle pasado tantas cosas interesantes! —Intentaba animarle, seguía sin ser capaz de asociar al traficante de armas con aquel anciano decrépito y triste por el que solo podía sentir pena. Me puse de pie y me acerqué a la estantería, donde había varios marcos de fotos—. Por ejemplo, ¿quién es este señor con aspecto tan peculiar? —pregunté señalando el retrato de un tipo con los pelos alborotados y barba de chivo.

—¿No sabe usted quien era Hiram Maxim? —respondió Zaharoff sin mirarme apenas.

—¿Tiene que algo que ver con el famoso restaurante de París?

El anciano rio débilmente, casi sin quererlo. Parecía que había conseguido despertar su interés. Aproveché el momento para ofrecerle un cigarro de los que sabía que le gustaban. Miró a la puerta para comprobar que no estaba McPhearson rondando y lo encendió.

—¡*Sic transit gloria mundi!* —dijo mientras cerraba los ojos para disfrutar el aroma del tabaco—. Hiram Maxim fue uno de los más grandes inventores del siglo XIX. Y uno de los mejores amigos que he tenido.

—¿Y qué inventó?

—Eso —dijo señalando un objeto que tenía habitualmente encima del escritorio. Me pidió que lo cogiera—. Esta es una réplica exacta en oro de la famosa ametralladora Maxim. Sí, ya sé que no es la corriente eléctrica ni el teléfono. —Supongo que estaba leyendo la decepción en mi cara—. No obstante, le aseguro que transformó el mundo y fue la primera piedra de mi fortuna.

—¿Trabajaba con usted? —Parecía que hablar de ese pasado, del que estaba relacionado con su profesión, le animaba.

—Era mi competidor más feroz —respondió mientras se erguía en el sillón. En esa época yo trabajaba para una compañía que se llamaba Nordenfelt y nuestro mejor producto era la ametralladora de varios cañones; llegaba a tener hasta doce, dispuestos en hilera, con calibres que iban de los ocho milímetros hasta los veinticinco. —Más que fumar, Zaharoff olisqueaba el humo—. En nuestras demostraciones, conseguíamos disparar tres mil balas en tres minutos sin problemas de encasquillado ni sobrecalentamiento, lo cual nos permitió vender gran número de unidades, a países tanto europeos como americanos e incluso a los Estados Unidos.

—¡Impresionante! —Daba la impresión de que iba a tener que tragarme una aburrida historia de negocios y mi mente empezó a dispersarse, a pensar en mujeres, en Carlota; sin proponérmelo, comparaba a la princesa con otras chicas que había conocido antes, más altas, más guapas, pero menos interesantes.

—Por desgracia pronto apareció un competidor con un arma muy superior a la nuestra. Se trataba, como ya habrá imaginado, de Hiram Maxim, un genio multifacético que había inventado una metralleta absolutamente revolucionaria, la primera que utilizaba el retroceso del disparo para expulsar el casquillo y cargar otro en un proceso casi automático. Esto aumentaba de forma portentosa la frecuencia de disparo y permitía que la operase una sola persona. Además, estaba refrigerada por agua, con lo que conseguía que el arma no se sobrecalentase.

Tomé una taza de la bandeja que habían dejado dispuesta los guardaespaldas y me puse un poco de café. Si iba a tener que aguantar una charla sobre las características técnicas de no sé qué armas iba a necesitar ayuda. Zaharoff parecía cada vez más locuaz. Quizás las vitaminas que, según McDermott, le habían inyectado estaban haciendo efecto.

—Me imagino que esto puede parecer tedioso, Pepe, pero le aseguro que le va a interesar cómo sigue la historia: pronto nos dimos cuenta de que no podríamos competir con un arma de esas características ni teníamos tiempo para desarrollar una que nos permitiera superarla o al menos igualarla. Thomas Nordenfelt, mi jefe, estaba atenazado por el pánico, pero yo, con la desvergüenza de la juventud, le pedí que me dejara resolver el asunto sin hacer preguntas.

—¿Está seguro de que quiere contar eso, señor? No me parece muy conveniente —indicó McDermott, que acababa de entrar para recoger la bandeja del café. Miró el cigarro que el viejo tenía entre los dedos, pero no dijo nada. Al contrario que su compañero, parecía que estaba dispuesto a permitirle algunos caprichos a su jefe cuando este se encontraba triste.

—Son solo chiquilladas, seguro que Pepe sabrá ser más indulgente que usted, ¿verdad? —respondió *sir* Basil sin molestarse por la interrupción.

—Por supuesto. Continúe, por favor —contesté evitando la mirada de McDermott. Al final me iba a enemistar con el secretario por una historia que ni me iba ni me venía.

—El caso es que cuando nos enteramos de que Maxim tenía prevista una demostración en La Spezia ante toda la plana del Estado Mayor del ejército italiano decidí viajar allí ese mismo día. No tenía ningún plan, pero debía impedir aquellas pruebas como fuera. Aunque pensé en todo tipo de estrategias disparatadas, ninguna me parecía viable. De repente, vi el cielo abierto: me enteré por casualidad de que Maxim no podía viajar personalmente a La Spezia y que enviaba a sus dos mejores mecánicos, dos técnicos de Sheffield.

—¿Y eso qué importancia tenía?

El viejo sonrió con satisfacción ante mi pregunta.

—Estimado Pepe, si alguna vez quiere usted ser un buen vendedor, le recomiendo que no desprecie ninguna información, por insignificante que pueda parecer. Da la casualidad de que yo conocía bien esa ciudad y, a pesar de que los profesionales de Maxim solían ser formidables, también estaba al tanto de sus debilidades. —Mujeres, sobornos, quizás algo peor. Me preparé para conocer esa parte oscura de Zaharoff de la que había oído hablar y de la que hasta entonces no tenía datos de primera mano: el traficante de armas sin escrúpulos—. Averigüé el hotel en el que se alojaban aquellos hombres, pedí habitación junto a la suya y trabé amistad con ellos. Les propuse tomar un trago, pero me respondieron que a la mañana siguiente tenían un importante compromiso, evidentemente la demostración de la metralleta.

—Pero ¿van a dejar que salga a beber una copa solo en este país extraño? —les pregunté con cara de pena. Aquello era un desafío y una provocación para unos tipos de Sheffield, gente que acaba borracha hasta en los funerales—. «Bueno, una sola», respondieron refunfuñando. Una cosa llevó a la otra, una botella de *chianti* a la siguiente, una taberna a la de más allá. «Venga, una más. ¿Qué pasa, en vuestro pueblo solo bebéis té?», los retaba yo. Casi me costó el hígado, pero a la mañana siguiente, mientras la plana mayor del ejército italiano esperaba en sus uniformes de gala el comienzo de la demostración que le habían prometido, los técnicos de Maxim dormían la mona en el suelo de un tugurio. Como es fácil imaginar, después de este episodio los italianos no compraron ninguna ametralladora y se negaron a recibir de nuevo a nuestro competidor.

—¿Y a pesar de eso llegó a convertirse en amigo de Maxim? Estaría hecho una furia. —Yo ya estaba enganchado a la historia. Cuando quería, Zaharoff era muy ameno, en sus relatos sabía jugar con las pausas y las sorpresas.

—Espere, no sea impaciente —respondió el viejo, que estaba empezando a disfrutar con su narración—. Aunque había detenido el primer golpe, el combate apenas estaba empezando e íbamos perdiendo. De nuevo me informaron de otra demostración de Maxim, esta vez en Viena y en presencia del mismísimo emperador Francisco José de Austria-Hungría, pero en aquella ocasión ya era demasiado tarde para impedirla: yo estaba en Londres y la prueba tenía lugar al día siguiente. Sin embargo, no estaba dispuesto a perder un cliente tan importante sin luchar y corrí como un loco hasta la estación, monté en el primer tren, atravesé toda Europa y llegué al arsenal imperial justo a tiempo. Gracias a mis contactos (otro consejo: recuerde la importancia de tener amigos en todas partes), conseguí introducirme en el recinto donde iba a desarrollarse la prueba. Estaba desesperado. Tenía que pensar en algo para evitar la repercusión del previsible éxito de mi competidor y no se me ocurría nada.

—Me imagino que esta vez Maxim no habría mandado a sus técnicos de Sheffield...

—Era la primera vez que le veía en persona y lo cierto es que no impresionaba mucho: era un tipo de unos cuarenta años, gordito, con el pelo y la barba alborotados y aspecto de chalado. Solo sus ojos enérgicos desvelaban su talento. —El cigarrillo se había apagado, pero Zaharoff lo sujetaba aún entre los dedos mientras gesticulaba—. Recuerdo que, de forma muy teatral y un poco chusca, se caló una chistera y se dirigió andando con pasos largos al campo de tiro donde estaba emplazada la metralleta. Completamente solo. Aquello no era un gesto gratuito: para hacer funcionar el arma de Nordenfelt hacían falta por lo menos cinco soldados bastante hábiles y él quería demostrar que con uno bastaba para operar la suya. Sin quitarse la chistera, se situó tras la culata y empezó a disparar. Ta-ta-ta-ta-ta-ta-ta-ta. Un minuto, dos, tres. Yo, cronómetro en mano, no daba crédito: los sacos terreros contra los que hacía fuego y que estaban situados a quinientos metros volaron hechos pedazos durante cinco minutos sin interrupción. Mientras yo me tiraba de los pelos de rabia, al emperador se le erizaban los bigotes de gusto y aplaudía entusiasmado. Cuando el fuego cesó, Francisco José hizo una seña a uno de sus ayudantes y le comentó algo al oído.

—A su Majestad Imperial le gustaría saber si su arma puede acertar a un blanco de forma continuada —dijo el edecán en inglés.

Hiram hizo una reverencia, pidió un blanco a seiscientos metros y empezó a disparar de nuevo. Cuando se disipó el humo, el recinto se llenó de exclamaciones de asombro y aplausos: Maxim había dibujado a balazos sobre uno de los sacos el monograma con las iniciales del emperador.

—¡Vaya! Después de esa demostración estaba usted contra las cuerdas. —Ya me encontraba tan metido en la historia como si estuviera viendo un combate de boxeo, deseando saber cuál de los púgiles derribaría antes al contrario.

—Era el golpe de efecto de otro gran vendedor, esa guinda que consigue que te metas al cliente en el bolsillo, que permite que a partir de ese momento le puedas vender lo que quieras. Aunque estaba rabiando, yo también aplaudí, pero la cabeza me daba vueltas a mil por hora. Tenía que actuar con rapidez, pinchar el suflé inmediatamente, si no quería quedarme sin trabajo y no se me ocurría nada. Entonces vi cómo Maxim saludaba al emperador y se retiraba sin hablar con nadie y me vino a la cabeza la idea salvadora. No olvide, Pepe, la importancia de los pequeños detalles: resultaba obvio que mi competidor no hablaba alemán y que no había tomado la precaución de acudir con un traductor de su confianza. ¡Esa era mi oportunidad! Me acerqué a un grupo de periodistas austríacos que comentaban entusiasmados la demostración. «¿Qué les ha parecido la nueva ametralladora Nordenfelt?», les dije en su idioma, en el que me defiendo razonablemente. «¿No es el arma más soberbia que han visto jamás?». Puedo recordar como si fuera hoy la expresión con la que me miraban, como si estuviera loco de atar. Sin embargo, adivinaba su curiosidad. «¿Una Nordenfelt?», preguntaron mientras se arremolinaban en torno a mí. «Nos habían dicho que se trataba de una ametralladora Maxim». En efecto, el señor Hiram Maxim es uno de nuestros más distinguidos ingenieros, uno de los grandes inventores que permiten a Nordenfelt mantenerse en la vanguardia de las innovaciones tecnológicas. Esa tarde los periódicos publicaron en primera página el gran éxito de Nordenfelt en las pruebas realizadas con asistencia del emperador; la mejor campaña de publicidad de toda mi vida no me costó ni un céntimo ni una sola bala.

—Pero me imagino que los periodistas no eran quienes compraban las armas, ¿no?

—En efecto, bien visto —respondió Zaharoff con la sonrisa que se le dedica a un alumno aplicado que presta atención—. Debía de atacar por otro flanco para confundir a los responsables del ministerio de la Guerra austrohúngaro. «Es formidable lo que ha conseguido el señor Maxim», comenté mientras me mezclaba con el grupo de oficiales que abandonaban el campo de tiro del arsenal. «Es una proeza, algo realmente único, irrepetible. Y es una pena que sea así, que no se pueda replicar». «¿Qué quiere usted decir con eso?», preguntó el primero que picó el anzuelo. «Ah, pero ¿no lo saben ustedes?», respondí fingiendo sorpresa. Otros oficiales se iban acercando y pidieron que aclarase mis palabras. «¿Acaso desconocen cuál es la profesión del señor Maxim?». «Fabricante de armas, es evidente», contestó con desprecio un oficial que recuerdo que llevaba el uniforme de húsar de los regimientos húngaros. «Se equivoca usted: es relojero». No sé lo que provocó más indignación, si mi sonrisa burlona o la sensación de mis interlocutores de que estaba tomándoles el pelo. Era el momento de desarmarlos. «Se preguntarán ustedes qué tiene que ver esta noble profesión con la demostración que acaban de ver. Pues bien, lo cierto es que la ametralladora Maxim está fabricada como si fuera un reloj, con tanta precisión que la más mínima desviación en su montaje o en su manejo la vuelve completamente inservible». Aquella afirmación dejó boquiabiertos a los oficiales. «¿Está seguro? ¿Ha examinado usted el arma?». «¡Por supuesto! De arriba abajo». Era la primera vez que veía aquella ametralladora en mi vida. «Los mejores ingenieros la han desmontado pieza por pieza y han sido incapaces de hacerla funcionar. Solo el señor Maxim (insisto, solo él) puede afinar su mecanismo para conseguir el magnífico resultado que acaban de ver». Ahora solo faltaba la estocada final: poner al cliente en el peor escenario posible para que dudara sobre el producto de la competencia: «Imagínense que Austria encarga, pongamos, doscientas ametralladoras, al señor Maxim. ¿Cómo va a poder entregar una cantidad tan elevada de armas si cada una de ellas tiene que salir de sus manos como si fuera una pieza única? Eso por no hablar de los desajustes que se pueden producir en el transporte y en la utilización por manos inexpertas. Ustedes conocen mejor que nadie que una guerra somete a las armas a un esfuerzo constante. ¿Se arriesgarían a comprar un material que, llegado el momento crucial de la batalla, puede dejarles en la estacada, que cuando el enemigo les atacara con todos sus efectivos, con toda la potencia de su armamento, fuera incapaz de disparar una triste bala?».

Zaharoff volvió a sonreír, me imagino que al recordar las caras de sorpresa e indignación de los oficiales al sentir que Maxim los había engañado.

—La industria de las armas, como todas, se basa en la confianza y yo había conseguido dinamitar el crédito de Hiram en unos minutos sin mancharme siquiera las manos.

—¿Y que hizo Maxim después de eso? —La anécdota parecía demasiado buena para ser cierta, pero la cara de admiración de McDermott me dio a entender que no era una fantasía.

—Como es lógico, después de la demostración de Viena, Maxim no recibió ni un solo encargo del ejército austrohúngaro. Sin embargo, yo sabía que no iba a poder frenar el éxito de un arma muy superior durante mucho tiempo, así que, en cuanto puse un pie en Londres, me presenté en su casa.

—¿Y no lo echó a patadas?

—Era una jugada arriesgada. Mientras esperaba la respuesta del mayordomo al que había entregado mi tarjeta de visita, recuerdo que me sudaban las manos como pocas veces en mi vida. —El viejo se miró las suyas y las cerró como intentando detener el temblor de la edad—. No obstante, yo tenía una intuición y siempre que me he dejado llevar por mi instinto he acertado: conocía el carácter pragmático de los norteamericanos. «Debería matarle, señor Zaharoff», bramó Maxim sin ofrecerme la mano cuando entró en el recibidor donde yo esperaba. «Como sabe mejor que nadie, tengo sobrados motivos para desear verle muerto». Hizo una pausa mientras me miraba a los ojos. Su estatura era bastante menor que la mía y parecía un toro a punto de embestir contra mi pecho. «No obstante..., no tengo más remedio que confesar que le admiro. Tiene usted todas las cualidades de las que yo carezco: es tenaz, sabe improvisar y no deja que nada se interponga en sus objetivos; además, y por lo que tengo entendido, no carece de encanto y habla usted los idiomas que yo desconozco». «Y a mí me falta su genialidad, sus conocimientos técnicos», dije ofreciéndole la mano. «Por suerte, eso tiene fácil arreglo: asociémonos. Haremos grandes negocios juntos». De esta forma nació nuestra amistad. Y con ella, la unión de nuestras empresas, la Maxim Nordenfelt Guns and Ammunition Company, de la que los dos nos convertimos en los mayores accionistas. Durante años trabajamos juntos, nuestros productos llegaron a todas partes del mundo, pero nunca perdí el respeto por la inteligencia y genialidad de aquel gran hombre.

Cuando el viejo acabó su relato, yo estaba entregado a la habilidad, al arrojo, al descaro de un hombre de acción que no se dejaba vencer por las adversidades, capaz de encontrar oportunidades donde los demás solo verían la ruina. A pesar de la falta de escrúpulos que traslucía la historia, por fin entendí por qué había llegado hasta donde lo había hecho y, sin quererlo, admiré a Basil Zaharoff.

22

Aunque intentaba convencerme de que el anciano para quien trabajaba solo era un hombre de negocios más, tan malo o marrullero como muchos otros, una vocecita seguía diciéndome que algo no iba bien. Lo achacaba a la predicción de la *bohémienne* del casino, a ese dinero inesperado que me traería problemas del que hablaba la pitonisa. Al fin y al cabo, me estaban pagando un sueldo más que generoso por no hacer prácticamente nada, apenas leerle a un viejo un par de horas cada noche. Por mucha pena que me diera Zaharoff, si era cierto lo que decían de él, lo más sensato sería largarme con viento fresco antes de que surgieran problemas. Trabajar para un traficante de armas solo podía traer problemas y me lo estaban advirtiendo hasta las voces del más allá. Solo conseguí tranquilizarme cuando caí en la cuenta de que yo mejor que nadie conocía los trucos y estrategias de los magos, videntes y demás patulea: te enganchaban con una predicción inquietante y ya tenían cliente para rato, conseguían que no dieras un paso sin consultarles. ¿No se había equivocado la *bohémienne* cuando dijo que yo había venido a Montecarlo a jugar? El resto de sus augurios seguramente serían igual de estúpidos que el primero.

O quizás no todos. Aunque intentara olvidarla, seguía teniendo a Carlota en la cabeza. Puede ser que, cuando la pitonisa hablaba de dos chicas, se refiriera a una sola con dos caras: la de princesa y la de mujer. O, como yo intuía, tal vez Carlota tuviera un ánimo cambiante. En cualquier caso, daba igual. Pasado el primer momento de euforia, no se me ocurría cómo volver a abordarla. No parecía razonable llamar a una princesa por teléfono o presentarme en su palacio con un ramo de rosas, como si se tratase de una secretaria o una recepcionista. Solo quedaba esperar que el viejo volviese a invitarla a cenar y que contase conmigo para entretenerla, algo que podría tardar semanas o meses en producirse.

Ya estaba bien de soñar con el cuento de la Cenicienta. Debía aparcar mis delirios de grandeza y asumir mi posición como miembro de la servidumbre. Me integré en las tertulias de mis compañeros, les ayudaba si era posible en sus tareas y cuando Elan y Short me invitaron a tomar algo con ellos el domingo por la tarde, el día que libraban, acepté halagado la invitación. Mejor divertirme con los de mi condición que tratar de aparentar lo que no era.

Sin sus uniformes, el chófer y el mayordomo tenían un aspecto extraño, como dos curas sin sotana o un par de militares en traje de baño; además, se les notaba la impaciencia de un niño antes del recreo mientras bajábamos por el ascensor interior y salíamos por la puerta de servicio del hotel. Aunque imagino que era la que yo habría tenido que utilizar habitualmente, hasta entonces nadie me había dicho nada. Supongo que eso me situaba en un escalafón más alto que mis compañeros, algo que me importaba poco en esos momentos.

—Aquí es donde vienen los ricachos de verdad a jugar. Menudas juergas deben de organizarse dentro —dijo Elan cuando pasamos por delante del Sporting. Yo ni siquiera miré al edificio donde había estado cenando caviar y champán hacía unos días y continuamos andando en dirección contraria al casino. Mónaco es un país tan ridículo y minúsculo que tres o cuatro manzanas más arriba ya estábamos en la calle que marcaba la frontera. El bordillo rojo era el principado; el de enfrente, blanco, ya se encontraba en Francia.

—Esto es Beausoleil. O, como lo llaman los pretenciosos, «Mónaco supérieur» —me indicó Short mientras señalaba el barrio de casas abigarradas, y a menudo faltas de una mano de pintura, que crecía montaña arriba, tan distintas de los palacetes ostentosos del otro lado de la calle—. Esto es mucho más barato y podemos divertirnos sin tanta elegancia y tanto refinamiento. Aquí vive la gente como nosotros, los empleados del casino de Montecarlo, los camareros, las doncellas de los hoteles o los jardineros que cuidan de que todo esté al gusto de los señores. Como puedes ver, la mayoría de ellos son italianos. —En efecto, casi todos los letreros estaban en ese idioma e incluso uno de ellos anunciaba la sede local del Partido Fascista de Mussolini. Me habría gustado explorar aquellas callejuelas bulliciosas y animadas, pero mis compañeros no habían ido allí a hacer turismo.

—Conozco un bar cerca donde tienen un *jolly good chianti* —dijo Elan mientras me obligaba a seguirle a paso vivo.

—Solo un par de copas, que luego tengo cosas que hacer —respondió Short mientras se pasaba la lengua por los dientes.

Bajamos a un sótano al fondo de un callejón. Aunque aún no eran las seis de la tarde, en el local había ya bastantes parroquianos dándole al vino o a la grapa. No parecían empleados del casino ni camareros, sino albañiles o picapedreros de alguna obra cercana, gente recia, de buen beber.

—*Un fiasco, prrrrregooo!* —El acento de Elan era horroroso, daba la impresión de que esas eran las únicas palabras que sabía en italiano. El chófer cogió por el cuello una de las típicas botellas cubiertas de una canastilla de mimbre, sirvió tres vasos hasta el borde y vació el suyo de un trago.

—No hay nada como el *pale ale* escocés, pero prefiero el vino peleón a la cerveza francesa, que no sirve ni para emborrachar a las vacas ¿no te parece, Short? —dijo mientras le daba un puñetazo en el hombro al mayordomo. Luego me sacudió otro a mí—. ¿A que se está bien aquí, español? Yo acabo harto del Hotel de París, de tanto «gracias» y «por favor»: necesito respirar aire proletario. *Fuck!* ¡Que soy de Gorbals, el barrio de los astilleros de Glasgow! —Resultaba sorprendente ver la transformación de aquellos tipos, habitualmente tan comedidos e impecables en presencia de los secretarios y del viejo Zaharoff.

—Es cierto. —El vino me calentaba la garganta y quería sentirme uno de ellos—. Montecarlo es como el reloj de oro que ves detrás del escaparate de una joyería de lujo: puedes soñar con tenerlo, pero sabes que nunca te lo podrás permitir.

—¡Walter Scott no lo habría descrito mejor! ¡Eres un poeta, español! —exclamó Elan arreándome otra palmada en la espalda—. Pero ¿nunca has imaginado cómo debe de ser tener dinero para comprar ese reloj y muchas cosas más, poder vivir como un señor?

—Sí, hace unas semanas en el casino. Me desperté cuando me di cuenta de que me habían robado el dinero —contesté con una risa forzada.

—Este está convencido —dijo Short con sorna mientras golpeaba a Elan en el pecho con dos dedos— de que algún día vendrá aquí con los bolsillos llenos de billetes y en un Rolls Royce conducido por su propio chófer.

—¿Y de que te alojarás en una suite del Hotel de París?

—¿Por qué no? —respondió Elan—. Tengo muchas ideas, muchas. He pensado montar una flota de taxis de lujo en Glasgow, allí hay mucho nuevo rico. Podría hacerlo si me ayudara un poco *sir* Basil. Cuando quiere, el viejo es un tipo generoso. Durante la guerra tuvo que licenciar a uno de sus conductores anteriores y de finiquito le regaló su limusina. —Los rasgos de Elan se iban ablandando, disolviendo en el quinto vaso de vino—. Y cuando su mujer por fin le convenció de que cambiara el viejo Packard por un Rolls, un vehículo acorde a su rango y posición, se lo acabó obsequiando a Clemenceau cuando este se retiró. ¡Ya podría habérmelo dado a mí!

—¡Que yo sepa, no eres un primer ministro francés que le haya hecho ganar millones! —Short se volvió hacia mí mientras alzaba la voz para hacerse oír entre el griterío de los parroquianos—. Este iluso solo piensa en el dinero. Un día de estos le roba a *sir* Basil la vajilla que tiene en París.

—*Fucking walloper!* ¡Como que es de oro! No creas que no lo he pensado cuando ayudo al servicio a limpiarla. Veinticuatro quilates, de lo mejorcito —dijo el chófer mientras se limpiaba el vino del bigote—. Un servicio de mesa para veintiocho comensales fabricado por Boucheron, el mejor joyero de París. Y hasta tiene juego de té y de café. Con eso me podría comprar todos los taxis de Glasgow.

—También podrías inventar una metralleta. O asociarte con el que la inventó. A juzgar por cómo vive el jefe, eso debe de dar buen dinero. —El vino estaba haciéndome hablar más rápido de lo que pensaba, pero mis compañeros fuera del trabajo no se mostraban tan discretos:

—La jodida Maxim, ¡menuda pasta le ha hecho ganar al viejo! —respondió Elan mientras se sacudía el vino del bigote—. Gracias a las sublevaciones contra el Imperio de finales del siglo pasado se hinchó a vender cacharros de esos a la corona. Los mahadistas, los derviches, los zulúes, todos probaron una ración del nuevo juguete.

—Sí, me acuerdo cuando era pequeño y setecientos de los nuestros mantuvieron a raya a cinco mil matabele en Shangani con solo cuatro ametralladoras de esas. La Maxim se convirtió en una marca familiar, ¡hasta salía en los cromos! —Short se pasaba la lengua por los dientes como buscando la última gota de vino entre ellos.

—Yo hasta recuerdo cómo lo contaban las revistas infantiles de la época —dijo el chófer mientras imitaba la postura de un soldado que oteaba el horizonte—. Un día de un calor abrasador en la llanura africana, la hilera de salvajes que cubre el horizonte, los cantos amenazantes, las pinturas de guerra.

—¡Tam, tam, tam! —Entre risas, el mayordomo parodiaba los tambores de los indígenas golpeándose los muslos.

—¡Ooooooeeee! Un grito que es replicado por un coro de voces negras —continuó Elan—. Los guerreros que golpean las lanzas contra los escudos y empiezan a correr colina abajo hacia las posiciones inglesas. La *Union Jack* flamea al viento. Los soldados, con sus gallardas chaquetas rojas, esperan valerosos la orden de sus oficiales. ¡Fuego! Ra-ta-ta-ta-ta-ta. —El chófer imitaba el repiqueteo de las ametralladoras Maxim de la misma forma que lo había hecho Zaharoff, solo que en un caso era una demostración y en el otro fuego real contra cientos de seres humanos—. Las balas barren el campo de batalla como una poderosa manguera, los guerreros empiezan a caer unos encima de otros, destrozados por una mano invisible, con una mueca de sorpresa en los labios.

Aunque Elan y Short se partían de risa con la pantomima que habían improvisado, yo imaginaba con espanto cómo caían destripados por la Maxim aquellos africanos que atacaban armados con una simple lanza. ¿Quién era el culpable de aquellas matanzas, el que vendía el arma o el que la utilizaba?

—Gracias a aquellas guerras y al éxito de la metralleta, la empresa de *sir* Basil y Hiram Maxim atrajo la atención de los peces gordos de la industria —explicó el mayordomo mientras se limpiaba las lágrimas de los ojos—. Fue adquirida por Vickers, uno de los gigantes del sector.

—Aunque la nueva empresa se llamó Vickers, Maxim & Sons, el señor fue el que se hizo auténticamente rico con la operación —continuó Elan—. En poco más de diez años, *sir* Basil pasó de ser un vendedor cualquiera de armas a consejero de un gran grupo que fabricaba desde barcos de guerra a cañones, pasando por todo tipo de explosivos... ¡Menuda suerte tienen algunos!

—Lo que muchos no saben es que cuando los bóers, los colonos holandeses de Sudáfrica, se sublevaron contra el Imperio ¡lo hicieron también con las Maxim que les vendió el jefe bajo mano! —Aunque Short se reía tanto que tuvo que dejar el vaso encima del mostrador, yo no era capaz de simular una sonrisa.

—¡Al jefe siempre le gustó jugar a dos bandas! ¡Por eso ha ganado tanta pasta! —respondió el chófer con otra carcajada—. ¡Pero no creo que cuente esas cosas en sus memorias!

—Podrías echarle el guante a esos papeles, Elan. —Short seguía intentando calmar la risa—. ¡Deben de ofrecer mucha pasta por ellas!

Mi curiosidad por las memorias pudo más que el mal sabor de boca que me había dejado la historia de los africanos ametrallados y pregunté si era cierto que Zaharoff estaba escribiendo sus memorias. A pesar de que había visto la carpeta que las contenía, quería saber más.

—Sí, claro, las lleva bastante avanzadas, ya tiene dos archivadores llenos de papeles; le dedica todos los días un buen rato —respondió el mayordomo—. Se sienta con el gordo McDermott y le dicta. Luego repasa él solo el manuscrito y lo guarda bajo llave en el escritorio. Con todos los trapos sucios que tiene para contar, seguro que ofrecen una fortuna por ellas.

Intenté averiguar algo más, pero Elan estaba ya calentito y solo quería hablar de sus fantasías:

—¿Sabéis qué haría si tuviera una centésima parte de los millones del viejo?

—Déjate de millones y dame los cincuenta francos que me debes —le interrumpió Short—. Ya sabes que no me gusta perder la tarde bebiendo.

Elan sacó la cartera y entregó un billete a su compañero.

—A mí me va el dinero, pero este solo piensa en lo único —me explicó—. Ahora se va al burdel de la esquina y se beneficia a la italiana esa tres veces sin bajarse los tirantes.

—Por supuesto, donde estén las mujeres guapas que se quite todo lo demás. Y Antonella tiene mejor suspensión que un Rolls Royce —respondió el mayordomo imitando con las manos las curvas de su preferida—. El sexo es la mejor gimnasia, relaja, te quita las arrugas, los dolores de espalda y el mal humor. Si tuviera más dinero no me lo gastaría en tonterías, como este. Lo invertiría todo en las mujeres más caras. O en princesas. Pero de eso sabes tú mucho más —dijo riendo antes de darme otro puñetazo de despedida en el brazo.

Por mucho que McDermott se empeñara, en aquella pequeña familia todo el mundo acababa por enterarse de lo que sucedía. O incluso de lo que no sucedía, como era el caso. Elan intentó servirme otra ronda, pero la rechacé con un gesto. Llevaba ocho vinos en menos de media hora. Él insistió y llenó el vaso hasta arriba.

—*Damn!* Tienes menos aguante que el viejo Nadel.

—¿Quién es ese?

—Uno que... —Elan buscó con la mirada a Short, pero el mayordomo estaba ya en la puerta de la taberna—: Un tipejo que trabajaba con nosotros hace tiempo y que hacía demasiadas preguntas. —Aunque parecía que iba a decir algo más, en su lugar el chófer cogió una botella por el cuello—. ¿No te parece que estamos entumeciéndonos con tanta charla? Voy a enseñarte cómo estirábamos los músculos en el ejército.

Elan me sorprendió con un pequeño empujón. Perdí el paso, retrocedí y descoloqué un retrato de Mussolini que se encontraba colgado en la columna que estaba detrás de mí. Uno de los parroquianos se acercó y lo enderezó.

—¿No te apetece un poco de acción? A ver de qué pasta están hechos estos espaguetis. —El chófer pasó la mano por detrás de mí y volvió a torcer la foto del Duce. El tipo de antes lo colocó de nuevo en su sitio mientras nos miraba con rabia debajo de unas espesas cejas negras—. *Che succede?* —le espetó Elan en su zarrapastroso italiano—. *Quella* è *vostra madre?*

Casi inmediatamente recibí un golpetazo en la cabeza que me hizo trastabillar. En su intento de alcanzar al chófer, el parroquiano me había atizado a mí. Propulsado por el *chianti*, el puño de Elan hizo el camino inverso e impactó en la cara del adversario. Empujones, insultos, más puñetazos;

en un instante, como si los parroquianos se hubieran puesto de acuerdo, la bodega se transformó en una batalla de todos contra todos en la que volaban mesas, sillas, vasos y botellas y en la que ya nadie sabía en qué bando estaba. Yo cobraba y repartía, más que nada para intentar salir de allí lo antes posible. Milagrosamente, casi a gatas, conseguí encontrar la puerta con los dientes intactos y sin ningún leñazo de importancia. No creo que a Elan le importase que le dejara solo ante el peligro, estaba claro que esa era la gimnasia que le gustaba.

23

Todos necesitamos nuestras válvulas de escape y aunque las peleas no son una de las mías, el método de Elan me había sentado bien. Cuando llegué al hotel sentía como si hubiera descargado de mis espaldas las preocupaciones que me atenazaban los últimos días. A veces las terapias más sencillas son las más efectivas: unos cuantos vinos, una charla entre camaradas, un poco de bronca y los problemas desaparecen. Samba me abrió la puerta con su sonrisa de costumbre e intercambiamos algunas bromas. Estaba alegre, no tenía ganas de volver a mi habitación y puse rumbo a los dominios de Émile. Si no había muchos clientes, quizás podría tomarme un trago más y charlar un rato con él de cualquier cosa para redondear la noche.

Cuando entré estaba apoyado en la barra con aire ausente. Le saludé con efusividad, pero me hizo un gesto para que bajara la voz y señaló a un rincón de la sala. Sentado en el piano, McDermott tocaba una suave melodía de jazz. Con los ojos cerrados y el cuerpo vencido hacia atrás, sus dedos gruesos recorrían el teclado con una agilidad sorprendente. Improvisaba, las notas se separaban del tema central y volvían a unirse a él. Retrocedí hasta la barra y le pedí en voz baja a Émile que me pusiera una cerveza.

—¿Siempre toca jazz? —Aunque yo sabía que el secretario tocaba el piano alguna tarde, nunca me había quedado a escucharle. Por la edad y el aspecto de McDermott, lo había imaginado más propenso a la música clásica.

—Sí, y siempre melodías tristes. Al menos en los últimos tiempos. Antes era otra cosa, hace años incluso improvisaba con una banda; era un hombre mucho más alegre. —Pregunté a que se debía el cambio—. Su hijo resultó herido en la guerra y aún arrastra secuelas graves. Le pusieron una placa de metal en la cabeza y apenas es capaz de hablar. No ha cumplido treinta años y no puede ni ir al baño solo.

No tenía una relación muy estrecha con el secretario, pero el alcohol me había puesto sensible y la historia de aquel pobre muchacho me empañó los ojos.

—Es terrible la guerra —dije mientras miraba al padre tocar aquellas melodías atormentadas. No podía imaginar el sufrimiento que arrastraba.

—Sí, es terrible, aunque a él no le gusta hablar del tema —respondió Émile con tristeza—. El muchacho vive en Edimburgo, con su madre. El tratamiento de rehabilitación es muy caro y monsieur McDermott tiene que trabajar lejos de ellos para pagarlo. Espero que cuando *sir* Basil muera le deje un buen pellizco para no tener que preocuparse de los gastos médicos durante una temporada.

—A todos nos gustaría tener más dinero para comprarnos cosas, pero supongo que hay algunos que lo necesitan de verdad.

—El chico por lo menos tiene quien le cuide. Hay millones de veteranos en situaciones parecidas en toda Europa a los que no les queda otra solución que pedir por las calles para no morirse de hambre. —Ahora era los ojos del barman los que se habían humedecido; me pareció que en ellos había rabia contenida—. Una generación entera de hombres que no pueden valerse por sí mismos.

La música dejó de sonar. McDermott le dio un trago a una copa de brandy que había encima de la tapa del piano, se levantó y salió del bar tras despedirse de nosotros con una inclinación de la cabeza. Nos quedamos solos en el bar. Los domingos cerraban pronto y Émile empezó a recoger. Ya me disponía a marcharme cuando el barman me retuvo.

—Venga, le invito a tomar algo en un lugar que le va a sorprender —propuso mientras señalaba una puerta que había junto a la barra.

La historia de McDermott no me había dejado con ganas de subir a la habitación y le seguí. Un largo corredor se unía con otro y luego con otro hasta formar un laberinto. Estábamos en las tripas del Hotel de París, la maquinaria oculta que hacía funcionar a la perfección aquel reloj de lujo. Por la lavandería llegamos a la gran cocina, donde los chefs estaban despachando las últimas comandas de la cena mientras los pinches corrían a su alrededor o picaban a toda velocidad lo que les ordenaban.

Después pasamos las calderas y empezamos a descender por una estrecha escalera de caracol. A pesar de que estaba oscuro y daba la sensación de que los escalones no terminaban nunca, Émile parecía muy seguro de sus pasos. Cuando llegamos abajo, encendió una bombilla que daba una luz amarillenta y abrió un portón corredizo. Una maraña de cuevas se abría a ambos lados de un pasillo con las paredes manchadas de moho y tierra. El ambiente era seco y fresco.

—Estas son las bodegas del Hotel de París, unas de las más grandes del mundo —dijo Émile con orgullo—. Aprovechando las grutas originales que había en lo que ahora se llama Montecarlo y antes «*Les Spélugues*», o «las cuevas», en monegasco, a finales del siglo pasado se habilitaron más de dos mil metros cuadrados para guardar los mejores tesoros del principado. Aquí embotellamos el vino que nos llega desde Burdeos para asegurarnos de su calidad y almacenamos las joyas que abastecen las mesas de los restaurantes del Hotel de París, del Hermitage, del Sporting Club y del casino, más de cincuenta mil botellas.

Los pasillos estaban flanqueados por botelleros y enormes toneles. Cada tanto Émile se detenía, tomaba una botella con el cariño del que levanta un bebé de un capazo y me explicaba las características de una cosecha de Château Latour, de Château Mouton Rothschild o de Chablis. Con especial devoción me enseñó unas botellas que estaban guardadas en un nicho tras una reja.

—Este es un Sazerac de Forge de 1811, probablemente la mejor cosecha de la historia. Es un coñac que se embotelló en honor al nacimiento del hijo de Napoleón. Esto es lo que me gusta de este sitio, es una capsula que viaja a través del tiempo.

Por fin, tras colarnos por varios recovecos, llegamos a un rincón donde una barrica actuaba de mesa y unas cajas de asientos.

—Bienvenido a Chez Émile, mi refugio privado —dijo mientras sacaba unas copas de una de las estanterías—. Aquí nadie se molesta en entrar, ni siquiera Brigasco, el chef sumiller, que se cree el dueño de la bodega. —Se quitó la chaqueta, la corbata, se bajó los tirantes y se arremangó. Buscó una botella, luego la cambió por otra. Finalmente sirvió el vino; aunque yo esperaba una larga conferencia sobre el origen, la cosecha, los matices, no dijo nada; solo miró la botella con satisfacción—. ¿A que está bueno? A veces hay que disfrutar de las cosas sin tantas explicaciones. Cuando no estoy trabajando, solo quiero una botella y un poco de charla.

En realidad, parecía que lo que Émile necesitaba era un oyente. Según él, el barman de un hotel elegante escuchaba, pero rara vez se permitía participar en las conversaciones, más allá de las anécdotas o los chistes de turno, si bien a mí no debía de considerarme un cliente de postín, porque a menudo se había entretenido más de la cuenta conmigo. Allí, en su refugio, se veía como un parroquiano más en un café, con derecho a hablar de todo sin que le interrumpieran. Me contó sobre su infancia en Marsella, de su familia —gente humilde de buen beber—, sus años de pillo callejero en el puerto, su primer trabajo como mozo en una taberna, historias llenas de marineros tatuados, de putas rollizas y maternales.

—Todo aquello pasó antes de la guerra. —La boca de Émile se quebró en un gesto amargo—. Antes..., antes de todo aquello. Antes de que todo cambiara, antes de que yo me convirtiera en lo que soy ahora. Parece que hace un millón de años de aquello y todavía no han pasado ni veinte. En esa época éramos como niños, un país de muchachos inocentes que vivíamos felices, sin imaginarnos lo que nos esperaba. Recuerdo el verano de 1914, un verano espléndido, luminoso, el campo reventaba de flores y todo el mundo disfrutaba del buen tiempo. La gente llenaba las terrazas de los cafés y los que podían se escapaban a la playa más cercana para refrescarse. Nuestro mundo era seguro, el que más y el que menos estaba contento con su suerte.

»A mediados de junio los periódicos empezaron a llenarse de noticias alarmantes, que si habían matado al archiduque en Sarajevo, que si los austríacos habían lanzado un ultimátum a los serbios. Sin embargo, todo sucedía lejos, como una tormenta en el horizonte que no afectaba nuestra suave y blanda existencia. De repente, todo se precipitó a principios de agosto. «*C'est la guerre!*», el eco llegaba desde cada esquina. El anuncio cayó como una piedra en un estanque.

»Todo el mundo se lanzó a las calles a celebrarlo, a cantar himnos patrióticos, a maldecir a los odiosos y traidores *boches,* a los alemanes. El país era una fiesta, las fábricas, las oficinas y los hoteles cerraron, los jóvenes corrieron a alistarse. No sabíamos nada de la guerra; la última, la de los prusianos, había tenido lugar hacía más de cuarenta años, ya casi ni los viejos la recordaban. Nadie pensaba en la muerte, sino en la aventura, en la posibilidad de huir de la rutina, de dejar de ser obrero, oficinista o camarero para convertirse en un héroe condecorado. Con el uniforme todo era posible, nos llenaban de flores, nos metían botellas de vino en el zurrón, chicas que no conocías te besaban sin previo aviso por la calle. Teníamos la gloria al alcance de la mano y además todos decían que la guerra sería corta, que para Navidad estaríamos todos en casa.

»Un mes después habíamos envejecido diez años. Nuestros oficiales, ineptos y estúpidos, nos mandaban al matadero con nuestros preciosos pantalones rojos de desfile que resultaban un blanco perfecto a un kilómetro de distancia. No se habían enterado de que las estrategias de los gloriosos tiempos de Austerlitz poco servían contra las nuevas metralletas y cañones y nos lanzaban a campo abierto a atacar las posiciones enemigas a bayoneta calada. Salíamos desnudos, sin protección. Los alemanes nos cazaban como perdices, sin despeinarse.

Émile vació la copa de vino de un trago y sirvió otra ronda sin preguntarme.

—Un año después, no sabes a ciencia cierta si sigues vivo. Llevas semanas metido en una trinchera llena de sangre, meados y mierda, sin dormir, sin comer algo caliente; tienes los pies siempre empapados, llenos de heridas, las botas se clavan en el barro y no te dejan avanzar. Estás medio sordo por las explosiones y las manos te tiemblan tanto que casi no puedes encender un cigarrillo. Lo único que te calienta es el aguardiente infecto que te proporciona la intendencia, un alcohol casi puro que te convierte en un autómata que hace lo que le ordenan. Se avecina un nuevo ataque, lo anuncian las bengalas, y ya ni te pones la máscara antigás, que no te deja ni respirar, que se empaña e impide que puedas ver a más de un palmo de tu cara. Empiezan a caer las bombas, como si un huracán de fuego y metralla se desplomara sobre tu cabeza, un terremoto que te revienta por dentro. Tus huesos crujen, te orinas encima. Buscas hacerte lo más pequeño posible, aunque sabes que de poco servirá si el obús te cae encima. Una explosión muy cerca, los oídos te estallan. Algo te golpea en la cara, sientes que la sangre te corre por el cuello. Espantado, te palpas intentando encontrar la herida. De pronto, te das cuenta de que son los sesos del compañero que estaba a tu lado, de tu amigo, que ha caído junto a ti con la cabeza reventada como una sandía. Vomitas, quieres salir corriendo, pero sabes que lo único que puedes hacer es permanecer allí, acuclillado sobre esa mezcla de barro y sangre. Se desploman otros cuerpos. Por un momento deseas que te alcancen, que todo se acabe de una vez, que no tengas que aguantar más aquella incertidumbre, aquella lotería mortal. Con un poco de suerte, una esquirla que te mande a casa. O al hoyo, ya poco importa.

Una lágrima corrió por la cara de Émile. Yo, que ni siquiera había hecho la mili, sentía erizados los pelos del cogote. No podía imaginar que existiera un infierno igual, una ratonera espantosa donde cientos de almas esperan la muerte. En la oscuridad de la bodega, me parecía oír el retumbar de los cañones, notaba a mis pies los cuerpos desplomados sobre los charcos de las trincheras.

—Al amanecer, el infierno se detiene y un silencio fúnebre cae sobre el campo. Solo se oyen los lamentos ahogados de los heridos atrapados en tierra de nadie y los graznidos de los cuervos que vienen a reclamar su desayuno preferido, los ojos de los cadáveres. Más de la mitad de la compañía ha muerto y ni siquiera hemos visto a un alemán. Esa es la guerra moderna, un matadero al que los poderosos mandan a los obreros mientras ellos mueven tropas sobre un mapa como si se tratara de un juego de mesa donde las fuerzas se anulan, donde nadie gana y todos pierden. Esa es la guerra que han inventado tu jefe, Zaharoff, y sus amigos, los fabricantes de armas cada vez más mortíferas; una guerra en la que ni siquiera hay sitio para el heroísmo, donde los generales gastan millones en avanzar un centenar de metros que perderán al día siguiente sin importarles un bledo los pobres desgraciados que no saben por qué van a ser sacrificados. Así cayeron mis dos hermanos. No encontraron sus cuerpos, según me dijeron quedaron sepultados bajo la avalancha de tierra que levantan las bombas al explotar. No me quejo, a otros les fue aún peor.

»Solo te he contado una noche cualquiera; imagina cuatro años así, cuatro, día tras día, hora tras hora, de tortura para los pobres *poilus,* para los peludos, piojosos y desarrapados soldados de a pie. Y para sus adversarios, los infelices *fritz,* tan inocentes como nosotros, carne de cañón que muere y mata por la patria de otros, que vuelven a trozos, sin brazos, sin piernas; tullidos que todo el mundo evita mirando para otro lado, intentando espantar los malos recuerdos ¡Muertos en vida en cada esquina de Europa suplicando por una moneda!

Émile me cogió del brazo con fuerza e hizo que mi copa se derramara sobre la mano, dejándome una sensación cálida y pringosa. La exaltación del barman cedió; se detuvo a beber otro trago y a secarse el sudor de la frente.

—Pepe, sé que eres un hombre de buen corazón, te he visto emocionarte con la historia del hijo de McDermott. Imagina ese sufrimiento multiplicado por millones de desgraciados que nunca volvieron a ser los mismos, de familias que perdieron a sus hijos o a sus maridos. Piensa en ese dolor cuando estés a solas con tu jefe. Piensa en los muertos, en los cuerpos destrozados que se convirtieron en ceros en la cuenta corriente de ese griego maldito. Recuérdalo cuando lo tengas tan cerca que podrías retorcerle el pescuezo sin un quejido —dijo entre dientes—. Tú que puedes, que tienes oportunidad, no puedes dejar que Zaharoff muera de viejo en la cama. Te pido que lo hagas, que mates a ese hijo de puta antes de que sea demasiado tarde, eso demostrará que por una vez se hace justicia en esta vida.

24

Eclipsada por las atrocidades sin nombre de la Segunda Guerra Mundial, el que lea estas líneas muchos años después de cuando fueron escritas no puede imaginar el trauma que supuso para Europa y para todo el planeta la Gran Guerra. A los muertos, entre diez y veinte millones, hay que sumar los heridos y mutilados, más de veinticinco millones. Sin embargo, esas cifras —terribles, pero números al fin y al cabo— eran menos relevantes para mí que la idea de que la historia que me había contado Émile sobre su experiencia como soldado era apenas una pieza más en el puzle de infinidad de historias similares que se superponían, se mezclaban, se conectaban unas con otras hasta formar el espantoso retrato de una generación entera unida por los mismos traumas, la misma neurosis, las mismas pesadillas, el mismo sufrimiento. En Alemania, en Inglaterra, en Francia, en Bulgaria, en Turquía, en Italia, en todos los escenarios de aquella guerra.

Esa comunión de desdichados rumiando el mismo dolor, aún quince años después del final de la guerra, no me dejó dormir esa noche. Tampoco el pensamiento de que yo era una de las pocas personas que tenía muy cerca a uno de los causantes de aquella catástrofe. Hasta entonces yo no había podido —o querido— asociar al anciano, al que había tomado cariño durante nuestras charlas, con las informaciones que iba recibiendo sobre sus actividades como traficante de armas; pero un relato de primera mano como el de Émile, narrado por alguien que había sufrido aquella locura durante cuatro años, me hizo entender mil veces mejor para quién estaba trabajando.

Después de aquella noche en vela, salí del hotel muy pronto. Necesitaba respirar. Las calles estaban desiertas, apenas pasaban los barrenderos, que las limpiaban en silencio para no perturbar el sueño de los huéspedes ilustres de los hoteles de lujo. Más que nunca, Montecarlo me pareció un escenario, un parque de atracciones construido para que los que se habían enriquecido con el conflicto olvidaran la miseria y la destrucción sobre las que habían construido sus fortunas.

Necesitaba huir de todo aquello, andar, moverme, y me dirigí a paso firme montaña arriba hacia Beausoleil. Me crucé con los trabajadores que vivían en ese barrio francés y que bajaban a sus empleos a Montecarlo, pasé sin prestar atención por los puestos del mercado que empezaban a colocar sus productos, atravesé el pueblo, llegué hasta las afueras, hasta la carretera principal que une Niza con la frontera italiana y, ya sudando, me detuve a recuperar el aliento en una plazoleta. Justo enfrente estaba el cementerio. Aunque no quería hacerlo, acabé entrando. El silencio de aquel lugar me tranquilizó. La vista de la bahía desde aquel mar de cruces era formidable: un buen lugar para descansar para toda la eternidad, pensé. Caminé entre las tumbas, la mayoría eran estrechas y humildes, no había casi panteones. El más grande estaba coronado por un gallo en actitud desafiante y decorado con banderas francesas de papel que habían perdido el color. Junto a la puerta se agolpaban los ramos de flores, la mayoría todavía frescos.

—Es el monumento a nuestros muchachos —me explicó una anciana que estaba limpiando en umbral—. Aunque han pasado casi veinte años de la guerra, aún no los hemos olvidado. —Se hizo a un lado y me invitó a entrar—. Pase, pase. El tercero empezando por la derecha es mi Antoine. —El nicho estaba decorado con una pequeña foto de un muchacho con bigote incipiente. «Muerto por Francia a la edad de veintiún años», decía la placa—. Por lo menos, yo le tengo cerca —dijo la mujer—. Otros ni siquiera saben dónde están sus hijos o los tienen muy lejos. El cementerio de Saint Jean de Cap Ferrat, a unos kilómetros de aquí, está lleno de pobres muchachos belgas que descansan lejos de sus madres. —Otra vez la imagen de cientos de miles, de millones de muertes todas similares, todas diferentes, todas trágicas.

Salí del cementerio y empecé a bajar hacia Montecarlo. Los pensamientos contradictorios se arremolinaban en mi cabeza sin orden. El único claro era una borrachera de indignación, un deseo de justicia, de que las cosas fueran distintas, de que los culpables pagaran por lo que habían hecho. Yo tenía a uno de los responsables —quizás el mayor de todos— muy cerca, en mi mano estaba acabar con un hombre que había hecho una fortuna con aquella carnicería. ¿Debía matar a Zaharoff como me pedía Émile, como parecía que clamaban desde sus tumbas esos millones de jóvenes que habían perecido por culpa de las armas del viejo? Aunque no soy partidario de tomarme la justicia por mi mano, estaba claro que aquel hombre se merecía morir para paliar en algo el sufrimiento que había provocado. ¿Cambiaría algo si yo lo hacía? Muchos creerían que sí, que el mal debía ser castigado, que esos crímenes no podían quedar impunes. Otros tantos simplemente pensarían que yo era un loco, un revolucionario, un terrorista. En cualquier caso, ¿debía ser yo el que cargara con el peso de aquella venganza? Nunca me ha gustado que me utilicen para causas que no son las mías, ni estaba seguro de que yo fuese el mártir que muchos buscaban. No obstante, mi conciencia me decía que no podía permanecer al margen, que no podía cruzarme de brazos ante esta situación.

Volví al hotel un poco más calmado, aunque con las ideas igual de revueltas. En la puerta me esperaba Samba con su enorme sonrisa.

—*Bonjour*, monsieur. ¡Sí que ha madrugado usted esta mañana! ¿O es que viene de alguna fiesta privada? —preguntó guiñándome un ojo.

—Samba, ¿peleó usted en la guerra? —Él no se extrañó del cambio de tema; al contrario, parecía contento.

—*Bien sûr!* —respondió mientras se señalaba orgulloso las medallas que llevaba sobre la casaca—. Primera compañía del séptimo batallón de tiradores senegaleses.

—¿Le hirieron?

—Dos veces, en el mismo asalto, en el Marne, octubre del 14. En pleno ataque primero me alcanzó una esquirla de un obús en el brazo izquierdo. Me negué a que me evacuaran porque un militar debe cumplir sus órdenes y las mías eran alcanzar las líneas enemigas. Solo tres llegamos a la primera trinchera alemana. Estaba tan oscuro que uno de nosotros atacó con su bayoneta el tronco de un árbol creyendo que era un *boche*. Empecé a reírme a carcajadas y en ese momento recibí un balazo en la boca. —Samba la abrió y me enseñó una gran cicatriz blanca que le abarcaba casi toda la encía superior—. La bala entró por aquí y salió por el otro lado. Me partió la mandíbula y la lengua en dos.

La imagen hizo que me corriera un escalofrío, no podía imaginarme el dolor. Le pregunté si había tardado mucho en recuperarse.

—Casi un año en empezar a hablar y dos hasta que me dieron el alta, pero no me quejo. Estuve internado en dos hoteles estupendos de París que entonces estaban habilitados como hospitales, el Carlton y el Príncipe de Gales. Allí nos juntábamos los senegaleses, cantábamos y bailábamos todas las tardes. Luego me reincorporé como traductor porque el brazo no lo tenía bien. Todavía no lo puedo estirar —dijo mientras me enseñaba hasta dónde podía llegar si lo levantaba.

—Me imagino que debe de haber sido una experiencia terrible. —Intentaba imaginarme en su lugar: un año sin hablar, dos hospitalizado, lisiado de por vida.

—Todo lo contrario, monsieur —respondió mirándome con sus grandes ojos sorprendidos—. Yo entré en el ejército siendo un muchacho y allí me hice hombre, mis padres estaban orgullosos de mí, serví a la patria, aprendí lo que era la disciplina, el compañerismo. Conocí toda Francia, a buena gente, vencimos al enemigo, recibí la nacionalidad. ¿Qué más puede pedir un hombre como yo?

Ese debía de ser el instinto atávico del guerrero del que hablaban, el sentimiento de pertenencia a algo mayor y más importante, los motivos por los que siguen existiendo las guerras, por el que muchos siguen creyendo que sirven para algo. Sin embargo, millones de víctimas no tenían ese consuelo, no entendían por qué la destrucción y la muerte se lo había arrebatado todo, por qué uno de los que se habían enriquecido con esa catástrofe disfrutaba de los últimos años de su vida en el lujo de su propio hotel en Montecarlo.

25

Nunca me he distinguido por mi conciencia social, pero tanta muerte, tanta miseria, tanta desgracia provocada por un solo hombre me obsesionaba. ¿Iba a seguir embolsándome un buen sueldo por trabajar con un monstruo? ¿Hasta dónde estaba dispuesto a rebajarme? ¿Pensaba hacer algo o continuaría leyéndole noche tras noche, como si nada, al viejo que había vendido las armas que habían provocado las mayores matanzas que había sufrido la humanidad?

Sin saber por qué, cuando esa noche me llamaron para acudir a la suite de Zaharoff, tomé el primer objeto punzante que encontré en mi habitación, unas tijeras, y las metí en el bolsillo interior de la chaqueta que llevaba puesta. No tenía ni idea de qué iba a hacer con ellas ni creía que fuera capaz de usarlas si sentía un impulso justiciero, pero necesitaba tener un arma a mano.

Tampoco sabía cómo abordar el único tema del que podía hablar en esos momentos. Decidí utilizar el *Quijote* para propiciar la conversación y después de rebuscar durante horas encontré un pasaje que encajaba perfectamente con el asunto que quería tratar:

—«Bien hayan aquellos benditos siglos que carecieron de la espantable furia de aquestos endemoniados instrumentos de la artillería, a cuyo inventor tengo para mí que en el infierno se le está dando el premio de su diabólica invención, con la cual dio causa que un infame y cobarde brazo quite la vida a un valeroso caballero, y que sin saber cómo o por dónde, en la mitad del coraje y brío que enciende y anima a los valientes pechos, llega una desmandada bala y corta y acaba en un instante los pensamientos y vida de quien la merecía gozar luengos siglos».

Me detuve un instante. El viejo pelaba distraído una naranja con un cuchillo y no reaccionó. Era el momento de olvidar mi cobardía.

—Qué pasaje tan curioso, ¿no le parece, *sir* Basil? —Zaharoff no levantó la cabeza de la tarea que está realizando.

—¿Está insinuando que, como dice el *Quijote* en ese pasaje que usted evidentemente ha seleccionado, yo debería arder en el infierno? —Su voz sonaba firme y dura, muy alejada de su debilidad habitual.

—No, no es eso. —No me esperaba una reacción tan directa del viejo e intenté mantenerme tranquilo. Mi sutileza no había funcionado, debía reencauzar la conversación—. Me refiero a la forma en que está construido, en el lenguaje..., también en cómo nos hace reflexionar sobre la necedad de la guerra.

Zaharoff suspiró profundamente, como si estuviera cogiendo fuerza.

—Veo que ha leído o le han contado algunas de las cosas que dicen por ahí de mí, ¿no? —dijo con una sonrisa en la que asomaban los colmillos—. Cuando las oigo no puedo dejar de maravillarme. ¡Parece que yo fuera, ni más ni menos, el inventor de la guerra! ¡Como si no nos hubiéramos matado antes o como si no fuéramos a hacerlo cuando yo lleve siglos bajo tierra! Por favor, Pepe, no le creía tan ingenuo. La guerra es tan antigua como la humanidad. Desde Caín y Abel, los hombres se han enfrentado por los alimentos, por las tierras, por las ideas o por Dios, la más estúpida de las guerras.

—Así que es un instinto, un impulso irrefrenable...

—No lo digo yo, lo dice Sigmund Freud, ese alienista que está tan de moda: somos agresivos por naturaleza. Nunca estamos satisfechos con lo que tenemos, deseamos a la mujer del vecino, la cosecha y sus tierras y estamos dispuestos a cualquier cosa para conseguirlos. Resulta más fácil arrebatarlos que esforzarnos por lograrlos con nuestro tesón. Nos guste o no, somos unos animales estúpidos y codiciosos. Siempre queremos más. La misma pulsión que nos lleva a subir a las montañas más altas, a descubrir tierras ignotas, a crear maravillosas obras de arte, a investigar para acabar con las enfermedades, es la que nos hace desear más poder, más riquezas.

—¿Cree, como dicen algunos filósofos, que la guerra es necesaria? —En algún lugar había leído que, según algunas escuelas de pensamiento, los conflictos cumplían una función social e imaginé que Zaharoff se justificaría de esta forma, pero no fue así.

—La guerra, como la peste bubónica o un gigantesco terremoto, puede tener sus consecuencias positivas, como lograr la cohesión de los Estados o la estructuración de las sociedades —respondió el viejo—. El Imperio romano, una de las cumbres de la civilización humana, fue el resultado de innumerables guerras y aún sigue maravillándonos. En tiempos más recientes hemos visto cómo los progresos tecnológicos que trae la investigación armamentística luego se aplican al uso civil y mejoran nuestra calidad de vida, como el acero inoxidable, los tejidos impermeables o el perfeccionamiento de los aeroplanos; la Gran Guerra incluso provocó cambios sociales positivos como la incorporación de la mujer al trabajo. —Zaharoff había vuelto a tomar la naranja en la mano y la sobaba con sus dedos largos—. Sin embargo, discrepo tanto de la utilidad de la guerra como reguladora de la población, de que es necesaria una matanza cada tanto para que el planeta no se quede sin recursos, como de su necesidad para la creación de un ideal común, de un sentimiento de pertenencia a un país. La tierra, si no la ordeñamos irracionalmente, puede alimentar a muchos millones más y en el último conflicto hemos visto cómo han desaparecido imperios enteros sin dejar ni rastro de la patria común que querían construir. En una guerra acaba perdiendo todo el mundo. No hay más que comprobar el estado en que han quedado las economías de Francia e Inglaterra, las vencedoras del último conflicto.

—Entonces... —Aunque no acabé de formular la pregunta, él entendió bien qué quería decir.

—¿Que por qué he dedicado mi vida a vender armas? —El aspecto decrépito de Zaharoff contrastaba con el brillo de sus ojos, cada vez más intenso—. Le aseguro que no fue una vocación, sino más bien el producto de una serie de casualidades que me llevaron a hacerlo, como casi todo en la vida. Además, y como le decía antes, si yo no existiera, otro cualquiera habría hecho lo mismo; no tengo el monopolio de la industria del armamento. Hay muchas otras compañías que se dedican al mismo negocio, no tiene más que mirar el listado de las empresas que cotizan en la bolsa de Londres, París o Nueva York. Mire, Pepe, le voy a dar un consejo: no se deje seducir por las respuestas fáciles a las preguntas difíciles. En contra de lo que pueda parecer, a la industria, a mi compañía, Vickers, y a sus competidores, no nos conviene la guerra, sino la tensión que la precede, el rearme constante, la modernización de los ejércitos. Ya conoce el viejo adagio romano: «Si quieres la paz, prepara la guerra». Nuestro escenario ideal es que las naciones intenten igualar el arsenal de sus contrincantes, que se vean obligados a encargar el último modelo de acorazado, mortero o fusil para no rezagarse en la carrera armamentística. No le voy a negar que a veces hemos pagado a periodistas para aumentar esa tensión en nuestro beneficio. Por ejemplo, una noticia colada en un periódico alemán diciendo que el ejército de ese país estaba aumentando su dotación de ametralladoras nos servía para conseguir nuevos pedidos del mismo armamento en Francia. Al fin y al cabo, todas las empresas utilizan la publicidad, pero en nuestro caso vendemos seguridad: una nación orgullosa, respetada, temida por sus enemigos. En ningún caso les aseguramos que con nuestras armas van a ganar guerras.

—Pero tampoco puede negar que ganan mucho dinero cuando estalla el conflicto. —El peso de la tijera en el bolsillo interior de mi chaqueta me empujaba a seguir apretando.

—Otro error. —El anciano estaba pelando la naranja con una precisión quirúrgica, eliminando hasta el último resquicio de las membranas blancas—. Una vez que empiezan a disparar los cañones, se multiplica la competencia y se acotan los beneficios. Cualquier empresa que antes fabricaba tornillos se pone a hacer balas, los que hacían cocinas producen tanques. Además, el esfuerzo que supone una guerra deja exhaustas a las empresas armamentísticas. Muchas no pueden superar la transición a una industria en tiempos de paz. Sin ir más lejos, Vickers ha tenido que fusionarse con Armstrong, uno de sus mayores competidores, para poder sobrevivir.

—¿Nunca ha sentido remordimientos por el sufrimiento, por las muertes que producen sus armas? —Ya estaba harto de tanta teoría y recordé a la anciana en el cementerio limpiando la tumba de su hijo, a tantos y tantos muchachos que no volverían a casa.

El anciano estaba cortando los gajos de la naranja en finísimas láminas y no levantó la cabeza.

—Parece que usted, como tantos otros, piensa que soy un monstruo, pero le puedo asegurar que sé muy bien lo que son los remordimientos, más de lo que pueda imaginar. Aunque no quiera creerlo, el estallido de la Gran Guerra fue un enorme fracaso para mí. Yo sabía que el enorme avance en el poder destructor de las armas provocaría una inmensa catástrofe, una carnicería desconocida hasta entonces y en los días previos hablé con todos los personajes influyentes que conocía para advertirles de la magnitud del desastre que se avecinaba. Nadie quiso oírme: todos se habían emborrachado con la idea de una victoria fácil e indolora que les cubriría de gloria.

—Entonces ¿quiénes son los culpables?

—Ya sé que a la gente le resulta mucho más tranquilizador pensar que detrás de la maldad, de la estupidez, de la miseria, de la destrucción y de la muerte se encuentran poderes ocultos y perversos que no pueden controlar. Especialmente si pueden personalizarlos en alguien concreto como el pérfido Zaharoff, el malvado traficante. El pueblo odia a los que venden las armas y glorifica a los que las usan cuando la realidad es que los culpables de estas matanzas son los que disponen de los recursos del Estado, los que pueden movilizar a los ejércitos, los políticos que los ciudadanos han votado o que, por acción u omisión, no han sido capaces de controlar. Son ellos los que siempre desean aumentar su poder, su influencia en el tablero internacional, controlar las materias primas o simplemente figurar en los libros de historia como grandes gobernantes y para eso estiran y estiran la goma hasta que se rompe. Pero no olvide que el responsable último es el pueblo. Y es que al pueblo le gustan las guerras.

—¿Cómo puede decir eso? ¡Es el colmo del cinismo! —La indignación hizo que perdiera la mesura que había intentado mantener hasta entonces.

—Sí, querido amigo, a los pueblos les encantan las guerras, esta es la verdad, por fea que suene —respondió el viejo sin inmutarse mientras apartaba en un extremo del plato las membranas que había ido separando cuidadosamente de la naranja—. Es más, las jalean, las celebran, se dejan embriagar por los desfiles, por el patriotismo heroico que les arranca de la monotonía de sus vidas y les hace olvidar sus problemas. Solo se sublevan cuando las pierden.

Aunque el argumento me parecía repugnante, recordé el entusiasmo de los primeros días de guerra que había descrito Émile y el orgullo de Samba al hablar de su experiencia militar.

—Así que ustedes, los fabricantes, ¿solo son simples proveedores? ¿No tienen influencia política?

—Le resultará difícil de creer, pero se lo aseguro: solo nos escuchan cuando es demasiado tarde. Como le comentaba antes, en las semanas anteriores al comienzo de la Gran Guerra, hablé con todos los políticos que conocía para intentar hacerles ver las consecuencias imprevisibles que podría tener este conflicto y que yo ya anticipaba entonces: millones de muertos, la economía arruinada y el equilibrio geopolítico trastocado para siempre. Las viejas monarquías (inútiles pero estables) han dado lugar a monstruos incontrolables como el comunismo y el fascismo, que traerán, se lo aseguro, muchas más catástrofes en el futuro. Y todo esto, ¿por qué? Por una disputa insignificante en los Balcanes, un lugar que casi nadie sabe situar en el mapa. —El viejo se encogió de hombros y se metió un gajo de naranja en la boca—. ¿Cree usted que uno solo de esos políticos con los que hablé antes de la guerra ha sido capaz de confesar en sus memorias o al menos en conversaciones privadas que yo se lo advertí? Por supuesto que no. Incluso alguno ha tenido la desfachatez de acusarme por haberme enriquecido con la guerra.

—Porque ustedes solo vendieron el arma con la que se cometió el crimen, ¿no es así?

—Nosotros solo cubrimos una necesidad. Una pistola puede servir para defenderse o para matar a veinte personas inocentes sin motivo. —Zaharoff se metió otro trozo de naranja en la boca y un fino hilo de zumo se descolgó por su barba—. Recuerde lo que le digo siempre a los políticos: hay guerras buenas y malas, justas e injustas, pero todas tienen consecuencias imprevisibles. Se sabe cómo empieza una guerra, nunca cómo va a terminar.

—Me imagino que pensará que soy un iluso, pero ¿no hay una forma de acabar con las guerras? —No era la pregunta más adecuada que plantear a un traficante de armas y sin embargo Zaharoff no me miró como a un imbécil.

—Aunque pueda parecerle raro, opino que no solo se podría, sino que debería buscarse la manera de vacunarnos permanentemente contra ese virus. Solo hay que encontrar soluciones nuevas, originales. —*Sir* Basil se detuvo para limpiarse con una servilleta de lino—. En cualquier caso, supongo que intentar convencerle de que no me gusta la guerra no deja de ser una absurda batalla contra los molinos. Ahora le pediría que se retirase. Esta discusión innecesaria me ha provocado dolor de cabeza. —Hizo un gesto con la mano para

indicarme que me marchara. Era la primera vez que me trataba de esa forma displicente, como a un criado—. Por cierto
—dijo cuando ya me levantaba—, ahora que recuerdo, necesito que me haga un recado. —Apartó el plato con la naranja
cortada y buscó algo encima de la mesa—. ¿Podría llevarle
este libro mañana a la princesa Carlota? Necesita esta edición
en francés del *Quijote* que le enseñé el otro día y me ha pedido que se la lleve usted para poder hacerle algunas preguntas
sobre la novela.

Me agaché para alcanzar el tomo y al hacerlo sentí el
pinchazo de las tijeras que llevaba guardadas en el bolsillo,
a la altura del corazón. ¿Era aquello una coincidencia o el
viejo había adivinado mi punto débil?

26

La conversación con Zaharoff me había dejado descolocado. Aunque no pensé que pudiera acorralarle y obligarle a confesar sus crímenes, sí creía que al menos lograría ponerle en una posición incómoda. Sin embargo, su cinismo pragmático me había hecho dudar. Resultaba evidente que el viejo no era capaz de imaginar los dramas particulares de millones de personas y sin embargo parecía que se daba cuenta de la inutilidad de las guerras. Algo difícil de entender en un hombre que se había hecho rico con ellas.

Supongo que debe de ser muy fácil pensar en esas utopías cuando uno viaja en Rolls, un Rolls Royce negro, pulido y reluciente como el que estaba esperándome junto a la escalinata principal del hotel. No quedaba bien que fuera a llevar un paquete a la princesa en tranvía y Zaharoff había ordenado que me llevaran en su coche. Samba, dejando a un lado la familiaridad con la que me trataba habitualmente, se acercó a abrirme la puerta trasera del vehículo. Al fin y al cabo, el

Rolls no es un automóvil, sino el símbolo de un estatus superior, la burbuja recubierta de caoba en la que viajan los que miran el mundo desde arriba. Frente a los interiores espartanos de los coches de entonces, el del Rolls era como un salón burgués con suelo enmoquetado, asiento de cuero verde con almohadones de terciopelo, mesa plegable de madera, portaflores en las ventanas y una mampara que me separaba del conductor. Me pareció mal ir detrás como si fuera el dueño de aquel palacio sobre ruedas y me senté delante junto a Elan.

—Creía que habías dicho que monsieur Zaharoff había regalado su Rolls a Clemenceau —le dije mientras arrancábamos.

—Como te imaginarás, tiene dinero más que de sobra para comprarse los que quiera. Aunque en estas cosas no le gusta gastar de más: este no lo ha cambiado desde que murió la señora hace casi diez años. —Los ojos del chófer estaban más pendientes de las mujeres que paseaban por las terrazas que de la carretera—. ¿Te apetece dar una vuelta por Beausoleil? Seguro que allí enganchabas a cualquier chica sin bajarte del coche. —Debí de poner cara de pánico, lo último que me faltaba era verme envuelto en otra pelea como la de la taberna italiana. Elan se partió de risa—. No te preocupes, ya sé que tienes una cita con una *lady* y no te haré perder el tiempo.

—Solo voy a entregar un libro a la princesa —respondí mientras sujetaba el tomo como si fuera una invitación.

—Pues está bien buena la *little princess*. Con gusto le pegaría un buen revolcón. Y Short ni te digo. Vendería a su madre con tal de meter la mano por debajo de esos vestiditos que lleva. —Aunque no añadí nada, no me hacía gracia imaginarme al mayordomo sobando a Carlota—. Además, debe de ser una gatita de sangre caliente. Al final de su matrimonio con el mariposón con el que estaba casada, se echó un amante, un doctor italiano, un tal Dalmazzo. Cuando se enteró de que la engañaba, ella le disparó con un revólver. Por suerte, solo le hizo un rasguño en el brazo y las autoridades taparon el escándalo. —Por lo que he oído, hay hombres a los que excita una mujer con un arma. No es mi caso. Si tenía ganas de flirtear, se me estaban pasando—. Si se lio con un doctor, ¿por qué no va a hacerlo contigo? Si te lo montas bien, puedes sacarle un buen pico. Con lo del casino estos Grimaldi están forrados. ¡Espero que te acuerdes entonces de los amigos!

Afortunadamente, el trayecto era, como todos en Mónaco, muy corto y para entonces ya estábamos en el palacio. Elan detuvo el coche junto a la entrada principal, pero no bajó a abrirme la puerta, probablemente para dejar claro que no me consideraba un superior. Los soldados que custodiaban el palacio sí se cuadraron, aunque su uniforme era tan ridículo que no me tomé la ceremonia muy en serio. Sin embargo, cuando un edecán, o lo que fuera, me condujo por las grandes escalinatas curvas de mármol que llevaban desde el patio de armas al piso superior, la parte noble del palacio, habría pagado por que me vieran mi madre o alguno de mis amigos. Aquel tipo me pidió que esperara un momento ante una puerta para anunciar mi visita y luego me hizo entrar a un salón grande.

No había querido anticipar cómo iba a ser el encuentro con Carlota para no hacerme falsas ilusiones, pero seguro que no lo habría imaginado así: sentadas en sillas dispuestas en forma de auditorio, treinta señoras de negro me miraban expectantes.

—¡Ah, señor Ortega, le estábamos esperando! Por favor, suba al estrado. —Carlota, que estaba en la mesa presidencial y también vestía colores oscuros, me presentó, una a una, al comité de la honorable asociación de viudas de guerra de Mónaco. Madame tal, madame cual, no había escapatoria, no podía entregar el libro y largarme sin más. La princesa me aclaró enseguida para que estaba yo allí en realidad—: Solemos reunirnos regularmente para hablar de distintos temas relacionados con la cultura y he pensado que podía resultar muy interesante para nosotros que nos diera una pequeña conferencia sobre su campo de *expertise*.

—¿Y cuál es ese campo? —La princesa se echó a reír y la siguieron las demás señoras con esas carcajadas entre dientes que suenan como el vapor que hace chasquear la tapa de una tetera.

—¡Los españoles siempre tan bromistas! —exclamó ella limpiándose muy finamente una lágrima con un pañuelo—. ¿Cuál va a ser? ¡El *Quijote,* por supuesto! Les he dicho a mis amigas que usted es uno de los máximos expertos mundiales en la obra de Cervantes, así que no sea modesto.

Por mucho que lo intenté, que me escudé en mi lamentable francés y en una grave afección de garganta que me impedía hablar en voz alta, no conseguí librarme. Lo que siguió fue la media hora más angustiosa, lamentable y penosa de mi vida: sin guion, completamente a la deriva, sin unos mínimos conocimientos a los que agarrarme, divagué durante minutos eternos sobre la nada, patinando sobre el barro sin conseguir arrancar. Cuando conseguía cazar una idea e intentaba desarrollarla, se evaporaba o me llevaba indefectiblemente a un callejón sin salida del que no podía escapar si no era con algún disparate aún más absurdo e incomprensible. Lo único que hacía era gesticular sin parar, como un nadador que intenta mantenerse a flote, y hablar con mucha vehemencia, pensando que así encajaba en el estereotipo de español apasionado que tanto gustaba a las francesas. Sin embargo, solo lograba que las viudas me mirasen con una mezcla de miedo y estupor. Todas menos una anciana de ojos grises que parecía fascinada.

Cuando terminé mi aborto de conferencia, bañado en sudor y completamente agotado, ella fue la única que aplaudió con algo más que educación.

—Joven, ¿no ha pensado en dedicarse al arte dramático? —me preguntó entusiasmada—. Bordaría usted a don Quijote, es exactamente así como imagino su locura: incoherente, desbordada... ¡Bravo!

No supe qué responder y busqué dónde reponerme de aquel esfuerzo hercúleo. El mayordomo me acompañó al baño más cercano y me entregó una toalla para que me refrescara. Debí de pasar mucho tiempo derrotado sobre el retrete, porque cuando volví las damas habían desaparecido.

—Creí que había muerto deshidratado. —Carlota estaba arrellanada en el sofá y se había quitado los zapatos, elegante y descuidada a la vez. Sus terriers se arremolinaban en torno a su dueña—. Ha tardado tanto tiempo que mis amigas han tenido que irse. Tenían que asistir a una colecta de fondos en alguna parte; ya sabe cómo son las viudas militantes, siempre tienen el carnet de baile lleno.

—¿Por qué me ha hecho esto? Usted sabe que yo no soy ningún experto en el *Quijote,* que solo soy el lector de *sir* Basil. —El cansancio y la humillación se habían convertido en rabia.

—¡Que poco sentido del humor tiene usted, monsieur Ortega! —contestó encendiéndose un cigarrillo—. Yo hace tiempo que no lo pasaba tan bien, ha sido una actuación memorable, ha tenido usted momentos sublimes. He hecho auténticos esfuerzos para no partirme de risa.

—¿Para no reírse de un plebeyo extranjero y medio lelo como yo? —Parecía uno de esos juegos de los ricos para burlarse de los pobres, algo así como invitar a un tonto a una cena de postín.

—No diga tonterías, no soy tan miserable ni tan estirada como piensa. —Carlota había tomado en brazos a uno de los perros y me miraba sin sonreír—. Lo cierto es que esto es un castigo. Hace más de tres semanas que le ordené que viniera a visitarme y no lo ha hecho.

—¿Solo por eso? —Era la última perversidad que esperaba oír.

—¿Le parece poco? Al final he tenido que obligarle yo a venir hasta aquí con esta excusa absurda. ¿Cree que se le puede hacer eso a una mujer y menos aún a una alteza serenísima como yo? —dijo mientras se ponía de perfil y dibujaba la silueta de la nariz en el aire, caricaturizando su grandeza—. Probablemente si usted me hubiese mandado flores al día siguiente de conocerme, que es lo que habría hecho un caballero, no habría respondido a su nota. Sin embargo, su comportamiento ha sido intolerable. —Dejó el terrier en el suelo y se puso de pie—. Por esta vez voy a pasar por alto su falta de educación y le permitiré que me llame por teléfono, pero no se demore mucho si no quiere que me canse de este juego. Ahora me disculpará porque tengo otra apasionante audiencia: la asociación de estanqueros de Mónaco, unos quejicas terribles: no importa lo que les des, siempre piden más. —Puso los ojos en blanco y tiró de un cordón que colgaba del techo.

—Jean, el señor ya se va, acompáñele a la puerta. Asegúrese de que se aprenda bien el camino para la próxima vez —sugirió mientras me miraba con una sonrisa burlona.

27

«Ah, cherchez la femme!», pensó Zaharoff mientras pasaba las páginas de una de las revistas frívolas que de vez en cuando les pedía a sus criados que le trajeran. A pesar de sus años, de su viudez, seguía gustándole lo que algunos, con poco conocimiento de causa, llamaban el sexo débil. Ya no como un objeto de deseo, sino como una obra de arte, por el simple gusto de admirar algo bello. ¡Qué tiempos aquellos en los que un simple gesto, un movimiento de una falda, una mirada le encendían y le empujaban a cualquier locura! Porque, aunque había sido fiel a Pilar durante cuarenta años, hubo una época en que las mujeres eran para él casi más importantes que el dinero. Incluso antes de entrar a trabajar en el burdel de Ben Salem, aunque recordaba haberse criado en aquel lugar, entre tanta mujer hermosa, como una de las mejores épocas de la vida. Como le había dicho bromeando alguna vez a Pilar, había pasado la infancia en el cielo y el resto era solo purgatorio. Fátima, Roxana, Miryam..., las intentó evocar, pero el tiempo

había acartonado las imágenes. Solo aquí y allí aparecían una risa, una caricia o el tintineo de unos cascabeles que daban vida a los recuerdos.

Después vinieron muchas otras. Incluso, algo que muy pocos de su entorno sabían, se había casado dos veces antes de Pilar. La primera con veintiún años, recién llegado a Inglaterra. La pobre Leslie Ann tenía la cara de un bulldog y las piernas como columnas, además de ser siete años mayor que él. Sin embargo, también poseía una mediana fortuna que le permitió pagar un abogado para evitar ir a la cárcel por la demanda de extradición que le había puesto su tío por llevarse el contenido de la caja de caudales de su tienda de alfombras en Constantinopla. Por si fuera poco, fue bastante comprensiva cuando tuvieron que marcharse a Chipre y él empezó a tener aventuras con la que se le pusiera delante, desde las criadas turcas hasta la mujer del comandante inglés de la isla. No tuvieron hijos y, como era previsible, acabaron por separarse. Entonces pudo dedicarse sin tapujos a las mujeres. Tenía que viajar mucho por trabajo y siempre encontraba una cama generosa en cada ciudad. El viejo sonrió recordando cómo, en un momento de máximo agotamiento, un médico le había dicho que si volvía a tocar a una mujer moriría. En vez de fallecer, cambió de aires y se fue a Estados Unidos. Allí los negocios, cosa rara, no le fueron bien. Quizás los americanos eran demasiado ambiciosos, demasiado feroces, demasiado parecidos a él. No tenía dinero, pero allí abundaban los nuevos ricos y la manera más rápida de conseguir convertirse en uno de ellos era casarse. Se cambió el nombre por uno mucho más comercial, príncipe Zaharoff Gortchakov, y pronto cayó la pieza. Aún no había conseguido el divorcio de su primera mujer, pero eso la pobre Jeannie Billings no lo sabía. Era más atractiva la americana, tenía una nariz respingona y unas pequillas muy graciosas. Y como padre a uno de los hombres más ricos de Filadelfia. La boda fue magnífica y todo iba bien hasta que a ella se le ocurrió ir de viaje de novios a Europa. Casualidad de la vida o castigo divino, en el barco le reconoció una amistad de su primera mujer. Enterada de que se había vuelto a casar, la chismosa mandó un telegrama para avisar de lo sucedido. Cuando la pareja de recién casados desembarcó en Rotterdam, le estaba esperando la policía, que le condujo a la comisaría. Zaharoff negó de la forma más persuasiva posible su bigamia, pero, como en las óperas, faltaba que cantara la gorda: cuando creía que tenía a todos convencidos de su inocencia, se abrió una puerta y apareció su legítima esposa en carne y hueso. El viejo sonrió y escribió una nota en su agenda. No iba a incluir ese episodio en sus memorias —no estaba orgulloso de aquello, había sido un pecadillo feo— pero quizás debería, si seguía viva, mandarle unas flores o una joya de forma anónima a Jeannie. Le pediría a uno de sus secretarios que hiciera las averiguaciones oportunas.

Posteriormente empezó a trabajar en las armas y, sobre todo, a viajar a Rusia. También a mezclar el placer y los negocios. Fue la época de Mathilde Kschessinska, una mente brillante y un cuerpo sin igual, por algo era la primera bailarina del Teatro Marinski. Conquistar a la amante del futuro Nicolás II le abrió muchas puertas. Además, a Tilda le gustaba el dinero casi tanto como a él y tenía incluso menos escrúpulos. Ella sabía que la mejor forma de vender armas era seducir a las amantes de los ministros y mariscales. Una palabra, una sugerencia de la querida de turno podía suponer un pedido de armas de muchos millones. También le había enseñado cómo ganarse a las esposas de estos personajes: conseguía que le invitaran a tomar el té y una vez allí Zaharoff siempre ponía en escena la misma pantomima:

—Señora generala, ¡es realmente formidable este tapiz que tiene usted en el salón. —Deliberadamente elegía el objeto más feo y menos valioso de la casa—. Se lo compro por medio millón de rublos. —Aquello era veinte o treinta veces más de lo que valía el adefesio. Nerviosa, la mujer le comentaba a su marido lo sucedido y acordaban la venta. Después, el marido, ablandado por este soborno honorablemente disfrazado, se sentaba a hablar de negocios con Zaharoff.

No, obviamente no podía contar ninguno de esos episodios en las memorias; además, todo aquello había quedado después eclipsado por Pilar, pero ahora que era un saco de pellejos y veía tan cerca el final, a veces le gustaba recordar cómo en una época había sido joven, atractivo, lleno de vigor y pasión.

Pasó otra página de la revista con desgana. Sin embargo, le quedaba otra forma de disfrutar del amor que todavía podía poner en práctica, otro papel que le divertía mucho más que el de viejo que se consuela con las fotos de las artistas de cine: el de cupido. ¿Cómo le habría ido a Pepe con Carlota? Pronto se enteraría de todos los detalles.

28

No había que ser Einstein para darse cuenta de que la princesa estaba jugando conmigo, pero intentar adivinar sus intenciones estaba volviéndome loco. Un iluso habría pensado que yo le atraía, que buscaba una aventura para distraerse y sin embargo, pensando con la cabeza fría, debía de haber otro motivo para aquel interés tan fuera de lugar. Quizás solo estaba aburrida y quería divertirse torturándome, sacándome los higadillos y devorándolos. Esta incógnita me perseguía y me torturaba porque se suponía que yo debía de estar pensando en cosas bastante más importantes, como decidir qué iba a hacer con Zaharoff. Clavarle unas tijeras durante una de nuestras sesiones de lectura requería un grado de exaltación del que yo carecía. Nunca había matado a nadie y aquella me parecía una forma especialmente desagradable de acabar con alguien que no me había hecho nada a mí de forma directa. Quizás hubiera una forma menos sangrienta de realizar aquella venganza. Por desgracia, cuando intentaba idear un plan alternativo acababa intentando desentrañar el comportamiento de Carlota. Me sentía como un frívolo y un estúpido. Después de darle muchas vueltas, opté por tratar de olvidar ambas cosas durante unos días e intentar adquirir un poco de perspectiva para tomar la mejor decisión.

Era sábado y el Sporting estaba casi lleno. Se notaba que se acercaba la temporada y las mujeres atractivas empezaban a aparecer por Montecarlo como las marmotas que se desperezan después de la hibernación. No sé si era debido a mi visita a palacio, pero esa noche me sentía a gusto en mi esmoquin, como si fuera uno más de la flor y nata de las sardinas en lata, de la buena sociedad europea. Estaba seguro de que, si le echaba cara y entraba con gracia, podría camelarme a alguna de esas chicas de apellidos compuestos. Primero le eché el ojo a una rubia de pelo corto, luego seguí a una pelirroja hasta una de las mesas. Entonces, entre la masa de jugadores que se afanaban de un lado a otro de la sala, apareció una de esas morenas que paran el tráfico: vestido rojo que dejaba toda la espalda al descubierto, ojos verdes que deslumbraban como los faros de un Bugatti y una elegancia insinuante con la que se movía entre la muchedumbre como si apenas pisara el suelo. La seguí con la mirada hasta el bar y cuando vi que estaba sola y que iba a pedir una copa, me acerqué. Aunque no sabía qué iba a decirle, no podía dejar escapar la oportunidad, algo se me ocurriría. Ya estaba junto a ella preparando la frase genial cuando un tipo que se encontraba en la barra hablando con otro se dio la vuelta y la agarró por el talle. Maldición, qué cerca había estado de hacer el ridículo. Me acerqué a la barra, pedí un commodore bien cargado y me puse a observarlos: el acompañante de la chica era casi tan guapo como ella, parecían salidos de la portada de una revista de sociedad.

Ahí no había mucho que pescar y me dirigí a la sala de juego. No es que me apeteciera especialmente perder dinero, pero gracias a mi sueldo podía permitírmelo, así que me dirigí a la mesa con más público femenino. Encontré una con tres chicas muy jóvenes que iban juntas: una pelirroja y dos rubias que seguían el juego con mucha atención. También había otras acompañadas y un hombre de unos sesenta años con aspecto elegante que estudiaba el tapete con su ojo derecho. Me pareció que el otro era de cristal. Con lentitud, casi a cámara lenta, puso cinco mil francos al rojo. Ganó y no retiró la apuesta. Volvió a ganar y tampoco la movió de sitio. Repitió el rojo y repitió la jugada. Cuarenta mil francos. Yo estaba cada vez más nervioso. ¿Por qué no se llevaba sus ganancias de una vez? Era obvio que el rojo no podía salir eternamente. Me daban ganas de cogerlo por las solapas y meterle las fichas en el bolsillo. Negro, el crupier barrió el tapete de un golpe de mano. Mi vecino solo sonrió levemente, saludo a las chicas con una inclinación de cabeza y se dirigió a la siguiente mesa. Así debía de ser como perdía la gente elegante, como si el dinero solo fueran fichas de parchís, aunque por dentro estuvieran sintiendo una perforación de úlcera.

Me vino a la cabeza el diecisiete y estuve a punto de poner unas fichas a ese número, pero decidí seguir el método del tipo del monóculo, aunque en una versión menos suicida: puse quinientos francos, la apuesta mínima, al rojo y gané. Retiré quinientos y puse el resto en el negro. Volví a acertar. Por pura lógica, era el turno del rojo, pero algo me decía que el negro volvería a salir. Volví a guardarme quinientos y aposté lo demás.

«*Dix-sept, noir, impair et manque*». Solté un grito. No lo podía creer. ¡Me había embolsado dos mil francos, más de la mitad de mi sueldo, en solo un ratito! Decidí que era el momento de dejarlo y no podía pararme de reír mientras me metía las fichas en el bolsillo. Me imaginaba que no era así como se comportaban los caballeros cuando ganaban, pero me importaba un rábano. Imaginé que las chicas me miraban con admiración, me sentía un triunfador, invencible, capaz de todo, de conquistar princesas, de correr como una gacela o lo que se me antojara. Sin embargo, mientras me alejaba de la mesa, una gota de amargura empezó a emponzoñar mi alegría. Había salido el diecisiete. Si le hubiese hecho caso a mi intuición habría ganado una auténtica fortuna. ¡Qué rabia! Todavía estaba a tiempo de probar, solo una ficha, nada más...

—Veo que esta noche le sonríe la fortuna. Y que tiene la suficiente cabeza para saber retirarse a tiempo.

El general parecía enviado por la diosa de la sensatez y la cordura para que no derrochara mis ganancias. Y no venía solo, le acompañaban —sorpresa, sorpresa— la preciosidad del vestido rojo y su marido o amante. ¿Sería aquello otro golpe de suerte? En las distancias cortas ella era aún más guapa de lo que me había parecido en el primer momento. Envuelta en una nube de perfume caro, los labios perfectamente perfilados dibujaban una sonrisa fresca y en el cuello lucía una gargantilla con cuatro filas de diamantes que a mí, que no tenía ni idea de esas cosas, me parecieron auténticos.

—Además de ganar en la ruleta, va a tener la suerte de conocer a una de las bellezas más exquisitas de París, madame Arlette Alexandre —dijo Polovtsoff. Besé aquella mano sin atreverme a mirarla a los ojos verdes—. Y este es su marido, monsieur Alexandre. —Él también parecía incluso más distinguido de cerca, con un esmoquin perfecto y una sonrisa segura de su atractivo—. Monsieur Alexandre es amigo de un buen amigo y tiene interés en conocerle. —Miré al recién llegado con extrañeza. Él estrechó mi mano con la energía de los triunfadores.

—Aunque no puedo leer en español, he oído hablar muy bien de las entrevistas que realizó usted en Berlín.

Aquella afirmación me escamó; yo no era un periodista de renombre y menos aún fuera de España. ¿Cómo podía conocerme? Sin embargo, monsieur Alexandre lo dijo con una amabilidad que hizo que me sintiera halagado y explicó que, entre sus muchos negocios, tenía intereses en la prensa y que sus colaboradores hacían un seguimiento de los periódicos extranjeros.

Madame Arlette, como una dama de mundo, me preguntó si me gustaba Montecarlo y ponderó el buen tiempo de la Riviera en comparación con París, donde residían habitualmente. También le gustaba España, que conocían por veranear en Biarritz, y los automóviles Hispano Suiza, de los que tenían un par fabricados especialmente para ellos en Barcelona. La conversación ligera de aquella pareja, evidentemente muy bien situada, consiguió acabar con mis suspicacias. Eran encantadores. Enseguida parecía que los conocías de toda la vida. En un momento determinado, madame Arlette pidió al general que le enseñara el Sporting y Alexandre me invitó a tomar algo en el bar.

—Señor Ortega, como le he dicho antes, para mí es muy importante estar bien informado. Todos los hombres de negocios debemos estarlo y más aún en mi caso. Ya ve que conozco su labor periodística y recientemente ha llegado a mis oídos que usted trabaja para *sir* Basil Zaharoff. —Tenía que ser idiota por no haberme dado cuenta antes. ¿Qué otro motivo podía tener aquel tipo para desplegar tanta amabilidad conmigo? Monsieur Alexandre acercó su cara a la mía buscando confidencialidad y cercanía—. Yo admiro enormemente a Zaharoff, es un hombre de los que marcan época, un gigante de nuestro tiempo que, más allá de otras consideraciones, ha hecho mucho por Francia, su país de adopción. Además de su gran trabajo a favor de los aliados en la Gran Guerra, es, como ya sabrá, un gran filántropo que ha donado parte de su fortuna para importantes causas relacionadas con la cultura, las artes y las obras de caridad. Incluso entregó hace unos años a la biblioteca del Instituto de Francia diez cuadernos manuscritos de Wolfgang Amadeus Mozart con alguna de sus piezas más exquisitas. —Aunque hablaba con excesiva propiedad, no resultaba pedante; al contrario, hacía que la conversación fluyera natural, sin tonos turbios, con una simpatía que rompía suspicacias. Con la misma cordialidad, le aclaré que si lo que quería era conocerle, yo no era la persona más indicada para presentárselo: llevaba poco tiempo con él y trabajaba en un puesto subalterno—. Por supuesto, le comprendo perfectamente, me encantaría poder hablar con él, ¡pero ya sé que por algo le llaman el hombre más misterioso de Europa! —respondió con una sonrisa que tenía algo de inocente, de infantil—. Sin embargo, me interesaría saber más sobre su vida, sobre cómo fue capaz de llegar a ser uno de los hombres más ricos del mundo, sobre sus negocios. —Se detuvo, como considerando si estaba abordando el asunto de forma correcta, pero enseguida continuó hablando—. Como le he dicho, me gusta estar al tanto no solo de lo que sucede, sino también de los orígenes de los acontecimientos actuales, del porqué de los movimientos sociales, políticos y económicos. —Aunque Alexandre parecía esperar que le ayudara a llegar donde él quería, yo no sabía cómo hacerlo—. Lo cierto es que por una fuente confidencial me he enterado de que *sir* Basil está escribiendo sus memorias. —Volvió a detenerse para observar mi reacción; puse cara de sorpresa escéptica y aunque intenté convencerle de que no sabía nada de aquello, él continuó hablando—: Como se puede imaginar, ese manuscrito puede ser un auténtico bombazo periodístico para el periódico que poseo. Se supone que Zaharoff ha sido el poder en la sombra en Europa durante las últimas décadas, que todas las grandes decisiones han pasado por su mesa, especialmente durante la Gran Guerra. También se habla de su influencia sobre los políticos, de los lazos que le unen a personajes de primer nivel como el primer ministro francés Clemenceau o el primer ministro británico Lloyd George, de posibles asuntos de corrupción.

—¿Está usted interesado en su publicación? Quizás debería ponerse en contacto con los señores McDermott y McPhearson; son los secretarios de *sir* Basil y los encargados de manejar estos asuntos. —Hacerme el tonto nunca se me ha dado bien, pero esa noche estaba inspirado.

—¡Ya conoce la aversión de Zaharoff a la prensa! ¡Antes de ver sus memorias publicadas en un diario sería capaz de prenderles fuego! —respondió con una de sus encantadoras sonrisas infantiles mientras ponía la mano sobre mi hombro—. ¿Puedo hablar con usted con absoluta confianza? —Yo asentí. Había algo en él, lograba envolverte con sus palabras suaves—. Más aún que conseguir la primicia de esas memorias para mi periódico, me interesaría tener acceso a ese manuscrito antes que nadie. Si contiene los datos que espero, me proporcionaría el poder político que necesito en estos momentos para gestionar mis asuntos, un poder que en Francia es imprescindible para acometer grandes proyectos. Aunque en estos momentos tengo buena relación con algunos sectores del Gobierno, me hace falta información que me permita estrechar lazos con sectores menos afines y con la oposición. Por estos motivos, estaría dispuesto a pagar una gran cantidad de dinero por una copia de esas memorias. —Suelo ponerme nervioso cuando me proponen algo que, aunque envuelto en palabras bonitas, parece turbio. Sin embargo, como decía antes, esa noche estaba juguetón.

—¿De cuánto estamos hablando? —pregunté con una sonrisa que pretendía ser tan inocente como la de monsieur Alexandre.

—De decenas de miles de francos. Le aseguro que podría olvidarse de trabajar durante bastantes años. —Su boca ahora parecía tensa, ansiosa.

—Traicionar a *sir* Basil puede ser peligroso. No me gustaría estar cerca cuando lo descubriera. —Hablaba como si estuviera repitiendo los diálogos de las novelitas de espionaje que había leído en las últimas semanas.

—Puedo ingresarle la cantidad acordada en el país que desee y ayudarle a borrar su rastro. Sudamérica es un buen destino para un hombre joven y rico como puede ser usted. Imagínese en La Habana o en Río de Janeiro, con una gran casa y rodeado de chicas guapas. Más guapas incluso que Arlette —dijo mientras guiñaba un ojo. A pesar de la broma que buscaba mi complicidad la avidez de monsieur Alexandre era cada vez más evidente. Puse cara de estar sopesando los pros y los contras.

—Tendría que pensarlo. Es un asunto serio.

—Por supuesto, no es algo que puede decidirse a la ligera. —Sus gestos se relajaron, parecía convencido de que yo había mordido el anzuelo y que solo debía largar el sedal para acabar atrapándome. Sacó algo del bolsillo de su chaqueta y lo metió en uno de los míos—. En la tarjeta tiene mis números de teléfono. Estaré unos días más en el hotel Martínez de Cannes. Luego puede localizarme en mi oficina de París o en mi residencia, en el hotel Claridge. Llámeme a cualquier hora del día o de la noche. —Me estrechó la mano de nuevo con el entusiasmo del que está cerrando un trato—. Ha sido un placer, monsieur Ortega. Espero que podamos hacer negocios juntos, le aseguro que no se arrepentirá. Ahora voy a buscar a Arlette, que debe de estar impaciente, ya sabe cómo son las mujeres.

Se despidió con otra de sus sonrisas encantadoras. Observé cómo se alejaba entre los jugadores del casino, evitándolos con la suavidad de un bailarín, hasta que se reunió con su mujer y con otro tipo que estaba con ella. Esa cara me sonaba, ¿dónde le había visto? El bigote tintado de tabaco, la raya en medio... Era el tipo de aspecto siniestro que había visto entrar en el Hotel Excelsior hacía un par de semanas. Instintivamente di un paso atrás. Debía de ser un amigo de la pareja y estaba en el Sporting, un sitio donde solo entraba lo mejor, pero había algo en aquella cara que intimidaba. Quizás solo fuera un guardaespaldas. Saqué la tarjeta que me había metido en el bolsillo. Iba envuelta en un papel. Era un cheque al portador por valor de diez mil francos. Si en algún momento había pensado que monsieur Alexandre era un caradura, aquella cifra me demostraba que no iba de farol. Allí había mucho dinero que ganar, ¿estaba dispuesto a asumir el riesgo? Volví a guardarme con rapidez el talón en el bolsillo.

—Una mujer exquisita, con mucho estilo, ¿no es cierto? —El general, que tenía la cualidad de aparecer a mi lado sin que me diera cuenta, señaló con los ojos a Arlette, a la que su marido estaba poniendo en los hombros una estola de armiño—. Ha sido maniquí de madame Chanel y ella las sabe escoger bien.

—¿A qué se dedica su marido exactamente? Parece un hombre con una buena posición.

—Si yo fuera usted, no me fiaría demasiado de ese individuo.

—Entonces ¿por qué me lo ha presentado? —pregunté extrañado.

—Porque, como le dije, me lo pidió un amigo común. Pero llevo demasiados años trabajando en un casino como para no saber detectar a un trilero, por muy guapa que sea su mujer o por caras que sean las joyas que luzca. O por mucho que le acompañe un policía, un guardaespaldas o lo que fuera el otro individuo que estaba con ellos. Hágame caso, tenga cuidado. —El general me dio una amistosa palmada en la espalda—. Y no piense que siempre va a ganar como hoy. La vida y la ruleta suelen acabar dándonos lo contrario de lo que les pedimos.

29

—¡Qué asco de sitio! —bufó Afrodita mientras hacía la cama—. Esta humedad me va a matar.

Aunque le había cogido cariño a la vieja sirvienta, esa tarde no me apetecía charlar. La aparición de monsieur Alexandre me había abierto una vía interesante para la venganza contra Zaharoff. Si no me veía capaz de asesinarle, robarle era una buena alternativa para darle su merecido. No solo tenía la opción de Alexandre. En esos días recibí una carta de mi amigo Armesto desde Londres diciéndome que *La Vanguardia* también estaba interesada en publicar cualquier información relevante que pudiera conseguir sobre *sir* Basil. El problema era el contrato de confidencialidad que había firmado. ¿Hasta qué punto podría tomar el viejo represalias si lo incumplía?

—Usted conoce bien a *sir* Basil, ¿verdad? —pregunté a Afrodita.

—Mejor que él a sí mismo. No solo porque los sirvientes acabamos por saber más de la vida de nuestros señores que sus biógrafos, sino porque, a pesar de que él está arriba y yo abajo, es como si fuéramos familia. Aunque a los extranjeros les puede costar entenderlo, los griegos somos así.

—¿Alguien ha intentado engañarle alguna vez?

—¡Qué pregunta más tonta! —protestó la vieja—. Si a mí me trata de dar gato por liebre el carnicero cuando voy a la compra..., ¿cómo no van a hacerlo con una persona que maneja millones? Los hombres de negocios siempre están intentando timarse entre ellos. Es parte del juego, yo creo que eso les divierte más que el dinero, ver quién es el más listo, y el más listo suele ser el Kyrios. Aunque se puede intentar engañar a un griego, no es fácil conseguirlo sin que él se vengue de otra forma.

—Me refiero a alguien de su entorno, cercano a él.

—Eso es harina de otro costal —respondió Afrodita mientras se estrujaba la boca—. El Kyrios valora la fidelidad por encima de todas las cosas y cuando te permite acercarte a él lo hace con la condición de que respetes su manía de que no cuentes nada, de que no aparezcan fotos ni informaciones suyas en la prensa. La traición de alguien cercano es lo que más le duele.

—¿Y no hay nadie que haya intentado robarle? —insistí.

—¡Claro!, el dinero lo corrompe todo, hasta el aire que respiramos —contestó Afrodita con una mueca de asco—. Usted puede tener una buena esposa, que le hace feliz, pero aparece el dinero y, ¡pum!, la cambia por una más guapa, más joven y más sinvergüenza. La codicia te hace perder lo más valioso, tu familia, tus amigos, hasta esa mujer nueva tan guapa y tan joven que te has buscado y que te deja por otro más rico. Como es lógico, el dinero también lleva a traicionar a tu jefe, al que te dio de comer cuando no tenías ni pan para llevarte a la boca.

—¿Quiere decir que alguien que trabajaba con ustedes intentó robar a *sir* Basil? —Hablar con aquella mujer era a veces agotador, daba mil vueltas hasta que conseguías que te contara algo.

—Por supuesto, el diablo tienta siempre a los que tienen la mejor oportunidad de pecar. Afortunadamente, no era del servicio; si no, yo le habría sacado los ojos con estas manos —dijo la sirvienta mientras me enseñaba unas garras torcidas por la artritis.

—¿Cómo se llamaba?

—Nadel, uno que hacía trabajos para el jefe. —Afrodita escupió para atrás con desprecio. El nombre me resultaba conocido y recordé que Elan lo había mencionado la tarde que nos emborrachamos en la tasca italiana de Beausoleil—. Intentó vender algunos papeles del amo, pero le descubrieron.

Alguien había tenido la misma idea que yo y no le había salido bien, no debía de ser tan fácil como yo me las prometía. Le pregunté a Afrodita que había sucedido con el tal Nadel.

—Ni lo sé ni me importa, probablemente haya acabado en la cárcel, como se merece, pero le puedo asegurar que debe de estar arrepintiéndose de haber sido tan desagradecido. ¡Ojalá se haya ido al demonio! —respondió ella con rabia—. Sí, no se ría. El diablo está en todas partes, en el guiño de una mujer, en el fondo de un vaso de alcohol, en un dinero mal ganado. Recuérdelo.

Cuando salió Afrodita del cuarto, busqué el talón de monsieur Alexandre. Diez mil francos. El general me había advertido contra ese tipo y ahora la historia que me acababa de contar la doncella parecía recomendarme que no me apresurase. Era mejor guardar el cheque y no cobrarlo de momento. Si iba a robar las memorias sería mejor planearlo con calma para no fallar. Es posible que no tuviera otra oportunidad.

30

—*Mein lieber* Pepe! ¡Qué casualidad encontrarle! ¡Justo venía a buscarle!

Esa noche había decidido tomármela con calma y bajé a la recepción del hotel para pedir el periódico de la tarde con la intención de tumbarme en la cama a leer, pero no contaba con encontrarme con mi conocido alemán Spatz von Dincklage. Hacía semanas que no aparecía por Montecarlo y con su habitual efusividad me explicó que había quedado para tomar algo con un amigo de su padre.

—¡Pero me da tanta pereza...! ¡El típico conde bávaro que todavía lleva cuellos almidonados! Por eso vengo a invitarle a cenar a Ciro's. ¡Y no toleraré una negativa!

No tenía nada mejor que hacer y Spatz era un tipo agradable y simpático, así que acepté sin hacerme rogar. Además, tenía curiosidad por conocer aquel restaurante: Ciro's estaba a un par de centenares de metros del hotel, en la Galerie Charles III, y había sido uno de los estandartes de Montecarlo durante la Belle Époque. Aunque había quedado un poco anticuado, seguía siendo el lugar de referencia para el público «de toda la vida». Spatz pidió al *maître,* que parecía conocerle muy bien, que nos colocara en una mesa junto a la terraza. «Donde están las chicas guapas, ¡las viejas cacatúas se sientan siempre al fondo!». En ese momento pasó junto a nosotros una mujer que no era precisamente joven, pero muy bien vestida, acompañada por tres hombres. Como atraído por un anzuelo, Spatz se dio la vuelta con rapidez para hablar con ella.

—Mademoiselle, Hans Günther von Dincklage a sus órdenes. ¡No puede imaginar las ganas que tenía de conocerla! —dijo mientras daba un taconazo germánico y tomaba la mano enfundada en un guante negro de satén para besarla—. Podría mentirle y pretender, para llamar su atención, que soy un fabricante alemán de telas que quiere hacer negocios multimillonarios con usted, pero en realidad solo soy su más rendido admirador.

Mientras retiraba la mano, la mujer le miró con una sonrisa de coqueta superioridad y continuó su camino.

—¿No sabes quién es? —me preguntó todavía agitado cuando nos sentamos a la mesa—. Es Coco Chanel, la modista, la anfitriona más fascinante de la sociedad parisiense. Tiene una gran mansión por aquí, creo que en Roquebrune.

Aunque mi nuevo amigo tenía esos ramalazos de arribismo, lo compensaba con su conversación animada y alborotada, saltaba de un tema a otro y luego volvía al primero. De nuevo se había escapado a «Monte» para airearse de Sanary sur Mer, el pueblo cerca de Marsella donde pasaba el invierno con su mujer.

—¡Es casi como pasearse por Potsdamer Platz! ¡Está tomado por los alemanes! No puede uno dar un paso sin encontrarse con alguien conocido.

No se trataba de ninguna invasión nazi, sino de todo lo contrario. Aquel pueblecito de la Rivera se había convertido en el refugio favorito de los intelectuales alemanes que huían de Hitler.

—Me gustan las conversaciones elevadas tanto como a cualquier otro, pero ¡tomar café todas las mañanas con Bertolt Brecht y que te vuelva a explicar su visión sobre el fin del capitalismo puede ser demasiado hasta para el más intelectual! —decía mientras se apartaba el pelo con el dorso de la mano y pedía una botella de champán sin preguntarme.

No paraba de hablar y me contó todo tipo de cotilleos sobre los refugiados. Desde las continuas quejas de Alma Mahler por los bichos o de Thomas Mann por la falta de luz a las andanzas de la hermana de su mujer, Sybille, a la que su amigo Aldous Huxley estaba buscando un marido homosexual para que le dieran la ciudanía británica porque había tenido que huir de Alemania por su religión. El que Spatz estuviera casado con una judía me tranquilizaba, era la garantía de que no se trataba de otro nazi de incógnito. Además, él no encajaba en el estereotipo de los adoradores del Führer, era un tipo ligero, espumoso como el champán, con talento para hilar una anécdota con otra.

—Como ve, no paro de hablar. Siento la grosería, yo soy así. Dice mi mujer que nunca podría trabajar de espía —exclamó con otra carcajada cuando nos encargamos un par de armagnacs para bajar los postres—. Todavía no le he preguntado nada sobre su vida aquí. ¿Ha visto a alguien interesante en el hotel? ¿Una actriz, algún rey, quizás al misterioso Zaharoff?

—No sé si se lo he dicho, pero trabajo para él. —Llevábamos unas cuantas copas y me arrepentí de no haber podido aguantar mi secreto un poco más; aunque mi nuevo amigo era encantador, también resultaba bastante cotilla.

—¡Vaya, qué callado se lo tenía! —rio Spatz mientras casi se atraganta con la copa. Tenía una de esas sonrisas francas, cálidas—. ¡Cuente, cuente! ¿Cómo es el hombre más misterioso del mundo?

A pesar de que estuve tentado de darme importancia, esta vez conseguí contenerme; no me apetecía que me atosigara para sonsacarme chismes y prefería decir que apenas le había visto un par de veces, que estaba siempre encerrado en su cuarto.

—Ahora que hablamos del tema —dijo mientras me servía más licor con una mano y se peinaba el flequillo rubio con la otra—. El otro día estuve con un industrial judío que estaba de paso en Sanary sur Mer y que me contó una historia sobre Zaharoff que, siendo usted español, le resultará interesante. ¿Le suena a usted de algo el nombre de Isaac Peral?

—¿El inventor del submarino? —Este personaje, olvidado durante mucho tiempo en España, en los últimos años había sido objeto de multitud de homenajes.

—Eso parece, yo la verdad es que no sabía quién era hasta que me lo contaron el otro día. Al parecer diseñó el primer submarino realmente operativo, que funcionaba con una batería eléctrica creada por él mismo. Un bombazo, un arma que podía cambiar la guerra naval. Como oficial de la marina, Peral le ofreció su invento a la Armada española, que empezó a estudiar su incorporación. Para ello se realizaron unas primeras pruebas en Cartagena y resulta que la embarcación cumplió con creces las expectativas: navegó sumergida durante largo rato y disparó torpedos tanto en profundidad como en superficie. A mí todo esto me deja de piedra porque estaba convencido de que el inventor del submarino era un americano, pero, además de Velázquez, Cervantes o Goya, parece que también tienen ustedes talento para la ciencia, *n'est-ce pas?*

Aunque Spatz narraba la historia con un tono de liviandad, como si se tratara de un chisme más, a mí me iba interesando cada vez más una historia de la que casi no sabía nada.

—No sé por qué, pero cuando los españoles inventamos algo no se entera nadie.

—En este caso parece que el responsable de este olvido es, adivínelo..., ¡Tachán! ¡Zaharoff! —dijo el alemán mientras reía de su golpe de efecto. Le pedí que se explicara y Spatz, con la satisfacción de haber picado mi curiosidad, se repantingó en la silla mientras removía el licor en la copa—. En esa época, estamos hablando de alrededor de 1888, el viejo zorro, como le conté el otro día, estaba intentando vender un submarino a vapor, un trasto que no conseguía ni sumergirse. Cuando se enteró del éxito de Peral no perdió ni un minuto en ponerse en contacto con él para comprarle la patente por una millonada. El inventor, sin embargo, no se dejó impresionar por los ceros del cheque: el muy tozudo estaba empeñado en que el submarino solo diera servicio a la Marina española.

—Un gesto que le honra —alabé yo lleno de orgullo patriótico. Un compatriota que no se dejaba comprar era tan raro como un eclipse solar.

—¡Una estupidez! —respondió Spatz con otra carcajada, que esta vez sonó hueca—. Renunció a ser inmensamente rico y nunca nadie se lo agradeció. Además de cornudo, apaleado. A partir del momento en el que rechazó asociarse con *sir* Basil, comenzaron a sucederse una serie de extraños acontecimientos. Para empezar, Zaharoff en persona consiguió acceder a los talleres del astillero de la Carraca y estuvo inspeccionando detenidamente el sumergible de Peral. ¡El buitre sobrevolando la presa!

—¿No se montó un escándalo fenomenal? ¡Un civil extranjero dentro de unas instalaciones militares españolas!

—Aunque todo ello había pasado mucho antes de mi nacimiento, cada vez me estaba poniendo más nervioso.

—¡Ya sabe cómo son esas cosas, Pepe! —respondió el alemán con un gesto de la mano que me pareció más florido de la cuenta—. Los periódicos de la oposición hicieron mucho ruido y se abrió una investigación que, por supuesto, no llegó a nada. Luego comenzaron las pruebas oficiales bajo la supervisión de la Junta Técnica del ministerio y la nave sufrió ni más ni menos que nueve misteriosos sabotajes, ¡nueve!, a lo largo de los días que duró, ¡una locura!

—Más bien, una canallada. —Recordé lo que me había reído con las historias que me había contado Zaharoff sobre las jugarretas que le había hecho a Maxim con su ametralladora. Ahora no me parecían tan graciosas.

—¡No se lo tome tan a pecho, Pepe! Además, a pesar de todos estos contratiempos, el talento triunfó. Al menos, en un primer momento: el informe emitido por la comisión fue favorable a la fabricación en serie e incorporación a la máxima brevedad de lo que se consideraba un invento de gran importancia estratégica a la Armada. Y encima, el proyecto contaba con un enorme apoyo popular, que veía en el sumergible una muestra de la modernización del país, la prueba de que los españoles eran capaces de innovar e inventar.

—Hasta que volvió a aparecer Zaharoff, ¿no? —Ya estaba viendo llegar el final de la historia. La comparación que había hecho Dincklage con un buitre era cada vez más acertada.

—Ya sabe que *sir* Basil tenía en esa época una amante española, la que luego fue su esposa. A través de ella conoció a muchos políticos a los que controlaba, entre ellos el ministro de Marina, que, en contra del parecer de la junta técnica, determinó que aquel submarino era un artefacto peligroso que no podía garantizar la seguridad de la tripulación y que no tenía radio de acción suficiente, a pesar de que en las pruebas se había constatado que podía recorrer más de quinientos kilómetros sumergido sin ningún peligro. Peral intentó luchar, incluso se presentó a diputado para salvar su honra, pero acabó por darse cuenta de que no podía luchar contra los que controlaban a quienes gobernaban el país, así que pidió la licencia de la Armada y murió poco después de un cáncer en Berlín. ¿No es una historia alucinante? —remató el alemán con otra risa que se me atravesó en la tripa.

—¿El submarino no llegó nunca a operar? —Yo estaba realmente desolado con una historia que no tenía nada que ver con la que había oído en la escuela.

—No, lo metieron en un almacén y dejaron que se pudriera. Como ve, la relación de Zaharoff con su país es, por así decirlo, muy estrecha. Según dicen, gracias a estos negocios en España ganó los primeros millones de su piramidal fortuna, ¿no es curioso? —Por un momento su tono se había vuelto sombrío, pero enseguida volvió a su ligereza habitual—. En fin, solo le cuento todo esto porque es usted español y pensé que podría divertirle, pero no quiero aburrirle más con historias que pasaron hace mil años y que no le interesan a nadie. ¿Le apetece que vayamos a tomar una copa a algún sitio?

En ese momento, de lo último que tenía ganas era de salir de juerga. Me lo quité de en medio con la excusa de que nos veríamos la noche siguiente sin falta.

31

Si tenía alguna duda sobre lo que me había contado Spatz, poco después recibí una nueva carta desde Londres de mi amigo Armesto en la que corroboraba la historia sobre Isaac Peral y añadía algunos otros datos sobre la actividad de mi jefe en España.

«Parece ser que Zaharoff no solo consiguió enterrar el proyecto de Isaac Peral, sino también que, en un gesto insólito, el Gobierno hiciera público el proyecto completo del inventor. De esta forma, podía copiar cualquiera de los elementos del submarino sin tener que preocuparse por la propiedad intelectual». Una jugada maestra que redondeaba una infamia planeada al milímetro, pero solo la primera de muchas otras. Con razón el viejo le tenía tanto cariño a nuestro país. «Como ya sabrás, la amante de Zaharoff era María del Pilar de Muguiro y Beruete, esposa del duque de Marchena, hija del influyente banquero real Fermín Muguiro y sobrina de Segismundo Moret, presidente del Gobierno en esa época.

Gracias a estos contactos, Zaharoff hizo grandes negocios en España: compró La Euscalduna, la mayor fábrica de rifles y la convirtió en Placencia de las Armas Company Limited, que hasta el día de hoy sigue siendo una filial de Vickers, la empresa británica de la que Zaharoff es uno de los máximos accionistas. Por lo tanto, aunque las armas se fabricaban en España, los beneficios viajaban a Inglaterra». Aún faltaba la guinda, lo más indigesto de la carta. «Además, hay sospechas de que, a través de su socio Hiram Maxim, pasó información a los americanos sobre las posiciones españolas en los tiempos de la guerra de Cuba y de que parte del armamento que se vendió al ejército para su uso en este conflicto era anticuado o defectuoso». Si esto era cierto, resultaba difícil imaginar un comportamiento tan perverso. Mi patriotismo herrumbrado se inflamó con aquellas noticias. «Más tarde participó en la constitución de la Sociedad Española de Construcción Naval, también conocida por "La Naval", creada para reconstruir la Armada tras el desastre del 98 y durante muchos años su proveedor exclusivo». Conociendo nuestro país, podía intuir lo que venía a continuación: «Parece evidente que Zaharoff conseguía sus contratos sobornando a oficiales y políticos de todos los partidos. Hubo varias comisiones de investigación, aunque nunca llegaron a ninguna parte. Como decía antes, tu jefe contaba con la protección de altas instancias, tanto en la familia real como en los distintos Gobiernos».

Aquella carta acabó por convencerme del camino que debía seguir. Si no me veía capaz de asesinar al viejo, como me pedía Émile, tenía que buscar la forma de que aquellos negocios sucios, aquellas tropelías, no quedaran sin castigo y la única venganza que tenía en mi mano era robar las memorias. Aunque no sabía ni cómo ni cuándo debía hacerlo. Tampoco estaba seguro de cómo procedería después. No podía vendér-

selas a monsieur Alexandre, un tipo poco de fiar y que daba
la impresión de que solo quería utilizarlas para sus tejemane-
jes políticos. Era necesario que se publicaran en un periódico,
en el contexto oportuno. Mi amigo Armesto me ayudaría
a encontrar el más adecuado.

Sin embargo, eso no era suficiente. Me imaginaba que
en su autobiografía Zaharoff probablemente se justificaría,
embellecería sus recuerdos, exageraría, mentiría. Para eso, al
fin y al cabo, son las memorias, para que el mundo te recuerde como un gran hombre; con tus fallos (pocos, por supuesto,
y probablemente culpa de otros), pero sobre todo con tus
luces. Más allá de los datos comprometedores que pudieran
contener sobre determinados personajes, tenía que encontrar
la forma de contrarrestar esa visión sesgada. Debía conseguir
que el viejo me contara datos poco confesables que yo pudiera añadir a mis reportajes, episodios que le incriminaran a él
directamente. De esta forma el público sabría en realidad quién
era aquel hombre. De los aspectos legales del contrato de confidencialidad ya se ocuparía el periódico que comprara la exclusiva, por la cuenta que le traía.

Esa noche, mientras me sentaba junto a él, los ojos se me
iban a aquella mesa llena de papeles. Luego miraba al viejo,
vestido con su batín, con el gorro en la cabeza para no coger
frío en aquella habitación tórrida; parecía tan frágil que daba
la impresión de que una ráfaga de viento podía quebrarle todos los huesos. ¿Era aquel el mismo hombre que había engañado, corrompido, robado? Creía que cuando volviera a verle sentiría aversión, incluso odio y, por más que me esforzaba,
solo veía a un viejo al que le quedaba poco de vida. Sin embargo, tenía que sonsacarle, exprimirle como un limón. No
podía interrogarle directamente sobre asuntos como el de
Peral y busqué, una vez más, apoyarme en el *Quijote* para

poder tocar de forma más genérica la corrupción. Por desgracia, y aunque le di mil vueltas, no encontré ningún pasaje en la novela que viniera al caso, así que pensé en una estratagema distinta para sacar el tema:

—«Puesto, pues, don Quijote en mitad del camino..., eh..., como se ha dicho, hirió el aire con semejantes palabras..., eh». —Leí un buen rato como si perdiera el hilo y no consiguiera concentrarme.

—Está usted distraído, Pepe. ¿Se encuentra usted bien? —me acabó por preguntar Zaharoff con un gesto entre preocupado y divertido—. ¿O es que tiene otras cosas en la cabeza? ¿Una dama, quizás?

—Disculpe, es que he recibido carta de un amigo con noticias tristes —respondí mientras pensaba lo que iba a decir a continuación. Debía mostrarme tranquilo, sin dejarme llevar por los sentimientos. Lo importante era conseguir información—. Resulta que él había patentado un invento genial, que podía hacer mucho bien a su país, pero por culpa de unos políticos corruptos a los que no les convenía el asunto nunca podrá comercializarlo.

—Es triste, sí —dijo el viejo mientras se rascaba el muslo.

—Es un asco la corrupción, pero supongo que es inevitable, está en la naturaleza humana.

La historia que había contado para iniciar la conversación sonaba muy estúpida y forzada. Era evidente que estaba intentando sonsacarle y pensé que esta vez no iba a conseguirlo. El viejo parecía más preocupado por acomodar su pierna dolorida encima del escabel que le servía de apoyo.

—Desgraciadamente, es más que eso: la corrupción es necesaria. —Por fin arrancaba a hablar—. Nos guste o no, es un motor económico de nuestra sociedad. El mundo la necesita de la misma forma en que necesita los sueldos, las retribuciones de todo tipo, es un incentivo, un acicate para la productividad. Sin la corrupción pasaríamos a estar dominados por la dictadura de la burocracia, por un enjambre de normas que ralentizarían el progreso y que nada tienen que ver con el bienestar de los ciudadanos. La corrupción engrasa los mecanismos del Estado, los hace permeables a ideas innovadoras.

Aquello parecía otro ejemplo de que la lógica de los poderosos no debía de ser la misma que la del resto de los mortales.

—O también, como le ha pasado a mi amigo, puede evitarse que un invento genial llegue al mercado si no interesa a los corruptores. —Zaharoff hizo un mohín desdeñoso ante mi comentario.

—Si un descubrimiento es realmente revolucionario, si puede generar negocio y beneficios, siempre saldrá adelante, por muchos enemigos que tenga. Es la ley del mercado, si hay demanda, alguien acabará por satisfacerla. Esto puede no suceder de forma inmediata, pero a la larga el talento y las buenas ideas siempre son rentables. Solo hay que buscar los socios adecuados. —Siempre y cuando el inventor esté dispuesto a venderse. Estaba a punto de sacarle el ejemplo de Peral y su submarino, pero el viejo continuó teorizando sobre el tema—: Por supuesto, hay corrupción buena y corrupción mala. No puede permitirse que una empresa gane una licitación para hacer un puente y luego lo construya con materiales defectuosos que pueda provocar su derrumbe. Tampoco la corrupción masiva de un gobierno, de una sociedad, es recomendable, eso es obvio, de sentido común. No obstante, un poco de corrupción aquí y allá, empuja el desarrollo económico, sobre todo si los beneficios no se limitan a unos pocos y se reparten entre distintas capas de la población. Estados Unidos es una gran potencia mundial gracias a esa corrupción democrática, no a pesar de ella; de esa forma el dinero fluye más libremente y crea riqueza. Suiza, un país aparentemente honesto, se nutre del dinero de la corrupción de otros lugares. Estas prácticas son como los gérmenes, por sí solos son malos, pero también imprescindibles para el correcto funcionamiento de nuestro organismo. —La voz del anciano sonaba débil y a pesar de todo demostraba mucha seguridad, mucho convencimiento en lo que decía—. De la misma forma, un político corrupto suele ser más adecuado que uno honesto.

—¿Me está diciendo que es mejor que nos gobiernen los que roban?

—Si son eficientes, es hasta recomendable. Cuanta más actividad económica generan, más dinero ganan. Por lo menos, con ellos sabemos a qué atenernos, no venden sueños imposibles. No hay nada peor que los políticos íntegros, los puros son los más peligrosos. Vea si no el caso de Lenin, un tipo que vivía como un monje, obsesionado por vengar a su hermano al que el zar había hecho fusilar, que acabó provocando una guerra civil que terminó con seis o siete millones de muertos y arruinó a su país. O el de Hitler. Si está rearmando a Alemania no es porque Krupp o Fritz Thyssen, los grandes industriales, le estén llenando los bolsillos. Es un hombre con una visión y, si nadie le para los pies, esa visión nos llevará al desastre.

—¿No debería existir un organismo superior que controlase la honestidad de los asuntos públicos? —pregunté. Aunque yo consideraba inaceptables las teorías del viejo, él desmontaba todos mis argumentos con la habilidad del gran sofista que era.

—Una idea interesante es la que defienden los ilusos que creen en la necesidad de un gobierno europeo que fiscalice a los países del continente. Desgraciadamente, en mi opinión, acabaría convirtiéndose en otra capa adicional de burocracia todavía mayor que usaría su poder para imponerse a los otros burócratas y paralizar aún más a la gente con iniciativa.

—Así que según usted es imposible evitar la corrupción...

—Por desgracia, en muchas facetas de la vida y en casi todas las industrias pesadas, como la del armamento, lo es. Solo voy a ponerle un ejemplo que creo que es muy representativo: en 1913, Vickers, mi compañía, consiguió un encargo para construir un crucero de batalla en Japón, un mercado en el que habíamos estado poco presentes hasta entonces. En los periódicos nipones se nos acusó, se me acusó, de haber pagado doscientos mil yenes a varios oficiales de la Armada para conseguir romper el contrato que Siemens tenía con el ministerio. Era cierto. Sin embargo, pronto se descubrió que esta empresa alemana llevaba pagando ¡un quince por ciento de comisión! al almirantazgo nipón desde hacía años. Si no lo haces tú, otros tomarán tu lugar. Nosotros lo llamábamos administrar una dosis de Vickers. Aunque no nos guste, así funcionan las cosas.

Parecía claro que todo era una mierda y que siempre lo sería. No obstante, todavía podía sacarle al viejo información morbosa para mis futuros artículos.

—Dígame una cosa, ya que es usted un experto en este tema. ¿Y cómo se hace para corromper?

—¡Es usted gracioso, Pepe! ¡Estoy muy lejos de ser un entendido en sobornos! —El anciano soltó otra de sus débiles risas y luego sacó uno de sus dedos cadavéricos de entre la manta que le cubría las piernas—. No obstante, hay un consejo que puedo darle por si se ve en alguna ocasión en esta tesitura: aunque parezca paradójico, una vez que queda claro que ese es el mejor camino para obtener nuestros objetivos, hay que ser honesto.

—Su lógica va a acabar por volverme loco. ¿Qué quiere decir?

Zaharoff volvió a sonreír.

—Que hay que ser serio, que no se puede amagar con dar dinero y luego no darlo, no se puede prometer una cantidad y luego entregar una menor. También, y aunque se usen eufemismos tales como «Cualquiera que trabaje tanto como usted, señor ministro, se merece unas vacaciones; a poder ser, en su propio yate», debe parecer que no se está proponiendo nada sucio, turbio; es muy importante ser natural. Y, como es lógico, conocer el punto débil de tu interlocutor. Por ejemplo, si sabes que un oficial tiene deudas de juego, te aseguras de que sus acreedores te deban dinero a ti; si atraviesa problemas de liquidez, le ofreces un préstamo sin intereses. Casi todos los hombres tienen su precio. He conocido a pocos que sean capaces de resistir la tentación. —El viejo me miró y puso una mueca de «así son las cosas». Luego estiró el brazo y tocó el timbre—. Ahora, aunque esté mal decirlo, debo cumplir con la naturaleza. He comido demasiadas ciruelas hoy. —Short entró y puso a Zaharoff en la silla de ruedas. Cuando estaban saliendo el viejo me dijo—: Por favor, si es tan amable, ponga esos libros que están en el sofá sobre el escritorio.

Si buscaba una excusa para acercarme a la mesa, ya la tenía. No tuve necesidad de rebuscar. Encima del tablero estaban las gruesas carpetas naranjas que yo ya conocía: «Tiempo y vida de *sir* Basil Zaharoff». Era como si al ratón le pusieran delante el queso. Si mi jefe decía que todos los hombres tenían un precio, ese manuscrito era el mío. Con mucho cuidado, desaté las cuerdas que servían para cerrar una de ellas. Los folios que estaban en el interior resbalaron y casi se me caen al suelo cuando la abrí. Estaban escritos a la antigua usanza, con una pluma de ganso, en una letra clara y apretujada.

El problema era la cantidad de páginas, de fechas, de cifras. ¿Cómo podría ser capaz de averiguar qué era relevante y qué no lo era? No me valía con echar un vistazo a las memorias; necesitaba llevármelas y aun así tardaría meses en ordenar toda la información. Un crujido a mi espalda anunció que mi tiempo había acabado y que el anciano debía de estar volviendo del cuarto de baño. Recogí los papeles, cerré la carpeta y me apresuré a sentarme en la butaca.

—¡Pepe, no quiero verle nunca más a solas en este salón! —El retintín agrio era, como no, de McPhearson—. Ahora retírese, *sir* Basil tiene que atender unas visitas que han venido antes de tiempo.

Imaginé que debía de tratarse de importantes hombres de negocios o banqueros que venían a despachar con Zaharoff, pero en el descansillo me encontré con tres tipos bastante desaliñados, mal afeitados y con aspecto de profesores o científicos. Llevaban varias carpetas y lo que parecían ser planos. A pesar de su apariencia, McPhearson los trataba con una deferencia que solo reservaba para los invitados ilustres. Mientras me dirigía a mi habitación me pregunté quiénes serían y qué asuntos se traerían entre manos con Zaharoff. Quizás tuvieran algo que ver con las memorias. Pensé que debía encontrar la forma para hacerme con los papeles antes de que nadie se me adelantara. No contaba con mi falta de constancia.

32

El timbre del teléfono me sacó de mis cavilaciones. Cuando levanté el auricular una voz saltó a borbotones:

—Pepe, ¿dónde está? ¡Nos esperan todas las chicas de la ciudad!

Había olvidado mi compromiso con Spatz von Dincklage y no tenía ganas de salir, pero su insistencia fue tan demoledora que acabé por vestirme a toda prisa y bajar a la recepción del hotel. Como había prometido, mi nuevo amigo alemán demostró conocer bien los principales antros de «Monte»: hicimos un recorrido turístico completo, desde el Café de París, con su público almidonado que disfrutaba educadamente del primer gin-tonic de la velada, a los bares donde los camareros y crupieres italianos del casino tomaban grapa entre turno y turno, para acabar en el Knickerbocker, el *night club* de moda. Aunque debía de ser un local grande, la masa que se agolpaba en las mesas y la pista de baile, el humo y el olor a humanidad, el estruendo de la banda de músicos negros de *jazz* hacían que pareciera una pequeña caldera a punto de estallar. A medida que se acercaban las Navidades, cada vez más visitantes habituales volvían a la Riviera para disfrutar del buen tiempo, las emociones del tapete verde y una vida nocturna famosa en todo el continente.

—Este sitio es mi preferido: se mezcla todo tipo de gente, siempre tocan los últimos éxitos americanos del *swing*. ¡Y no encontrarás mujeres más guapas en todo «Monte»!

Spatz era un perfecto compañero de juerga, animado, buen bebedor, siempre tenía un comentario divertido o una palabra pícara para las chicas con las que nos encontrábamos. Aprovechaba a fondo las oportunidades de disfrutar. Yo también estaba pasándolo bien, pero sin poderlo evitar, sentía una intranquilidad que el alcohol no conseguía anestesiar. Había algo en Dincklage que no acababa de encajar: la simpatía desbordante, la amistad tan repentina que me mostraba, la forma de tocarme en alguna ocasión, me habían hecho sospechar que quizás él estuviera buscando algo más. ¿Sería homosexual? Nuestros encuentros eran demasiado casuales, casi provocados, y a veces lo veía un poco afectado, con gestos ambiguos como esa forma de apartarse el flequillo con el dorso de la mano.

—Ven, Pepe, vamos a sacar a bailar a esas dos monadas que nos están mirando.

Quizás me estaba pasando de desconfiado. Aunque tener una esposa ausente no era ninguna prueba de que le gustaran las mujeres, esa forma de flirtear con todas no podía ser impostada. Spatz empezó a hablar con una rubia de vestido verde muy escotado que a las primeras palabras del alemán echó la cabeza atrás acompañando una gran carcajada, como si se conocieran de toda la vida. En cuanto a la amiga, la que me tocaba a mí, tenía un aspecto familiar que identifiqué de inmediato: era una copia casi exacta de una de las grandes estrellas del espectáculo del momento, la cantante americana Joséphine Baker. El mismo pelo corto con flequillo engominado, el mismo rizo en la frente, la misma gran sonrisa enmarcada por dos gruesas líneas de carmín rojo, la misma piel oscura y brillante. En esa época no eran tan habituales las chicas de color en los locales de moda, menos aún tan guapas, y no encontré el valor para hacerme el gracioso, así que la invité a bailar.

Las notas del cuarteto de *jazz* habían empezado suaves, pero en ese momento estaban llegando al frenesí. El clarinete y la trompeta luchaban por perforar la nota más alta y yo intentaba seguir el ritmo sin conseguir quitarme el envaramiento. Me notaba incómodo, torpe, mientras ella se movía como si hubiera nacido bailando. Se acercó hasta que los grandes ojos pintados con kohl negro estuvieron a la altura de los míos. Empecé a sentir el calor de aquel cuerpo delgado y elástico y bajé la mano por la espalda. Aquella cintura era como uno de esos caballos tan acostumbrados a llevar jinetes que no hace falta que los dirijas. Yo, que nunca he sido un gran bailarín, sentía la música dentro de mí. La cadera se desprendió de su corsé habitual, los pies se movían sin que yo se lo ordenase, mi cuerpo y el de esa muchacha parecía que se unían y se separaban a intervalos perfectamente medidos. Aunque no fuese cierto, daba la sensación de que la gente se apartara para mirarnos como si fuéramos dos artistas de una película musical de Hollywood. Así, un tema tras otro hasta que la orquesta decidió pausar el frenesí con una balada. Bañado en sudor, miré a mi compañera con una sonrisa de complicidad y agradecimiento. Ella se acercó y, mientras metía la mano por mi chaleco, me dijo al oído.

—Espero, *chérie*, que se te dé tan bien el amor como bailar.

Se llamaba, cómo no, Jojo, o al menos eso me dijo. Casi sin hablar, y sin despedirme de Spatz, nos largamos del *night club* y llegamos a un pequeño hotel que estaba a un par de calles de allí. Me quitó la ropa con tres movimientos rápidos, me empujó encima de la cama y montó sobre mí con el vestido de noche aún puesto. Solo conseguí verla desnuda cuando acabamos. Tenía las piernas largas, pero en vez de la rotundidad que se les supone a las mujeres de color, el cuerpo parecía casi el de una niña, sin apenas caderas y con pechos pequeños.

—No habías estado antes con una chica negra, *n'est-ce pas?* —dijo mientras me miraba y se acariciaba uno de los pezones oscuros, del tamaño de una moneda de diez francos—. No hace falta que me mientas, lo veo en tus ojos, en cómo me tocas. Parece que quieres comprobar si somos diferentes a las *blanchettes*.

—De lo que sí estoy seguro es de que no te mueves igual que ellas. En la pista de baile, quiero decir.

Le hizo gracia la respuesta y me atrajo hacia ella.

—Espero que no creas que hago esto con todos —susurró con ojos de gatita abandonada cuando descansábamos después del segundo asalto. Yo lo negué con todo el énfasis de que era capaz y ella acabó por interrumpirme con una carcajada—. La verdad, *chérie,* es que sí me dedico a esto. Pero me gustas, pareces un buen muchacho, limpio y educado. Si me tratas bien, tendrás un lugarcito muy especial en mi corazón. Aunque seas un chico tradicional, piensa que conmigo tendrás todas las ventajas y ninguno de los inconvenientes de una novia, por así decirlo, más formal. Te daré placer, te mimaré, aliviaré tus preocupaciones y si me haces bonitos regalos no te preguntaré dónde has estado los últimos días ni por qué no me llamas por teléfono ni te aburriré contándote lo caros que se han puesto los filetes de ternera. Es un buen arreglo por solo doscientos francos la velada, ¿no te parece? Esa noche dormí el sueño del opio en los brazos de Jojo.

33

Estaba empezando la temporada alta de Montecarlo y la lista de recién llegados a los principales hoteles que publicaban los periódicos locales era cada vez más larga; también las colas de pasajeros que descendían en el apeadero del tren que estaba debajo del casino y que, antes siquiera de pasar por sus habitaciones, irrumpían en las salas de juego como una manada de lobos, como si tuvieran que saciar una sed acumulada desde hacía meses.

La Navidad estaba a la vuelta de la esquina y las tiendas y las calles empezaron a engalanarse para la ocasión. Aunque la temperatura seguía siendo excelente, los días se hacían más cortos y las noches más largas. Y yo las estaba disfrutando. Unas jugaditas en el Sporting, un par de whiskies con Polovtsoff y una visita a Jojo para redondear la velada. El capricho de mi nueva amiga me estaba saliendo por un pico, pero yo me lo estaba tomando como el que tiene que ir a un balneario a tomar las aguas para curarse de sus achaques. Las carantoñas de aquella gata oscura me hacían olvidar todos mis problemas y angustias. Desde que la conocía, ya no me sentía como un extraño en Montecarlo, empecé a cogerle el gustillo a aquel escaparate de luces y frivolidad. Apenas me acordaba de Carlota y mi idea de robar las memorias de Zaharoff se diluía entre copas y caricias. Mis sesiones de lectura con el viejo transcurrían plácidamente, sin apenas preguntas o interrogatorios. Yo intentaba convencerme de que no demostrar un interés demasiado evidente era la mejor estrategia para que *sir* Basil no sospechara de mí, pero lo cierto es que había perdido la urgencia, la necesidad de llevar a cabo aquella venganza que ahora me parecía demasiado complicada para un aprendiz de periodista como yo.

Además, al cabo de unos días se interrumpieron nuestras lecturas: en *le train bleu*, el tren que traía desde Londres y París a los jugadores distinguidos, llegó Cristina, la hija mayor de la mujer de Zaharoff, que había venido a pasar las fiestas con él. Tras la muerte de la duquesa, *sir* Basil las había adoptado a ella y a su hermana Ángeles y al parecer las trataba como si fueran suyas. Al contrario de lo que había sucedido con Carlota, Zaharoff no me invitó a compartir la mesa con ella ni a frecuentarla de ninguna forma.

—El Kyrios es posesivo como todos los griegos, como el mismo Zeus —me decía Afrodita—. Cuando vivía la señora duquesa, que Dios tenga en su gloria, los que llevamos más años en la casa teníamos mucho trato con las niñas, pero desde que ella falleció, el señor nos mantiene a distancia, como si no le gustara compartirlas con los demás. Cristina es una mujer tranquila, responsable, que cuida de su familia, muy culta, lee mucho y esas cosas. Sin embargo, mi favorita es la pequeña, la más parecida a la señora, moderna, llena de vida. Es una amazona magnífica, gran cazadora, esquía y el año pasado corrió esa carrera de automóviles que acaba aquí, en Monte-carlo, como si fuera un hombre, conduciendo ella. Además, se ha divorciado hace unos años de un conde polaco llamado Ostrorog y el Kyrios la protege mucho. —Tuve que insistir varias veces e incluso adelantarle una pequeña propina navideña a Afrodita para que confesara lo que yo intuía—: Aunque ellas llevan el apellido Borbón, el del primer marido de su madre, no hay más que verlas para darse cuenta de que son hijas del señor: altas, guapas, inteligentes, decididas. No tienen nada de la sangre degenerada de esos reyes que se casan entre ellos. Las niñas siempre han tenido muy claro quién es su auténtico padre, le quieren y están orgullosas de él.

Más allá de cruzármela por los pasillos, solo tuve una ocasión de ver a Cristina con cierto detenimiento. Una tarde la encontré esperando junto al ascensor que estaba frente a las habitaciones de *sir* Basil, escoltada por los guardaespaldas indios. Tendría unos cuarenta años y no encajaba del todo con ese estereotipo de los hijos bastardos que son calcados a los padres. Los rasgos de Cristina no eran los de Zaharoff —faltaban la nariz levantina, la mirada de ave nocturna—, pero la delataban el pelo rubio, los ojos claros, la boca grande y fina y, sobre todo, la apostura, la buena planta que se intuía que había tenido el magnate en su juventud y que, según él mismo, tanto contribuyó a su fortuna.

Cuando llegó el ascensor, ella se acercó a dar la bienvenida a la recién llegada, una amiga de la casa a la que yo conocía bien: la princesa Carlota, con la nariz y la frente siempre apuntando hacia arriba, con el mismo atractivo altanero. Aunque no parecían íntimas, la hija de Zaharoff y ella se trataban con esa cordialidad educada que solo manejan bien los que la han mamado, los que se identifican como iguales. Los indios recibieron a Carlota con una reverencia y ella les contestó con una sonrisa cortés. Yo también me incliné, pero su mirada resbaló sobre mí como si fuera una planta decorativa. No me ofendí, supuse que me trataba de acuerdo a la posición que me correspondía, la de una cagada de mosca en un plato de sopa. Si en alguna ocasión había pensado que podía ser algo más —quizás solo un amigo— para aquella mujer, me estaba dejando claro que no pertenecíamos a la misma galaxia.

—Parece que tu amiguita no te hace mucho caso —dijo Elan con sarcasmo más tarde cuando nos encontramos en el cuarto de servicio. Un poco cansado de tanta tomadura de pelo le pedí que me dejara en paz, que solo la había visto un par de veces y siempre por obligación.

—Ya, pero a mí no me invitan a los palacios. En todo caso, a servir la mesa. —Short traía el carro con el servicio de té que habían utilizado Carlota y la hija de Zaharoff.

—Pero eso no es lo más extraño —continuó Elan mientras echaba mano de uno de los *scones* que había sobrado de la merienda de las señoras—. Sales todas las noches vestido como un marqués y vuelves a las tantas. Incluso el otro día me comentó un pajarito que te había visto salir de un restaurante con una chica de las caras. —En eso llevaba razón el chófer. Aunque al principio había pensado en ahorrar la mayor parte del sueldo que me pagaba Zaharoff y a pesar de que había ganado algún dinero jugando en el casino, a final de mes apenas me quedaba nada. Los honorarios de Jojo no eran baratos y mis visitas al Sporting no me salían gratis. A pesar de que me había prometido no hacerlo, cada vez estaba más tentado de cobrar el cheque que me había entregado monsieur Alexandre. Diez mil francos taparían muchos agujeros.

—Sí, no hay ninguno de los nuestros que viva así. Esto es muy raro —sentenció Short mientras encendía un cigarro y se sentaba en una de las butacas. Aquello se parecía cada vez más a un interrogatorio—. Vamos a ver, Pepe, dinos la verdad. ¿No serás un espía? —Yo le miré extrañado. ¿A qué venía aquello?

—Sí, un espía. —El tono del chófer me hacía dudar si hablaba en broma—. Preguntas mucho y no eres escocés, no sabemos nada de ti.

—Los españoles no somos buenos espías, hablamos demasiado —respondí con una sonrisa, repitiendo un comentario que le había oído a Spatz.

—Nunca se sabe con los extranjeros. Los servicios secretos de muchos países llevan tiempo interesados en los asuntos de *sir* Basil, siempre hemos tenido espías fisgoneando a nuestro alrededor. Como aquel secretario inglés, ¿cómo se llamaba?

—Andy —dijo Short—. Mal rayo parta a los ingleses. No hay duda de que fue él quien les contó a los alemanes en qué barco viajaba el señor.

—¡Pues no le salió muy bien la jugada! —Los dos criados se partieron de risa a coro.

—¿Qué sucedió? —pregunté sin saber si hablaban en serio o seguían de cachondeo.

—Durante la guerra los alemanes estaban como locos por atrapar a *sir* Basil porque era el que más sabía de armas en el bando aliado —contó Elan mientras se quitaba las migas de los *scones* del bigote—. Tanto que cuando se enteraron de que iba a viajar a Grecia, mandaron un submarino para secuestrarle. Localizaron el barco en el que viajaba, lo abordaron y exigieron al capitán que les entregara al ocupante de la cabina veinticuatro, mister Zaharoff. ¡Estaban tan bien informados que sabían hasta el número! Los alemanes entraron en el camarote, dejaron inconsciente al pasajero de un golpe sin darle posibilidad de reaccionar, lo metieron en un saco, lo llevaron al submarino y se largaron de allí a toda máquina.

—Imagínate —ahora era Short el que retomaba la anécdota— la sorpresa del capitán cuando subió a la cubierta superior para ver qué había sucedido y encontró a *sir* Basil fumando un cigarro apoyado en la barandilla de popa. «Pero ¿no lo habían secuestrado?», le preguntó azorado. «¡Oh, no!», respondió el señor mientras exhalaba el humo. «Cuando oí voces, me metí en el armario del cuarto de baño. Por desgracia, me temo que mi secretario no tuvo tantos reflejos. Es una pena, trabajaba bien...».

Short soltó una carcajada estruendosa.

—¡Se llevaron a Andy, su propio espía!

—¿Están ustedes seguros de que el secretario era el espía alemán que había delatado a *sir* Basil? —pregunté. Aunque la historia tenía gracia, era bastante cruel.

—¡Qué más da, era un jodido inglés! *Fuck him!* ¡Que se fastidie! —Short y Elan casi se caen al suelo del ataque de risa—. Venga, Ortega, sírvase un trago de whisky. Quizás así entienda mejor el sentido del humor escocés.

—¿Es cierta esta historia? —pregunté aún confuso mientras daba el primer sorbo a mi copa.

—Absolutamente —respondió el chófer. Se había tomado el primer vaso de un trago—. El pobre Andy pasó dos años en un campo de prisioneros alemán. Ahora creo que es empresario de variedades. Por lo menos, le fue mejor que a Nadel. —Short le lanzó una mirada y Elan dejó de reírse. Nadel, otra vez ese nombre. En ese momento irrumpió McPhearson en la habitación con su acostumbrada agitación.

—¡Ya está bien de beber en horas de trabajo! ¡Short, *sir* Basil le necesita inmediatamente! —bramó el secretario señalando la puerta de la suite para a continuación indicar en dirección opuesta—: ¡Elan, vaya a buscar las compras de *lady* Cristina que han traído a la entrada del hotel! —El secretario se me quedó mirando con irritación—. Y usted, señor Ortega... —dudó un momento buscando alguna tarea que asignarme—, ¡desaparezca de mi vista inmediatamente! ¡Aún no entiendo por qué *sir* Basil no despide a alguien tan inútil como usted!

34

Zaharoff miró a su hija Cristina por encima de sus gafas. Mientras él revisaba la correspondencia, ella leía *A la búsqueda del tiempo perdido*, de Proust. El viejo se enorgullecía de que Cristina fuera culta, casi una intelectual, algo tan fuera del alcance del buscavidas griego que él era cuando tenía su edad. También de la independencia de carácter y la vivacidad de su hermana, Ángeles, tan parecida a su madre. Cristina y Ángeles de Borbón, casi dos princesas y herederas de una enorme fortuna, la suya. Uno de los grandes consuelos del viejo a estas alturas de su existencia era que ellas no tuvieran que sufrir lo que padeció Pilar, el oprobio de ver su nombre unido durante tantos años al de un aventurero como él, la amante de un traficante de armas. Recordó los casos de otros tipos que se habían hecho ricos de forma dudosa: estafadores, negreros, piratas, usureros. Sus hijos siempre arrastraban la deshonra de los pecados de su padre. Aunque inventaran la vacuna contra la tuberculosis, siempre serían los hijos de aquel personaje oscuro. En cambio, Cristina y Ángeles tenían el apellido de su padre legal, un apellido de reyes que siempre les abriría todas las puertas. No sentía que, a pesar de tener su sangre, no llevaran el suyo; las dinastías nunca le habían interesado y menos cuando podían ser una carga. Cuando heredaran su fortuna, serían ellas las que marcarían su destino, las que darían al dinero el fin que ellas quisieran. Sin hipotecas por su origen, sin importar si venía del tráfico de armas o de otra cosa. Si alguna vez se decidía a publicar las memorias, quizás se avergonzasen de algunos episodios poco edificantes que desconocían —siempre las había mantenido alejadas de sus negocios—, pero para la masa ellas no tendrían ninguna relación con el viejo mercader de la muerte. Y a los ricos solo les interesaba el dinero, la vacuna contra los que no son de su condición, da igual de dónde saliera. Un salvoconducto que perdonaba los pecadillos de un pariente lejano, que sería en lo que se convertiría él con el tiempo. Además, estaba su legado, la sorpresa que estaba preparando para el final, un motivo para que ellas, sin necesidad de reivindicarlo públicamente ni alardear de su parentesco, se sintieran orgullosas de su auténtico padre. Observó de nuevo a Cristina con emoción, tan parecida, tan distinta, tan suya que prefería que fuera de otros.

35

Aunque ya sabía que había gente muy interesada en los documentos de *sir* Basil, nunca le había dado demasiadas vueltas
a la posibilidad de que los servicios secretos de distintos países acecharan a Zaharoff. Sin embargo, más allá de los estafadores y aprovechados, parecía lógico que uno de los hombres
más misteriosos del mundo, un multimillonario al que se suponía dueño de innumerables datos comprometedores, estuviera vigilado por sus enemigos o incluso por los amigos que
dependían de su silencio. Tampoco había que descartar que
me estuvieran observando a mí, un simple periodista en paro
que, sin embargo, tenía acceso a él. Intenté tranquilizarme
pensando que de momento no tenía nada que ocultar. Claro
que a veces mi mala memoria hace que me olvide de lo que
no quiero recordar.

Una mañana de mediados de diciembre, cuando me disponía a salir del hotel para hacer uno de esos recados sin sentido a los que me enviaba McPhearson cuando se aburría de

verme sin hacer nada, oí cómo uno de los botones agitaba una campanilla mientras mostraba una pizarra con mi nombre.

—Monsieur Ortega, tiene usted una conferencia telefónica. —Me indicó que podía atenderla en la cabina cinco, junto a recepción.

—¿Tiene ya lo que le encargué?

Antes de que se identificara ya sabía que se trataba de monsieur Alexandre. Su voz sonaba más brusca y nerviosa que cuando le había conocido en el Sporting. Sorprendido por una llamada que debería haber esperado, respondí con una vaguedad que pretendía hacerle entender que lo que me pedía era, al menos de momento, casi imposible. A las dificultades habituales para poder acercarme a los papeles se unía la presencia de la hija de Zaharoff, que había interrumpido nuestras sesiones de lectura y mi acceso al despacho donde se guardaban habitualmente. Mientras hablaba comprobé que aún tenía su cheque en la cartera, que no lo había perdido. Al menos había tenido el sentido común de no hacerlo efectivo. Sin dinero no podía exigirme nada.

—Precisamente ahora que el viejo está entretenido con su hija le resultará a usted más fácil acceder a las memorias, no estará tan pendiente de ellas. Estoy dispuesto a aumentar mi oferta, pero necesito esos papeles con urgencia. Este asunto es cada vez más importante para mí. ¿Puedo confiar en usted? Repito: ¿puedo confiar en usted?

Tanta insistencia me abrumó y no me atreví a negarme en redondo. Le dije que vería lo que podía hacer, que ya le llamaría yo, pero monsieur Alexandre no se dejó contentar con mis vagas promesas.

—Usted no entiende. Me encuentro en una situación muy comprometida y necesito con urgencia la información que tiene su jefe sobre este sistema podrido que me acosa.

—La voz sonaba cada vez más alterada y le oía fumar con ansia a través del auricular—. No se deje engañar por la piedad que le produce un anciano que parece débil e indefenso: Zaharoff es un monstruo y usted lo sabe. ¡Prométame que robará esos papeles y me los entregará!

Volví a repetir con una ambigüedad y me despedí sin esperar respuesta. La ansiedad me cerró la garganta. ¿A qué se debía ese cambio de actitud? Además, yo no le había prometido nada, solo que lo pensaría. Nervioso, durante un rato deambulé de un lado a otro del vestíbulo del hotel pensando qué hacer. Luego salí a la calle.

—¿Va a dar un pequeño paseo, monsieur Ortega? —Los enormes dientes de Samba me parecieron las fauces de una pantera a punto de atacar. Necesitaba calmarme y le pregunté si se le ocurría un sitio tranquilo para visitar, a poder ser lejos del bullicio del casino.

—¿Conoce ya el museo oceanográfico? —respondió con su habitual rapidez—. Lo construyó Alberto I, el anterior príncipe, y es una de las principales atracciones de Mónaco. Por la tarde, cuando no hay grupos escolares, es uno de los lugares más relajantes que pueda imaginar, casi como estar en el fondo del mar.

El taxi me dejó en la puerta de un desproporcionado edificio neobarroco que colgaba de un acantilado. Como me había anticipado Samba, casi no se veían visitantes a esas horas y la explanada que había frente al museo estaba desierta. Parecía que pocos querían cambiar el tapete verde por las profundidades oceánicas y aquella tranquilidad casi desolada en vez de relajarme me puso en alerta. Compré un billete y entré. Las pocas personas con las que me cruzaba me inquietaban, como si fueran los figurantes de una obra aún por determinar. Siguiendo las indicaciones de los carteles, bajé unas escaleras que parecían llevar a un sótano y me encontré en una sala con unos inmensos tanques de agua transparente, los acuarios del museo. La luz azul tinta que simulaba el fondo del mar y su reflejo en el techo oscuro teñía las salas con una tonalidad siniestra. Los pequeños peces —amarillos, verdes, naranjas— se colaban entre las rocas y los corales de pega, las algas se mecían al ritmo de la corriente, de una música sorda. El silencio era total. En otro depósito, medusas de colores se contraían y expandían. Tortugas, caballitos de mar, esponjas, otros bichos que yo no era capaz de identificar. Un pasillo, luego otro. Me desorienté. Me sentía atrapado bajo una pesada capa de agua. Un golpe junto a mi cabeza me sobresaltó: era la aleta de un tiburón contra el cristal; luego apareció un segundo y un tercer escualo. Me miraron con sus pequeños ojos asesinos. Del otro lado de un estanque transparente entreví, muy lejos, a otros visitantes, distorsionados por el cristal, mezclándose con los tiburones. Angustiado, busqué la salida.

Cuando llegué a la calle me di cuenta de lo absurdo de mis temores. En mi estado de alteración no había sido buena idea meterme en un sótano oscuro lleno de criaturas extrañas. A la luz del día todo a mi alrededor recobraba la normalidad. No obstante, cuando regresaba andando al hotel volví a sentirme incómodo, vigilado. Aunque intenté no hacerlo, acabé dándome la vuelta para ver si alguien me seguía. Dos señoras que rondaban los setenta paseaban a un gran danés. Tenía que calmarme, no podía empezar a imaginar enemigos por todas partes. En el paseo del puerto había más gente y creí que me sentiría más tranquilo en la multitud, pero la sensación incómoda no desaparecía. ¿El tipo de la gabardina y el sombrero de hongo? Una indumentaria demasiado urbana para un sitio como Mónaco. También demasiado estereotipada para un espía o un policía. Apreté el paso y pronto lo dejé atrás.

Estaba llegando a la zona en la que había visto pescar el cuerpo aquella mañana de octubre y pasé por delante intentando no mirar hacía allí. Subí la cuesta que llevaba al casino andando cada vez más de prisa. Solo quería llegar al hotel, tomarme una copa y meterme en un baño caliente para volver a sentirme dueño de mí. Me faltaban un centenar de metros para la puerta cuando sentí que me sujetaban por el brazo. Me di la vuelta con el puño ya cerrado para descargar un golpe, pero me contuve al ver que se trataba de una cara vagamente conocida.

—¿Se acuerda de mí? ¿Todavía sigue sin tener ganas de hacerse rico en el casino? —Era el tipo que me había intentado liar para invertir en un sistema para ganar en la ruleta hacía unas semanas, el día que había conocido a Spatz von Dincklage en la plaza enfrente del hotel.

—¿Y usted no ha encontrado a ningún estúpido al que embaucar? —le respondí mientras intentaba dejarlo atrás. Sin embargo, él debió de percibir que estaba mejor de dinero que la otra vez que me había visto y no estaba dispuesto a dejar escapar la pieza sin lucharla.

—Claro que sí, he ganado varias veces grandes cantidades. Pero cometí un pequeño fallo en mis cálculos y perdí de nuevo —explicó mientras sacaba unos papelajos del bolsillo para enseñármelos—. Ahora he corregido los errores y ya no hay duda: ¡con una suma muy pequeña podría ganar una fortuna!

—¿Cuánto le haría falta? —pregunté buscando la cartera. Estaba confuso, agotado, solo quería llegar al hotel y era capaz de cualquier cosa con tal de quitarme a ese pesado de encima—. ¿Con cincuenta francos le basta? —El tipo miró el billete sorprendido por la rapidez de la operación, pero enseguida cambió la cara a una de contrariedad.

—Para poder funcionar, mi esquema necesita al menos mil.

—Me va disculpar, pero no dispongo de esa cantidad —dije arrepentido de mi generosidad y mientras intentaba recuperar mi aportación al fondo de inversión.

—Recuerdo que usted era periodista y que estaba interesado en cierto suceso que presencié en mi hotel —contestó alejando el billete.

—Mire, todo eso me da igual. —A pesar de mis palabras, reduje el paso. Aunque apenas había pensado en aquella historia en las últimas semanas, seguía llamándome la atención.

—Puedo darle un detalle que quizás le resulte interesante: los que se llevaron a aquel desgraciado eran chinos. —Tuve que pedirle que se explicara mejor—. Sí, chinos de la China. El pasillo estaba oscuro, pero le aseguro que los individuos tenían los ojos rasgados. Lo pude ver porque el pasillo se iluminó un momento con la luz de una ventana del edificio de enfrente. Y le voy a decir más: llevaban un gorro raro en la cabeza.

—¿Qué quiere decir?

—Todos llevaban el mismo gorro. O quizás fuera un casco, ya le digo que solo pude verlos durante un instante. En cualquier caso, por cincuenta francos me parece una buena información —dijo mientras se metía el dinero en el bolsillo—. Si me entero de algo más y le apetece invertir en mi negocio, ya me pondré en contacto con usted.

Ni intenté detenerle. Estaba harto de todas aquellas idioteces, de todas las supuestas conspiraciones. Solo quería que me dejaran tranquilo. La próxima vez que me llamara monsieur Alexandre le dejaría muy claro que no pensaba cobrar su talón y le mandaría muy finamente a la mierda.

36

Durante los días siguientes, y a pesar de que me había propuesto ignorar sus amenazas, la idea de que en cualquier momento pudiera llamarme monsieur Alexandre me tenía constantemente enervado. Además, disponía de demasiado
tiempo libre para pensar por qué seguían sin reanudarse mis
lecciones de lectura y Jojo estaba cada vez más ocupada con
los turistas que llegaban para la temporada alta; solo me quedaba el Sporting, una opción cara y que conllevaba muchas
tentaciones. Aunque volví a retomar las novelas de espías que
abundaban en los salones del hotel, estas solo conseguían
que viera complots y enemigos en todas partes. No estaba
a gusto en el hotel, pero tampoco sabía qué hacer fuera de él.
Probablemente si no me hubiese sentido tan incómodo, no
me habría atrevido a recurrir a la persona a la que lo hice. Sin
embargo, necesitaba hablar con alguien que supiera con certeza que estaba por encima de toda sospecha. Y solo conocía
a una.

—Suba, Ortega. No se quede ahí quieto.

Después de cómo me había ignorado el día que la vi con la hija de Zaharoff, no sé cómo reuní el valor para llamar a Carlota. Además, seguía sin saber cuál era el protocolo para tener una cita con una princesa, pero estaba tan agobiado que no le di más vueltas y cogí el teléfono. Para mi sorpresa, la centralita de palacio pasó la llamada al mayordomo, que a su vez me puso directamente con la princesa. Tras oír mis excusas embarulladas, dijo que me dejara de idioteces y que pasaría a buscarme esa tarde por el hotel.

—No sea miedica, no muerden.

Con lo que no contaba era con que no íbamos a estar a solas en nuestra primera cita: nos acompañarían los cinco terriers de Carlota, que saltaban alborotados dentro del automóvil que conducía la princesa. Intenté apartar con delicadeza a uno de ellos para poder sentarme en el asiento delantero, pero el bicho no estaba por la labor de ceder su sitio.

—Parece que no hubiera visto un perro en su vida —dijo ella mientras le daba al animal una fuerte palmada en el culo para que se mudara a la parte de atrás con sus hermanos.

A pesar de que vestía de forma sencilla, con un abrigo inglés de campo, su nariz siempre orgullosa le daba un aire imperial.

Arrancamos y empezamos a trepar por la escarpada carretera de salida del principado. En cada curva tenía que luchar para que no se me cayera uno de los terriers encima. Como ella había adivinado, nunca he sido muy amante de los perros y aquello empezaba a ser incómodo.

—No será usted de esos pusilánimes que se marean en los automóviles, ¿verdad? De esos ya tuve suficientes con mi marido. Si pasaba de cien kilómetros por hora se ponía blanco como la tiza y tiritaba como una monja. Solo se sentía seguro con un mecánico al volante y una mantita sobre las piernas.

Vueltas y más vueltas, curva va, terrier viene, pasamos el pueblo de La Turbie y un poco más allá doblamos por un camino de tierra. El coche sufrió para subir el último tramo, pero finalmente nos detuvimos en un prado en la cima de la montaña. En cuanto abrí la puerta, toda la jauría salió en tropel y se puso a corretear entre las rocas y los matorrales. Respiré aliviado; la vista era magnífica. Debajo de nosotros, la bahía, el palacio, el puerto y el casino; a la izquierda, el rosario de montes que conformaban la costa perfilándose contra el mar.

—Suelo venir aquí para que se aireen un poco mis pequeños. Este monte en el que nos encontramos se llama Tête de Chien, la cabeza del perro guardián que protege a los monegascos; en los viejos tiempos desde aquí se avistaban las flotas enemigas que se acercaban. Como puede comprobar, hoy el día está claro y se puede ver hasta Bordighera, ya en Italia. —El sol de la tarde daba vivacidad y frescura al rostro de Carlota. Incluso había bajado la barbilla y casi parecía una mujer normal—. Ese cabo que está más cerca es Cap Martin, una de las antiguas posesiones que nos arrebataron los franceses a mediados del siglo XIX. Y aquí abajo tiene lo que nos queda, menos de dos kilómetros cuadrados y cuarenta mil almas.

—Un espacio muy bien aprovechado. Y muy próspero.

—La mitad que mi barrio en Madrid y mil veces más rico.

—Sí, los millonarios nos visitan y se pelean por comprarse un palacete aquí, en nuestro puerto atracan los yates más lujosos y tenemos la mayor concentración de bancos del mundo, pero hace setenta años esto era solo un terreno baldío en el que no querían vivir ni los leprosos. La prueba es que los únicos que se molestaron en conquistar este rincón abandonado entre la montaña y el mar fueron los piratas, es decir, mis antepasados. Sí, no me mire así, eso es lo que éramos los Grimaldi, piratas. Francesco Grimaldi, llamado «*Il malizia*», se apoderó de la fortaleza de Mónaco en el siglo XIII gracias a una treta digna de esa profesión: junto a sus hombres se disfrazó de monje y consiguió que las tropas que custodiaban el castillo le dejaran entrar. Luego les cortó el gaznate a todos.

—Pues no buscaron mal lugar para quedarse. —A esas horas la tierra estaba oscureciéndose y el mar parecía casi infinito.

—Como le decía, esto era un erial en el que apenas crecía nada. La mayoría de mis antepasados prefirieron dejar las incomodidades de esta tierra y vivir en París con los pocos impuestos que podían arrancarles a sus pobres súbditos. Hasta que a mi bisabuelo se le ocurrió poner un casino. Sin embargo, para las grandes familias francesas seguimos siendo los mismos piratas de siempre. Y quizás tengan razón.

—Supongo que en el origen de todas las dinastías, de las grandes fortunas, siempre hay un bandido, un asesino o un traidor.

La única parte del puerto donde aún daba el sol era el rincón donde había aparecido el cuerpo del ahogado.

—En efecto, los aristócratas de hoy solo somos los tristes herederos de los grandes delincuentes del pasado. Por eso admiro a los fundadores, a los pioneros, aunque esas personas extraordinarias, los que marcan una época, tienen necesariamente un lado oscuro. Es lo que le sucede a su jefe, *sir* Basil, un hombre salido de la pobreza más terrible y que ha llegado a conseguir una inmensa fortuna traficando con armas, una profesión que escandaliza hasta a los fariseos que han heredado de negreros y explotadores de niños. No me cabe duda de que para escalar del fango a los palacios, para ascender toda la pirámide social, debe de haber infringido casi todas las leyes humanas y divinas. No lo digo como una crítica, admiro esa perseverancia. Además, al mismo tiempo, también es una persona extremadamente generosa, no solo conmigo (a quién podría tener algún interés por adular), sino con mucha gente, incluso con desconocidos que le piden ayuda por carta. Es lo fascinante de este tipo de hombres, condensan lo mejor y lo peor del ser humano, son un microcosmos, un compendio de lo que somos, una gran fuerza creadora y el peor enemigo de nuestra especie al mismo tiempo. Por ejemplo, durante la guerra, mientras se llenaba el bolsillo vendiendo cañones, *sir* Basil mandaba a sus empleados a las estaciones de tren para entregarle cien francos a cada recluta que llegaba de permiso, para que pudiera disfrutar de la mejor forma posible de unos días de vacaciones que podían ser los últimos. No me lo ha contado él, sino algunos soldados a los que atendí en esa época. ¿No es una contradicción sorprendente?

—En efecto, es increíble. —Me parecía el colmo del sadismo: darles plata a los pobres infelices que luego recibirían el plomo que fabricaba el viejo—. Entiendo que trabajó en sanidad durante la guerra.

—Sí, no tenga miedo de decir que fui enfermera —corrigió ella adivinando mi pensamiento—. Con mi abuelo Alberto se transformaron los salones del palacio para atender a los heridos, especialmente los de larga duración, los que tenían lesiones más graves.

—Tiene que haber sido duro. —Menos yo, todos los que estaban a mi alrededor parecían haber vivido la guerra de cerca.

—Muchos de aquellos muchachos murieron en mis brazos. Lejos de sus casas, de sus madres o sus novias. Fue una experiencia muy interesante para una chica de dieciséis o diecisiete años que tenía entonces. Fue en esos momentos cuando me di cuenta de que solo puedo sentirme cerca de las personas cuando son humildes y sufren. —Los ojos de Carlota se arquearon en una expresión más triste de lo habitual durante solo un instante y luego su mirada volvió a tener ese punto de impertinencia habitual en ella—. Pero volvamos al asunto de *sir* Basil —continuó—, ¿está usted ayudándole a escribir sus memorias?

No podía ser. Esto sí que parecía una broma. Otra más que estaba interesada en ese asunto. ¿Otra espía? Quizás ese fuese el motivo por el que se mostraba tan dispuesta a verme. Intenté responder de la forma más tajante posible.

—No sé nada de ese asunto. Como le dijo el otro día el señor Zaharoff, solo le leo el *Quijote* por las noches. ¿Por qué me lo pregunta? ¿Está interesada en ese tema? —Mi tono debió de resultar un tanto impertinente y ella se rio de mi reacción. Parecía que disfrutaba pinchándome.

—No es necesario que se ponga a la defensiva. No soy ninguna agente secreta; ¡los espías ganan poco y trabajan mucho! El asunto de las memorias de *sir* Basil es uno de los dos temas de los que más se cotillea en Mónaco en estos momentos. —Como solía pasar últimamente, yo, el supuesto periodista de fino olfato, era el último en enterarme de lo que pasaba a mi alrededor—. El otro es mi divorcio y, como se puede imaginar, me resulta infinitamente menos interesante —dijo mientras acariciaba a uno de los terriers, que se había acercado.

—Me imagino que sus hijos serán de gran apoyo en estos momentos. —Los había mencionado en nuestra primera conversación y pensé que, como toda madre, le gustaría hablar de ellos.

—¡Por favor, le ruego otra vez que no sea tan cursi! —exclamó Carlota sacando a relucir otra vez el genio que tanto me intimidaba—. Nunca he tenido un sentido maternal muy desarrollado, prefiero los animales. Como mis cinco bebés, mis terriers. Son deliciosos, obedientes, cariñosos. —Uno de los perros se acercó para frotarse con la pantorrilla de su dueña, que se agachó para besarle en el hocico—. Mi hijo Rainiero, que tiene diez años, no es mal chico, un poco torpón y gordito, un tanto acomplejado, pero al menos cariñoso. La que es insoportable es Tini, Antoinette. Nunca se habrá encontrado con una chica más respondona y más descarada. Siempre tiene una impertinencia en la punta de la lengua; parece hija de un pescadero. Por suerte, ahora la tengo lejos. —Carlota acarició a otro de los perros y le dio un trozo de pan que guardaba en el bolso—. Pero dejemos las conversaciones formales, que son terriblemente tediosas, y hablemos de cosas más amables. ¿Finalmente se ha dignado a llamarme porque le desprecié el otro día cuando le vi junto a la hija de *sir* Basil? ¿Es usted de esos hombres que responden más al palo que a la zanahoria? —Volvía a parecer una chica joven que coqueteaba con un admirador un tanto palurdo.

—La verdad es que me tiene usted confundido, no sé lo que quiere de mí —respondí con franqueza. Aunque desde el principio me había parecido muy atractiva, seguía sin fiarme del terreno que pisaba, del carácter tornadizo de una mujer que bajaba y subía de su pedestal tan rápidamente que era difícil seguirla.

—¿Le cohíbe a usted mi sangre azul? —preguntó mirándome con soberbia. Luego volvió a reír a carcajadas con una espontaneidad nueva en ella—. No ponga usted esa cara. A mí me da igual si usted es duque o palafrenero mientras que no me aburra. Cuando nos conozcamos mejor se dará cuenta de que, a pesar de ser una princesa tengo sentido del humor. —¿Conocernos mejor?, ¿mucho mejor?—. En cualquier caso, si le invito a visitarme, no es para que se ande con ceremonias. —Ya ni sonreía—. De todas maneras, no saque conclusiones erróneas. No estoy especialmente interesada en usted, solo necesito distraerme, conocer gente que no me recuerde al pasado. Además, monsieur Ortega, me da la sensación de que usted es carne de altar. Pronto llegará una españolita y le pondrá la correa al cuello.

—Permítame que le haga una pregunta. —Si íbamos a jugar, yo también quería hacerlo—. Como princesa divorciada, ¿puede volver a casarse?

—¿Le preguntan al decapitado si quiere que le corten la cabeza de nuevo? —Ella encajó bien la broma y soltó otra carcajada—. Claro que puedo, he renunciado a mis derechos. ¡Pero antes prefiero que me despeñen desde esta montaña! —El viento del atardecer agitaba su pelo corto y sus ojos estaban fijos en el horizonte—. El concepto del matrimonio, que dos personas tengan que convivir, compartir y desearse el resto de la vida solo me parece una fantasía de cursis. No necesito a un hombre para que me proteja o para que sea el testigo de mi vida. No creo en esa maldición de los Grimaldi de la que ya le he hablado, pero lo cierto es que creo que no estoy hecha para casarme. —Giró la cabeza y miró a sus perros, que jugueteaban por la pradera—. ¡Yo soy como mis terriers, necesito correr en libertad, sin que intenten ponerme una correa al cuello!

Seguimos hablando hasta que el sol se puso a nuestras espaldas y el viento que soplaba en el Tête de Chien empezó a ser demasiado frío. Echamos un último vistazo a las lucecitas que empezaban a brillar en la bahía de Mónaco, recogimos a los perros y subimos al coche.

—Volveré a verle pronto, tengo planes para usted —dijo cuando me dejó en el Hotel de París—. Pero se lo advierto: ni se le ocurra enamorarse de mí. —No pude ver si sonreía; antes de que me diera tiempo a hacerlo, el coche ya había arrancado y se alejaba en dirección al palacio. Por el carácter que se gastaba su alteza serenísima, estaba claro que sería ella la que decidiría, la que tendría la última palabra sobre cualquiera que fuera nuestra relación en el futuro.

37

Era el tercer año consecutivo que pasaba fuera de España. La llegada de las Navidades y la nostalgia que las acompañaba provocó que mis dilemas y dudas fueran sustituidos por otros más amables del tipo: «¿Qué hago aquí cuando debería estar comiendo el besugo tan rico que preparan en casa?». Por suerte, las madres saben que lo que más se echa de menos en esas fechas son los buenos alimentos y el día antes de Nochebuena recibí por correo un paquete con lomo, chorizo, morcilla, un buen queso, un par de botellas de sidra y dulces navideños. Aquello era un auténtico festín y, siguiendo el espíritu de las fiestas, preferí no disfrutarlo solo. Compartí las morcillas con Short y Baker, que las compararon muy desfavorablemente con el *black pudding* escocés, pero que se las comieron sin dejar rastro; a Afrodita le di un turrón de los blandos porque andaba mal de la dentadura; a McDermott le cayeron en suerte las peladillas, y los polvorones, que nunca me han hecho ninguna gracia, se los regalé a McPhearson, que los miró con cara de asco y ni se dignó a darme las gracias. Por último, aplaqué las ansias asesinas de Émile con una botella de sidra asturiana, y la mitad del queso manchego, además de una propina, lo destiné a Samba. Eso sí, a cambio tendría que hacer la vista gorda. A pesar de que estaba prohibida la entrada al hotel de las chicas «alegres» (a menos que fueras rey o millonario, claro está), Jojo se había empeñado en pasar una noche en mi habitación y aunque todo eso de salir con altezas serenísimas estaba muy bien, no podía negarle ese capricho a mi amiga. Además, me había anunciado que no me cobraría un céntimo por pasar toda la velada conmigo y también consintió en que a partir del año nuevo pasaríamos a una iguala para que no se fuera todo mi sueldo en sus honorarios. Eso siempre que, como decía ella «no aparezca un duque que se vuelva loco por mí, *chérie*». Así era Montecarlo y Jojo por lo menos era sincera, pero era Nochebuena y yo estaba decidido a pasarlo lo mejor posible para olvidar la añoranza de la familia.

También tuve que vencer algunas reticencias en el Sporting Club, donde había reservado mesa para cenar. Aunque Jojo había interpretado exquisitamente la etiqueta que se suponía para el lugar y la ocasión, sin abusar de las joyas y sin que su vestido de terciopelo gris dejara al descubierto más carne morena de la necesaria, los porteros nos daban unas excusas absurdas para no dejarnos entrar. No fue hasta que apareció Polovtsoff que me enteré de cuál era realmente el problema:

—Querido amigo —susurró llevándome a un aparte—. No se trata de que su amiga sea una *demimondaine*. Si fuera por eso, tendría que echar a media sala y eso que Nochebuena es una fiesta familiar. La cuestión es el color de su piel. Eso no supone un problema con los franceses, que están más acostumbrados a esas cosas. Sin embargo, a los ingleses y a los americanos les da un ataque si tienen que comer al lado de una negra. Y ya sabe que son nuestros mejores clientes.

—No obstante, he visto gente de color otras veces en el casino.

—Si aparece por aquí el emperador de Etiopía o el rey de Mali, todos le besan la mano. Pero su amiga, por guapa que sea, no pasa por princesa. Aunque…, ahora que la veo mejor…, un momento, se me está ocurriendo una idea.

Tras cuchichear con los porteros y sin explicarnos nada, el general nos hizo pasar y nos condujo personalmente a nuestra mesa. La sala estaba a rebosar; era el primer gran acontecimiento de la temporada en el Sporting y los visitantes ilustres no se lo habían querido perder. Los monóculos nos enfocaban con fiereza, los aristocráticos moños se daban la vuelta a nuestro paso. Pocas veces me he sentido más observado y con tanta hostilidad. A pesar del ambiente tenso que se había creado, el general nos trató con la mayor de las deferencias y ordenó que nos trajeran una buena botella de champán. Luego se acercó a las mesas de alrededor para responder a las quejas de los invitados. Solo fueron unas palabras allí y aquí, pero los ceños se desfruncieron, los cuellos tensos y las barbillas orgullosas se relajaron. Incluso nuestros vecinos daban la impresión de observarnos con interés.

—Tu amigo parece tomarse muchas molestias —dijo Jojo encantada con el revuelo que había provocado su aparición.

—No te preocupes, nadie va a molestarnos esta noche —le respondí sin estar convencido mientras le acariciaba con un dedo el hombro para dejar claro que no me dejaba achantar.

La orquesta de Ernie Lee, especialmente llegada del Embassy Club de Nueva York para la temporada, había combinado las tradicionales chaquetas verdes del Sporting con gorros y guirnaldas navideños. Sonaba un *swing* aterciopelado del que sobresalía de vez en cuando una trompeta solitaria. Dejándonos llevar por la música, charlamos con la complicidad que nos daba haber compartido cama una veintena de veces. Con ella me sentía cómodo, podía contarle lo que quisiera y sabía que no me juzgaría; solo pasaría la factura al final de la sesión. Le hablé de otras chicas, de las que conocí en Madrid y en Berlín, de las que me dejaron huella y de las que me dejaron tirado. También me permití recordar a mi madre, algo que solo sirve para enternecer o para aburrir mortalmente a una mujer. Jojo me contó que era hija de un sargento del ejército americano que había vuelto a Alabama después de la guerra y de la camarera de un café de París.

—De él saqué el color y el *swing*, de ella la habilidad para gustarle a los hombres —explicó mientras me guiñaba un ojo con coquetería.

—Y vaya si lo consigues. Por cierto, aquí tienes un pequeño regalo de Navidad.

Empujé un estuche negro a través de la mesa. Eran unos pequeños pendientes de oro que había comprado en la joyería que me había indicado Samba. Allí iban muchos jugadores del casino desesperados a empeñar sus objetos de valor y eligiendo con cuidado se podían encontrar buenas gangas. Ella los miró con una sonrisa condescendiente mientras alababa mi gusto sin mucho énfasis; se quitó los pendientes que llevaba y se puso los míos. Luego sacó un espejito y se miró en él.

—Parece uno de esos regalos de aniversario que hacen los maridos, *n'est-ce pas?* —dijo mientras le daba un golpe con el dedo a uno de ellos—. ¿Por qué no jugamos a que somos un matrimonio de esos tan respetables, de los que no tienen nada de qué hablar desde hace años? Por ejemplo, ¿qué se dirían esos de la izquierda? —Era una pareja que no superaba los cuarenta, pero parecían mucho mayores. Esmoquin perfecto, bigote fino, vestido ñoño, flores cursis en el pelo; tenían aspecto de ingleses. Él miraba distraído a la banda mientras ella observaba a las otras mujeres—. Quizás podríamos empezar por algo como: «¿Qué tal en el trabajo, querido?» —dijo Jojo impostando la voz con un acento británico.

Yo hasta entonces solo le había contado muy por encima que era el secretario de un hombre de negocios adinerado. Ella no había parecido interesada en saber más, pero esa noche me pidió más detalles.

—¿Cuantos años tiene tu jefe? —preguntó con una sonrisa grande mientras se frotaba las manos—. A lo mejor es lo que estoy buscando para mi jubilación.

—La edad perfecta para ti: ochenta y cuatro. Heredarías pronto y luego te podrías casar conmigo.

Jojo rio de una forma algo escandalosa. Su piel pulida como un zapato bien lustrado brillaba en contraste con el terciopelo gris de su vestido; era preciosa. Miré desafiante y orgulloso a las otras mesas que nos seguían observando con curiosidad y la besé en la oreja. Ella aprovechó el momento para quitarse los pendientes que yo le había regalado y ponerse los de diamantes que traía inicialmente. Al parecer, le hacían un poco de daño.

—Tendríamos un hijo medio negro, medio español —fantaseó Jojo mientras volvía a mirarse en el espejo de la polvera—. Pero cien por cien millonario. A él seguro que no le pondrían pegas para entrar en ningún sitio. ¿Y qué haces para tu jefe exactamente?

Tenía la intención de ser lo más ambiguo posible, pero otra vez el champán me calentó la boca y acabé dándome más importancia de lo que solía. Mencioné el nombre de Zaharoff, alardeé de ser su mano derecha, de que le ayudaba a tomar decisiones empresariales y supervisaba los documentos importantes.

—¿Trabajas para uno de los hombres más ricos del mundo y a pesar de eso tienes problemas para comprarle una joya cara a una *petite amie* como yo? —Esas palabras me redujeron al tamaño de una cucaracha. Había empleado un par de mañanas en elegir con todo cuidado aquellos pendientes entre los que podía permitirme. Ella acarició mi cara con el dorso de su mano—. No te disgustes, *chérie*, seguro que tú vales mucho. Quizás deberías cambiar de trabajo. O convertirte en un Arsene Lupin, el personaje de las novelas.

—¿Robar a los ricos para dárselo a los pobres?

—¡Ese era Robin Hood! Hablo de ser un ladrón de guante blanco. Siempre hay algún documento que se puede perder. Yo puedo ayudarte a encontrar un comprador e iríamos a medias —propuso mientras, divertida, se mordía el labio inferior.

—¿Crees que por dinero puede hacerse cualquier cosa? —Seguía molesto por el asunto de los pendientes.

—*Chérie!* ¡Yo hago casi cualquier cosa por dinero! —Su carcajada volvió a sonar por encima de la música y a llamar la atención de los ocupantes de las mesas vecinas—. No vamos a entrar en detalles, pero comparado con algunas facetas de mi trabajo, un pequeño robo que no haga daño a nadie es una tontería. —Luego miró el fondo de su copa vacía con una mueca divertida—. ¡No tomes en serio todo lo que te digo, estoy medio borracha! No hace falta que tengas millones, me gustas igual. Anda, vamos a bailar.

La orquesta había dejado la música suave y tocaba un *jazz* más rítmico. Ya nos habíamos puesto de pie cuando una señora mayor que estaba sentada en la mesa de al lado se nos acercó. En un primer momento, pensé que iba a hacer algún comentario desagradable sobre el color de piel de mi amiga, pero su expresión era amable.

—Miss Baker, disculpe que le moleste —dijo casi con timidez—. El general nos ha comentado confidencialmente que estaba usted aquí de incógnito y le hemos prometido que no diríamos nada, pero no he podido resistirme a la tentación de saludarla. Mi marido y yo somos grandes admiradores suyos. —Menudo zorro Polovtsoff. Se había dado cuenta enseguida del parecido de mi amiga con Joséphine Baker y sabía que la única forma de que algunos aceptaran la presencia de una negra en el restaurante era que se tratara de una estrella del espectáculo. En ese momento en Francia no había una más rutilante que Joséphine Baker, la vedette del Folies Bergère, la venus negra, la sirena de los trópicos—. Perdone el atrevimiento, pero ¿le importaría cantarnos algo? —preguntó otro caballero con aspecto de oficial británico de las colonias—. Para todos nosotros sería un gran honor.

—Lo siento, el médico le ha recomendado no forzar la voz durante unos días —contesté yo mientras empujaba a Jojo hacia la pista de baile sin disimulo. Una mentira no hacía daño a nadie, pero si se descubría la pantomima dejaríamos mal a Polovtsoff—. Además, se encuentra muy cansada.

—Por supuesto que me encantará interpretar algo para ustedes —terció Jojo con una sonrisa para mi estupor. Aunque intenté retenerla, se me escurrió y cuando quise darme cuenta ya estaba en el escenario. El público aplaudió calurosamente mientras yo me llevaba las manos a la cara. Debía de estar más borracha de lo que había imaginado, no quería ver aquel desastre. Busqué al general con la mirada, pero había desaparecido de la sala.

Jojo dio unos pasos vacilantes de un extremo a otro de las tablas con la cabeza baja y por fin se acercó al micrófono.

Las luces de la sala bajaron y un foco la iluminó. Todos los ojos estaban fijos en ella.

—Buenas noches, es para mí un placer estar aquí en el Sporting Club de Montecarlo, un lugar en el que siempre me reciben con los brazos abiertos, con este público tan encantador. —Temía cada palabra. Era capaz de soltar cualquier barbaridad—. Espero que me permitan que, ya que estamos en Nochebuena, cante algo distinto a mi repertorio habitual, más navideño. Voy a interpretar un tema de una de las más grandes, Bessie Smith, una negra que, como yo, empezó cantando en las calles. —Aunque tuve la tentación de aprovechar la penumbra para darme a la fuga, no pude reunir el valor para ser cobarde—. ¿Conocen ustedes *At the Christmas ball?* —preguntó a la orquesta, compuesta exclusivamente por hombres blancos. El director, tras hablar con los músicos, asintió—. Muy bien, *one, two, three.* Jojo marcaba el ritmo con el pie, parecía cómoda sobre el escenario. Acompañado por el piano, un clarinete empezó a desenrollar una melodía perezosa.

> *Christmas comes but once a year,*
> *and to me it brings good cheer,*
> *and to everyone who likes wine and beer.*

Jojo animó al público a que levantara su copa para brindar. Su voz era áspera, un poco ronca, encajaba perfectamente con la música que subía, se desplomaba para luego remontar y volver a caer.

> *Happy New Year is after that,*
> *happy I'll be, that is a fact.*
> *That is why I like to hear*

folks who say that Christmas is here.
Christmas bells will ring real soon,
even in the afternoon.
There'll be no chime bells ringing
at the Christmas Ball.

—¡Síganme ahora dando palmas! —gritó Jojo con fuerza. Era la dueña del escenario. Hasta los comensales más estirados la acompañaban.

Everyone must watch their step,
or they will lose their rep
Everybody's full of pep
at the Christmas Ball.

Al acabar la canción, todos los que estaban en la sala se pusieron de pie para aplaudir hasta despellejarse las manos. Jojo, con la cara moteada de sudor, agradecía la ovación con una reverencia. Luego volvió a coger el micrófono.

—Gracias, gracias a todos, muy amables, son un público maravilloso —dijo mientras lanzaba besos a un lado y otro de la sala—. Les prometo que, si alguna vez me encuentro con la señorita Baker, le trasmitiré todo el cariño que me han dado esta velada.

38

Me desperté en mitad de la noche y no pude abrir los ojos.
Tras la cena, y por la escalera de servicio a la que nos permitió
acceder Samba, subimos a la planta en la que estaba mi habitación sin que nadie se percatara de la mercancía que traía de
contrabando. Temía encontrarme con alguien del séquito
de Zaharoff, pero la Nochebuena parecía haber relajado las
medidas de seguridad y el camino estaba despejado. Cuando
llegamos a la habitación, desnudé con prisas a Jojo y fui ver-
tiendo poco a poco en su vientre el contenido de la botella de
champán que había dejado enfriando en una cubitera. Mientras
ella reía, yo sorbía de su ombligo pequeño y profundo. Luego empezamos a pasarnos de boca a boca tragos del líquido
burbujeante, para acabar enredándonos en un violento cuerpo
a cuerpo que terminó en un orgasmo que nos dejó tiritando.
La cena, el numerito de la canción y la cara de sorpresa del
público, el sexo perfectamente sincronizado: había sido una
noche perfecta.

No recordaba ni cómo me había quedado dormido, pero, a pesar de las ganas de mear que tenía, estaba despierto y no podía mover ni un músculo. Aunque no era consciente de haber bebido tanto, me sentía aplastado contra el colchón, como cuando te echas una siesta muy larga y luego el cuerpo no te responde. Por fin un ruido consiguió hacerme abrir un ojo. En la penumbra de la habitación intuí una sombra felina paseándose entre mi cama y la cómoda. Estaba tan entumecido que aquello ni me sorprendió. Pronto me di cuenta de que no se trataba de ningún animal: era el cuerpo reluciente y desnudo de Jojo gateando por el suelo. El párpado me pesaba de tal manera que lo volví a cerrar sin hacerme más preguntas. Un nuevo ruido me obligó a un nuevo esfuerzo. O mucho me engañaba o mi amiga estaba rebuscando en el cajón inferior del escritorio donde guardaba mis papeles.

—¿Se puede saber qué estás haciendo? —La voz me salió pastosa, menos firme de lo que hubiera deseado. Ella se incorporó con un respingo.

—¡*Chérie*, qué susto me has dado! —Se detuvo un momento para recuperar el aliento y sonrió azorada—. He perdido uno de mis pendientes y como el cajón estaba entreabierto pensé que a lo mejor se había caído dentro. Son los que acabas de regalarme y me daría mucha rabia que no apareciera.

La excusa sonaba tan poco convincente que conseguí despegarme del colchón e incorporarme.

—Ya sabes que no valen mucho, no te preocupes demasiado por ellos —respondí con acidez. Que dolor de cabeza—. ¿Qué hora es?

—Casi las siete.

—Vístete. Será mejor que te vayas. Pronto empezarán a despertarse los del servicio de mi jefe y sabes que no pueden encontrarte aquí. —Nunca la había tratado así, como a una cualquiera.

—Me gustaría encontrar el pendiente.

—No te preocupes. Lo buscaré y te lo mandaré. O te compraré otros mejores, de diamantes, como los que te regalan tus *petits amis;* aunque tenga que robar para hacerlo.

Sin darle tiempo para arreglarse, me puse mi batín, la acompañé a la escalera de servicio y la despedí. No le di ni un beso en la mejilla. Volví a la habitación, pasé el pestillo y me desplomé de nuevo en la cama. No era normal la pesadez que sentía. Por una vez no tuve remordimientos por mi brusquedad. Recordaba que ella se había quitado los pendientes en el Sporting y que los guardó en el bolso. Difícilmente podían haberse caído dentro de un cajón que estaba seguro de haber dejado bien cerrado. Y había sido Jojo la que se había empeñado en dormir en mi habitación esa noche. Algo estaba buscando entre mis cosas, seguramente dinero.

Alguien llamó a la puerta. Pensé que era mi amiga que quería pedirme disculpas de nuevo e intenté ignorarla, pero los golpes se hicieron más insistentes y acabé por levantarme. Cuando abrí me encontré una cara muy distinta a la que esperaba.

—¿Está usted bien, *sahib* Ortega? —preguntó frunciendo sus ojos rasgados Sakim, uno de los guardaespaldas de Zaharoff—. Hemos visto salir a una persona de su habitación y pensé que quizás podía haber surgido algún problema. —Sin atinar bien con las palabras y de manera poco convincente le expliqué que era una amiga a la que debía entregar un regalo que me habían enviado para ella—. De acuerdo, solo quería recordarle que por motivos de seguridad no podemos admitir extraños en los pisos reservados para *sir* Basil —dijo el gurka mientras se despedía inclinando el turbante en una reverencia.

Cerré la puerta y volví a correr el pestillo. Un chino con un sombrero extraño en la cabeza. Eso era lo que había dicho aquel tipo sobre los que sacaron de la habitación del hotel al futuro ahogado. ¿Simple coincidencia? Aunque los gurkas tenían rasgos orientales, eran más oscuros de piel. Por otro lado, ¿por qué iba Zaharoff a ordenar a sus guardaespaldas matar a aquel desgraciado? Quizás todo fueran imaginaciones de un tipo que me quería sacar dinero para jugar a la ruleta, pero entre esta sospecha y el robo de Jojo las cosas empezaban a olerme cada vez peor.

SEGUNDA PARTE

I

La noticia me habría pasado completamente desapercibida si no me la hubiese enseñado el general Polovstoff cuando me acerqué a tomar una copa al Sporting. Ocupaba apenas un cuarto de columna en la sección de última hora de *Le Matin:*

> El crack del Crédito Municipal de Bayona
> Bayona, 28 de diciembre. El juez de instrucción, en sus investigaciones sobre los posibles desvíos de fondos realizados por el director del Crédito Municipal, acaba de emitir orden de arresto contra Serge Alexandre, conocido como Stavisky, 47 años, de origen ruso y naturalizado francés. Se cree que este individuo se ha dado a la fuga.

Ahora comprendía la segunda llamada que había recibido del tipo que yo conocía como monsieur Alexandre, la de la mañana del 25 de diciembre, cuando todavía arrastraba la extraña resaca de la Nochebuena con Jojo. Ya no quedaba ni rastro de los modales encantadores ni de la voz melosa con los que había intentado engatusarme la noche del casino.

«¿Ha recibido mi carta? ¿Ha recibido mi carta? Ahí le explico todo», repitió nervioso. Le respondí que no sabía de qué me estaba hablando, que no había recibido nada suyo. «Mire, Ortega, la situación es muy grave. Tengo delante de mí una maleta con doscientos cincuenta mil francos. Tome esta noche el tren para París, preséntese mañana en donde yo le diga con los papeles de su jefe y esta cantidad será suya, pero le advierto que no admito ni un minuto más de demora en la decisión».

Con el estómago descompuesto y los nervios a punto de reventar, olvidé mis habituales excusas, subí la voz más de lo recomendable para decirle a Alexandre que se olvidara del asunto, que no solo no podía acceder al despacho de Zaharoff sin que él estuviera presente, sino que no me fiaba de él. La voz de monsieur Alexandre subió hasta casi frisar la histeria.

«¿Quiere regatear conmigo? Muy bien: cuatrocientos mil francos. ¡Es todo lo que tengo conmigo en estos momentos! Con eso se podrá comprar un palacete en España y vivir como nunca ha soñado. ¡Es la oportunidad de su vida! ¿De qué otra forma iba a poder un mequetrefe como usted ganar esa cantidad de dinero?». No respondí. Mi silencio consiguió rebajar el tono, pero también hacerlo más duro. «Está bien. Si no quiere darme los documentos, los mandaré a buscar, los conseguiré por otra vía. No obstante, le aconsejo que lea la carta que le he enviado. ¡Y no crea que me olvidaré del dinero que le entregado!», dijo antes de que yo colgara el auricular. Aunque todavía guardaba el talón sin cobrar en la cartera, la llamada me dejó con la sensación incómoda de tener una deuda sin saldar.

—¿Qué le parece? Como le anticipé, estaba claro que ese personaje no era trigo limpio —comentó el general mientras doblaba el periódico que me había enseñado—. Según me he enterado, a principios de los años veinte, el tal Stavisky ya era un conocido estafador que tuvo un par de casas de juego clandestinas en París, además de estar mezclado en infinidad de asuntos sucios. Lo increíble es que se haya olvidado su historial y que solo cambiándose el nombre lograse hacerse pasar por millonario, adquirir una reputación de experto financiero y conseguir la confianza de una manada de incautos.

Mientras recordaba la gargantilla de diamantes, el abrigo de armiño y los ojos azul turquesa de madame Alexandre, le pregunté al general si se conocía el importe de lo estafado.

—Seguro que será una cifra con muchos ceros. La noche que usted conoció a este individuo aquí, en el Sporting, había perdido ochenta mil francos en el *chemin de fer* sin darle la más mínima importancia, como si fuera un caballero. Por cierto, ¿de qué le habló en aquella ocasión?

—Quería comprar las memorias que está escribiendo Zaharoff. —Estaba harto de contar milongas y de intentar esconder mis cartas, especialmente cuando no sabía a qué estaba jugando.

—Y usted se negó, entre otras cosas, porque no tiene acceso a ellas, ¿me equivoco? —Polovtsoff no pareció sorprendido por la noticia. Como me había dicho Carlota, a esas alturas la existencia de las memorias debía de ser de dominio público—. Me imagino que Alexandre buscaba información para protegerse en caso de que las cosas salieran mal, como inevitablemente ha terminado pasando. Estos tipos son como los jugadores incapaces de levantarse de la mesa por mucho que estén ganando: siempre acaban perdiendo hasta el último franco.

El jefe de sala requirió a Polovtsoff para resolver un problema del crédito de un cliente y el general me dejó preguntándome qué diantres contendrían aquellas memorias. ¿Realmente podían ser tan valiosas las historias de un viejo mercader de armas? Por muy escandalosas que fueran las revelaciones, ¿podrían haber tapado un agujero de decenas de millones y salvado a un estafador como Alexandre de la cárcel? Tanto interés por esos papeles no hizo más que aumentar el mío. Había estado postergando el asunto de la venganza, de exponer a Zaharoff publicando sus papeles, pero quizás era el momento de tomarme en serio ese asunto. Además, y aunque intentara convencerme de mis motivos altruistas, no me olvidaba de que podía ser una excelente manera de relanzar mi marchita carrera periodística.

El Sporting estaba abarrotado esa noche. Los que habían pasado las Navidades en sus ciudades de origen se habían unido a los llegados antes de las fiestas y el elenco de la sociedad elegante de Europa ya estaba al completo en Montecarlo. Se podía oler el dinero fresco de los industriales y la suave naftalina de los títulos nobiliarios. Hacía solo unas semanas que Alexandre se paseaba por aquellos salones como uno más de aquellos privilegiados y ahora le perseguía toda la policía de Francia. El recuerdo del prófugo, de aquel tipo capaz de llevar una apuesta a sus últimas consecuencias, me empujó al tapete verde, al calor que desprendían las mesas de ruleta, las calderas en las que se cocían las ansias y las esperanzas de un grupo compacto de esmóquines y vestidos de noche. Resultó difícil incluso encontrar un sitio en la segunda fila de una de ellas. A pesar de la crisis económica que azotaba el mundo en esos últimos días de 1933, las fichas de quinientos francos cruzaban de un lado a otro del tapete verde como si fueran de juguete. Daba igual lo que pasara fuera, Montecarlo seguía aislada en su burbuja de opulencia.

Gané al rojo y a la fila. En la siguiente jugada, un caballo. Los músculos se relajaban y los sentidos se encendían, mis ojos seguían a la bola con la misma avidez que los demás. Recordé un sistema que me había comentado Spatz von Dincklage, mi amigo alemán —«la martingala inversa», lo llamaban—. Si ganaba, debía apostar el doble de lo que había jugado; si perdía, debía volver a mi apuesta inicial. Al principio, las cosas fueron bien y mis modestas ganancias se multiplicaron: en algún momento llegué a tener casi cuatro mil francos. De repente, un pensamiento se coló entre mis cálculos. Alexandre/Stavisky se había dado a la fuga; parecía lógico que buscara refugio en un lugar seguro, pero también que continuara intentando conseguir los papeles que le permitieran negociar su inmunidad. ¿No se habría dirigido a Montecarlo, no estaría buscándome? Un hombre desesperado como él era capaz de cualquier cosa para salvarse. Dudas, titubeos, desaparecida la concentración, desapareció la suerte. Cuando me quise dar cuenta, la pala del crupier estaba arrastrando mis últimas fichas. De forma casi fisiológica, el grupo me expulsó de la mesa y me vi fuera del círculo. Uno de tantos perdedores que no sabían levantarse a tiempo de la mesa, los que antes mencionaba Polovtsoff.

—*Easy come, easy go*, lo que llega fácilmente se va rápido, el casino es así —dijo su voz a mi espalda. Como otras veces, no había oído acercarse al general—. En cualquier caso, y siguiendo con nuestra conversación anterior, si piensa jugar en serio le recomiendo que no se apresure. Estando en el sitio correcto en el momento adecuado, las buenas oportunidades acaban llegando.

El general volvió a alejarse entre sus invitados mientras yo tardé unos instantes en digerir sus palabras. ¿Qué había querido decir exactamente? ¿Hablaba de la ruleta o también estaba animándome a esperar la mejor ocasión para robar las memorias? Polovtsoff era la única amistad con un poco de sustancia que había hecho desde que estaba en Montecarlo, pero me preguntaba a menudo por Zaharoff. ¿Eran todo imaginaciones mías? Me agotaba ver conspiraciones por todas partes. Estaba empezando a desquiciarme.

2

El asunto Stavisky, como suele pasar con los casos de corrupción en las altas esferas, se convirtió en una de esas historietas por fascículos que enganchan ferozmente al gran público. Lo que empezó como una pequeña nota de media columna se propagó como un virus infeccioso que tiñó las portadas de todos los periódicos franceses e internacionales. Incluso los adinerados visitantes que disfrutaban de la *saison* de Montecarlo seguían el asunto con el apasionamiento de saberse muy lejos de todo aquello y yo también caí bajo el influjo de la enloquecida epopeya de aquel personaje. Era como si hubiese conocido al actor de una película de aventuras, me costaba creer que se trataba del mismo tipo que había pretendido engatusarme en el Sporting.

Stavisky, que había empezado cantando en cafés y trabajando como *maître* en clubes nocturnos, se había visto envuelto en varias estafas desde su juventud; hasta el punto de que su padre, avergonzado por su comportamiento, había acabado por suicidarse. Aunque en 1926 fue detenido por el robo de importantes paquetes de acciones a dos intermediarios financieros, alegó una enfermedad mental y consiguió aplazar sospechosamente el pleito ¡doce veces! No solo nunca fue juzgado por este delito, sino que de alguna forma consiguió unos nuevos documentos a nombre de Serge Alexandre. Esta nueva identidad, libre de antecedentes penales, le permitió hacerse pasar por un próspero hombre de negocios y colocar, con la complicidad de algunos de sus administradores, bonos falsos de la caja de ahorros de Bayona a decenas de miles de incautos y también a algunas de las empresas más solventes del país. El monto de lo estafado crecía de edición a edición de los periódicos: pasamos de ciento cincuenta millones de francos en el primer momento a trescientos al cabo de unos días hasta alcanzar la cifra desorbitante de quinientos millones. Este fraude monumental solo parecía posible con algún tipo de colaboración política y los periódicos de derechas se lanzaron contra el Gobierno radical socialista, de centro izquierda. «¿Qué altas protecciones han permitido a Stavisky proseguir impunemente con sus delitos?», se preguntaba *Le Temps* mientras *Liberté* aseguraba que una llamada proveniente del Ministerio del Interior había permitido al estafador huir de su hotel de París antes de que llegara la policía para arrestarlo. Su paradero era un enigma, unos decían que le había visto tomando un tren a Madrid, otros en Lisboa embarcándose para Venezuela. Mientras tanto, se sucedían las negaciones de san Pedro: hasta tres ministros del Gobierno francés tuvieron que desmentir que conocían a Alexandre, a pesar de que uno de ellos incluso había dirigido una carta a todas las compañías de seguros recomendando los bonos de la caja de ahorros de Bayona. Solo Arlette, la esposa de Stavisky, permaneció fiel. La imagen de aquella mujer en el Sporting, deslumbrante con su ajustado vestido de seda y cubierta de joyas, en apariencia inmune a todas las miserias de la vida, parecía más real en mi recuerdo que la de su marido. Ella permaneció en París y durante el registro del piso en el que se había refugiado, la policía no encontró más que cuarenta mil francos y unos pocos documentos de su marido sin interés, así que los periódicos convirtieron en noticia los seiscientos kilos de vestidos de alta costura de los que se incautaron.

—¡Es el colmo de la desvergüenza! ¿Cuántos trapos puede llegar a comprar una mujer frívola? ¡Y encima dirá que no sabía nada de la estafa de su marido! —exclamó McPhearson con una indignación pedante mientras doblaba el periódico. Como hacía de vez en cuando en los pocos momentos en que no estaba ocupado, se había sentado a tomar un té y leer la prensa en el cuarto del servicio, más con la intención de vigilarnos que de confraternizar con los subordinados—. Además, ese individuo, Stavisky, no solo es un estafador, sino también un loco, un megalómano. ¡Quinientos millones! Aunque lo que más me sorprende de estos casos es la falta de memoria de la gente. —No intentaba entablar una conversación con nosotros, solo pontificaba en voz alta, dejando claro su estatus superior—. Estas estafas se repiten puntualmente. Cada tanto aparece un tipo que, como Stavisky, se aprovecha de la credulidad de miles de personas. O incluso una mujer. Sin ir más lejos, en Francia juzgaron el año pasado a Marthe Hanau, que vendió valores inexistentes por valor de ciento veinte millones de francos. A pesar de eso, el populacho sufre una especie de amnesia en lo que respecta a estos casos: se escandaliza, se rasga las vestiduras, se pregunta cómo fue posible tanta desfachatez, tanta incompetencia; clama contra el Gobierno y sin embargo, cuando a un tendero o un funcionario le ofrecen la oportunidad de conseguir un interés un poco más alto por sus ahorros vende hasta a su madre para invertir. La culpa de su desgracia la tienen los propios pobres infelices que quieren ser más de lo que son. —Terminado su sermón, nos miró con severidad y, tras advertirnos como otras veces que no perdiéramos demasiado el tiempo antes de volver a nuestras labores, se marchó del cuarto.

—*Oh blast!* Hay que fastidiarse. Viene un señorito, se pone de acuerdo con los políticos para desplumarnos y resulta que la culpa la tenemos nosotros por querer ganar un par de céntimos más —dijo Short mientras se aflojaba la corbata y ponía los pies encima de la silla—. Al final va a resultar que los especuladores somos nosotros, los trabajadores de a pie, los obreros, los pensionistas, las viudas.

—Cuidado, *good old chap,* ¡que se te ve la camisa roja debajo de ese chaqué! —Elan sacó la toba de un cigarro que guardaba en la gorra de chófer y la encendió—. ¿No vivimos en un mercado libre? ¡Pues tonto el último! Además, este tipo, Stavisky, era uno de los nuestros, de los de abajo; solo aspiraba a convertirse en uno de ellos, en uno de los que vemos paseándose por aquí en sus cochazos. A saber a quién le habrán sacado el dinero todos esos tipos que malgastan fortunas en el casino. ¡Quinientos millones! ¡Dos millones de libras! —En sus palabras se traslucía la admiración que en esa época se reservaba a los gánsteres o a los grandes pícaros, que muchos veían como los modernos Robin Hoods—. Si llega a robar el diez por ciento a lo mejor nadie se habría enterado y viviría como un maharajá. ¡Pero cómo tiene que haberlo pasado!

—¡Y a cuántas gallinas se habrá tirado! —exclamó Short relamiéndose el té de sus dientes de conejo—. Su mujer, la tía esa que sale en los periódicos, está de muerte, pero además seguro que se habrá calzado a unas cuantas, desde duquesas a esposas de banqueros. ¡Por eso sí merece la pena acabar en la cárcel!

Yo escuchaba hablar a mis compañeros sin intención de revelar mi papel en la historia que estaba en boca de todos. La última llamada que había recibido de Stavisky fue el día 25 de diciembre, cuando, según los periódicos, ya había abandonado sus habitaciones en el Hotel Claridge de París sin dejar rastro; debía de ser una de las pocas personas que habían hablado con él tras la fuga, pero no ganaba nada alardeando delante del servicio más que sospecharan que ocultaba algo.

—No lo cogerán. Seguro que ya está en algún paraíso tropical disfrutando de su dinero —concluyó Elan—. Esa clase de tipos son demasiado listos para dejarse atrapar.

Resultaba tentador, casi natural, convertir a Stavisky en un héroe. Para el público los estafados eran una masa amorfa, sin rasgos definidos, y solía imaginarse que las pérdidas las soportarían las compañías de seguros. Los casos concretos que recogían los periódicos se parecían tanto a los de otras situaciones similares que daba la impresión de que estaban sacados de una novelita lacrimógena: la viuda que pierde todos sus ahorros, el honorable militar tullido, la herencia de la doncella huérfana.

Sin embargo, de vez en cuando las bombas caen mucho más cerca de lo que uno supone. Una de aquellas mañanas, cuando el resto del servicio estaba atendiendo sus labores, oí una voz alterada que llegaba del despacho de los secretarios:

—¿Quiere decir que los bonos no valen nada? —Era McDermott, que aparentemente hablaba por teléfono—. Pero, pero... los compré con la garantía de una caja de ahorros oficial. Esto no es posible, quiero hablar con su jefe inmediatamente.

Aunque en un principio pensé que estaba hablando de una inversión realizada con el dinero de *sir* Basil, un rasguño en una fortuna colosal, Afrodita me sacó de dudas:

—¿Ha visto la cara que tiene el señor McDermott? —preguntó bajando la voz mientras me arreglaba la habitación. Una doncella no necesita ser espía, le basta con ser cotilla y ella era bastante buena en eso—. El otro día, por casualidad, oí comentar a McPhearson que había invertido en el asunto ese de Stradivarius parte del dinero que ahorraba para los cuidados de su hijo.

Sentí lastima del pobre secretario: cuidaba de un viejo que cagaba oro y cuando él intentaba ganar un poco más perdía hasta la camisa. Le vi alguna de aquellas tardes en el bar de Émile golpeando las teclas del piano con rabia, con desesperación de hombre vencido; solo levantaba la cabeza como un pointer cuando un botones entraba anunciando una llamada de teléfono que, en su caso, podía ser la última esperanza. Yo también esperaba una llamada. Seguía sin descartar que Stavisky pudiera aparecer para reclamar los famosos papeles de Zaharoff y empezaba a desear que cumpliera con su amenaza. Podía ser otra gran oportunidad: entrevistar al «Beau Sacha», a «Sacha el guapo» —como habían empezado a llamarlo los periódicos, siempre tan aficionados a poner apodos a los delincuentes—, al prófugo del que estaba pendiente toda Francia. Incluso advertí a la centralita del hotel de que estaba esperando una conferencia muy importante y que me buscaran estuviera donde estuviera.

3

Por mucho que esperé, la llamada de Stavisky nunca llegó. En su lugar recibí otra que prometía más diversión.

—*Hier bin ich wieder!* ¡Estoy de vuelta! —La voz de Spatz von Dincklage en el teléfono sonaba siempre musical, cascabelera, como si se encontrara en una fiesta—. ¿Por qué no baja al Café de París y nos tomamos uno de esos deliciosos gimlets que preparan allí?

Aunque a veces mi amigo alemán resultaba un poco intenso, el ambiente de nuestro círculo doméstico empezaba a apretarme como un zapato pequeño y acepté la invitación sin dudar.

Como era habitual, Samba me abrió las puertas del hotel, aunque esta vez no me dedicó una de sus sonrisas desaforadas, sino que me pidió que me acercara con un gesto discreto:

—El otro día pasó por aquí su amiga, la que estuvo con usted en Nochebuena —comentó mientras miraba a un lado y a otro—. Dijo que hace tiempo que no sabe nada de usted, que haga el favor de llamarla. Ya sabe cómo son las mujeres, cuanto menos caso les hacemos, más nos echan de menos. Sin embargo, y a pesar del trabajo al que se dedica, no parece mala chica.

El mensaje me hizo pensar si no había sido un poco injusto. Si bien no había olvidado a Jojo, la sospecha de que buscaba en mí algo más que la justa retribución por sus servicios me había quitado las ganas de verla. Aunque la verdad era que en Montecarlo todo se movía por el interés, así que ¿por qué tenía que ser ella distinta? La excusa de que estaba buscando un pendiente cuando la sorprendí a gatas husmeando entre mis cosas no se la tragaba nadie, pero quizás solo quisiera sisarme un par de billetes, algo que estaba dispuesto a disculpar. Agradecí a Samba el recado y me alejé con la intención de visitar pronto a mi amiga de las piernas largas para hacer las paces como Dios manda.

Mientras atravesaba la plaza para llegar al café sentí una atracción invisible, como el agua que busca el desagüe: estaba pasando frente al casino. Cuando había llegado a Montecarlo no sabía jugar ni al parchís y ahora no podía pasar a cien metros de una ruleta sin que los billetes me pesaran en el bolsillo. Estaba pensando que quizás debía espaciar mis visitas al Sporting cuando distinguí a Spatz en la terraza del Café tomándose un gimlet.

—¿No le pilla a usted el casino de Cannes más cerca de Sanary? —le pregunté medio en broma, medio en serio. Mi amigo alemán parecía que pasaba más tiempo en «Monte» que en el pueblo de la Riviera en el que vivía con su mujer.

—¡Precisamente por eso vengo aquí! —respondió con una carcajada mientras me obligaba a cambiar de sitio para que me diera el sol—. Un español como usted no puede permitirse estar tan pálido ni siquiera en invierno.

Como siempre, era un torrente casi imparable de pequeños chismorreos: los yates que habían llegado al puerto, el dinero que perdió fulanito al bacará el otro día, quién había sido sorprendido por su mujer con una *petite amie* en un bar del puerto y ese tipo de cosas. Al cabo de un rato yo ya estaba un poco mareado de tanto cotilleo sobre historias de gente que apenas conocía de oídas.

—¿Qué se comenta en Sanary del asunto de Stavisky? —pregunté echando mano del tema del momento para cambiar de conversación. Por lo menos, de ese asunto si podía opinar. Aunque no pensaba hablar de mi encuentro con Alexandre, me había tragado todos los periódicos y era casi una autoridad en la materia—. Aquí en Montecarlo no se habla de otra cosa. Ya hay apuestas sobre si lo detendrán o si conseguirá escapar. ¡Ayer la fuga se pagaba ocho a uno!

—Bah, no entiendo el interés; es un caso como tantos otros que se repiten periódicamente —contestó Spatz con un gesto despreciativo—. Lo sorprendente es que la gente se sorprenda.

—¿Usted también opina que los verdaderos culpables son los incautos que arriesgan su dinero sin garantías? —pregunté suponiendo que el alemán seguía el mismo hilo de razonamiento snob y clasista de McPhearson.

—No, me refiero a que simplemente se trata de otro estafador judío que se asocia con los políticos de izquierda para sacarles sus ahorros a los pobres desgraciados. —Aquella afirmación me sonó como una tiza arañando una pizarra. Según había leído, Stavisky provenía, en efecto, de familia hebrea de origen ucraniano, pero la conexión entre sus orígenes y sus actividades era la típica de los periódicos antisemitas de extrema derecha—. Esa gente sin raíces, sin lealtades, sin más patria que el dinero, se aprovecha de la decadencia de nuestro sistema y seguirá haciéndolo mientras que alguien no lo impida. —Yo me sentía cada vez más incómodo. El cambio en Dincklage no solo era de discurso, sino también físico: la mandíbula tensa, los ojos exaltados—. Un caso como el de su jefe, Zaharoff, aunque él ha tenido mejor suerte.

—Por lo que yo sé, *sir* Basil es griego.

—Griego, turco, ruso, el judío errante es capaz de disfrazarse de cualquier cosa. —La cara de Dinklage se ensombreció mientras señalaba al piso superior del Hotel de París, a las habitaciones del viejo—. ¿Sabe usted las bajezas que fue capaz de cometer Zaharoff durante la guerra? Fue él quien convenció a los políticos aliados que tenía en nómina para que rechazaran las negociaciones de paz con los alemanes, para llevar aquella carnicería *jusqu'au bout,* hasta el final y llenarse así aún más los bolsillos. Podían haber ahorrado millones de muertos y sin embargo el viejo se salió una vez más con la suya. También engañó y mintió a los griegos para que cambiaran de bando y hundieran nuestro frente de los Balcanes. Pero no se contentó con maniobrar en los despachos, como otros. Él se manchó, literalmente, las manos de sangre para sembrar la discordia. —Aunque no sabía qué había de cierto en aquellas acusaciones, el discurso, el tono, me llevaba de nuevo a mis tiempos de Berlín—. ¿Sabía que durante la guerra su jefe llegó a asesinar con sus propias manos para entrar subrepticiamente en Alemania? Ya sé que le puede parecer increíble que un anciano que en ese momento tenía setenta años hiciese algo así, pero le aseguro que sucedió como le cuento.

—¿De verdad cree que los aliados necesitaban mandar a un multimillonario para espiar las fábricas de armas o las infraestructuras alemanas? —Si esta historia resultaba cierta, al menos demostraba valor por parte de *sir* Basil. El viejo no solo se había forrado durante la guerra, sino que también se había jugado el pellejo.

—No, para eso podían usar a otros traidores. Zaharoff hizo algo infinitamente peor, más perverso y maligno: utilizó a sus hermanos de raza para ponerse en contacto con los sindicatos, con la Liga Espartaquista, con los comunistas, con los judíos bolcheviques que querían reproducir la revolución soviética en nuestro país. ¡Una auténtica puñalada en la espalda, eso es lo que fue! —Era la expresión que usaban los nazis para denominar la conjura de los judíos y los políticos de izquierdas que, según ellos, había provocado la derrota de Alemania en la guerra. Ya no había en Dincklage ni rastro de su jovialidad frívola o de gestos amanerados.

—¿Uno de los hombres más ricos del mundo buscando la ayuda de los revolucionarios marxistas, de los que le matarían sin dudarlo si tuvieran ocasión? —Otra de las contradicciones habituales de los nazis, la alianza entre los plutócratas y el comunismo para destruir al mundo.

—¡No sea ingenuo, por favor! —contestó con desprecio mientras sus manos golpeaban impacientemente los reposabrazos de la silla en la que estaba sentado—. Al final, los extremos se tocan y los intereses de ambos, del capital sionista y del materialismo dialéctico, son los mismos: la derrota de Alemania. Zaharoff entregó a los comunistas fondos ilimitados para financiar la labor de agitación entre nuestros trabajadores y soldados. Los mensajes sediciosos calaron en los ánimos sensibles, agotados por los años de lucha, y las sublevaciones que siguieron, pagadas con dinero manchado de sangre del mercader de armas, nos abocaron irremediablemente a la abdicación del emperador y a la rendición. —Una gruesa vena cruzaba ahora la frente de Spatz von Dincklage—. ¡Tuvimos que capitular sin que un solo soldado aliado hubiese pisado territorio alemán, sin haber sido derrotados en el campo de batalla!

—Disculpe, pero ¿no hicieron ustedes algo parecido con Lenin? —No es que yo fuera historiador, pero era de dominio público que los servicios secretos del Káiser habían costeado el viaje del dirigente comunista desde Suiza a Petrogrado para sembrar el caos y lograr que Rusia abandonara el conflicto, como así sucedió.

—¡Por favor, no compare usted! —La vena de Dincklage alcanzaba ya el tono bermellón—. Rusia tenía un largo historial de lucha social, de opresión zarista, era evidente que tarde o temprano estallaría la revolución. Nosotros solo aceleramos el proceso. Por el contrario, la maniobra de Zaharoff es la típica traición que solo podía ejecutar un judío, el capitalista que se alía con sus enemigos naturales para hundir al noble pueblo alemán. —Dincklage respiró hondo y encendió un cigarrillo que casi devoró a caladas.

—¿Él solo montó una revolución? ¿A su edad? Como comprenderá, eso no parece muy creíble.

—Con la ayuda de la red creada por otro judío, un antiguo comisario alsaciano de la Sûreté, un tal Nadel. —Nadel, otra vez ese nombre—. Es como actúan los judíos plutócratas sin escrúpulos, los que bajo mano manejan el mundo a su antojo, los que provocan las guerras, las revoluciones y quieren sembrar el caos mundial para lograr su máximo beneficio personal. Y nosotros vamos a demostrar al mundo entero que Zaharoff es uno de ellos, el prototipo de los sabios de Sión.

—Cuando habla de «nosotros», ¿a quién se refiere? —Aunque resultaba evidente, quería oír decírselo.

—Mire, Pepe, le considero una persona inteligente. Estoy al corriente de que cuando estuvo en Berlín se vio involucrado con ciertos individuos indeseables y puede estar contaminado por sus opiniones, pero le aseguro que lo que está sucediendo en Alemania es algo muy grande: un movimiento puro que nos devuelve la esperanza, que apela a los ideales más elevados del hombre: patria, honor, pueblo.

—En pocas palabras, usted es nazi. —En ninguna de sus conversaciones anteriores había dejado Spatz entrever ni remotamente esta posibilidad. Había representado a la perfección su papel de juerguista insustancial.

—No le voy a ocultar que en un principio yo también tuve mis dudas, pero pronto me di cuenta de que no podía permanecer al margen, de que Alemania, de que Europa entera necesita a un hombre como Adolf Hitler, el único capaz de derrotar al comunismo, de devolver el orgullo a un continente derrotado y decadente.

—Y es usted un agente, un espía.

—Pronto me incorporaré al departamento de prensa de la Embajada de Alemania en París, creo que es mi deber. No obstante, antes me gustaría ayudar a desenmascarar a uno de los grandes enemigos de la paz, al asesino que contribuyó a acabar con millones de vidas durante la guerra. Para eso necesito su ayuda.

—No me diga que quiere usted las memorias de mi jefe. Le advierto de que deberá usted ponerse a la cola, hay muchos interesados.

—Es imprescindible que las tengamos, que podamos demostrar con documentos cómo ese judío sobornó a los políticos, cómo pagó campañas de prensa para engañar a la pobre gente, a los campesinos franceses, a los comerciantes ingleses, sobre el supuesto peligro que significaba Alemania, para provocar uno de los mayores desastres de la historia. Cómo, una vez estallado el conflicto, no solo impidió la paz, sino que entró en mi país y envenenó el ánimo de mis compatriotas.

Necesitamos esas memorias, la prueba fehaciente e inequívoca de que, como sospechamos, el nombre real de Zaharoff es Manel Sahar, nacido en Odessa, judío por los cuatro costados, nieto de un rabino ucraniano. Esto contribuirá a explicar la historia de los últimos años y a abrir los ojos de muchos. Es un acto de justicia.

—Supongo que mi, ¿cómo diríamos?, colaboración tendría su contrapartida. —Cuando estaba muy desesperado Stavisky había llegado a ofrecerme cuatrocientos mil francos. Por pura curiosidad, quería saber en cuánto valoraban los alemanes mi traición.

—Usted y yo somos hombres de mundo, Pepe. Podría intentar convencerle de que su mayor recompensa sería contribuir a una causa tan grande. Sin embargo, vamos a ser prácticos: estoy autorizado a ofrecerle hasta cincuenta mil marcos y un puesto bien remunerado en el departamento de Prensa Extranjera del Ministerio de Propaganda del Reich. Sus conocimientos de idiomas y su experiencia en la prensa serían de gran utilidad allí. Además, si nos ayuda a acabar con ese canalla se convertirá usted en un héroe del nacionalsocialismo, de todos los que deseamos la paz, se lo aseguro.

4

Aunque podría decir que me sorprendió enormemente el descubrimiento de que Spatz von Dincklage era un agente alemán, lo que más me molestó fue no haberme dado cuenta antes. Yo había preferido creer en la afinidad entre dos hombres jóvenes a los que les gustaba la juerga e incluso había sospechado, por sus amaneramientos y alguna actitud equívoca, que su amabilidad escondía una atracción sexual, pero no había pensado en el motivo más obvio por el que aquel tipo sofisticado y divertido se tomaba tantas molestias conmigo. De forma ingenua había creído que aún había personas que me veían como Pepe Ortega y no como alguien que trabajaba con Zaharoff, el misterioso traficante de armas. ¿El misterioso traficante de armas judío? Esa afirmación de Dincklage casi me resultó más inesperada que su identidad como espía. En el tiempo que llevaba trabajando con *sir* Basil no había detectado el más mínimo indicio de que fuera judío de religión u origen.

—¡¿Quién le ha dicho semejante cosa?! —De la indignación, Afrodita estuvo a punto de caerse de la silla en la que estaba subida para limpiar la parte superior del armario de mi habitación—. ¡Que el diablo confunda al que mienta de esa forma! ¡Y a los judíos! —exclamó mientras se santiguaba—. Si el Kyrios fuera uno de los asesinos de Cristo, yo lo sabría y, por supuesto, no habría trabajado para él. He conocido a toda la familia Zaharoff, a sus hermanas, a sus tíos, y le aseguro que no he visto griegos ortodoxos más temerosos de Dios que ellos.

—Entonces, ¿de dónde sale el bulo?

—De la envidia, de que es un hombre listo y que ha hecho mucho dinero. Y de la ignorancia, hay mucha gente por ahí fuera que piensa que los griegos somos medio idiotas, un pueblo de campesinos analfabetos que nos dedicamos a sodomizar a nuestras cabras. ¡Como si Aristóteles, Sócrates o Platón hubiesen nacido en Arkansas o en Estocolmo! Olvidan que no solo la civilización actual no existiría sin los griegos, sino que además siempre hemos sido grandes comerciantes —dijo mientras señalaba el mar que se veía desde la ventana.

—Me imagino que habrá otros motivos para que digan eso. —Me daba igual si el viejo era budista o musulmán. Solo quería entenderle un poco mejor.

—Mucha culpa de esta calumnia la tiene un mentiroso aprovechado, un zapatero remendón judío que vivía en Leicester y se llamaba Haim Sahar. —Afrodita se bajó de la silla y se sentó sin dejar de maldecir entre dientes—. Un día vio un retrato del Kyrios en el periódico (uno de los pocos que hay, ya sabe que no le gustan las fotos) y decidió que era Manel Sahar, su padre, que había abandonado a su madre cuando él tenía cinco o seis años y vivían en el barrio judío de Odessa.

Como si a mí se me ocurre decir que soy hija de la reina Victoria porque me encuentro parecida a su perfil en las monedas de cinco peniques. El caso es que este tipo se obsesionó tanto con el asunto, y con los millones de la supuesta herencia, que llevó el asunto a los tribunales. Como no le hacían caso, se trasladó a París y durante un tiempo merodeaba la casa del señor. Ni le digo la cantidad de veces que me ha parado por la calle para intentar que le transmitiera algún mensaje. Son todo tonterías, *sir* Basil es un patriota griego de los pies a la cabeza, ha hecho mucho por nuestro país. Incluso hace unos años lo propusieron como presidente, pero él dijo que ya era demasiado viejo para meterse en política. Le aseguro que ni yo ni muchos otros toleraríamos que le ofrecieran la presidencia de Grecia a un judío.

—Pero si trabajaba con ustedes uno de ellos, el tal Nadel, ¿no es así? —pregunté como si tal cosa. La doncella se puso de pie y empezó a recoger sus cosas. Tuve que insistir para que respondiera:

—Sí, ese era judío y por eso nunca me gustó, un gordo, lleno de granos, bastante desagradable. Ya le he dicho que no era parte del servicio, aparecía de vez en cuando, se encerraba en el despacho con el Kyrios y luego se marchaba —contestó sin mirarme mientras metía los trapos en el cubo de fregar.

—Y también de vez en cuando se tomaba algo con Short y Elan, ¿no? Así que le veían ustedes bastante a menudo. —Al chófer y al mayordomo se les había escapado su nombre en alguna ocasión.

—Esos malditos escoceses beben hasta con el mismísimo diablo.

—¿Esta muerto Nadel? —Hasta ahora no me había atrevido a preguntarlo directamente. La vieja se revolvió como si le hubiesen echado un cubo de agua hirviendo.

—Ni lo sé ni me importa. En cualquier caso, si intentó engañar al Kyrios, él se lo buscó.

En ese momento llamaron a la puerta y entró en la habitación uno de los gurkas guardaespaldas de *sir* Basil. Afrodita palideció y se hizo a un lado mirando con aprensión al recién llegado, por primera vez parecía asustada.

—Señor Ortega, haga el favor de acompañarme. Le están esperando.

Inmediatamente tuve la certeza de lo que ya imaginaba desde hacía varios días, que Nadel y el tipo que había aparecido muerto en la bahía eran la misma persona.

5

Seguí al guardaespaldas por los pasillos mientras intentaba aclarar las ideas que se agolpaban en mi cabeza. ¿Tan importante era lo que Nadel le había robado a Zaharoff para que le matara o solo estaba castigando su traición? Por su edad, por lo débil que estaba, me resultaba difícil imaginar al viejo comportándose tan despiadadamente. Además, ¿por qué asumir ese riesgo? Si los gurkas de Zaharoff, los individuos achinados de los que hablaba el testigo, hubiesen sido sorprendidos sacando aquel cuerpo de la habitación del hotel, el viejo habría podido verse implicado en graves problemas. Pero más que nada me preguntaba qué me podía pasar a mí si me decidía a robar las memorias. ¿Acabaría también en la bahía?

Suponía que el gurka que había venido a buscarme me llevaría a las habitaciones de *sir* Basil y sin embargo en lugar de eso me condujo al ascensor. En la recepción del hotel aguardaba un conductor que me pidió que le siguiera hasta un automóvil que esperaba en el exterior.

—Espero que no estuviera ocupado. Necesito que me acompañe. Odio ir de compras y por lo menos usted me servirá de distracción —dijo Carlota mientras me tendía la mano desde el asiento posterior del coche.

Aunque aparecía en el peor momento, cuando me acababa de dar cuenta del peligro que corría, sentí un cosquilleo en el estómago: la princesa llevaba puestos los guantes rojos que yo conocía tan bien y el mismo sombrero que la primera vez que la había visto, con una redecilla que ocultaba la parte superior de su rostro.

—Iremos a Niza. Aquí todo el mundo me conoce y el personal de las tiendas se pone muy ceremonioso. Si no es mucha molestia y para mayor discreción, le pediría que se hiciera pasar por mi conductor. No le voy a obligar a disfrazarse, con un par de complementos quedará perfecto.

A pesar de que yo no había tenido ocasión de cambiarme y llevaba el traje de andar por casa, ella me apresuró para que me pusiera la gorra de plato y los guantes que me ofrecía el chófer. Yo seguía agobiado con el tema de Nadel y no tenía ganas de idioteces, pero sabía que era inútil discutir con la princesa, así que acabé por aceptar la nueva indumentaria y colocarme al volante mientras el mecánico se alejaba andando, satisfecho de tener la tarde libre.

—Le llamaré Simón. Es un nombre muy adecuado para un chófer y de esta forma no levantaremos sospechas —dijo Carlota a mi espalda mientras yo arrancaba el Renault, un modelo similar al que se usaba como taxi en París en aquella época y evidentemente elegido para que la princesa pasara desapercibida.

—Sí, señora.

—No hace falta que se dirija a mí de esa forma cuando estemos solos. En cualquier caso, además de conducir necesito que me aconseje. Como le decía, odio ir de compras y más si es para los niños, nunca sé que regalarles. —Notaba el fastidio en su tono de voz. Me explicó que sus hijos, que habían pasado las Navidades con su padre, estaban a punto de llegar al principado de visita y seguro que exigirían sus regalos.

—¡Cuidado con ese camión! ¡No vaya tan rápido, Simón! —El grito me sobresaltó. Había adelantado al camión con holgura y no iba a más de setenta. Miré por el retrovisor, la princesa sonreía con las comisuras de los labios ligeramente hacia abajo, como solía hacerlo. Parecía que le divertía jugar al sirviente y la señora. Disminuí un poco la velocidad—. Muy bien, mejor así, Simón.

—Me imagino que habrá echado mucho de menos a sus hijos estas Navidades —le pregunté sin recordar lo que me había contado Carlota en nuestra conversación anterior.

—Como creo que ya le he dicho, no soy muy maternal. —Por el retrovisor podía ver cómo arrugaba el entrecejo mientras miraba por la ventana—. En realidad, no creo que ninguna de las mujeres que pertenecen a una familia como la mía, de nuestra posición, lo sea. Nos hemos criado lejos de nuestros padres, con institutrices o en internados y no nos resulta natural mantener una relación distinta con nuestros hijos. Son sobre todo un deber y en ese sentido yo he cumplido con lo que se esperaba de mí: he tenido un varón que heredará el trono, y ahora me toca vivir mi vida.

—¿Qué edad me dijo que tenían los niños?

—Tini va a cumplir trece y Rainiero, diez. Ahora está en un colegio en Inglaterra y el pobre sufre porque le llaman «Fat Monaco». Es un poco acomplejado y no sé si sería buen gobernante para un país serio, pero para el nuestro puede valer. Posiblemente piense, como otros, que soy una mala madre por hablar así, pero al menos no me engaño a mí misma. Sobre todo con respecto a Tini. Nunca he visto una niña más obstinada y desobediente, todo el día quejándose, respondiéndome mal. Creo que todavía no acaba de entender por qué, siendo la mayor, no es ella la heredera de Mónaco. —En todas las familias hay disputas, pero las de los niños de las familias reinantes parecían un poco diferentes, no se peleaban por ser el preferido de mamá, sino por quedarse con la corona—. Ahora el juez ha decidido que Tini tiene que vivir con su padre y eso solo ha empeorado aún más su carácter. Para ella la culpa de todo la tengo yo. Desgraciadamente, esta es otra de las maldiciones de los Grimaldi: mi padre odiaba a su padre, que a la vez detestaba al suyo. Con decirle que mi tatarabuelo llegó a meter en la cárcel a mi bisabuelo... Afortunadamente, de los asuntos de mis hijos se encarga Nanny Wanstall, nuestra niñera inglesa de siempre. Como es lógico, Rainiero y Tini la quieren más que a su madre.

—Así que Tini ya es casi una señorita —dije interrumpiéndola—. A esa edad lo que más ilusión les hace es la ropa. —Aunque ella no parecía sentirse incómoda diciendo ese tipo de cosas, yo sí lo estaba oyéndolas. Para mí, que en esa época era bastante tradicional, que una mujer hablase así de sus hijos me resultaba desagradable.

—De niña era delgada, bastante mona, pero con la adolescencia se ha puesto gorda como el muñeco de los neumáticos Michelin. No entiendo cómo me han salido unos niños tan rechonchos; la culpa es de su padre, que los infla a golosinas. —Las fotos que se veían en las tiendas de Mónaco mostraban a Luis II, el abuelo materno de las criaturas, como un tipo más bien corpulento, pero no quise meterme en una discusión sin sentido.

—Y decía que Rainiero tiene diez años. ¿Qué puede gustarle?

—Demasiado mayor para los juguetes y demasiado niño para comprarle...

—¿Una caja de puros?

—¡No sea estúpido! Le estoy hablando en serio. —A pesar de sus palabras, sonreía; se había quitado el sombrero y podía ver a través del retrovisor cómo brillaban sus ojos normalmente severos. También observé que llevábamos detrás el mismo coche grande y oscuro desde que habíamos salido de Mónaco.

—¿Le acompaña a usted algún vehículo de seguridad? —le pregunté a Carlota mientras trataba de identificar el modelo.

—Odio los guardaespaldas, solo los utilizo cuando no tengo más remedio —respondió ella sin darse la vuelta—. Pero no cambie de tema. ¿Qué más se le ocurre como regalo para mi hijo? Quiero dejar ese tema solucionado cuanto antes.

Seguimos discutiendo las distintas posibilidades de regalos para sus hijos mientras nuestro Renault serpenteaba la Moyenne Corniche, una de las tres carreteras que bordeaban los acantilados de la costa, hasta que llegamos a Niza. Al final compramos más cosas para los adorados terriers de la princesa que para sus hijos: cuatro mantas, correas nuevas, cepillos y unas cuantas pelotas de colores para que jugaran. Rainiero tuvo que conformarse con un juego de ajedrez y con unas corbatas y Antoinette con un par de abrigos que más bien parecían sacos de dormir. Yo pasé de chófer a porteador de paquetes y, como al final casi no podía con todos ellos, acabamos sentándonos a descansar en un pequeño y discreto café alejado de la zona comercial, no fuera a ser que alguien viera a la señora y al conductor compartiendo merienda en un lugar de moda. En aquel local nadie reparaba en nosotros. A nuestro alrededor solo se oía una palabra: Stavisky. El nombre rodaba de mesa en mesa y de tertulia en tertulia, como una bola de nieve a la que iban añadiéndose nuevos datos y rumores. Habían pasado casi dos semanas desde su desaparición.

—Mucho me temo que ese hombre aparecerá muerto, ya verá —dijo ella mientras subía el velo de su sombrero para darle un sorbo a su taza de chocolate salpicada con un chorrito de coñac—. Espero equivocarme porque las consecuencias serían imprevisibles, pero hay demasiada gente a la que le conviene que no hable.

Tenía en la cabeza la historia de Nadel y le pregunté si creía que en algún momento estaba justificado el asesinato, quitar de en medio a un testigo incómodo.

—No soy la mejor persona para responder a esa pregunta. —Carlota sonrió muy levemente empujando la comisura de los labios hacía abajo—. Ya sabe que, a lo largo de los siglos, a los reyes y los príncipes nos ha chiflado matar: hemos asesinado al hermano con mejor derecho, al padre que estorbaba, a la madre conspiradora, al amante infiel, al favorito ambicioso, a todo el que se oponía a nuestros designios. Se podría decir que los mejores soberanos han sido casi siempre grandes asesinos, unos virtuosos del homicidio. Indudablemente, resulta más fácil acabar con los enemigos que convencerlos. Aunque en el mundo moderno las formas han cambiado y todos somos muy demócratas, le aseguro que muchos gobernantes siguen pensando de esta forma. Además, en ocasiones, la muerte de un hombre puede evitar la de miles de ellos.

Pensé en Zaharoff y en la obsesión de Émile por acabar con el viejo, pero en ese momento tenía delante a una mujer atractiva y entre ella y yo había algo pendiente.

—Y usted, ¿sería capaz de matar por amor? —Según Elan, el chófer, la princesa había disparado sobre su amante, un doctor italiano, cuando él la había engañado. Ella soltó una gran carcajada.

—¡Veo que ha oído algunos cotilleos que circulan por ahí sobre mí! No se preocupe, a veces tengo mal genio, pero mi puntería es aún peor que mi carácter. Además, hay cosas mucho más interesantes que se me ocurriría hacer por amor —dijo ella con una coquetería inesperada mientras ponía sobre mi brazo la mano enfundada en el guante rojo. Del asesinato a la seducción sin estaciones intermedias, así era la princesa. Tenía que aceptar el reto, no podía amilanarme, debía tensar la atracción.

—¿A qué cosas se refiere? —pregunté mientras intentaba imitar una mirada a lo Rodolfo Valentino. Ella me sonrió con malicia. ¿Seguiría Carlota el juego o me cortaría la yugular con una réplica afilada?

—Tendrá que adivinarlas, pero le daré una pista...

Nunca llegué a oírla. En ese momento un grito hizo girar todas las cabezas:

—¡Extra! ¡Extra! ¡Stavisky aparece muerto! ¡Lean todos los detalles en nuestra última edición!

Aquella noticia pareció retumbar de una esquina a la otra de la ciudad, de un extremo a otro de Francia. Tuve que pelear con otros parroquianos para comprar el periódico. La policía había encontrado a Stavisky con un tiro en la sien en un chalet en Chamonix. Aunque hablaban de un suicidio, el tufo era sospechoso.

—¡Qué desastre! ¿Se da cuenta de lo que supone esto? —dijo Carlota mientras me arrebataba el diario. Yo también estaba impresionado, pero más que por las consecuencias políticas, porque el tipo al que había conocido, con el que había hablado varias veces por teléfono, yacía en cualquier depósito con una bala en el cerebro, porque en ese mundo de intrigas en el que me veía envuelto ya había un muerto más. Sin embargo, no podía evitar que me importara más lo que la princesa y yo habíamos dejado a medias y, sin pensarlo, intenté besarla. Ella me apartó de un manotazo.

—¡El país está al borde del colapso y usted solo piensa en eso! Es usted un frívolo, un ridículo. —Aquella mujer era capaz de volarte la cabeza al menor descuido. A pesar de que intenté explicarle que había sido un impulso, que yo tenía muchos motivos para estar realmente preocupado por la muerte del estafador, ella rechazó mis disculpas indignada—. ¡La situación es muy grave! Ustedes los extranjeros se han creído eso de que Francia es *liberté, égalité y fraternité*, un baluarte de la democracia, pero, como en otros países de Europa, la crisis económica está acabando con la paciencia de los obreros, de los campesinos, de los pequeños comerciantes, de los que sobreviven con un pequeño sueldo, de los que pelearon en la guerra y que ven que su sacrificio fue inútil. Los Gobiernos se suceden sin solucionar nada y muchos empiezan a mirar a Alemania o a Rusia. Solo falta una excusa como esta para encender la mecha de la próxima revolución.

—No sabía que le interesara la política. —Supongo que esa nueva metedura de pata me hizo parecer aún más idiota de lo que la princesa ya me consideraba.

—Todo lo que sucede en Francia afecta a Mónaco —contestó mirándome con cara de asco—. Este caso, que un farsante del tres al cuarto consiga estafar millones a los pequeños ahorradores con ayuda de amigos influyentes, es para muchos la prueba definitiva de que el sistema está podrido y que hay que acabar con él. Pronto empezarán las manifestaciones, las huelgas, los muertos en los disturbios. Cada cincuenta años Francia tiene que pasar por el sarampión de una revolución.

Y ya ha pasado más de medio siglo de la comuna de París. El resultado de estos alzamientos siempre es el mismo: el caso y la sangre inocente. —La princesa apretó los dientes, como si estuviera recordando a sus parientes muertos en la guillotina durante el terror jacobino. Luego se levantó con ímpetu de la mesa—. Vamos, ya es tarde —dijo mientras se dirigía a la puerta. Durante el viaje de regreso intenté disculparme y explicarle de nuevo que la situación política me importaba de verdad, pero ella me pidió que condujera en silencio. Solo volví a hablar para hacerle notar la presencia del mismo coche grande y oscuro detrás de nosotros.

—No diga tonterías y vaya más rápido —respondió con acritud.

El nuevo desprecio hizo que me olvidara de nuestro posible perseguidor. Con cada curva yo sentía que se me estaba escapando una oportunidad que no volvería a presentarse. Cuando nos acercábamos al hotel, y como un náufrago desesperado que hace el último esfuerzo inútil por no hundirse, le pregunté por qué se empeñaba en verme cuando Montecarlo estaba lleno de millonarios, de aristócratas, de hombres atractivos de su condición social. Pude ver por el retrovisor cómo sus ojos se encogían antes de soltar su andanada.

—Porque pensaba que usted era demasiado tonto como para causarme problemas. Ahora veo que es demasiado estúpido también para todo lo demás.

Cuando llegué a mi habitación me metí directamente en la cama. Me sentía como una mierda, como si me hubiesen volado de un tiro mi amor propio. ¿La odiaba? ¿La quería? Daba igual. Me había comportado como un memo integral. Durante un buen rato intenté masajear mi autoestima para reanimarla, convencerme de que era mejor de lo que ella creía, pero cada vez estaba más deprimido.

Desenrollé el periódico que había comprado en Niza y que guardaba en el bolsillo del abrigo y empecé a leer para no pensar: Stavisky acababa de dispararse cuando los agentes entraron en el chalet alpino donde se había refugiado el estafador. Aunque lo habían hallado aún con vida, falleció en el hospital sin recobrar el conocimiento. Supuse que muchos se sentirían aliviados. Un dibujante había improvisado una reconstrucción de la escena, con el cuerpo vestido con un pijama de seda y tumbado junto a un charco de sangre. Sin embargo, la imagen que realmente llamó mi atención fue la que encontré en la segunda página del diario. Era una foto mucho más pequeña, de dos policías de paisano rodeados de curiosos: «El inspector Bonny, uno de los responsables de la investigación del caso Stavisky llega a un registro en casa de uno de los sospechosos». La cara alargada, los ojos saltones, el bigote. Era el tipo al que había visto descender de un coche frente al hotel en el que se alojaba Nadel, el que acompañaba a monsieur Alexandre y a su mujer la noche que los conocí en el Sporting. El muerto y su perseguidor habían estado juntos en el casino y parecían muy buenos amigos. ¿Sabía yo algo que los demás ignoraban?

6

El anciano tomó el periódico que le había dejado McPhearson encima de la mesa y leyó de nuevo la noticia. Ocupaba apenas unas líneas en una de las páginas interiores y era similar a las que aparecían cada tanto en la prensa de todo el mundo: «Según fuentes bien informadas, *sir* Basil Zaharoff habría fallecido en su castillo de Balincourt. El misterioso industrial y hombre de negocios tenía ochenta y cuatro años...». Aunque no se trataba ni mucho menos de la primera vez, sentía un cierto placer leyendo su necrológica. Era algo así como asistir a su propio funeral, trascender su muerte y verlo todo desde fuera, desde un limbo inalterable, ajeno al dolor y a la alegría. Unas líneas en el periódico y el recuerdo del fallecido se desvanecería más pronto que tarde mientras la vida seguía para los demás.

Sin embargo, aquella sensación no debía de ser extraña para un hombre que había muerto ya tantas veces. ¿Cuándo fue la primera? En Atenas, hacía muchos años, antes incluso de dedicarse al negocio del armamento. Muerto por su propia mano. Sonrió al recordarlo. Era otro de esos episodios que había obviado de los pocos datos que facilitaba a sus amigos más íntimos y, lógicamente, de sus memorias. No resultaba conveniente confesar que había sido inquilino de Garbola, el presidio más infame de Grecia. Uno de los pequeños negocios dudosos a los que se dedicaba antes de vender armas había terminado con sus huesos entre rejas, pero el joven Zaharoff, tan lleno de energía y de recursos, no se resignó y se puso enseguida a preparar su fuga. Con un poco de ayuda y las correspondientes propinas a algunos guardias, la evasión resultó relativamente sencilla, aunque no agradable: tuvo que reptar casi un kilómetro por las alcantarillas de la prisión hasta un arroyo cercano. El viejo intentó estremecerse con el recuerdo, evocar el olor, el tacto viscoso de la mierda de aquel desagüe, pero el tiempo había convertido aquella aventura en algo ajeno, plano, una anécdota que podría haberle contado otra persona. Fuera le esperaban sus compinches para completar la segunda parte del plan: escapar de prisión no era suficiente, debía hacer creer a sus acreedores que había muerto. Para conseguirlo habían comprado en la morgue un cadáver de otro preso y lo vistieron con las ropas de Zaharoff. Luego, uno de sus cómplices, un guardia, disparó varias veces a la cara de aquel infeliz para dejarlo irreconocible. La versión oficial fue que el joven Basileos había sido abatido mientras intentaba fugarse. Cuando Zaharoff volvió a Atenas años después convertido en un próspero hombre de negocios, ya nadie recordaba el incidente.

Su segunda muerte tuvo lugar mucho tiempo, muchos millones de libras después, en 1914, cuando ya tenía un poder que aquel joven pícaro nunca habría soñado. Eran los primeros meses de la guerra y el Káiser había ordenado acabar con

Zaharoff. Aunque siempre había preferido que le subestimasen, al viejo le enorgullecía recordar que Guillermo II llegó a decir que eliminar al principal experto en armamento del enemigo, al consejero de los primeros ministros de Gran Bretaña y Francia, equivalía a apresar a cinco divisiones aliadas. Para conseguir su objetivo, el alto mando alemán había trazado un plan audaz y arriesgado: lanzar un ataque relámpago sobre el castillo de Zaharoff en L'Échelle, en las Ardenas, situado veinte kilómetros detrás de las líneas francesas. Protegida por la artillería y cabalgando por un bosque que no estaba defendido por trincheras, una unidad compuesta por la élite de la caballería teutona consiguió adentrarse en territorio enemigo y llegar por sorpresa a la finca cuando Zaharoff, su mujer y la servidumbre estaban aún evacuándola. Ahora sí, la piel del viejo se erizó al evocar su jardín invadido de repente por las chaquetas marrones de los ulanos que disparaban y degollaban a todo el que se ponía por delante. Desde las ventanas del salón, como si se tratase de una película de terror, Zaharoff y Pilar podían ver cómo caían uno tras otro los guardias, los jardineros, incluso las doncellas que intentaban huir campo a través. Recordaba los ojos espantados de Pilar al contemplar la escena, los que le permitieron recobrar el aplomo suficiente para llevarla hasta el garaje, montar en el coche y salir de allí a toda velocidad. Había conducido muy pocas veces un automóvil, para eso tenía a los chóferes. Cuando se dieron cuenta de la maniobra, los ulanos, aullando como bestias, se lanzaron campo a través con sus caballos para perseguirlos mientras disparaban sus armas. Clang, clang, clang, aún podía oír cómo las balas se clavaban en la carrocería, a centímetros de donde intentaban acurrucarse él y su mujer. Ella no se dejó llevar por el pánico, solo sujetaba con fuerza su brazo. Ni siquiera en el momento en que la falta de pericia de

Zaharoff estuvo a punto de calar el coche había perdido la compostura. Sin alzar la voz, le indicó que pisara el embrague y ella misma metió la marcha indicada. A punto estuvieron de darles alcance, pero poco a poco consiguieron dejar atrás a los jinetes y pronto llegaron a las líneas francesas. Los alemanes no se resignaron a su fracaso y para levantar la moral de sus tropas anunciaron la muerte del infame Zaharoff mientras huía de la gallarda caballería del Káiser, una noticia que el traficante de armas no se molestó en desmentir en la prensa.

Cuando sintió que realmente había muerto fue el 24 de febrero de 1926, hacía casi ocho años, el día que falleció Pilar. No, no era el romanticismo sublimado por el recuerdo de ese amor que le había costado tanto conquistar. Con ella se habían ido todos los sueños, los motivos para seguir luchando, las razones que le daban sentido a aquella partida de naipes que llevaba jugando desde hacía décadas. Muchas veces desde entonces, especialmente al despertar y verse solo, había sentido deseos de abandonarse, de dejarse ir. ¿No decían que los ancianos se morían cuando querían? También había fantaseado con que alguien le ahorrara el trabajo, uno de esos que tanto odiaban al «hombre más malvado del mundo». Sabía que había varios a su alrededor. Un disparo y fuera. Creerían que le estaban castigando y en realidad le harían un favor. Siempre sería mejor que la decadencia o la senilidad, lo que más le aterrorizaba. «Yo fui loco y ya soy cuerdo», dijo don Quijote en sus últimos momentos, y Zaharoff envidiaba la muerte serena y consciente del hidalgo.

Miró el reloj. Aún eran las once de la mañana. El tiempo pasaba lento cuando eras viejo, especialmente si dormías mal. Ochenta y cuatro años. Cada día puede ser el último, también el primero de una larga condena a muerte en la que se desconoce la fecha de la ejecución. El viejo recordó que tenía que evitar los pensamientos fúnebres. No podía dejarse vencer, todavía le quedaban cosas por hacer antes de marcharse. Hizo un esfuerzo por alcanzar los planos que le habían dejado sus ayudantes sobre la mesa, junto a sus memorias, y los desenrolló sobre sus piernas. Aún faltaban algunos detalles, pero pronto estaría listo su gran proyecto.

7

Según pasaban los días, el escándalo provocado por la muerte de Stavisky crecía cada vez más hasta convertirse en una ola gigante que amenazaba con arrasar todo a su paso. A pesar de que la versión oficial dictaminó que se trataba de un suicidio, enseguida surgieron las voces que denunciaban un asesinato político y el titular del periódico satírico *Le canard enchaîné* terminó por hacer estallar las sospechas: «Stavisky se suicida con una bala disparada a tres metros de distancia. Eso es lo que se llama tener el brazo largo». Muchos acusaban al Gobierno del crimen, de eliminar al que sabía demasiado, y los ánimos se encrespaban.

Aunque, como había dicho Carlota, aquella muerte parecía presagiar muchas otras, he de confesar que en ese momento aquel alboroto me importaba poco. Lo que de verdad me quitaba el sueño era qué iba a hacer con mi vida. Ahora que el sueño de conquistar a la princesa se había desvanecido, ¿debía seguir trabajando para el viejo sin más o portarme como un hombre y volver a mi idea de exponer las maldades del viejo? La certidumbre de que Nadel había sido asesinado por intentar robarle las memorias, o lo que fuera, a Zaharoff me enfrentaba a la cruda realidad del peligro que corría. Si un curtido agente había fracasado en el intento, ¿qué posibilidades tenía yo de lograrlo? No tenía ni idea de cómo conseguir los documentos ni de cómo hacérselos llegar a mis amigos de la prensa española en el caso de tener éxito. Tampoco podía olvidar las posibles represalias si conseguía publicarlos. Recordé la imagen del cuerpo flotando en la bahía.

La sensación de desasosiego, de malestar, me despertó de madrugada como una digestión pesada. Sin un plan definido, me acerqué a las habitaciones de Zaharoff. No creía que fuera posible robar nada esa noche, pero tenía que hacerme una idea de las medidas de seguridad por si lo intentaba en algún momento. Solo había dos entradas al salón, una por el cuarto del viejo y otra por el vestíbulo del ascensor. Uno de los gurkas guardaba la puerta y me preguntó si deseaba algo.

—Tengo mi libro dentro y lo necesito para tomar unas notas —fue la excusa que pude improvisar. Sin responder, el guardaespaldas me acompañó al despacho y no se separó de mí hasta que recogí el tomo del *Quijote* y volvimos a salir. A menos que intentara dejar inconsciente de alguna forma al gurka, no había forma de entrar ahí y no me veía luchando con uno de esos tipos, capaces de retorcerte el cuello. Además, al menor ruido, el vestíbulo se puso de lo más animado. Era McPhearson en camisón acompañado de otro guardaespaldas.

—¿Se puede saber que hace despierto a estas horas? —Aunque hablaba en voz baja para no perturbar al viejo, estaba fuera de sí. Le enseñé el libro que llevaba en la mano—. ¡Como vuelva a verle por aquí a estas horas le pongo en la calle en el acto! —amenazó mientras agitaba histérico un dedo delante de mis narices.

Era evidente que las memorias estaban bien custodiadas, que resultaba imposible robar ni un alfiler a Zaharoff sin ser sorprendido. Pensé, como había hecho otras veces, en despedirme de mi trabajo y alejarme de allí cuanto antes, olvidarme de todo aquello. Sin embargo, cuando llevaba de nuevo un buen rato dando vueltas en la cama me di cuenta de que no podía abandonar, de que en el fondo de mi intranquilidad había algo, una curiosidad insana, que me empujaba a seguir allí, a querer saber cómo acababa esa historia. Recordé lo que había dicho Polovtsoff de los jugadores que no sabían levantarse a tiempo de la mesa. Yo era uno de ellos y comprendí que no podía evitarlo.

A la mañana siguiente, Samba me detuvo otra vez cuando salía del hotel para decirme que Jojo había preguntado de nuevo por mí. Había dormido mal e intenté despacharlo con una promesa vaga y malhumorada de ir a verla, pero el portero insistió:

—Pobre chica, dijo que necesita verle urgentemente.

Aquella premura no parecía tener nada que ver con el romanticismo y me acerqué a Beausoleil, donde vivía mi amiga. Mientras llegaba al piso de Jojo me preguntaba cuál podría ser el motivo de aquel empecinamiento en que fuera a visitarla. Descartado el embarazo, difícil de justificar en nuestra relación, solo podía tratarse de problemas económicos. Tanteé la billetera. No le debía nada, pero estaba dispuesto a soltar unos cientos de francos si era necesario; le guardaba cariño, lo habíamos pasado bien juntos y me había ayudado a sobrellevar los momentos de soledad.

Jojo abrió la puerta sin maquillar y enfundada en el batín blanco de seda que tan buenos recuerdos me traía. Así parecía más joven, también más pequeña, como si hubiera encogido. Esperaba un recibimiento más efusivo, pero me saludó con un abrazo más fraternal que apasionado.

—Me alegro de que hayas podido venir —saludó con una sonrisa tímida—. Creía que te habías olvidado de mí. —Yo intenté escudarme en mi trabajo sin mucho convencimiento y ella me detuvo con un gesto—. No hace falta que te disculpes. Cuando la otra noche me sorprendiste a gatas por tu habitación, interpretaste que estaba buscando algo que no era mío. Y tenías razón. —Ella escondió la mirada, no sé si para que yo imaginara que se le escapaba una lágrima o porque realmente estaba llorando—. No te lo mereces. Has sido bueno conmigo, un amante considerado y cariñoso como pocos.

—Quizás un poco tacaño con los regalos —dije, mitad en broma, mitad aún molesto por su reproche sobre los pendientes del día de Nochebuena.

—Solo un poco —respondió ella con una risa aliviada mientras señalaba las orejas: los llevaba puestos—, aunque no aparecen maharajás tan guapos como tú todos los días.

—Si buscabas dinero, deberías habérmelo pedido.

—Lo que buscaba ya te lo contaré en otro momento, lo importante es lo que encontré. —Me enseñó un sobre con mi nombre y las señas del Hotel de París—. Estaba detrás de tu escritorio, en el suelo, y aún cerrado. Debió de caerse cuando lo dejaron en la habitación y por eso no lo habías visto. —Probablemente había sucedido así, porque yo no recordaba aquella carta.

—¿De quién es? —No hacía falta que le preguntara si la había leído: estaba abierta. Ella hizo un gesto como para que lo averiguara yo mismo. En el interior del sobre había un tarjetón con un nombre impreso: Serge Alexandre, es decir, Stavisky. Estaba fechado el 20 de diciembre, apenas cuatro días antes de que se diera a la fuga. Esa debía de ser la carta que Stavisky había mencionado en la última conversación que mantuvimos y que había insistido en que leyera.

A la atención de monsieur Ortega:
Los acontecimientos se están desarrollando de una forma mucho más rápida de lo que hubiera deseado y necesito lo que le pedí de forma sumamente urgente. Quizás le extrañe que le presione tanto por unas memorias, que piense que la información sobre determinados personajes poderosos del pasado difícilmente puede librarme de los graves problemas que me acechan. No obstante, por lo que he podido saber, esos papeles contienen algo más que no me he atrevido a comentarle por teléfono, ya que tengo sospechas de que mis líneas telefónicas pueden estar intervenidas. Al parecer, se trata de un secreto de una enorme importancia, mucho mayor que cualquier corruptela política que pueda imaginar. Estos documentos pueden proporcionarnos total inmunidad y una enorme cantidad de dinero que estoy dispuesto a compartir con usted. Le adjunto un nuevo adelanto que se suma a la cantidad que ya le entregué como una *mise en bouche* en el Sporting Club. Si quiere el resto del dinero, le recomiendo que actúe ¡rápido! Puede ser que su vida, como la mía, dependa de ello. Recuerde lo que le sucedió a Nadel.

¿Cómo sabía Stavisky lo de Nadel? Recordé que había visto al tal comisario Bonny primero en el hotel en el que vivía el desaparecido compinche de Zaharoff y luego con

Alexandre en el casino. En cuanto al supuesto secreto que ocultaban las memorias de Zaharoff, en algún periódico había leído sobre los problemas mentales de Stavisky, los delirios de grandeza que le llevaban a imaginar las cosas más descabelladas. Aquella debía de ser una alucinación más. Doblado dentro del sobre encontré un cheque por ocho mil francos al portador.

—¿No pensaste en cobrarlo? —le pregunté a Jojo mientras se lo enseñaba.

—Claro que lo hice, especialmente al principio —respondió ella, con un guiño pícaro; parecía haber recobrado el aplomo—. Es mucho dinero y, como sabes, soy una chica de gustos caros. Sin embargo, no soy estúpida. No sabía de qué trataba el asunto, pero olía mal, y cuando pocos días después se descubrió el asunto de Stavisky me di cuenta de que era mejor olvidarme de esa pequeña fortuna envenenada.

—¿Por qué has tardado tanto en decirme que tenías la carta? —Ya habían pasado más de tres semanas desde Nochebuena—. O, mejor dicho, ¿por qué me la estás dando ahora?

—Como puedes imaginarte, en un primer momento tuve miedo —respondió ella acurrucándose contra mí. Aunque el aroma de su perfume empezó a provocarme un cosquilleo en la entrepierna, intenté no dejarme llevar—. Luego acabé por darme cuenta de la importancia que podía tener este mensaje para ti e intenté contactarte a través del portero del hotel, pero no respondiste hasta hoy.

—¿Quién te pidió que entraras en mi cuarto y rebuscaras entre mis papeles? —Me costaba ver a Jojo como una enemiga, pero necesitaba saber en qué bando estaba.

—¡Ay, *chérie*, paso a paso! —suspiró, rodeándome el cuello con su brazo. Su boca estaba a unos pocos centímetros de la mía—. Ya te dije que no soy una Mata Hari ni nada por el estilo, no me dedico habitualmente a estos encargos. Es algo que me he visto obligada a hacer, una deuda con un amigo del pasado que aún cobra intereses. En los próximos días podré solucionar el asunto y contártelo todo, de verdad. No habrá más mentiras entre nosotros. Ven, olvidemos durante un rato todo esto.

Yo no quería, no podía, conformarme con esa explicación, pero ella estaba empezando a desabrocharme los pantalones y en esas situaciones resulta difícil pensar. Esa tarde hicimos el amor tantas veces que casi me estalla el cerebro.

8

Cuando salí del apartamento de Jojo ya era de noche y me sentía bien, mucho más tranquilo de lo que lo había estado en los últimos tiempos. A pesar de que tenía muchas preguntas en la cabeza, intenté ordenarlas, analizarlas con calma y perspectiva. No había conseguido averiguar por cuenta de quién registraba mi amiga la habitación ni qué le habría pedido buscar a ella, pero fuera quien fuera, se habría desengañado. Quizás ahora que sabían que no tenía nada de valor, y mucho menos los papeles de Zaharoff, me dejarían en paz. Pensé en los posibles interesados y el más obvio parecía Spatz von Dincklage porque él me había presentado a la chica, aunque en realidad podían ser muchos otros que quizás yo ni imaginaba.

La tranquilidad y la calma que me había proporcionado el sexo con Jojo se iban diluyendo, resultaba muy desagradable la certeza de que me vigilaban, de que me seguían los pasos. Era una sensación espesa y pegajosa, casi palpable. Pronto me di cuenta de que esta vez no eran imaginaciones mías: cuando fui a cruzar la calle, un gran sedán oscuro pasó despacio, muy despacio. Cuando estuvo a mi altura, desde el interior tiraron con fuerza una colilla que impactó en mi chaqueta y estuvo a punto de colarse en uno de los bolsillos. Sobresaltado, me sacudí las brasas de la ropa mientras el coche se alejaba con la misma lentitud. No pude ver quiénes iban dentro de él, pero estaba seguro de que aquel era el mismo automóvil que nos había seguido a Carlota y a mí durante nuestra excursión a Niza. Parecía que querían que yo supiera que estaban allí, siguiéndome a cada paso.

Cuando llegué al hotel estaba aún muy alterado, como si aquella colilla fuera una advertencia de que los acontecimientos se estaban precipitando. Necesitaba respuestas y solo tenía a mano una persona que pudiera aclararme al menos una parte de aquel rompecabezas.

—Buenas noches, monsieur Ortega. Hace días que no le veía por aquí —saludó Émile sin alzar la voz mientras sacaba una botella de su botiquín—. ¿Necesita un trago para conciliar el sueño? Acabo de recibir un coñac espléndido que le ayudará a dormir como un bebé.

—Déjese de coñacs —respondí áspero—. ¿Le falta mucho para cerrar el bar? Tengo que hablar con usted. —Sin mostrar extrañeza, Émile me indicó que volviera en un cuarto de hora.

Cuando lo hice, ya había puesto las sillas sobre las mesas y me pidió que le siguiera a su refugio en las entrañas de la bodega del Hotel de París. Esta vez no se entretuvo hablando de las distintas añadas, ni de su amor por el vino, sino que sacó directamente una botella de aguardiente y sirvió dos vasos hasta el borde. Vació el suyo de un trago.

—¿Ahora quiere saber? ¿No prefiere seguir con los ojos cerrados y cobrando su buen sueldo como hasta ahora? —preguntó por fin después de un eructo mal disimulado.

—¿Conocía usted a Nadel?

—Veo que va usted atando cabos —respondió con condescendencia—. Venía de vez en cuando por aquí. Siempre pedía un anisete de la peor categoría. Era un gordo bastante desagradable, con mal aspecto, medio alsaciano, medio ruso, con la cara picada de viruela. Un antiguo inspector de la Sûreté, alardeaba a menudo de su tiempo en la policía nacional. Que si en esa época había detenido a este o aquel atracador de bancos, las cosas habituales que suelen contarse con alguna copa de más.

—Trabajaba para Zaharoff, ¿no?

—Obviamente; de lo contrario, no estaríamos hablando de él. Al parecer se conocieron antes de la guerra. —Émile pegó un pisotón al suelo para espantar a un pequeño ratón que se había asomado entre los toneles de vino—. El Gobierno francés quería investigar el pasado del traficante de armas y la Sûreté ordenó a Nadel que se encargara del asunto. Zaharoff le ofreció un buen dinero si pasaba un informe inmaculado y el inspector se vendió al que pagaba mejor. Durante bastantes años *sir* Basil lo utilizó para sus asuntos sucios.

—¿Como cuáles?

—Desde robos a asesinatos, pasando por sobornos y extorsiones. Me imagino que a estas alturas por fin se habrá dado cuenta de que Zaharoff es un hombre implacable, despiadado, cuando se trata de apartar los obstáculos que surgen en su camino. Al menos, ese gordo traidor de Nadel ha acabado por pagar sus crímenes. Más vale tarde que nunca —dijo Émile mientras levantaba su copa como si fuera a brindar con el muerto.

—Así que Nadel es el tipo que apareció ahogado en la bahía hace unos meses.

Noté que los ojos del pequeño roedor nos seguían mirando desde la oscuridad. El barman me hizo un gesto para que me callara mientras cogía un palo, se acercó con sigilo a donde estaba el ratón y descargó un golpe rápido; luego apartó el cuerpo del bicho con el pie.

—En efecto, el tigre se comió a la hiena cuando se puso pesada. Parece que intentó chantajear al viejo, que había conseguido copiar o fotografiar una parte de las memorias de Zaharoff y quería un buen dinero a cambio de devolver los documentos. Me imagino que a estas alturas sabrá que hay bastante interés por esos papeles.

—¿Por qué cree que son tan importantes? —El ratoncillo se movía con los últimos estertores. Di un trago a mi vaso para digerir la grima que me estaba dando.

—Ya sabe, todo tipo de sobornos y trapos sucios de algunos políticos. Deben de estar pringados hasta los más venerables —respondió Émile—. Seguramente también la evidencia de una de las mayores perrerías de Zaharoff: cómo obligó a los altos mandos aliados a los que pagaba a continuar la Gran Guerra hasta el final. —Ahora el barman me apuntaba con el dedo índice mientras subía cada vez más la voz, como si me estuviera acusando—: Durante esos años, su jefe vendió al Gobierno británico cuatro barcos de gran tonelaje, tres cruceros, cincuenta y tres submarinos, tres navíos auxiliares, sesenta y dos barcos ligeros, 2328 cañones, 8 millones de toneladas de acero para uso militar, 90 000 minas, 22 000 torpedos, 5500 aeroplanos y 100 000 ametralladoras. ¿Cómo iba a querer que se acabara esa bicoca? ¡Que murieran millones de hombres por alargar aquella carnicería le importaba una mierda!

—¿Los líderes de Gran Bretaña, Francia o Estados Unidos obedecieron todos a un mercader de armas? —La guerra *jusqu'au bout* era la misma expresión que había usado Dincklage sobre el papel del viejo en la contienda.

—No solo le hicieron caso, sino que, cuando por fin llegó la paz, ¡le agradecieron a Zaharoff sus inestimables consejos dejándole que montara su propia guerra! —Émile rio al ver mi cara de extrañeza—. Sí, el viejo también quería jugar a los soldaditos él mismo y no estaba contento con los territorios que habían adjudicado a Grecia en el Tratado de Versalles. Por encima de todo, deseaba Constantinopla, su ciudad natal, y convenció al Gobierno heleno para lanzarse sobre los despojos del Imperio otomano. —Recordé lo que me había contado el viejo sobre las humillaciones y persecuciones que había sufrido en su infancia—. Aunque los franceses y los ingleses protestaron, acabaron por mirar para otro lado cuando las tropas griegas, bien equipadas con el dinero de Zaharoff, invadieron Turquía y penetraron rápidamente en su territorio. Por desgracia para ellos, los chicos de *sir* Basil nunca llegaron a Constantinopla: tras las derrotas iniciales, los turcos reagruparon sus fuerzas y, bajo el mando del general Atatürk, contratacaron. Los griegos intentaron resistir, pero acabaron por ser arrollados. Se refugiaron en Esmirna, que tuvo que ser evacuada y acabó rindiéndose. Murieron decenas de miles de muchachos, Grecia perdió incluso los territorios que se le habían asignado en el tratado de paz de la Gran Guerra y más de un millón de griegos tuvieron que abandonar su hogar en Turquía para siempre. La derrota fue total y por una vez tuvo consecuencias para los responsables: el rey de Grecia perdió su trono y Zaharoff, según dicen, la mitad de su fortuna. ¡Pobrecito, por una vez arriesgó su dinero en una guerra y dicen que tardó tres o cuatro años en recuperar esos millones! Le bastó con invertir en petróleo y comprar el casino de Montecarlo, que luego revendió con un enorme beneficio —dijo Émile simulando una cara de pena que luego se transformó en gesto de asco—. Son los entresijos, las complicidades políticas de este tipo de barbaridades que muchos esperan encontrar en esas memorias. Como ve, el reguero de muerte que ha dejado este hombre es interminable.

Bebimos un instante más en silencio. Luego Émile sacó de uno de los botelleros un paquete envuelto en un paño oscuro y lo puso encima del tonel que nos servía de mesa.

—Ábralo —ordenó mientras volvía a llevarse el vaso a los labios. Era, como yo imaginaba, una pistola, pero me sobresaltó verla delante de mí. Me recordó a una rata negra y lustrosa.

—Bonita, ¿no es cierto? Una Walther PPK, semiautomática, muy ligera, puede esconderse en cualquier parte. —La miraba con satisfacción, como si fuera una pequeña obra de arte.

—¿Otra vez con esta historia? —pregunté sin intentar disimular la intranquilidad que sentía mientras Émile empujaba el arma hacia mí.

—Ya sabe de lo que es capaz Zaharoff. No puede dejar que un canalla así muera tranquilamente en la cama.

—¿Para quién trabaja usted? —Si había ido a ver a Émile para que me aclarara lo de Nadel era porque estaba convencido de que, como casi todos los que me rodeaban, escondía una doble cara. Ya estaba harto de que todo el mundo me tratara como a un idiota, y de comportarme como si lo fuera.

—Yo no trabajo para nadie, solo soy un excombatiente que...

—Ya, un excombatiente que sabe hasta el calibre de las balas que vendió Zaharoff en la guerra, un excombatiente que quiere hacer justicia, pero que prefiere que la hagan otros por usted.

—Usted tiene acceso a él, si yo lo tuviera no dudaría... —Por primera vez desde que le conocía, era Émile el que vacilaba.

—Un excombatiente que tiene una pistola nuevecita, alemana, por más señas. Una buena forma de dejar una pista falsa. —Sabía muy poco de armas, pero por mi estancia en Berlín estaba al tanto de que la Walther PPK era la que utilizaba la policía de allí.

—Acuérdese de los millones de jóvenes trabajadores que murieron en una guerra injusta provocada por los explotadores —respondió con una vehemencia forzada—. Si no lo impide, otros como ellos morirán y la culpa será suya.

—Émile, me imagino que debe de ser un agente soviético o algo similar; seguro que la GPU, la Cheka o como se llame ahora, tiene medios para encontrar a un panoli más adecuado que yo para este trabajo —dije apartando el revolver. Él, que había recuperado la expresión hierática que solía lucir tras la barra, volvió a acercarme el arma.

—Hágalo, todo el mundo se lo agradecerá. Será usted un héroe de la lucha por la paz. —Por lo visto, todos, los nazis y los comunistas, estaban empeñados en convertirme en héroe—. Y si no se ve capaz, robe las memorias. Esos documentos contienen toda la maldad, toda la mugre del capitalismo indecente que todos deben conocer. No se preocupe por las represalias del viejo, nos encargaremos de buscarle una vía de escape, le protegeremos y le recompensaremos con generosidad.

—¿Hay algo más en esos papeles que los haga tan importantes? —Probablemente lo que contaba Stavisky en su carta solo fueran imaginaciones del estafador, pero merecía la pena cotejarlas con los rusos.

—No sé a qué se refiere. Hasta donde yo sé, solo datos sobre sus sobornos y sus crímenes, ¿le parece poco? —Si no llega a ser porque la pregunta inquietó la cara de esfinge de Émile, habría pensado que aquello era un delirio de «Sacha el guapo»; al ver su reacción subí la apuesta:

—Mire, Émile, sé a ciencia cierta que esos papeles guardan un secreto de una enorme trascendencia. Si usted me contara de qué va esta historia, quizás pudiera ayudarle.

El barman se puso de pie y empezó a andar de un lado para otro.

—Ni yo mismo sé de qué se trata. Es una información clasificada, pero le puedo asegurar que es un asunto que no tiene interés para usted. No se preocupe por eso, piense en las víctimas de la guerra, de todas las guerras. Ellos se lo agradecerán siempre y nosotros también.

—¿Con una dacha a las afueras de Moscú? No, gracias. —Héroe de la paz. A otro perro con ese hueso; aparté la pistola y me levanté.

—Llévesela, Pepe. Si no tiene arrestos para matar a Zaharoff o para robar las memorias, no lo haga, pero usted va a necesitar esta pistola. Se lo digo como amigo, llévela siempre encima, corre usted peligro.

Tras pensármelo un instante, cogí la pistola y busqué la salida de la bodega.

9

A la mañana siguiente, Afrodita, mientras me regañaba por no tirar los calcetines usados en el cesto de la ropa sucia, me dio su propia versión sobre la única guerra en la que Zaharoff había perdido dinero:

—Para el Kyrios, como para todos los griegos, aquella sí que era una guerra justa, una guerra que merecía la pena luchar. Durante siglos los turcos nos habían oprimido, habían pisoteado nuestro orgullo, el recuerdo de nuestra gloria pasada. De ser admirados en todo el mundo nos convertimos en una provincia lejana de un imperio impío, donde solo los que se hacían mahometanos podían tener una vida digna. Raptaban a nuestras hijas para llevarlas a sus harenes, a nuestros hijos para servir en el ejército del sultán. El Kyrios nunca ha olvidado de dónde viene, que nació en aquella Constantinopla en la que la vida de un griego no valía ni una moneda de cobre...

—¿Es verdad que financió él la guerra? —Si la hubiese dejado seguir, me habría estado contando afrentas de los turcos toda la tarde.

—Entregó a nuestro rey un montón de millones de libras de su propio bolsillo para armar a nuestro ejército, para acabar con esos perros, para ver Constantinopla libre de infieles. ¿Quién le puede criticar por eso? Se pueden decir muchas cosas del Kyrios, nadie se hace tan rico sin cometer enormes pecados. Que Dios se lo demande, pero en este caso actuó sin pensar en su bolsillo, como un hombre de honor, como un patriota griego.

—Sin embargo, por lo que tengo entendido, aquella aventura acabó mal.

—¡Ay, Virgen Santísima! —respondió ella mientras se santiguaba varias veces con insistencia—. Esa es una espina que tendremos clavada siempre los griegos. Y estoy convencida de que el Kyrios también. Nosotros lo llamamos «la Gran Catástrofe». Murieron decenas de parientes míos, incluida mi hermana Efigenia, que vivía en Esmirna en aquella época; las cosas que cuentan otros supervivientes le ponen los pelos de punta a cualquiera. Al parecer, miles de refugiados llenaban la ciudad, y cuando los turcos la rodearon cundió el pánico porque todos sabían que eran bestias sedientas de sangre. Según dicen, en la retirada nuestras tropas habían quemado los pueblos de esos infames otomanos, esas cosas que se hacen en las guerras, pero ellos no necesitan excusas, son crueles y retorcidos como demonios.

»Cuando finalmente entraron los turcos en Esmirna, lo primero que hicieron fue descuartizar sin piedad al obispo y a los ancianos del consejo ciudadano. Así como se lo cuento. Fue el comienzo de una masacre que duró días. Incendiaron el barrio armenio y el griego y para avivar las llamas usaban gasolina y petróleo. Querían acabar con todos los cristianos, destruir nuestros hogares, pero también nuestra historia, la huella que habíamos dejado allí durante cientos de años. Las tropas turcas se apostaron en las salidas de los barrios y disparaban a todos los que buscaban escapar de morir abrasados. Los cuerpos se amontonaban como una muralla de carne y despojos que hacía aún más difícil la huida. Muchos compatriotas, asfixiados por el humo negro que se elevaba en grandes columnas hasta el cielo, se dirigieron a los muelles, buscando la salvación en algún bote que aún quedara allí. Decenas de miles de personas se agolpaban entre las llamas y el mar. Los gritos de auxilio y desesperación se oían a kilómetros de distancia. La mayoría murió ahogada o por los disparos de los soldados. Algunos intentaron llegar nadando a los barcos de los malditos franceses, que presenciaban aquella matanza como el que asiste a un partido de fútbol, pero fueron devueltos de nuevo al agua. —Ofrecí mi pañuelo a Afrodita para que se limpiara las lágrimas. Yo también tenía el corazón encogido con su relato—. Mi hermana, que era la más guapa y la más lista de todas nosotras, fue una de las que murió en aquellos muelles, probablemente aplastada por la gente. Una prima se salvó de milagro, escondida (imagínese el espanto) en un pozo en el que los turcos tiraban las cabezas de los pobres griegos que decapitaban. Cuando se saciaron de sangre, a los sobrevivientes los metieron en un campo de refugiados. Si no llega a ser porque *sir* Basil, a través de la Cruz Roja, negoció su liberación, habrían muerto de hambre y de sed como tantos otros. El pobre Kyrios no podía prever que una guerra como aquella, una guerra santa en la que metió tanto dinero, fuera a acabar tan mal. Él hizo lo que pudo y más; la culpa, como siempre, es de los políticos. Pero no hablemos más de esto, me pone muy triste recordar a la pobre Efigenia —dijo

Afrodita mientras se limpiaba las últimas lágrimas antes de devolverme el pañuelo.

Como me había dicho Zaharoff en alguna ocasión, se sabía cómo empezaban las guerras, pero no como terminaban. Había intentado montar su pequeña venganza, su guerra privada para convertirse en héroe nacional griego, y solo había dejado un rastro de sangre y dolor. Como siempre. No había que ir muy lejos para encontrar a sus víctimas: la hermana de Afrodita, el hijo de McDermott... Tanteé la pistola que llevaba en el bolsillo. Aunque seguía sin saber si era yo la persona indicada para hacerlo, un hombre así seguramente merecía la muerte.

10

Cuando te sientes entre la espada y la pared, cuando no sabes si salir corriendo o jugarte el todo por el todo, cuando la tensión se vuelve insoportable, cuando ves enemigos por todas partes, solo el contacto humano puede evitar que estalles. Por eso el soldado busca el amor la última noche antes de partir al frente o nacen tantos niños nueve meses después de un terrible bombardeo. Por eso ese sábado me sentía aliviado, libre, aunque fuera solo por unas horas, de las obligaciones que otros, y yo mismo, me querían imponer. A falta de una cita, tenía dos. La primera era con Jojo, que, fiel a su costumbre de no llamar por teléfono, le había dejado a Samba el recado de que pasara a verla. La encontré, como la otra vez, sin maquillar y envuelta en su batín de seda. Aquello no tenía mucha pinta de encuentro romántico. Parecía aún más preocupada que la otra vez, tanto que ni se molestó en darme un beso cuando me dejó pasar a su apartamento.

—¿Has visto los periódicos? —preguntó mientras señalaba el que tenía encima de la cama y encendía nerviosa un cigarrillo.

Nunca le había visto leer nada que no fuera una revista de moda. Con la seriedad de una niña pequeña, me explicó el revuelo que se estaba montando en Francia con las revelaciones sobre las conexiones políticas de Stavisky, que ya habían dimitido dos ministros y que incluso se hablaba de una lista de parlamentarios que habían recibido pagos de «Sacha el guapo». En las calles de París se sucedían las manifestaciones de grupos de ultraderecha y comunistas que a menudo terminaban en violentos altercados con las fuerzas del orden. Mientras hablaba, yo no dejaba de mirarle los muslos y de imaginar lo a gusto que estaría entre ellos. JoJo se dio cuenta y, molesta, se separó de mí.

—Te preguntarás qué puede importarle todo eso a una chica que solo sueña con enganchar a un millonario. —Se abrazó a la almohada. Aunque no temblaba, parecía muerta de frío—. Pues mucho más de lo que te figuras: el amigo del que te hablé, al que le debía un favor, está involucrado en este asunto y me ha dicho que hay gente que se está poniendo nerviosa, que no quieren dejar cabos sueltos.

—¿En qué estás metida, Jojo? —le pregunté mientras le cogía las manos. Las tenía congeladas.

—Es muy complicado, este tipo va a venir esta noche para explicarme si corro algún peligro. ¿Te importaría quedarte conmigo? Te lo pido como amigo. Tengo miedo de todo y de todos, menos de ti.

Se acercó y apoyó su cara contra la solapa de mi abrigo; puse el brazo alrededor de su cuello. Aunque conocía esas zalamerías interesadas, Jojo era mi amiga, con quien había compartido más tiempo e intimidad en los meses que llevaba en Montecarlo.

—¿A qué hora le esperas? —pregunté con una punta de culpabilidad. Aunque no quería dejarla sola, no podía faltar a mi otra cita ni tampoco llegar tarde.

—A las doce.

Miré el reloj, eran las nueve. Le expliqué que tenía un compromiso ineludible, pero que me daba tiempo de ir y volver a tiempo para recibir a ese misterioso amigo. Con sus mejores argumentos, con su boca y con sus manos, Jojo intentó convencerme de que me quedara con ella, pero por una vez conseguí resistirme.

—Estaré aquí a las doce, no te preocupes —le prometí mientras me ponía el abrigo. Ella me sonrió con sus ojos negros. Estaba preciosa.

Mi otra cita era en la otra punta del principado, en el otro extremo de la sociedad. De los suburbios a los palacios, de las prostitutas a las princesas. La llamada de Carlota había sido un regalo inesperado y más después del regusto ácido de nuestra reciente excursión a Niza. Que no se olvidara de mí me daba esperanzas y, por qué no, halagaba mi vanidad, hacía que me sintiese importante. Más aún si me invitaba a palacio. Solo esperaba que no fuera para reírse de mí como la primera vez que me había hecho ir allí. Sin embargo, cuando el criado de calzón corto me hizo pasar a las estancias privadas, todo parecía indicar que iba a ser víctima de una nueva inocentada.

—Estimado monsieur Ortega, ¡cómo me alegro de que haya podido unirse a nuestro pequeño *dîner tardif!* —Carlota llegó acompañada de los terriers, siempre enredando a su alrededor, y me estrechó la mano con formalidad, pero con una sonrisa encantadora. Estaba impactante con un traje de noche que dejaba los brazos al descubierto, muy distinto a su discreta vestimenta habitual—. Hemos asistido a la ópera y el servicio ha preparado una cena fría; ya sabe que en estas ocasiones a veces se hace un poco tarde y no quiero tenerlos esperando. —Pronto descubrí por qué hablaba en plural: en el siguiente salón nos esperaba un matrimonio de ancianos, no tenían menos de ochenta años, que parecía sacado de un cuadro antiguo. El caballero vestía levita y llevaba unos grandes bigotes blancos, de esos que se unen con las patillas, al modo de los oficiales coloniales ingleses; ella lucía un vestido oscuro cerrado hasta el mentón y un moño de esos que no se veían desde mediados del siglo XIX. ¿Qué pintaba yo en esa cena? Empezaba a estar un poco cansado de las bromas de Carlota. Ahora solo faltaba que me pusieran a recitar el *Quijote* o a bailar flamenco. La princesa me presentó a los invitados como los marqueses de no me acuerdo qué y los viejos sonrieron enseñando con generosidad sus dentaduras postizas.

—Son extremadamente discretos —dijo Carlota sin molestarse en bajar la voz—. Y completamente sordos. Son mi coartada para que la servidumbre no murmure cuando invito a un caballero. Lo que no ocurre a menudo —añadió con una sonrisa preciosa.

Pasamos a un pequeño comedor de diario donde ya estaba dispuesta la cena. Los marqueses se sentaron en un extremo de la mesa y nosotros en el otro.

—Se preguntará para qué le he invitado a cenar. —Aún no había tenido tiempo de ponerme la servilleta sobre el regazo y ella ya estaba matando la conversación de salón.

—Me imagino que para disfrutar de mi chispeante conversación —respondí intentando mostrarme mundano y agudo.

—Ya sabe que no me gusta andarme por las ramas: es evidente que yo le atraigo —dijo ella mirándome sin sonreír mientras me servía salmón ahumado—. Y es posible que yo, a pesar de todas sus estupideces, sienta un cierto interés por usted.

Su seguridad, que era la de un mariscal de campo que sabe que va a ganar la batalla, y el entorno palaciego en el que me encontraba (por no hablar de la presencia de dos momias que se habían lanzado a por el buffet como si llevaran seis meses sin comer) deberían haberme cohibido, pero no fue así: las palabras de Carlota me encendieron como una vela.

—En cualquier caso, ese asunto lo trataremos más tarde. —Ahora enfriaba las expectativas; tranquilo, debía ser paciente, ya me estaba acostumbrando a su tira y afloja. Le gustaba mandar, dominar la situación. Parecía que trataba el asunto como el orden del día de un consejo de ministros—: Punto uno: subir los impuestos; punto dos: aprobar el presupuesto; punto tres: *affaire* entre la princesa y el plebeyo.

—¿De qué tema de actualidad hablamos entonces? ¿Moda, literatura, cine, política?

—Deje de actuar como un *playboy* patán —ordenó ella endureciendo el gesto—. Y por favor compórtese como siempre, como una persona normal.

No resultaba fácil mantener una conversación en esas condiciones y preferí concentrarme en los espárragos, entre otras cosas porque la marquesa se los estaba comiendo todos.

—¿Desea un poco de salsa tártara? —pregunté a la princesa intentando demostrar que sabía comportarme como un comensal educado.

—No, deseo que me ayude a realizar un secuestro —respondió con mayor seriedad aún que cuando había hablado de la posible atracción entre nosotros. La palabra *enlèvement*, la que utilizó la princesa, no sale todos los días en las conversaciones y tuve que pedirle, con un punto de resquemor, que me explicara qué significaba.

—¡Dios, parece usted tonto! —exclamó ella mientras tiraba la servilleta encima de la mesa con impaciencia. Los marqueses no levantaron la mirada del plato—. Le hablo de raptar a alguien.

—¿Raptar? —Esa mujer tenía un sentido del humor muy peculiar y aquello debía de ser una broma, así que reí con ganas.

—Le hablo completamente en serio. —Me miraba con una severidad que no dejaba lugar a dudas de que así era.

—Pero ¿a quién quiere secuestrar?

Yo estaba desolado, hacía unos segundos parecía que hablábamos de amor y ahora me proponía un delito. Aquello era ridículo. Con un gesto de sus vivos ojos marrones, me indicó que sirviera más vino al marqués, que, ante la falta de bebida, se estaba interesando en nuestra conversación.

—A Tini, a mi hija Antoinette. Está viviendo con su padre en París y debo recuperarla inmediatamente.

—Creí que me había dicho que no estaba demasiado unida a ella. —La lógica de las princesas, o al menos la de esta, resultaba cualquier cosa menos lógica.

—Es una criatura insoportable, pero se trata de una cuestión de principios: una niña tiene que estar bajo la supervisión de su madre. El juez, un estúpido sin criterio, le ha dado la custodia temporal a su padre y mi exmarido no sabe cómo manejarla, está arruinando su educación. Está convencido de que debe tratarla como a un adulto y no como a la mal criada de trece años que es. Cuanto más tiempo se quede con él, peor serán las cosas. Debo meterla en cintura por su propio bien.

—Le agradezco mucho que haya pensado en mí, pero ¿no es su padre el príncipe de Mónaco? —Aunque lo intenté, no encontré las palabras para decirlo más finamente—. ¿No tienen un servicio secreto a quien encargarle este tipo de trabajos?

La princesa puso los ojos en blanco, como si estuviera haciendo un gran esfuerzo para hablar con alguien tan estúpido.

—No voy a descubrirle ahora que este es un país de pacotilla, mucha fachada y poco Estado. Los soldados de nuestro ejército solo sirven para hacer el numerito del cambio de guardia de palacio para los turistas. ¿A quién quiere que mande entonces a hacer este trabajo, a los guardias de seguridad del casino?

—Sin lugar a dudas lo harían mucho mejor que yo, un extranjero medio periodista que no sabe de casi nada. —Era mejor dejar las cosas claras, no fuera a ser que, por trabajar con Zaharoff, la princesa se hubiera hecho la idea de que yo era un agente secreto o algo parecido.

—Precisamente por eso pienso que es usted el adecuado. Nadie sospechará de usted. Además, no tendrá que hacer casi nada, solo tiene que ir a París y seguir las instrucciones de Nanny Wanstall.

—¿Pretende usted que me ponga a las órdenes de su niñera para realizar un secuestro? —Aquello parecía un sainete o una comedia de *matinée*. Miré a los marqueses buscando un apoyo que certificara la locura de aquel plan, pero estaban demasiado entretenidos con el cóctel de gambas—. Además, no puedo marcharme de aquí. Ya sabe que tengo trabajo que hacer.

—Sí, mucho trabajo: leerle a un anciano, jugar a la ruleta y divertirse con las morenitas —dijo con una sonrisa irónica. Sabía lo de Jojo. Empezaba a estar un poco harto de que en Montecarlo todo el mundo estuviera enterado de mi vida. Ella se puso en pie—. No se preocupe por el señor Zaharoff, ya hablaré yo con él. Ahora venga conmigo.

Me despedí con una inclinación de los marqueses, que estaban empezando con la bandeja de pasteles, y seguí a la princesa por un pasillo. Entramos en una habitación que estaba a oscuras.

—Agache un poco la cabeza —exigió Carlota mientras bajaba la voz.

—¿Para qué? —A esas alturas consideraba a aquella mujer capaz hasta de darme un porrazo y partirme el cráneo.

—¡Para besarle, para que va a ser!

A pesar de llevar tacones, la princesa seguía siendo muy *petite*. Me tomó de las solapas y me atrajo hacia ella. En contra de lo que podía esperar, sus labios eran dulces y suaves. Su lengua empezó a buscar la mía.

—Que conste —dijo susurrando por una vez— que no hago esto para convencerle de que me ayude con lo que le he pedido. Lo hago porque quiero, como todo.

II

Me despedí de los marqueses, que estaban dando buena cuenta de una botella de anisete, y bajé corriendo las escaleras de palacio. La euforia no me dejaba sentir el frío de aquella noche de enero; quería correr, tirarme de cabeza al mar y nadar hasta Córcega. ¿Amor? Más bien la satisfacción del cazador que había abatido una pieza, la más valiosa y la más difícil. Además, Carlota se había revelado como una amante impetuosa, mandona, pero que no se guardaba nada, que se entregaba entera. Por mi parte, y a pesar de que me había costado concentrarme con los terriers dando vueltas por el cuarto, no me amilané ante el reto. Aunque esté mal que lo diga, y a juzgar por los indicios, había conseguido hacer ver las estrellas a la princesa al menos tres veces en apenas una hora. Por cierto, ¿qué hora era? Había olvidado por completo mi promesa de estar en casa de Jojo para acompañarla cuando recibiera a su misteriosa visita. Miré el reloj: la una menos cuarto, un poco tarde, pero si la cita se demoraba quizás llegara a tiempo.

Cuando subí en el taxi recordé con una sonrisa el asunto del rapto. ¡Qué ideas tenía Carlota! Seguro que se le olvidaría pronto, en cuanto pensara que tendría que aguantar a Tini todos los días. Secuestrar a su propia hija, como si no hubiera otra forma de resolver las cosas. Quizás podría contarle a Jojo lo sucedido y así me perdonaría el retraso. Nos reiríamos del palacio, de los marqueses, de mi entrada en el mundo de los secuestradores. No, mejor no. Por muy profesional que fuera mi amiga, nunca era buena idea confesarle a una mujer que no había llegado a la hora convenida porque estaba con otra. Volví a sonreír con mi ocurrencia absurda. Solo esperaba que mi amiga no me pidiera más guerra porque en ese apartado ya no podía dar más de sí aquella noche.

Cuando llegamos a Beausoleil, la calle en la que vivía Jojo estaba cortada y el taxi tuvo que dejarme a dos manzanas de su casa. A medida que me acercaba, fui dándome cuenta de que una muchedumbre se agolpaba frente al edificio.

—*Circulez, s'il vous plaît, rien à voir ici!*

Había varios coches de policía aparcados y los agentes intentaban mantener alejada a la gente del portal. Un presentimiento me aplastó el ánimo. Pregunté qué sucedía a un vecino en bata y pantuflas que estiraba el cuello por encima de la gente para intentar ver mejor el espectáculo.

—Nada, una negra a la que le han rebanado el cuello. Seguro que ha sido su chulo. Esto pasa por dejar que se llene el barrio de putas, aunque sean de lujo.

Tuve que apoyarme contra un muro. Un dolor intenso en el estómago me dobló en dos y no me dejaba volver a incorporarme. No podía ser cierto. Quizás se trataba de otra, de una vecina. Por desgracia, en las ventanas encendidas de su apartamento se veían las cabezas de los policías que iban de un lado a otro de la habitación.

Jojo, Jojo... ¿Por qué? ¿Quién podía ser el hijo de puta capaz de hacer eso? ¿El visitante misterioso? ¿Los que le habían ordenado registrar mi cuarto? ¿Qué sabía mi amiga que resultase tan peligroso? No quieren cabos sueltos, me dijo y yo no le hice caso. No estaba allí para protegerla como me había pedido. La abandoné. Quería verla, necesitaba verla antes de que se la llevaran. Luché con la muchedumbre para abrirme paso hasta que me di cuenta de que, si intentaba subir, tendría que responder a muchas preguntas de la policía. Aunque no tuviera nada que esconder, era mejor que no me relacionasen con ella. Me sentía un miserable, un cobarde. La había dejado sola antes, cuando quizás podía haberla salvado, y la dejaba sola ahora, entre todos aquellos extraños. Esperé mezclado entre el gentío a que bajaran el cuerpo. Llegó un nuevo coche oficial y los agentes se abrieron paso entre los curiosos. Entonces le vi. La cara alargada, el bigote manchado de nicotina, el pelo peinado con raya al medio. El tipo que estaba con Stavisky la noche que le conocí en el Sporting, el policía que —según había visto en el periódico— investigaba el asunto de «Sacha el guapo». Bonny, ese era el nombre. ¿Qué hacía un inspector de París, a cargo del caso más importante del momento, a cientos de kilómetros de la capital, en las afueras de Mónaco, investigando el asesinato de una prostituta?

12

—Siento mucho lo de su *petite amie*, era una bella mujer —dijo Polovtsoff mientras movía el bigote con una mueca de disgusto. Como no se trataba del suicidio de un desplumado por el casino, todos los periódicos del principado se habían hecho eco de la noticia incluyendo fotos de Jojo en sus primeras páginas. Se trataba, por supuesto, de un crimen pasional y se buscaba a los responsables en los antros en los que se reunían los sospechosos habituales. Agradecí que el general viniera al hotel a darme sus condolencias; era la primera vez desde el día que le había conocido que nos veíamos fuera de su hábitat natural, una sala de juego—. Una mujer con mucho talento. —Polovtsoff se dio cuenta de que su comentario podía ser mal interpretado y rectificó sobre la marcha—. Me refiero para la música, como demostró en Nochebuena. Una gran voz, desgarrada, llena de pasión; si las cosas hubiesen sido de otra forma, quizás podría haber hecho carrera en el escenario. Déjeme que le invite a un whisky, brindaremos por ella.

—Me voy de Montecarlo —dije sin más preámbulos. Polovtsoff me miró con sorpresa y bajó la mano con la que intentaba llamar la atención de un camarero para que nos atendiera.

—¿Su amistad con la chica le está trayendo problemas? Puedo hablar con el jefe de policía para aclarar la situación, es un buen amigo.

—No se preocupe, está todo en orden. —Solo me interrogaron de pasada, sin demostrar mucho interés. Aunque a Jojo y a mí nos habían visto en sitios públicos, mi amiga era muy popular, frecuentaba a mucha gente—. Además, tengo la mejor coartada posible —respondí con una sonrisa, a pesar de que no estaba seguro de que fuera cierto. Cuando mencioné a los agentes que a la hora del crimen estaba cenando en palacio parecieron darse por satisfechos con mi explicación, pero no las tenía todas conmigo de que, si fuera necesario, la princesa diera razón de mi paradero a esas horas—. Me marcho solo porque no quiero seguir perdiendo dinero en sus mesas —añadí para quitarle emotividad al momento. El general también sonrió mientras pedía los whiskies. Émile tomó nota sin mirarme.

—¿A dónde se marcha?

—A París.

McPhearson se había puesto como una hidra cuando se enteró de que me habían interrogado por el asunto de Jojo y me dijo que si de él dependiera, me despediría en ese mismo momento. Sin embargo, y a pesar de la insistencia machacona del secretario, *sir* Basil decidió mantenerme a su servicio, aunque, dadas las circunstancias, lo mejor era que me fuera de Montecarlo. Zaharoff debía viajar a París en unos días para resolver algunos asuntos urgentes allí y me pidió que yo fuera por delante para abrir la casa. Habitualmente, de esa tarea se encargaba alguno de los secretarios, pero en esa ocasión necesitaba a los dos en Mónaco para gestiones de última hora. Aunque no parecía una labor imprescindible porque la mansión parisiense tenía un cuerpo de servicio permanente incluso durante las largas ausencias de *sir* Basil, acepté el encargo, en parte para no tener que responder a más preguntas de la policía y en parte por fastidiar a McPhearson.

—Le echaré de menos, en especial nuestras pequeñas charlas sobre esto y aquello —dijo el general mientras me ofrecía la copa que nos acababa de traer Émile para brindar—. Hablo con mucha gente todas las noches en el Sporting, pero con pocas puedo mantener una conversación interesante. Todos están tan obsesionados con el juego que se vuelven monotemáticos, como los golfistas o los cazadores.

—Tengo mucho que agradecerle. Si no hubiese sido porque usted se apiadó de mí aquella noche que me timaron en el casino... —En ese momento cruzó por mi cabeza una pregunta que ya me había hecho muchas veces y para la que, por una vez, necesitaba una respuesta sincera—. Dígame una cosa, general, ¿por qué ha sido tan bueno conmigo? —Él hizo un gesto de quitarle importancia—. No, se lo digo en serio —continué—, no debe de ser habitual que se tome la molestia de buscarle trabajo a un tipo que se ha dejado robar en el casino. Tampoco que le abra las puertas del Sporting ni que le trate como a un amigo íntimo. —Aunque Polovtsoff intentó justificarse, no le dejé seguir hablando—. Por favor, no repita que lo hizo porque le recordaba a usted cuando era joven o alguna excusa similar.

El general sonrió por debajo del bigote, levantó las manos como indicando que se rendía y acercó su butaca a la mía.

—En la vida hay que tomar partido, Pepe —dijo bajando la voz—. Yo he vivido la revolución en Rusia, he comprobado el desastre que puede traer el comunismo al mundo. También veo crecer día a día la otra cabeza de la serpiente, el fascismo y su versión deshumanizada y atea, el nazismo. Usted mismo, la noche que le conocí en el casino, me habló del peligro que supone Hitler para la paz mundial y me di cuenta de que entendía lo que nos estamos jugando todos nosotros. No podemos permanecer de brazos cruzados, viviendo nuestra pequeña existencia cotidiana como si nada sucediera, como si el peligro no nos acechase a todos por igual.

—¿Qué tipo de información pretendía que le diera sobre *sir* Basil? Como bien sabe, soy solo su lector, difícilmente podía tener acceso a nada muy interesante.

—Más de lo que usted piensa, cualquier dato puede ser importante. A pesar de que casi todo su servicio es británico, siempre nos ha resultado muy complicado tener confidentes en el entorno de Zaharoff. Ya sabe lo especiales que son los escoceses para algunas cosas. Comprendo que pueda molestarle que le haya utilizado para entrar en el círculo de Zaharoff, pero cuando está en juego el futuro de nuestro modo de vida hay que emplear todos los medios a nuestro alcance.

—Le agradezco su franqueza. Entonces entiendo por lo que me dice que trabaja para los ingleses. —No quedaban muchos más servicios secretos que no me hubiesen tanteado. Empezaba a estar tan acostumbrado que ni siquiera me sentí muy molesto con el general.

—No piense que soy un agente ni nada de eso. Solo colaboro con una causa que creo que es justa. Gran Bretaña salvó a Europa en la Gran Guerra y representa los valores de la tradición en la que yo crecí, pero también los de los nuevos tiempos, la democracia como única alternativa a los totalitarismos. Ante la tibieza de Francia y el aislacionismo americano, solo los ingleses pueden actuar como dique frente a las amenazas que se ciernen sobre nosotros.

—Todo eso está muy bien, pero Zaharoff no es ni nazi ni comunista. Tampoco creo que les interesen las batallitas que me pueda contar sobre el pasado. Usted y sus amigos van detrás de algo más que las memorias. Les interesa la postdata de esos documentos, el gran secreto que contienen los papeles de *sir* Basil, ¿no es cierto? Le ruego que no lo niegue porque lo he verificado por diversas fuentes. —Tenía que apretar, barruntaba que el general sabía algo de ese asunto—. No tema, no voy a vender la información a la competencia. No me divierte jugar al espía, solo necesito saber por qué está muriendo gente por este asunto.

El general torció de nuevo el bigote antes de mirar a un lado y a otro. Émile nos observaba desde la barra del bar, aunque estaba a demasiada distancia para oírnos.

—No necesito advertirle de que lo que le voy a decir es confidencial. Solo se lo cuento porque no he sido sincero con usted y porque estoy convencido de que es un hombre honesto. También, no puedo negarlo, porque nuestros competidores ya están al corriente —dijo por fin mientras bajaba la voz y se acercaba—. ¿Ha oído hablar de Winston Churchill? Es un hombre polémico, pero con una gran visión. Hace unos años pronosticó que, teniendo en cuenta la rapidez en los avances tecnológicos de la industria del armamento, pronto se inventaría una bomba del tamaño de una naranja con la potencia de mil toneladas de dinamita y que sería capaz de volar una ciudad entera. Pues bien, creemos que Zaharoff tiene a un equipo de científicos trabajando en un arma de este tipo y que sus investigaciones están muy avanzadas.

—¿Es posible diseñar un explosivo tan terrible con la tecnología actual? —Recordé a aquellos tipos con aspecto de científicos locos con los que me había encontrado una noche en el vestíbulo de Zaharoff y la deferencia con la que los trataba McPhearson—. Además, ¿por qué incluiría *sir* Basil los planos de una bomba tan terrible en sus memorias? ¿No sería más lógico que los vendiera al mejor postor? Aunque la verdad es que no sé para qué querría más dinero, tiene un pie en la tumba.

—Eso no lo sabemos, quizás sea simple vanidad, la necesidad de trascender a toda costa. Tampoco conocemos las características de esta bomba, por eso es vital que nos hagamos con esos planos antes de que caigan en malas manos —dijo el general mientras impostaba una sonrisa encantadora para saludar a unos conocidos que pasaron junto a nosotros. Supongo que en eso consiste ser espía, en estar en misa y repicando.

—¿Cree que lo que me está contando puede tener relación con la muerte de Jojo? —La pregunta consiguió que Polovtsoff dejara de sonreír.

—Por su... trabajo conocía a mucha gente, pero creo que este asunto era demasiado importante para una chica de sus características... Aunque nunca se sabe, a veces estos casos tienen conexiones insospechadas. Solo sabemos que de forma voluntaria o involuntaria pasaba información a varios confidentes. Es una pena, nunca imaginé que pudiera acabar así. —Las espesas cejas de Polovtsoff se encogieron como una señal de que realmente le importaba la muerte de mi amiga.

—¿Sabe usted lo peor, general? —pregunté tras observar un instante su porte de caballero antiguo—. En el fondo, me cae usted bien. —Había algo en Polovtsoff que me hacía difícil odiarle—. No espere que les ayude, después de darle muchas vueltas he decidido que no voy a jugármela por nadie. Sin embargo, cuando deje de trabajar con *sir* Basil, de todos los que han intentado utilizarme, es usted la única persona a la que recordaré con cierto cariño. —Polovtsoff ladeó la cabeza risueño, como diciendo: «Algo es algo», y me ofreció la mano. Yo se la estreché sin dudarlo.

—Comprendo y respeto que no quiera correr riesgos. Aunque no podamos demostrar que el responsable sea Zaharoff, ya hemos visto lo que le sucedió a Nadel cuando intentó vender los secretos al mejor postor. En cualquier caso, sepa que, a pesar de todo, le considero un amigo.

—Y que puedo recurrir a usted si por casualidad caen en mi poder los papeles del viejo, ¿no?

—¡Por supuesto! —respondió el general con una carcajada. Luego se puso serio—: No obstante, y como le apreció, me gustaría darle un consejo: deje el servicio de *sir* Basil cuanto antes, olvide este asunto tan desagradable y vuelva a su país. También le pido que recuerde los buenos momentos que hemos pasado juntos. Esta será siempre su casa. —Cuando estaba levantándose para marcharse añadió—: Y no deje de pasarse por el Sporting para jugar un rato antes de marcharse de Montecarlo. Ya conoce la superstición, siempre se tiene suerte cuando el tren está a punto de partir.

—Si hay algo que he aprendido de usted —respondí con un guiño—, es que hay que saber levantarse de la mesa de juego a tiempo, tanto cuando se gana como cuando se pierde.

Ojalá hubiese seguido ese consejo de verdad.

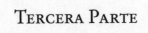

TERCERA PARTE

I

Le train bleu, el tren de lujo que unía Montecarlo con Londres y París, llegaba al sur cargado con las ilusiones de los que soñaban con saltar la banca jugando a la ruleta, el bacará o el *chemin de fer* y regresaba al norte brumoso lleno de las caras largas de los que habían perdido más de lo que podían o que incluso volvían gracias al *viatique,* la pequeña cantidad que el casino entregaba a los clientes de confianza cuando perdían hasta la camisa. Como ellos, me sentía melancólico mientras el convoy dejaba atrás Mónaco. También Samba parecía triste cuando me había despedido con la mirada brillante:

— Los que trabajamos aquí tenemos que aparentar que somos de hielo, no podemos inmutarnos ante nada, monsieur Ortega, pero somos humanos, cogemos cariño a los clientes que, como usted, nos llegan al corazón. No olvide que deja buenos amigos en esta ciudad — se despidió mientras envolvía mi mano en la suya, grande y áspera.

Creo que fue la única persona sin dobleces que conocí en Montecarlo. También me pareció ver un leve rasguño de emoción en la otra cara de la moneda, en el rostro de esfinge de Émile, aunque quizás por un motivo mucho más interesado: conmigo se escapaba la última posibilidad de matar a Zaharoff y robarle las dichosas memorias.

—Tome, por si necesita amigos en París —dijo entregándome un papel con una dirección—. Es muy posible que le hagan falta, todavía no está usted a salvo.

Yo no lo veía así. Me alejaba del principado ostentoso de cartón piedra, de los paseos junto al mar, de los días soleados que disfrutabas aún más cuando los visitantes te contaban que en el resto del continente tiritaban de frío. Pero también de la sonrisa falsa que buscaba sonsacarme, de la sombra que parecía seguirme. Según me iba alejando de Montecarlo desaparecía la melancolía y me sentía más liviano, más tranquilo. Aquella novela de espías en la que me había visto envuelto no era una imaginación mía: el cuello de Jojo podía dar fe de ello. No sabía qué me esperaría cuando llegara a París, pero sentía que en el barullo de una gran ciudad el peligro se diluiría, que no me sentiría permanentemente vigilado y podría pensar de forma más clara. Quizás fuese el momento de hacer caso del consejo de Polovtsoff, dejar el servicio de *sir* Basil y hacer un discreto mutis por el foro, tal vez volver a España para descansar e intentar colocarme en algún periódico. Alejarme de todo y olvidar.

Dormí durante toda la noche como un lechón, mecido por el traqueteo del tren y por ese presentimiento de que las cosas solo podían ir a mejor. Cuando descorrí las cortinillas de la ventana ya estábamos llegando a París y la mañana, como era de esperar a finales del mes de enero, se presentaba plomiza y amenazando nieve. Aunque el sol y las palmeras de

Montecarlo parecían quedar en el otro extremo del planeta, me sentía bien, vigoroso, dispuesto para lo que tuviera que venir.

Los maleteros se arremolinaban alrededor de los pasajeros en el andén de la Gare de Lyon, pero yo llevaba poco equipaje y me encaminé a la salida. Respiré hondo, el aire entró helado en los pulmones y me despejó aún más. El sentimiento de que el mundo era maravilloso duró hasta que al salir de la estación me recibió la realidad: mutilados de guerra, niños vestidos con harapos, mujeres con bebés, mendigos..., las víctimas de la crisis económica que padecía Francia. Había perdido la costumbre; Montecarlo no permitía que los pobres aguaran la fiesta a los que venían a dejarse el dinero. Más allá, los vendedores de prensa voceaban su mercancía con los gruesos fardos de periódicos bajo el brazo, todos con distinta música, pero la misma letra: ¡Stavisky! ¡Stavisky! El escándalo, del que al sur solo llegaban los ecos, se respiraba en cada aliento de la ciudad. Compré un par de diarios y tomé un taxi. Pedí al conductor que me llevara por la orilla del río para disfrutar del trayecto. Era imposible no amar aquella ciudad: la isla de la Cité y la catedral de Notre Dame, las hileras de los puestos de los buquinistas ofreciendo sus libros de viejo, el museo del Louvre, la plaza de la Concordia; me sentía como un turista sin prisa y con todo París para mí. Sin embargo, en los Campos Elíseos tuvimos que detenernos. Un grupo de muchachos armados con bastones y banderas azules y blancas con la flor de lis bordada cortaban la avenida mientras gritaban «*Vive le roi!*» y «*Mort aux traîtres!*», muerte a los traidores. Le pregunté al taxista quiénes eran.

—Son los Camelots du roi, monsieur —dijo con un tono de fastidio—. Los señoritos monárquicos que aprovechan el asunto de Stavisky para exigir que volvamos a los viejos tiempos. —Aunque parecía que mi estancia no iba a ser tan tranquila como había esperado, todo aquello me pillaba muy de refilón.

Cuando superamos el atasco, tardamos un par de minutos en llegar a la Avenue Hoche, una de las once avenidas que, como los radios de una bicicleta, parten del Arco del Triunfo, alrededor del que estaba la zona más elegante de París en esa época. El palacete neoclásico de dos pisos que pertenecía a Zaharoff, a solo una decena de metros de la plaza de L'Étoile, era discreto comparado con la suntuosidad de los edificios que lo rodeaban. Solo llamaba la atención la reja con dos zetas entrelazadas sobre la cochera y las magníficas flores que adornaban las jardineras de las ventanas y que humanizaban la arquitectura sobria del edificio. «Son el orgullo del barrio. El señor quiere que alegren la vista de los peatones y cambiamos las flores cada quince días», me aseguró miss Campbell, la rechoncha ama de llaves, otro miembro del fiel clan de los escoceses que servía al anciano. La casa contaba con cinco personas de servicio a las que me vi obligado a indicarles, siguiendo las ordenes de McPhearson, que hicieran lo que sabían perfectamente que debían hacer cuando se esperaba una visita de *sir* Basil: quitar la funda de los muebles, pasar a fondo el plumero, encerar los suelos y pulir con esmero una plata que ya brillaba hasta deslumbrar. Y el oro. En el comedor, dispuesta sobre la mesa como para una cena de gala, encontré la famosa vajilla de veinticuatro quilates con su enorme centro de mesa con incrustaciones de lapislázuli que Zaharoff había encargado al joyero Boucheron. Levanté uno de los platos y me sorprendió el peso, por lo menos medio kilo. En mi vida ganaría lo suficiente para comprarme ni un tenedor de aquellos. ¿Qué más tesoros guardaba aquella casa? Sentí que mi curiosidad volvía a ponerse en marcha. Era una ocasión magnifica para indagar sin temor a ser sorprendido por los gurkas. Por muy cuidadosos que fueran *sir* Basil o los secretarios guardando cosas, seguro que encontraría algún documento de interés antes de que él llegara a París, en unos cuatro o cinco días, según había dicho. No, ya estaba bien, tenía que quitarme esa idea de la venganza de la cabeza, se suponía que me había ido de Montecarlo para evitar líos y no era el momento de meterme en otros nuevos.

Dediqué el resto del día a acomodarme en la pequeña habitación del piso superior, a tomar un baño y a leer los periódicos que había comprado en la estación y que venían cargados de noticias inquietantes: El Gobierno francés, herido de muerte por la dimisión de varios ministros a causa del escándalo Stavisky, había dimitido la noche anterior. En la cámara, los diputados se insultaban, acusándose unos a otros de corrupción, arrojándose a la cara el tan recurrente: «Y tú más». Los seiscientos millones que había estafado «Sacha el guapo» no aparecían por ninguna parte y, según muchos, habían acabado en los bolsillos de los políticos, de los policías, de los jueces, de los periodistas afines. El sentimiento general era que aquel régimen agonizaba. Los editorialistas de derechas se preguntaban cuándo caería la república francesa mientras los de izquierda llamaban a defenderla hasta las últimas consecuencias.

Empecé a aburrirme. Después de los últimos días en Montecarlo me había acostumbrado a la tensión y ahora la calma me resultaba pesada. No conocía a nadie en la ciudad, y el tiempo, una aguanieve que se había transformado en lluvia, no invitaba a pasear. La idea de revolver los cajones del viejo volvía una y otra vez. Si los días que me esperaban hasta que llegara Zaharoff iban a ser todos así, acabaría momificado por el tedio.

Bajé a cenar a las siete y media y ya estaba haciendo cábalas de cuándo se iría a la cama el servicio para empezar a hurgar entre las cosas de *sir* Basil cuando miss Campbell me entregó un pequeño sobre de color malva que acababa de llegar en el correo de la tarde, la nota solo contenía un par de líneas:

Reúnase conmigo a las nueve de esta noche en el Café de la Paix.

KW

Volvía sentir la misma incomodidad de los últimos días en Montecarlo, la sensación de que me seguían los pasos. Sin embargo, la letra, redonda, tenía una simetría femenina, y estaba tan aburrido que decidí descubrir quién se encontraba detrás de aquellas misteriosas iniciales.

2

Según dijo el taxista que me llevó, el Café de la Paix era uno de los antros más turísticos de París. Aquello me tranquilizó; difícilmente podía sucederme nada en un lugar tan expuesto.

—No verá usted ni un francés allí. Y es que la comida es *dégoûtant*, la típica trampa para alemanes e ingleses, gente a la que le da igual comer cartón corrugado que un *filet mignon*. ¡Imagínese, sesenta francos por un sándwich seco y una ensalada! Yo no pisaría ese sitio ni aunque me obligaran pistola en mano.

El conductor se ofreció a llevarme a un pequeño *bistrot* de un primo suyo, autentica comida casera francesa a precio de ganga, y se ofendió cuando insistí en mi destino. Todavía refunfuñaba cuando me dejó frente a la ópera.

El calor dentro del local resultaba agradable en contraste con el frío de la calle y me quité el abrigo al entrar. La decoración resultaba muy *fin de siècle*, de salón burgués con columnas clásicas, molduras doradas, candelabros y frescos en los techos de diosas ligeras de ropa. Como había pronosticado el taxista, el público estaba compuesto por parejas jóvenes y acarameladas con aspecto de estar en luna de miel, y algunas turistas extranjeras de mediana edad que debían de pensar que aquello era la versión decente de una alocada noche de bohemia en París. Ni una mujer sola a excepción de una solterona de unos sesenta años que estaba de espaldas a la puerta leyendo un libro. Di una vuelta al salón y no identifiqué a nadie que encajara en la imagen de bella desconocida que había construido en mi cabeza. Hasta que pasé por segunda vez por delante de aquella señora no me di cuenta de que, tras los cristales de sus gafas sin montura, me hacía señales con los ojos para que me sentara.

—Buenas noches —dijo mientras me daba la mano por encima de la mesa que nos separaba—. Disculpe que le haya citado a estas horas, soy miss Wanstall, Kathleen Wanstall.

—Así que esa era la KW de la firma de la carta, la niñera de los niños de Carlota. Si tenía la esperanza de que la princesa fuera de las que abandonaban un plan descabellado a las primeras de cambio, aquella señora era la prueba viviente de que me había equivocado—. Supongo que su alteza le habrá puesto al tanto de la gravedad de *the situation*. —Alternaba el inglés y un francés chapucero mientras no dejaba de mirar a un lado y a otro.

—¿A qué *situation* se refiere? —Me fijé en la portada del libro que estaba leyendo mientras me esperaba, era una novela de Agatha Christie.

—La de la niña, ¡la de Antoinette! —respondió abriendo mucho los ojos como para demostrar su alarma—. Debemos actuar cuanto antes y con la máxima discreción.

—Mire, señorita Wanstall, parece usted una persona sensata. —En efecto, la constitución robusta, el pelo canoso recogido en un moño, la cara redonda, los mofletes caídos, el cuello alto de la camisa cerrado con un camafeo y los ojos bovinos escondidos tras las gafas redondas componían la viva imagen de la respetabilidad—. ¿No cree que pueden buscarse otras alternativas para resolver este problema de forma pacífica?

—De ninguna manera. *The situation* es tan grave que no hay otra salida, esto no puede seguir así ni un minuto más. —A pesar de su aspecto bonachón, empezaba a intuir que tenía un carácter tan firme como el de su jefa—. Esa niña se está echando a perder por minutos. La culpa es de la maldita educación de este país. El príncipe se ha empeñado en contratar a otra niñera para Antoinette, francesa, joven y descarada, como todas las de aquí, que no responde a mis órdenes. Los modales de Tini son cada vez peores y actúa como una golfilla de la calle. Imagínese que el otro día cantó una canción picante ¡en la mesa! Es necesario que vuelva con su madre de inmediato.

—Supongo que es usted consciente de que el secuestro es un delito severamente castigado por la ley.

—Me temo que usted no entiende la situación. —*«The situation»*, daba la impresión de que le gustaba esa palabra, la repetía sin parar—. No estamos hablando de personas normales. El abuelo de la niña, el príncipe Luis, es el monarca de un Estado pequeño, pero soberano. Antoinette es ciudadana monegasca, miembro de la dinastía reinante. Las leyes francesas no se aplican a ellos.

—¿No sería más fácil intentar convencer al padre por las buenas? —pregunté sin grandes esperanzas. Parecía que por muy lógicas que fueran las pegas que pusiera no perforarían la determinación de la *nanny*.

—Nadie puede decir que yo no haya defendido al conde de Polignac, se lo aseguro. Es un hombre serio, amable y educado, pero desde que la princesa le abandonó ha cambiado. A pesar de los quinientos mil francos anuales que recibe de pensión de las arcas del principado, sigue dolido por el divorcio y las circunstancias en las que este se produjo. No dará su brazo a torcer —afirmó mientras daba un sorbo a su taza de té—. Además, el plan es perfecto, no puede fallar: los jueves libra la francesita esa del demonio y es el único momento en el que me quedo a solas con la niña. También es el día que el conde acude a su tertulia literaria. Los únicos obstáculos son el mayordomo y el portero, que suele trabajar hasta tarde y es muy curioso. Solo debe distraerlos y tener un coche dispuesto para que podamos huir. Como verá, es todo muy sencillo.

—El problema es que creo que usted no entiende *my situation* —le respondí con la mayor corrección de la que era capaz—. Soy español, un ciudadano extranjero en este país, y no pertenezco a ninguna familia real. Si infrinjo la ley, voy a la cárcel. Así de simple.

—Ya me anticipó su alteza que reaccionaría así, pero tenemos buenos argumentos para convencerle. Nos pondremos en contacto con usted en los próximos días. Esté atento.

Nanny Wanstall recogió su novela, se puso de pie y me dijo adiós con una leve inclinación con la cabeza

3

Cuando salí del café, y ya que estaba en una zona céntrica, decidí volver andando. Según mis cálculos, tenía una caminata de una media hora a la avenida Hoche, había dejado de llover y me vendría bien respirar un poco de aire fresco. Me sentía de buen humor. La historia de Nanny Wanstall era tan ridícula que hasta tenía su gracia. Un secuestro a las órdenes de una niñera; ¡parecía el argumento de una película cómica! No se me ocurría ninguna forma en la que Carlota pudiera obligarme a participar en semejante patochada, ni siquiera matándome a polvos.

Pregunté por dónde podía acortar para llegar a la plaza de la Concordia y tomé por una calle estrecha que me indicaron. No llegué muy lejos: unos metros más allá un coche grande y oscuro se detuvo junto a mí y un hombre alto con el rostro casi oculto por el sombrero y el cuello de una gabardina negra bajó de él.

—Entre —dijo enseñándome una placa de policía.

Otro individuo se había situado a mi espalda. El pulso se me empezó a acelerar mientras hacía lo que me pedían. Dentro del coche me esperaba una cara conocida, una cara que había visto hacía apenas unos días en la otra punta de Francia en circunstancias muy desagradables.

—Documentación —exigió mientras estiraba una mano huesuda. Le entregué mi pasaporte y lo estudió con detenimiento. Mi visado estaba en regla—. Monsieur Ortega, soy el inspector Pierre Bonny, de la Sûreté y tengo una conversación pendiente con usted. —Sentí cómo se me encogía el estómago.

—¿Qué puedo hacer por usted?

Aunque luchaba por aparentar tranquilidad, el corazón me daba coces en el pecho. Había visto a Bonny entrando en casa de Jojo y seguramente sabía que la policía de Beausoleil me había interrogado. ¿Intentaría colgarme ese crimen? Un extranjero siempre resultaba un buen chivo expiatorio y el aspecto del inspector no era el de un hombre que se distinguiera por sus escrúpulos.

—Usted conocía a Alexandre Stavisky. —La voz no era amenazadora, parecía simplemente constatar un hecho.

—Solo de forma circunstancial.

¿Qué más le podía decir? ¿Que para qué me lo preguntaba si él estaba con el difunto la noche que me lo presentaron en el Sporting Club?

—También habló varias veces con él por teléfono, ¿no es así? —Tenía los dientes amarillos del tabaco y estábamos tan cerca que podía oler su aliento, mezcla de café con leche y anisete. Probablemente se dio cuenta del escalofrío que me sacudió los hombros—. ¿Cuál fue el motivo de estas conversaciones?

—Monsieur Alexandre, que fue el nombre con el que lo conocí, deseaba que hiciera un trabajo para él.

—¿De qué tipo?

—Relacionado con una documentación que pertenece a mi jefe. —Parecía inútil intentar ocultarle nada a aquel tipo—. Trabajo con *sir* Basil Zaharoff, supongo que habrá oído hablar de él.

—¿Le entregó esos papeles, o al menos parte de ellos, a Stavisky o a alguna persona enviada por él?

—Creo que han estado vigilándome, así que debería saber que no, nunca me comprometí a hacerlo, aunque es cierto que la primera vez que me telefoneó no me negué de forma expresa por no incomodarle. —Si Bonny estaba al tanto de mis conversaciones con el estafador, era importante ser lo más preciso posible.

—... O por no perder el dinero que le entregó como adelanto.

—No fue por eso... —Empecé a tener la impresión de que dijera lo que dijera acabaría acorralado—. Se lo habría devuelto si hubiera tenido ocasión.

—Pero según figura en la matriz del talonario de Stavisky, que obra en nuestro poder, hizo efectivos los cheques, uno de ocho mil y otro de diez mil francos.

—Puedo demostrarle que no es así. —Intenté girarme para buscar la cartera en el bolsillo trasero de mi pantalón y el policía que me vigilaba desde el asiento delantero sacó una pistola de la sobaquera. Bonny le hizo un gesto para que bajara el arma—. Como puede ver, nunca los cobré —dije mientras le enseñaba los dos talones, el que me entregó Stavisky en el casino y el que me había enviado en la carta que había interceptado Jojo. El inspector los observó con detenimiento y después los rompió en pedazos muy pequeños mientras me miraba con una sonrisa desafiante.

—Como le estaba diciendo, tenemos pruebas de que los dos talones fueron cobrados.

—¡Usted no puede hacer eso! —exclamé indignado—. ¡Tengo mis derechos!

—Como acaba de ver, estimado monsieur Ortega, sus derechos me lo paso yo por el Arco del Triunfo —dijo Bonny mientras se peinaba el bigote con la uña del dedo meñique—. No tengo que explicarle lo que supone en estos momentos figurar como beneficiario de un talón de Stavisky por esos importes sin una explicación convincente: su foto en la prensa, interrogatorios, una prisión preventiva que puede dilatarse indefinidamente en el tiempo. Una situación más que comprometida para un extranjero como usted.

—¿Qué quiere de mí? —*The situation* ahora sí que era jodida, no servía de nada andarse con rodeos.

—Que me entregue los papeles que le pidió Stavisky. Lo antes posible, si es tan amable.

—Supongo que estará al corriente de que Zaharoff sigue en Montecarlo y que su documentación se encuentra allí. —Daba por supuesto que el hecho de que yo tuviera que robar los papeles no le preocupaba lo más mínimo.

—También sé que nunca viaja sin ellos y que llegará en cuatro o cinco días, así que tiene usted tiempo de sobra para pensar cómo va a hacerlo. —Bonny sonrió y se encogió de hombros, como indicándome que no tenía otra salida.

—Yo no tengo acceso a los papeles, están muy vigilados... —Había tenido tantas veces la misma conversación que las evasivas me salían ya de corrido.

—Ese es su problema. No me preocupa cómo lo haga, pero le recomiendo que siga mis indicaciones. Si me entrega lo que le estoy pidiendo, le prometo que podrá marcharse a donde quiera libre de cargos. Ahora bien, le recomiendo que no empiece con dilaciones y excusas. —Los dientes manchados de nicotina de Bonny mordían las palabras—. Yo no tengo tanta paciencia como Alexandre y quiero esos papeles cuanto antes. Por otra parte, si usted no es estúpido, habrá entendido que no le conviene hablar de este asunto con nadie. Ya ha podido comprobar hace pocos días lo que puede sucederle si no es discreto.

—¿Qué quiere decir? —pregunté sin querer entender lo que estaba oyendo.

—Ya sabe, lo mismo que a su amiga —respondió Bonny mientras se pasaba la uña del meñique de lado a lado de la garganta con un ruido chirriante. Me revolví con rabia, pero antes de que pudiera levantar la mano me detuvo con una bofetada que me cruzó la cara—. Ahora vaya a casa, tómese un vaso de leche y piense cómo va a conseguir esos papeles. Y no intente escapar, recuerde que le vigilamos.

4

Cuando llegué esa noche al palacete de la avenida Hoche me perseguía la imagen de la pobre Jojo degollada mientras se preguntaba por qué cuernos no estaba yo allí para protegerla. ¿La habría matado Bonny o solo trataba de asustarme? Si realmente había sido él, ¿cuál era el motivo? Probablemente mi amiga fuera informante del inspector: cuando empezó a hablar de más, la despacharon sin contemplaciones. Quizás el inspector también tuviera algo que ver con la muerte de Nadel. Había visto a Bonny en la puerta de su hotel días después de que el cuerpo apareciera en la bahía. Sin embargo, yo seguía convencido de la responsabilidad del viejo. En cuanto a Stavisky, resultaba lógico que el inspector quisiera tapar su relación con el estafador, el origen de sus trajes caros y sus escapadas a Montecarlo, pero ¿para qué quería las memorias de Zaharoff? Quizás solo buscara el dinero que le podría reportar la venta de los papeles a un periódico y no supiera la existencia del arma secreta, de la bomba que podía devastar ciudades. Ese tipo de conspiraciones parecían demasiado complicadas para un poli corrupto.

En cualquier caso, no podía esperar sentado intentando adivinar qué se le pasaba por la cabeza al inspector, si iba de farol o estaba dispuesto de verdad a cortarme el pescuezo. Aunque no tenía duda de que las memorias de *sir* Basil estaban en Montecarlo, en aquel palacete tenía que haber algún papel que sirviese para aplacar al inspector sin arriesgarme a robarle al viejo bajo las narices de los gurkas.

Esa noche esperé a que se retirase el servicio y con mucho sigilo bajé las escaleras en pijama y bata. Si me sorprendían de esa guisa siempre podría inventarme alguna patraña, como que me había perdido buscando el baño o algo así. Las luces del piso inferior estaban apagadas e intenté orientarme como pude. Abrí la primera puerta y me encontré en el comedor. El servicio debía de recoger la vajilla por las noches, pero quedaban dos enormes centros de mesa de oro y lapislázuli. Debían de valer una fortuna. Por desgracia, no parecía que ese botín fuera a calmar a Bonny. Me había explicado muy claramente lo que quería. En la siguiente puerta estaba el despacho. Resultó bastante discreto para pertenecer a uno de los hombres que se suponía que controlaba el mundo: estanterías llenas de libros bien ordenados, un tresillo para las charlas distendidas y un gran escritorio de caoba con la tapa de cuero verde. Sobre él, retratos de líderes mundiales dedicados a *sir* Basil y miniaturas de oro, réplicas de cañones y barcos, exvotos del género que había hecho millonario al mercader de la muerte. Ni un solo papel a la vista. Intenté abrir los cajones superiores, pero estaban cerrados. Aunque sobre la mesa había un abrecartas que podía usar para forzar las cerraduras, no quería dejar huellas de mi búsqueda. Probé con los dos últimos cajones y comprobé con alivio que no tenían echada la llave. Quizás tuviera suerte.

En el primero encontré, reunidas en varias pilas y atadas con una cinta azul, cientos de cartas, probablemente correspondencia con personajes importantes, algo que seguro que tenía que interesar a Bonny. Sin embargo, pronto me di cuenta de que casi todos los sobres eran iguales, que debían de pertenecer a la misma persona. Saqué uno de ellos del fajo y la abrí: «Queridísimo Bim», empezaba diciendo. Las siguientes que leí al azar tenían el mismo encabezamiento; debía de ser un apelativo cariñoso y familiar que recibía el viejo porque todas las cartas llevaban la misma firma: Pilar. Hablaban de anécdotas cotidianas, de alegrías, de pequeños disgustos, de grandes problemas, de las aficiones comunes, contaban simples chismes o anécdotas familiares. Todas trasmitían el mismo amor y el mismo humor, las mismas ganas de vivir, el optimismo de una mujer fuerte. Cuarenta años archivados con la meticulosidad del que revisa aquellos papeles frecuentemente.

Pensé que quizás tuviera más fortuna en el segundo cajón, pero solo había una recopilación de viejos recortes de periódicos de los años veinte, todos ellos sobre Grecia, sobre el entusiasmo que provocaba entre el pueblo heleno la Megali, la gran idea de unir a todos los griegos en un gran Estado con capital en Constantinopla, sobre las primeras victorias de los griegos contra Turquía. También sobre el desastre: las derrotas, la destrucción de Esmirna, el drama del millón y medio de refugiados griegos que tuvieron que abandonar lo que durante generaciones había sido su hogar, el hambre, la necesidad, la muerte. Todo perfectamente encuadernado y clasificado, como el recordatorio de otra pasión rota.

Los contenidos de los dos cajones eran como las dos caras de Zaharoff: la guerra y la ternura, lo malo y lo bueno, lo vil y lo noble; las contradicciones que suelen contener las almas de todos los seres humanos y que pocos conocen, que resultan más llamativas en los poderosos porque nos enseñan solo lo que quieren que veamos. O quizás aquellas cartas y los recortes representaban los dos grandes amores, los únicos afectos sinceros de, como le llamaban los periódicos, «el hombre más malvado de la tierra»: la mujer que no pudo ser del todo suya durante cuarenta años y Grecia, la patria que no le vio nacer, pero que siempre consideró su Ítaca, su única aventura desinteresada, la guerra que nunca hubiera querido perder y su gran derrota. Ahora que, de una u otra forma, las dos le habían abandonado, solo le quedaban unos recuerdos que todos los millones del mundo no conseguirían revivir.

Rebusqué más en ese cajón y encontré otra carpeta escondida al fondo. Quizás esa tuviera algo comprometedor. Lo necesitaba con ansia. Volví a llevarme una desilusión. También una sorpresa, una nueva contradicción: el archivador estaba lleno de recortes de periódicos y folletos pacifistas, textos de H. G. Wells, de Gandhi, del libro *Abajo las armas* de la premio nobel Bertha von Suttner. Muchos de ellos estaban subrayados, algunas frases varias veces. Recuerdo una de Tolstói que me llamó la atención: «La guerra es tan terrible que ningún hombre tiene el derecho de asumir la responsabilidad de comenzarla». Ahora sí que no entendía nada. ¿Qué hacía el mercader de la muerte, el tipo que estaba diseñando una bomba con un poder destructor inimaginable, coleccionando opiniones de pensadores pacifistas? ¿Quería conocer los argumentos de sus adversarios o justificar lo que había hecho?

Volví a guardar las cartas y las carpetas en el cajón del escritorio, intentando dejarlas como las había encontrado. En otro momento me habría apasionado poder revisar aquellos papeles con tranquilidad, poder averiguar algo más sobre la personalidad del viejo a través de este puzle de amor, guerra y aspiraciones filosóficas. Por desgracia, ya no tenía tiempo para esas frivolidades.

5

A menos que a Bonny le interesaran las cartas de amor, cosa que dudaba mucho, solo quedaba una salida a mi situación. Ni siquiera podía considerar la alternativa de acudir a la policía para denunciar al inspector: seguro que tendría conocidos o cómplices en todo el cuerpo. La única posibilidad de salvación era ponerme fuera del alcance de Bonny, darme el piro, largarme lo más lejos posible, a otro país. A Stavisky, lo matara quien lo matara, no le había valido de nada esconderse en un chalet aislado en mitad de las nieves en los Alpes franceses.

El problema era cruzar la frontera. Quizás fuera capaz de salir de París sin llamar la atención, escondido en un camión, como en las novelas, pero el inspector ya habría pasado mis datos a los distintos puestos aduaneros para evitar mi huida. Por más vueltas que le daba, no conseguía encontrar una solución. Para cruzar la frontera de forma clandestina necesitaba entrar en contacto con algún tipo de organización que se dedicara a ayudar a prófugos y yo era solo un extranjero en una ciudad en la que no conocía a nadie.

De repente, en el fondo de la desesperación, recordé algo. Registré atropelladamente la billetera hasta encontrar el papel que buscaba:

Rue Courtalon 1, Grappe d'Or
A partir de las 6 de la tarde
Preguntar por Alex

La tarde siguiente, tras una noche casi en vela y una mañana en la que el tiempo había pasado desesperadamente lento, salí a buscar la dirección que me había dado Émile en caso de que surgieran problemas en París. Si el barman tenía los amigos que yo suponía, el tal Alex seguramente podría ayudarme.

Como sospechaba que los secuaces de Bonny podían estar vigilándome, salí de la casa de Zaharoff por la puerta de atrás y salté en el primer autobús que me encontré. Luego en otro. Tras varios transbordos, no sabía si había despistado a mis posibles perseguidores, pero estaba completamente perdido. Cuando casi tres horas después llegué al cochambroso edificio de dos plantas cerca de Les Halles, me encontraba agotado. Me imagino que es lo mismo que les pasaba a los clientes de la Grappe d'Or. En realidad, aquel antro destartalado era mitad bar, mitad establo de seres humanos: en las habitaciones del fondo dormían, amontonados en el suelo y sobre sus propios abrigos, una mezcla de mozos de carga de los mercados cercanos y de *clochards,* mendigos que se resguardaban del frío por el precio de un par de vasos de vino. A pesar de que las ventanas sin cristales apenas estaban tapadas por periódicos, el olor a sudor, orina y vinagre rancio te golpeaba en la cara como un trapo sucio cuando entrabas allí. Sentí asco y vergüenza. Los meses viviendo en un hotel de lujo me habían hecho olvidar a los millones y millones de seres humanos cuyo único horizonte era lograr subsistir un día más. Aunque, en cierta forma, en ese momento yo buscaba lo mismo que ellos, sobrevivir de la manera que fuera.

Me senté en uno de los bancos de madera junto a un anciano que tenía la cabeza apoyada contra la pared, los ojos cerrados y la boca abierta. Si hubiese estado muerto, nadie se habría dado cuenta. Apestaba a pescado y tenía las mangas cubiertas de una caspa de escamas. En la barra, dos tipos vestidos con los guardapolvos del mercado discutían a voces. ¿Sería Alex uno de ellos? Encajaban en el estereotipo de comunistas clandestinos que había imaginado. De repente, el más joven lanzó un puñetazo y ambos rodaron por el serrín mojado que cubría el suelo. Nadie se levantó, nadie le dio importancia hasta que un camarero muy alto y flaco salió de detrás de la barra y los separó. Luego se acercó a preguntarme qué quería. Llevaba un delantal tan lleno de manchas que no se sabía cuál era su color original.

—¿Un vino tinto? —No estaba seguro de qué era lo que se bebía allí.

—Tráele una jarra de *casse-pattes* —dijo una mujer que estaba sentada un poco más allá. Debía de tener más de cincuenta años, pero por sus pinturas de guerra se adivinaba que seguía en el oficio—. Ya sabes lo que dicen del vino de Aramon, guapo. —A la sonrisa insinuante le faltaban varios dientes—. Calienta el estómago, hace olvidar y consigue que te tiemblen hasta las piernas. Claro que si lo que buscas es calor, yo abrigo más que una manta de visón. Pareces un señorito, ¿te gustan las emociones fuertes?

—Estoy buscando a Alex. —La cara de la mujer perdió su expresión coqueta y me señaló con la cabeza hacia la trastienda.

Resultó que Alex no era el clásico tipo duro de aspecto proletario que yo esperaba, sino una matrona de una edad indeterminada, de moño firme y vestida con una pulcritud que contrastaba con la mugre del local que dirigía.

—¿Te manda Émile? —Su voz era suave, casi como la de una niña—. ¿En qué lío te has metido?

—Tengo que salir de Francia, hay un policía que amenaza con mandarme a la cárcel si no robo algo para él. —Le di un trago a la jarra: era un vinazo realmente apestoso, aunque, como me habían dicho, te ponía a sudar en un segundo.

—Típico de los cerdos. ¿Quién es? Aquí los conocemos a todos. —Los ojos de Alex, por el contrario, eran duros y me miraban de arriba abajo, evaluando riesgos.

—El inspector Bonny.

—¡Valiente hijo de puta! El cochino más grande que existe. Mal enemigo te has buscado, un cabrón retorcido. Solo en este país se les ocurre poner al frente de una investigación al cómplice del estafador.

—¿Sabías que Stavisky y el inspector eran amigos? —pregunté sorprendido y al mismo tiempo aliviado de no ser el único que estaba al corriente.

—A lo que llaman los bajos fondos llegan las noticias mucho antes que a los periódicos, que encima luego callan las que no les interesan. Por lo que se dice, fue Bonny quien le consiguió a «Sacha el guapo» una nueva identidad para que nadie lo relacionara con sus anteriores fechorías y pudiera meterse en el timo ese de los bonos fraudulentos. —Me examinó de nuevo y luego preguntó con desconfianza—: ¿No tendrás nada que ver con Stavisky? Ese asunto está demasiado calentito como para tocarlo.

—Le conocí y me entregó unos cheques para que le entregara unos documentos. Aunque nunca llegué a cobrar los talones, Bonny me chantajea con involucrarme en el asunto —respondí mientras daba otro trago para animarme. De aquel interrogatorio dependía mi única vía de escape y daba la sensación de que no estaba yendo muy bien.

Alex frunció los labios y salió de la trastienda. Por un momento creí que iba a echarme de allí, pero volvió con un cazo lleno de una grasienta sopa de cebolla.

—Come, si sigues bebiendo nuestro *casse-pattes* con el estómago vacío, vas a caerte redondo. —Parecía haber aprovechado la interrupción para pensar—. Aunque en estos momentos, todo lo relacionado con Stavisky quema como el plomo derretido, si vienes de parte de Émile no podemos dejar de ayudarte. Eso sí, tendremos que esperar el mejor momento para sacarte de París. Por suerte para ti, en los próximos días pasarán muchas cosas. El sistema está tan podrido que solo hay que dar una patada para que caiga.

—¿Quiénes sois vosotros exactamente? —Aunque imaginaba que Émile era un espía soviético, necesitaba saber de qué pie cojeaba Alex exactamente.

—Ahora las protestas las están abanderando los fascistas y los reaccionarios —continuó ella sin responder directamente a mi pregunta—. Nosotros, aunque pueda parecer contradictorio, estamos apoyando sus movilizaciones. Como dice el camarada Stalin, no hay peores enemigos que los burgueses de izquierdas, los que gobiernan este país en estos momentos. Cuando acabemos con ellos, nos ocuparemos de la derecha.

—Es un buen plan. —No me pareció el momento de recordarle que en Alemania esa estrategia había pavimentado el camino de Hitler al poder. A mí solo me interesaba una cosa—: Pero ¿cuándo crees que podréis sacarme?

—Todo apunta a que en los próximos días el presidente del consejo destituirá al prefecto de policía por ir demasiado lejos en el asunto Stavisky. Como el prefecto es un reaccionario, los suyos se lanzarán a las calles e intentarán derribar al Gobierno. Se producirán manifestaciones, revueltas, disturbios, incluso es posible que un alzamiento. Aprovecharemos ese momento de confusión para sacarte del país.

—No quiero meterles prisa, pero ya conoce a Bonny...

—En aquella ciudad el culo empezaba a olerme a chamusquina y no podía esperar a que se alinearan todos los astros.

—No serán más de cinco o seis días, te lo aseguro —Alex me cogió de los hombros y me miró con fijeza como intentando transmitirme su valor revolucionario.

¿Qué podía hacer? Le di las gracias y prometí que esperaría sus noticias. Ella me explicó que cuando llegara el momento, Aristide, el camarero alto y flaco que me había atendido cuando llegué al bar, se pondría en contacto conmigo. Me pidió mis señas para hacerme llegar el recado.

—¿El 53 de la avenida Hoche? ¿Vives en casa de Basil Zaharoff, el traficante de armas, el mercader de la muerte? —preguntó con los ojos muy abiertos por la sorpresa. Realmente estaba bien informada.

—Soy su lector, le leo por las noches, solo eso... —respondí con miedo de que todo el plan de huida fuese a irse al garete.

Alex se pasó el delantal por la cara.

—Si fuera creyente, pensaría que eres un castigo de Dios. Bonny, Stavisky, Zaharoff, todo esto no puede traernos más que problemas. Anda, vete ya y estate atento a nuestras noticias.

6

Estábamos a 1 de febrero. La llegada de Zaharoff estaba prevista para el día 5 y a partir de entonces Bonny empezaría a apretarme. Los tiempos eran demasiado justos y esperar sin poder hacer nada, sin saber a ciencia cierta si Alex y sus correligionarios se pondrían en contacto conmigo, resultaba enloquecedor. Además, cuanto más lo pensaba, más descabellada me parecía la opción de los comunistas. Aunque habían prometido sacarme de Francia, ¿quién me decía a mí que no me meterían en una caja y la embarcarían rumbo a las soleadas costas de Leningrado? No podía descartar la posibilidad de que los rusos también creyeran que podía proporcionarles información sobre Zaharoff y quisieran invitarme a unas largas vacaciones para interrogarme.

Sin demasiadas ilusiones, esa noche continué rebuscando en el despacho, incluso revisé página por página los ordenados libros de la biblioteca de Zaharoff, pero fue inútil encontrar nada útil para Bonny. Solo quedaba la salida comunista. Si es que se decidían a tiempo.

La mañana siguiente trajo noticias que permitieron que disminuyera ligeramente mi tensión arterial. Recibimos un telegrama de McPhearson que anunciaba que *sir* Basil retrasaba su llegada hasta el 8 de febrero, lo cual me daba un par de días más para buscar alguna salida. También me encargaba que antes del día 6 retirásemos todas las jardineras de las ventanas. Supuse que era una labor sin sentido que se inventaba el secretario para tenerme ocupado y en ese momento me preocupaba más informar a Bonny de las novedades para que no me presionara más. Escribí una nota y decidí acercarme a la estafeta más cercana del correo neumático, un curioso sistema que existía entonces en París para mandar correspondencia por tubos de aire presurizado.

Aunque miss Campbell me advirtió que no saliera porque esa mañana la calle estaba alborotada, no esperaba lo que me encontré a solo dos manzanas del palacete: coches atravesados, adoquines levantados y trabajadores que apedreaban a los vehículos que pasaban por allí. A pesar de que se trataba de una huelga de taxistas, a ellos se habían unido varios jóvenes bien vestidos que también tiraban piedras a los gendarmes. Como había anticipado Alex, los extremos se aliaban para acabar con el sistema. Luego se disputarían los restos.

Me refugié del tumulto en un café que encontré en una calle lateral. Aunque esperaba ver caras de preocupación entre los parroquianos de aquella zona elegante, daba la impresión de que los disturbios eran tan habituales en los últimos tiempos que ya se habían convertido en parte del paisaje. Me senté, pedí un café y empecé a hojear los periódicos que había encima de la mesa, pero acabé más pendiente de las conversaciones que había a mi alrededor. Stavisky, cómo no. Escandalosas nuevas revelaciones en los próximos días. Políticos incapaces. Es necesario un líder fuerte, como Hitler o Mussolini. O un Lenin.

—Como ve, cada vez somos más los que pensamos que la democracia no es la solución —dijo Spatz von Dincklage mientras se sentaba en mi mesa sin pedir permiso.

—Es curioso —respondí con sorna—. Cuando estaba en Madrid había personas que vivían en mi misma calle a las que no veía durante años y a usted me lo encuentro constantemente en cualquier parte del mundo.

—Como le comenté, me he incorporado al departamento de prensa en la Embajada de Alemania en París. —A pesar del frío parisino, Spatz tenía el mismo aspecto saludable de jugador de tenis que en Mónaco.

—... que casualmente está cerca y resulta que viene todos los días a tomar el café aquí.

—¡Usted siempre tan bromista, Pepe! —exclamó con su sonrisa de muchacho sano e inocente—. No voy a intentar convencerle de que este encuentro es una coincidencia. Creo que a estas alturas debe de creer poco en ellas.

—¿Viene en misión oficial?

—Yo no diría tanto. —Hizo un gesto relajado, como para quitarle solemnidad a la situación, pero notaba su inquietud—. Si no se hubiese vuelto usted tan desconfiado, le diría que vengo a verle como amigo.

—Llega usted tarde, últimamente todos los que quieren joderme dicen que son mis amigos y mi credulidad ya está bajo mínimos. ¿Ha venido a hacer una última oferta para que robe las putas memorias de Zaharoff?

—No, más bien estoy aquí para salvarle el culo —contestó con una sonrisa dura, como advirtiéndome que dejara las ironías.

—Vaya, ¿ahora ya no le interesan los planos de la bomba de todas las bombas? —A estas alturas no cabía duda de que todos los servicios de inteligencia de Europa estaban al cabo del secreto.

—Encontraremos otro procedimiento para conseguirlos, no se preocupe. Además, nuestros brillantes científicos ya están investigando para desarrollar un arma similar. Repito que solo intento ayudarle: me he enterado por fuentes bien informadas de que está usted en peligro.

—No puedo negar que los servicios de inteligencia del Reich están mejorando. —Esto de que los nazis pretendieran hacerme un favor sonaba a broma y, vistas mis circunstancias, por lo menos me quedaba el consuelo de no ahorrarme sarcasmos—: Dígame a qué tipo de peligro se refiere exactamente, quizás se trate de alguna amenaza que aún desconozco.

—Le aseguro que Bonny no es ningún chiste. Si no sale pronto de Francia se arrepentirá. Por eso vengo a ofrecerle la mejor solución: venga conmigo a Alemania.

—¿A cambio de qué otro documento secreto? Le advierto de que ando mal de existencias en este momento.

—De ninguno —respondió mientras acercaba mi taza y se tomaba el café que quedaba.

—Disculpe, pero como decimos en España: a otro perro con ese hueso.

—Se lo digo de verdad. Nos basta con que una persona que haya trabajado con Zaharoff, como usted, denuncie ante la prensa internacional sus manejos y los de sus restantes compinches judíos contra la paz, la conspiración que existe contra Alemania. Eso sería suficiente para abrir los ojos a la opinión pública mundial. Y a usted le reportaría un buen dinero que le permitiría empezar una nueva vida lejos de todos los problemas.

—¿Cómo y cuándo podrían sacarme de Francia? —Aunque no sabía qué era peor, los comunistas, los nazis o Bonny, necesitaba mantener todas mis alternativas abiertas.

—Cuando lo desee, mañana mismo si fuera necesario. —La cara de Spatz se animó al ver que yo no me negaba a su oferta—. Los vehículos con matrícula diplomática atraviesan la frontera sin ser revisados. En cuatro horas estaría a salvo en el Reich.

—Déjeme que lo piense. Dígame dónde puedo ponerme en contacto con usted.

El alemán se puso de pie y dejó encima de la mesa su tarjeta.

—Puede llamar a cualquier hora del día y de la noche. Pero recuerde, Pepe, cada minuto cuenta. Le puedo asegurar que aquí su vida corre peligro.

7

Tic, tac, tic, tac, el tiempo apremiaba y yo no encontraba una solución. Pasé el resto de la tarde metido en la bañera con una toalla puesta en la cabeza e intentando encontrar una solución imposible. Mi vida apestaba. Todas las alternativas que tenía delante eran un asco: acabar en Rusia, en Alemania o en la prisión a la que podía mandarme Bonny. Por no hablar de la peor de todas: que después de hacerle el recado el inspector me despachara de un tiro en la nuca para no dejar cabos sueltos. Estaba a punto de sumergirme para no sacar más la cabeza del agua cuando tocaron a la puerta. Era miss Campell avisándome de que había una llamada urgente para mí.

Salí del baño maldiciendo y temblando de frío. Seguro que era Bonny con una nueva entrega de sus amenazas y apremios. No esperaba la voz serena y monótona que encontré al otro lado del auricular:

—¿Monsieur Ortega? Soy el secretario privado del príncipe Luis II de Mónaco. A su alteza serenísima le gustaría recibirle esta tarde a las seis. Por favor, confírmeme su disponibilidad. —Había olvidado completamente los planes de Carlota y Nanny Wanstall, pero ellas no se habían olvidado de mí.

En esos momentos no estaba para desestimar ninguna oferta, por ridícula que fuera y a pesar de que tenía cosas mucho más importantes de las que preocuparme, a la hora indicada estaba en el palacete donde vivía el príncipe cuando se encontraba en París, es decir, cuando no estaba cazando. Esperé con impaciencia a que me avisaran para la audiencia. Hasta entonces no había conocido a un monarca reinante, aunque fuera de un país de chichinabo, y en otra época habría estado nervioso, pero no tenía la cabeza ni siquiera para eso. No obstante, cuando me hicieron pasar a la sala y Luis II me alargó la mano para saludarme, no fui capaz de aguantarle la mirada y me doblé en una reverencia que no habría igualado el más pelota de sus súbditos. Era alto, grande y algo tosco. La coronilla cortada como por un hacha, el pelo a cepillo y los grandes bigotes desprendían toda la autoridad de lo que en realidad él se consideraba a sí mismo: un coronel de la Legión Extranjera con bastante mala leche. Por algo le apodaban «el príncipe-soldado».

—En primer lugar, debo aclararle, monsieur Ortega —arrancó sin pedirme que me sentara—, que desapruebo prácticamente todas las amistades de mi hija Carlota. Lo hacía antes y lo hago especialmente ahora que se ha divorciado.

—Sí, su alteza serenísima. —¿Qué puede responderse cuando un príncipe comienza una conversación así?

—A pesar de mi amistad entrañable con su rey, desconfío particularmente de los españoles. No en vano han destronado a mi querido Alfonso.

—Sí, su alteza serenísima. —Sus ojos me atravesaban como una aguja a un insecto. Era evidente de dónde había sacado Carlota su carácter.

—Ahora bien, me han informado de que trabaja usted para *sir* Basil Zaharoff. Sepa usted que tengo una enorme consideración por él y por su criterio personal. Solo por ese motivo estoy dispuesto a darle el margen de la duda.

—Muy agradecido, su alteza serenísima.

—El asunto del que creo que le han puesto al corriente tanto mi hija, la duquesa de Valentinois, como Nanny Wanstall es de la mayor importancia. Debe ser resuelto a la mayor celeridad y requiere valor y determinación. —No dejaba lugar a ninguna duda, excusa o disculpa, parecía que solo aceptaría un: «A sus órdenes, coronel».— La situación es grave. Mi yerno, o mi antiguo yerno o como se diga, es una mala influencia para mi nieta. Nunca me gustó ese tipo, tan refinado, tan relamido y tan cursi. ¡Cuerno, qué puede esperarse de un tipo que es incapaz de dispararle a un ciervo ni aunque lo tenga a cinco metros de distancia! Nunca perdonaré al presidente Poincaré que me convenciera para casarlo con Carlota. Según él, ese enlace estrecharía los lazos de Mónaco con Francia. ¡Como si no fueran suficientes mis diez años sirviendo en la Legión Extranjera! ¡Como si no hubiera vertido mi sangre por su bandera! ¿Ve? Por aquí entró la bala que me disparó aquel rebelde argelino en Ain Beida —dijo mientras me enseñaba su costado derecho—. El caso es que me colocaron a ese petimetre que nunca supo manejar a Carlota. Como era de esperar, ella le perdió el respeto y el matrimonio se fue al traste. Ahora, y a pesar de que le paso quinientos mil francos anuales, ¡quinientos mil!, para que viva como un señor sin mover una pestaña, va a conseguir malcriar también a mi nieta. ¡Y a eso no estoy dispuesto! —Se detuvo un momento a recobrar la respiración—. ¿Tiene usted experiencia militar?

—Ninguna, su alteza serenísima. —Como para decirle que me había librado de hacer la mili gracias a un enchufe.

—Me lo suponía. Por suerte, esta operación será comandada por Nanny Wanstall; ella compensará el arrojo que a usted evidentemente le falta. De todas maneras, se trata de una acción muy sencilla, la podría llevar a cabo hasta un cadete. Por eso les dejo a ustedes que discutan los detalles concretos de cómo se llevará a cabo. —Puso cara de fastidio, como si le molestara cansarse, y se sentó. Con un gesto brusco me indicó que hiciera lo mismo—. Ahora hablemos de los aspectos desagradables de esta colaboración. Como todos los sinvergüenzas que rondan a mi hija, me imagino que querrá algo a cambio de ayudarnos.

—Lo cierto, su alteza serenísima, es que creo que yo no...

—¡Ni se le ocurra regatear conmigo! —gritó poniéndose de pie de nuevo.

—Nunca se me ocurriría, pero es que...

—No crea que por ser príncipe soy rico. ¡Y no intente aprovecharse de la situación! Le puedo dar... —dijo abriendo la cartera como el que va a dar una propina a un camarero.

—No quiero su dinero. —Por primera vez, conseguí que su alteza serenísima se quedara sin palabras. Su monólogo me había dado tiempo para pensar en algo que sí me interesaba de él: la solución al problema que me acogotaba en esos momentos—. Haré lo que me pide a cambio de un pasaporte diplomático del principado de Mónaco a mi nombre.

Luis II pasó de la sorpresa a la desconfianza:

—¿Es usted un asesino, un atracador de bancos, un traficante de estupefacientes? ¿Le busca la policía por algún crimen terrible? Le advierto de que puedo enterarme con solo descolgar el teléfono.

—Le aseguro que no se me acusa de nada, solo quiero protegerme contra las posibles consecuencias legales que se deriven del rapto de su nieta.

Nunca he entendido por qué, ante situaciones de presión, mi mente responde a veces con idioteces sin sentido y otras con completas genialidades. No podía confesarle al príncipe el acoso al que me estaba sometiendo el inspector Bonny y la excusa que había buscado me hacía quedar como el caballero desinteresado que no era.

—¿Me da su palabra? Me imagino que sabrá que la nacionalidad monegasca es una de las más codiciadas del mundo, que pocas veces se otorga a extranjeros, y menos aún si conlleva inmunidad diplomática. Con ese pasaporte ni siquiera le podrán poner una multa de tráfico en este país ni en ningún otro. Ahora bien, sepa que tengo la potestad de poder retirárselo cuando lo estime necesario.

—No será necesario, su alteza. Le prometo que seré uno de sus súbditos más respetables —dije con una aún más exagerada reverencia.

8

Tener un salvoconducto para escapar de Bonny hacía que sintiera como si me hubiesen quitado un yunque del pecho. Por desgracia, el príncipe era muy desconfiado y no me entregaría el pasaporte hasta tener a su nieta en su poder, así que no me quedaba más remedio que participar en el sainete familiar. Eso sí, tenía la garantía de que saliera bien o mal aquella misión insensata, ninguna autoridad podría ponerme un dedo encima.

En cualquier caso, el rapto parecía ser tan sencillo como una excursión campestre: distraíamos al servicio de casa del padre, cogíamos a la niña y la llevábamos con su abuelo. Punto y final. Yo ni siquiera tenía que buscar un coche para realizar el trabajo, podía usar uno de los del príncipe; no había necesidad de ocultar los indicios, enseguida se sabría quién había cometido el secuestro. Lo malo es que las cosas nunca son tan bonitas como te las cuentan. A la noche siguiente, de camino a infringir la ley, Nanny Wanstall comentó de pasada un pequeño detalle que hasta entonces se había cuidado mucho de confesar:

—Espero que Tini no tenga uno de sus días malos. Puede resultar muy inconveniente que monte un escándalo —dijo mientras buscaba sus gafas en el bolso.

—¿Quiere decir que la niña no sabe nada de que la vamos a pasar a buscar? —pregunté sin poder dar crédito a lo que estaba oyendo.

—Recuerde que esto es un secuestro —respondió Nanny Wanstall con un gesto para espantar moscas, quitando importancia—. A esa edad los chicos no saben bien lo que quieren, son tan volubles...

—Pero ¿ella no está a disgusto viviendo con su padre?

—Sí, no lo aguanta, le parece un idiota insoportable, pero hay alguien a quien odia aún más: a su madre. Las familias reales son muy complicadas, y esta ni le cuento. No trate de entenderlos, sería una pérdida de tiempo, yo llevo años intentándolo y sigo sin conseguirlo.

—Quizás deberíamos replantearnos todo esto.

Miré por el retrovisor. Hasta entonces no había pensado en cómo reaccionarían los hombres de Bonny, que probablemente estuvieran siguiéndome, si nos veían metiendo a una muchacha a la fuerza en un coche.

—Mire, a esos niños no los han criado sus padres, que siempre estaban muy ocupados en otras cosas sin importancia, sino yo. Les di sus primeras papillas, los he dormido por las noches, cuidé de ellos cuando estaban enfermos, soy la que sabe lo que más les conviene. Y lo mejor para Tini es estar con su familia materna. Además, piense en lo que usted va a sacar por solo una noche de trabajo: inmunidad diplomática y no tener que volver a pagar impuestos en su vida. No me parece mal negocio.

El recuerdo de lo que me esperaba en manos de Bonny convertían en irrebatibles los argumentos de Nanny Wanstall. Además, no parecía seguirnos nadie, así que continuamos nuestro camino y en unos minutos estábamos frente al elegante edificio de apartamentos en el que vivía Polignac. Aparcamos a la vuelta de la esquina, junto a la salida de servicio.

—Yo subiré primero. Aunque el príncipe acepta mi presencia en su casa solo a regañadientes, como le he dicho, hoy libra la otra niñera, y él tiene su tertulia literaria, así que no le queda más remedio que recurrir a mí. Esta es su foto. Cuando le vea salir y alejarse, llame desde esa cabina a este número. Deje sonar tres veces y cuelgue. Repita la operación en varias ocasiones. De esta forma, el mayordomo, que es muy nervioso, se pondrá histérico y no se dará cuenta de que salgo con Tini. Luego mantenga el motor en marcha y esté atento a que Baptiste, el portero, no aparezca merodeando por aquí. Si le ve, toque la bocina.

Nanny Wanstall entró por la puerta de servicio y yo fui hacia la cabina. Me tranquilizó ver que la calle estaba casi vacía, como es habitual en la mayoría de los barrios acomodados a esas horas. Volví a comprobar que no se veía ningún coche sospechoso aparcado. Quizás Bonny contara con que el miedo sería el mejor antídoto contra mi huida.

Al cabo de un rato vi salir al hombre de la foto —distinguido, bigote, pelo ligeramente canoso asomando bajo un sombrero marrón—, vistiendo un abrigo muy bien cortado, de esos que llaman de piel de camello, y una bufanda de seda al cuello. Creí que le estaría esperando un chófer o que tomaría un taxi, pero se subió los cuellos para resguardarse del frío y se alejó andando. Esperé unos momentos y empecé a llamar por teléfono. Tres timbrazos y colgaba. Repetí la operación dos veces más. La cuarta vez no pude resistirme a esperar a que atendieran.

—¡¿Quién es, por Dios?! —respondió una voz fuera de sí.

—¿Es la carnicería Coppet? —Hacía tiempo que no hacía bromas telefónicas y recordé lo que me gustaban cuando era estudiante.

—¡No! ¿Quiere dejar de llamar a este número? Esta es una casa decente.

—Pero ¿no tienen carne de caballo?

El golpe al colgar casi me deja sordo. Volví a llamar.

—Hola, somos de la carnicería. Ya tenemos su carne de caballo. —Juraría que el grito del mayordomo se oyó desde la calle.

Todavía me reía cuando regresaba al coche. En ese momento vi a Polignac volviendo sobre sus pasos, como si hubiera olvidado algo. Avisé a Nanny Wanstall tocando el claxon y me acerqué para interceptar al conde.

—Buenas noches, perdone que le moleste. ¿Sabe si hay alguna carnicería abierta por aquí? —Como era de esperar, fue lo primero que me vino a la cabeza.

—¿A estas horas? —Me miró como si fuera una aparición. Era un hombre apuesto, con una cara amable—. Son más de las ocho de la tarde.

—Disculpe, soy extranjero y aún no conozco bien las costumbres.

—Por su acento —dijo en un castellano suave y musical—, me da la impresión de que es usted español, ¿no es así, señor? Aquí a los carniceros no les gusta trabajar hasta tan tarde como en su país.

—Habla usted muy bien mi idioma —respondí sorprendido y satisfecho por haber encontrado la forma de hacerle perder el tiempo.

—Mi madre era mexicana, solíamos usarlo con ella. Era como viajar a esa tierra tan linda y tan distinta. —Aunque, como me habían anticipado, era un poco afectado, me cayó bien Polignac. Intenté entretenerlo un poco más, pero se despidió disculpándose por sus prisas, no sin agradecerme la oportunidad de hablar de nuevo ese idioma tan querido para él. No sé cómo un hombre educado y cortés como aquel pudo sobrevivir tantos años al terremoto de Carlota.

La vuelta del conde retrasó un poco toda la operación. Tuve que esperar a que bajara de nuevo y se alejara para volver a martillear a llamadas a un mayordomo que debía de estar al borde del ictus. Finalmente, y cuando ya empezaba a ponerme nervioso, apareció Nanny Wanstall en la escalera de servicio llevando en una mano una maleta y de la otra a una muchacha gordita, no muy agraciada y con un abrigo dos tallas más grandes que la suya.

—Vamos, no perdamos más tiempo —apremió la niñera como si la culpa del retraso fuera mía. En ese momento Antoinette se soltó de la mano de la *nanny*.

—He olvidado mi diario —dijo cruzándose de brazos—. No pienso ir a ninguna parte sin él. —La niñera prometió volver a buscarlo más adelante e intentó arrastrarla hasta el coche, pero la muchacha se negó en rotundo a dar un paso más.

—O me lo traes o me pongo a gritar hasta quedarme afónica.

Aunque la *nanny* hizo ademán de soltar una colleja, conocía la tozudez de su pupila y prefirió volver a recuperar el diario, no sin antes advertirme de que no la dejara marcharse.

No me dio tiempo ni a protestar. La situación no podía ser más ridícula. ¿Cómo iba a retener a Antoinette si decidía salir corriendo? A los ojos de cualquiera que pasara por allí parecería un secuestro de libro. La adolescente debió de darse cuenta de mi incomodidad y sonrió con malicia. Hizo un amago de arrancar a correr hacia un lado, luego a otro, solo por el placer de ver mi cara de agobio.

—¿Quién eres? —preguntó por fin.

—Un amigo de tu abuelo. —Si hablaba de su madre a lo peor salía huyendo de verdad.

—Si no quieres que me escape, dame un cigarrillo y cincuenta francos. —No discutí, pero cuando se los entregué exigió dos pitillos y otro billete más por no empezar a gritar. Si no hubiera vuelto Nanny Wanstall me habría vaciado la cartera y el paquete de tabaco.

Durante el trayecto, Tini se dedicó a hacer todo tipo de estupideces, desde golpear los cristales del coche fingiendo pedir auxilio hasta apretarse el cuello con las dos manos para que desde fuera diera la impresión de que la estaban estrangulando. Afortunadamente, los viajeros de los otros coches la ignoraron o cayeron en la cuenta de que se trataba de una niña haciendo el idiota. Solo recuperé el aliento cuando entregué a Antoinette a su abuelo sin mayor novedad. No puedo decir que el encuentro fuera muy afectuoso: aunque la recibió en la puerta de la casa, apenas le pasó la mano por el pelo y la mandó a su cuarto, como si fuera otro día cualquiera. El sentimentalismo no parecía uno de los defectos de aquella familia. Tampoco la escrupulosidad para cumplir lo prometido: cuando le pregunté al príncipe por mi pasaporte, me encontré con una sorpresa que no esperaba.

—¡Como usted comprenderá, no lo tengo aquí! Además, el funcionario encargado de emitirlo tiene la escarlatina y no puede pretender que me ponga yo a hacerlo —contestó molesto y hasta ofendido—. Vuelva en cuatro o cinco días a buscarlo, ¡y no moleste más!

No me dio tiempo ni a protestar y me cerró la puerta en las narices.

9

Otra vez igual, compuesto y sin papeles. Como casi todas las noches desde que había llegado a París, apenas pegué ojo y cuando conseguí quedarme dormido me persiguieron las pesadillas. En realidad, era una sola que se repetía con distintas variantes, de la que intentaba escapar, pero que se adhería a mi subconsciente como una goma de mascar a un zapato:

Estoy en el casino, en uno que no reconozco, un salón alargado, casi como un tubo, con las paredes tapizadas en rojo y los techos muy bajos, tanto que apenas quedan a un palmo de mi cabeza. Por el contrario, las mesas son más altas de lo normal y casi me llegan a la barbilla. Alrededor de la mía hay varias personas que al principio solo son sombras. Luego empiezo a reconocer a Zaharoff, a Stavisky, a Bonny. Todos están en mangas de camisa, parecen muy acalorados, y yo en cambio tengo frío, un frío que me llega hasta la médula. Empiezo a jugar y hacerlo me calienta. Estoy perdiendo, pero no me importa porque cada vez que apuesto siento que mi temperatura sube un poco, que me encuentro mejor. Sin embargo, me estoy quedando sin fichas.

—No se preocupe, *mon ami,* pronto cambiará su suerte —dice con una sonrisa el crupier. El mechón blanco, la barba de chivo y el monóculo; es el falso conde portugués que me estafó en mi primera visita al casino de Montecarlo. Lleva unos guantes rojos, una gruesa bufanda de rayas y su frente brilla por el sudor. Al verle quiero dejar de jugar, pero cada paso que doy para alejarme de la mesa me congela y no me queda más remedio que acercarme de nuevo.

—Apueste al nueve, *cher* Pepe —sugiere Zaharoff con una sonrisa amable. Ya no me quedan fichas y cada vez tengo más frío. La mesa parece que ha crecido y ahora me llega a la altura de la nariz. Rebusco en los bolsillos y solo encuentro los pendientes que le regalé a Jojo por Navidad. Los pongo en el nueve, como me han indicado.

—*Rien ne va plus!* —La bola gira con rapidez, pierde velocidad, empieza a brincar entre los números. Por un momento queda suspendida entre el nueve y el número contiguo.

—¡Treinta y uno, negro, impar y pasa! —Con un gesto rápido de sus manos enguantadas de rojo, el *stick* de madera del conde portugués barre todas las apuestas perdedoras. Luego me señala a dos tipos, dos sombras de gran tamaño que están detrás él—: Monsieur Ortega ya se va; acompáñenle, por favor. —Se acerca y me pone su bufanda al cuello—. Tome y abríguese, lo va a necesitar —me anuncia con una sonrisa angelical.

Las sombras me arrastran hacia la puerta y cada vez tengo más frío. Lucho, pero es inútil. Despierto sin aliento y tiritando. El sueño pegajoso me envuelve de nuevo y regreso al casino. Así toda la noche.

Agotado y sin una idea clara, bajé a desayunar. Ni siquiera el café consiguió quitarme el frío que sentía dentro.

Miss Campbell me trajo los periódicos y, a pesar de que no tenía la cabeza para nada, hice un esfuerzo por leerlos. Finalmente —y como me había anticipado Alex, la conspiradora comunista—, el nuevo Gobierno había relevado al prefecto de policía bajo la acusación de extralimitarse en la investigación del asunto Stavisky. Aquella era la provocación que esperaba la derecha radical y esa tarde todos los grupos que la componían, desde los Camelots du roi hasta Action Française, habían convocado una gran manifestación. Los sindicatos y las asociaciones comunistas también se habían unido a movilizaciones de protesta contra la corrupción, y las tropas de la guarnición de París estaban acuarteladas por si fuera necesaria su actuación.

Era 6 de febrero. Aunque barruntaba que tenía alguna tarea pendiente relacionada con esa fecha, tuvo que ser miss Campbell quien me recordara que *sir* Basil había pedido que retirásemos las jardineras y asegurásemos las ventanas.

—¿Es habitual que el señor ordene quitar las flores? —pregunté al ama de llaves mientras observaba cómo el servicio cumplía con el encargo con la mayor delicadeza para no estropear las plantas.

—No, todo lo contrario, no lo hacía desde hace casi veinte años; concretamente desde el 31 de julio de 1914. Como aquel día, también nos ha recomendado que no salgamos a la calle —respondió. La fecha me sonaba, pero solo me sorprendió la memoria de miss Campbell para los datos insignificantes.

Pasé la mañana dando vueltas como un mono enjaulado hasta que decidí que no iba a esperar sentado a que su alteza serenísima se dignara a mandarme el pasaporte cuando le viniera bien. Hasta aquí habíamos llegado, esta vez no iba a dejarme avasallar tan fácilmente como la noche anterior, por muy príncipe que fuera Luis II. Emplearía la táctica terrorista de

Antoinette: o me daban de inmediato lo que quería o el escándalo resonaría hasta en la Cochinchina. Volví al palacete y llamé a la puerta con decisión. No tenían ni idea de lo que podía llegar a ser un español cabreado.

—Tengo que ver inmediatamente a su alteza, se trata de un asunto de máxima importancia —dije mientras irrumpía en el recibidor sin que me invitaran a hacerlo. No volverían a cerrarme la puerta en la cara y no admitiría excusas.

—Su alteza partió esta misma mañana para Mónaco —respondió el mayordomo sin alterarse por mi impetuosidad. La noticia fue como un gancho al mentón.

—¿No dejó nada para mí? Me llamo José Ortega —fue lo único que pude decir.

—Me temo que no. Ahora, si me permite, tengo que acabar de barrer el recibidor.

El mayordomo me tomó con suavidad del brazo y me depositó en la puerta sin que yo fuera capaz de resistirme. Me habían tomado el pelo de la manera más miserable, utilizado como un trapo para su estúpido secuestro y luego se habían olvidado de mí. Mis esperanzas de salir de París, al cubo de la basura.

Para empeorar aún más las cosas, cuando volví a la casa de la avenida Hoche me encontré con un correo neumático: era de Bonny y me apremiaba a entregarle documentación cuanto antes. No sabía si no había recibido la carta en la que le comunicaba que Zaharoff retrasaba su llegada o si solo quería ponerme más nervioso de lo que estaba. Lo consiguió. No suelo beber antes de comer, pero pedí un whisky doble que el ama de llaves trajo sin levantar una ceja, ni siquiera cuando me tomé el segundo. Volvía a tener al inspector bufándome en el cuello y me había quedado sin salvoconducto, sin la solución fácil a mis problemas. Ahora solo quedaban las imprudentes. Cuando ya estaba más cerca de la obtusidad alcohólica que de ver la luz al final del túnel, volvió a aparecer miss Campbell, esta vez con una nota escrita en papel de estraza y cerrada con un pegote de cola.

—Es sorprendente la cantidad de correspondencia que recibe para ser extranjero y acabar de llegar a París —reflexionó mientras me la entregaba con la nariz apuntando al techo—. Esto se lo acaba de traer *a very smelly lad,* un muchacho muy apestoso. —Sin abrirla supe que venía de un lugar en el que no abundaban los aromas excelsos. La letra era redonda y chata, de una mujer trabajadora:

> Reúnase con Aristide a las seis de la tarde en el metro de la plaza de la Concordia, en la salida situada junto al Ministerio de Marina.

No estaba firmada, pero solo podía ser de Alex, la dueña de la Grappe d'Or.

10

La estampida del príncipe hacia Mónaco no me dejaba otra
alternativa que acudir a aquella cita de resultado incierto. No
es que me entusiasmasen los comunistas, pero ya sabía cómo
se las gastaban los nazis y decidí arriesgarme. Miss Campbell
volvió a advertirme de los posibles peligros de aventurarse por
las calles aquella tarde y antes de salir guardé en el bolsillo
interior de la chaqueta la pistola que me había dado Émile,
aunque no sabía para qué podía necesitarla.

Ya que la cita era en la salida del metro de la plaza de la
Concordia, decidí utilizar ese transporte público, aunque enseguida me di cuenta de que no era buena idea: los vagones
estaban a reventar de veteranos con medallas en el pecho de
sus abrigos, de muchachos con boinas y brazaletes azules,
blancos y rojos que desafiaban el frío de la tarde brumosa con
camisas de organizaciones paramilitares de la derecha radical,
de proletarios con pañuelos encarnados al cuello. Al leer la
noticia no había caído que la gran manifestación que anuncia-

ban los periódicos estaba convocada en la propia plaza de la Concordia con la intención de marchar sobre el palacio Borbón, la sede de la Asamblea Nacional, del Parlamento, que estaba al otro lado de un puente que cruzaba el Sena. ¿Para qué me había citado Alex precisamente allí y a la misma hora de la protesta? Quizás planearan sacarme esa misma noche de París aprovechando la confusión. Lamenté no haber traído algunas de mis cosas, pero no podía pretender escaparme con la maleta bien hecha y la ropa recién planchada.

Tanta era la cantidad de gente en la estación de la plaza de la Concordia que tardamos casi media hora en ganar la calle. Yo no dejaba de mirar el reloj, preocupado por llegar tarde a la cita y cuando por fin conseguí acceder a la superficie me di cuenta de que iba a ser poco menos que imposible encontrar a Aristide. Ya era de noche y una inmensa muchedumbre cubría hasta donde abarcaba la vista. Un mar de banderas llenaba la plaza.

—¡No se veía tanta gente aquí desde julio de 1914! —exclamó eufórico un excombatiente con el ojo derecho tapado con un parche que se apretujaba contra mis riñones.

31 de julio de 1914, el estallido de la guerra, la fecha en la que, según miss Campbell, Zaharoff había hecho retirar las flores por última vez. ¿Por qué había vuelto el viejo a dar la misma orden ese 6 de febrero? Aquel desasosiego se mezcló con el que siento en las grandes aglomeraciones de masas enfervorizadas. Era imposible localizar a mi contacto en medio de la multitud e intenté retroceder de nuevo hacia la parada del metro, pero por más que lo intentaba, no solo no conseguía volver a mi punto de partida, sino que, como esas resacas que te arrastran mar adentro, cada vez estaba más lejos de mi destino. La corriente me llevó primero hasta el centro de la plaza y acabó depositándome cerca de la cabecera de la manifesta-

ción, junto al puente que cruzaba el Sena. Un bloque compacto de camiones y policías cerraba el paso a los manifestantes hacia la Asamblea Nacional. Empecé a sentir la excitación del periodista, esa sensación estimulante de estar en el centro de la noticia.

—¡Vendidos!

—¡Abajo los ladrones!

—¡Sinvergüenzas!

—¡Stavisky al Panteón!

Comparado con los políticos, para los manifestantes el estafador merece un funeral de Estado. Los gritos son replicados por miles de voces indignadas, por las banderas tricolores, por las que llevaban bordada la flor de lis, por las guerreras negras al estilo de los fascistas italianos, por las insignias con calaveras pinchadas en las solapas; incluso por algunos sacerdotes con estampitas de Juana de Arco pegadas en la sotana. La multitud arranca a cantar *La Marsellesa* como si fuese un motor diésel, subiendo el tempo progresivamente hasta llegar a abarcar la plaza. Después le sigue *Le Royale*, un himno monárquico, y un grupo que viene de los Campos Elíseos intenta acallarlo entonando *La Internacional.* Llevan la pancarta de una asociación de excombatientes comunistas. Entonces le veo, con la cabeza descubierta y el puño en alto. Es Aristide. Está a menos de treinta metros y nos separa un mar de cuerpos vociferantes y cada vez más encrespados. Tengo que hacer uso de los codos para intentar acercarme y sin embargo la marea me rechaza una y otra vez. Pierdo mi sombrero de un manotazo y no intento buscarlo. Trato de no perder de vista al muchacho y lucho contra aquel pulpo de mil brazos. No sé cuánto habré tardado, pero acabo llegando hasta él. Por encima de algunas cabezas que aún nos separan consigo tirar del hombro de su abrigo y atraerlo hacia mí. Desafiante, se echa hacía atrás para repeler una agresión.

—¡Aristide! —grito para hacerme oír—. Soy Pepe, el amigo de Alex. —Frunciendo el ceño, hace un esfuerzo por acercarse a mí.

—¿Qué hace aquí?

—Recibí su mensaje, pero no le encontré junto al metro.

—Nosotros no le hemos mandado ningún mensaje.

—¡Le digo que recibí su nota! —Elevo la voz porque creo que no me ha oído.

—¡Le digo que se equivoca! ¿A quién se le ocurriría citarle aquí? ¡Váyase ahora mismo!

En ese momento la corriente se mueve con el ruido sordo de un animal gigantesco y me aleja de él. ¿Qué significa aquello? ¿Alguien me ha tendido una trampa? No tengo tiempo de pensar más. Como si hubiese tomado conciencia de que ha alcanzado el volumen crítico, la muchedumbre se lanza sobre el cordón policial que custodia el puente.

—¡A por ellos!

Los exaltados quieren atravesar la barricada, llegar a la Asamblea, sacar a rastras a los diputados del Gobierno y tirarlos al río. Yo busco la forma de salir de allí como sea, pero la marea vuelve a arrastrarme a las filas de vanguardia. El voltaje se dispara. Es como una ola que va a romper contra un malecón. A pesar de que las fuerzas del orden resisten con dificultades los primeros empellones de los radicales, los nervios afloran entre los agentes asediados. A algún mando se le ocurre que ha llegado el momento de despejar la plaza sin darse cuenta de que es demasiado tarde para hacerlo: protegidas por sus escudos, las unidades antidisturbios se lanzan sobre los manifestantes repartiendo porrazos a derecha e izquierda. Consiguen hacerlos retroceder unas decenas de metros a base de abrir cabezas hasta que una lluvia de adoquines, trozos de carbón y piedras arrojados sobre ellos les obliga a retirarse. Por suerte, consigo alejarme y salgo indemne del intercambio de golpes.

Un conductor despistado intenta meter un autobús en la plaza y los revoltosos hacen bajar a los pasajeros. La multitud se contrae y se expande, nos aplastamos unos contra otros. Un tipo bien vestido arranca la tapa del depósito y la enseña triunfal. Luego arroja una cerilla al depósito. La llamarada enciende toda la explanada, que se llena de un olor a petróleo y goma quemada. La muchedumbre es rehén de los alborotadores. Los potentes chorros de un camión de bomberos intentan apagar el fuego y de paso barrer a los manifestantes, pero las mangueras son cortadas a navajazos. Las pedradas han acabado con las farolas y la plaza está completamente a oscuras.

La situación está descontrolada y, después de unos minutos de desconcierto, los mandos policiales ordenan aplastar la revuelta como sea. Entre el humo, tras la barricada de contención que protege el puente, aparece un destacamento completo de los jinetes de la Guardia Republicana vestidos para combate. La turba asustada se revuelve, tira de mí, me lleva al frente y acabo separado de los caballos por apenas veinte o treinta filas de cabezas. Los animales resoplan nubes de vapor blanco mientras los guardias desenvainan los sables. La masa palpita titubeante. Vuelvo a intentar atravesar la muralla de cuerpos para largarme, pero no lo consigo. Estoy justo en el camino, en la trayectoria de lo que parece una carga de los cosacos rusos. Un toque de corneta, un estruendo de cascos sobre los adoquines y los jinetes se lanzan al galope sobre nosotros blandiendo sus sables por encima de sus cabezas. Un grito de horror al unísono y la multitud se abre como el mar

Rojo ante Moisés. Intento apartarme, pero uno de los caballos me golpea y me arroja al suelo. Yo, que nunca he estado en una guerra, por fin comprendo lo que debe de sentirse en una batalla. Solo quiero correr, salir de allí como sea, sin importar a quién tenga que pisar.

Pero sigo en el suelo y uno de esos caballos, espumeantes y llenos de sudor, viene hacia mí. Me hago un ovillo y rezo para que me pase por encima. De repente, el caballo empieza a patinar aterrorizado y acaba por derribarse justo a mi lado. Preparados para ese tipo de lucha callejera, los alborotadores radicales esparcen bolas de rodamientos sobre el empedrado para que las cabalgaduras pierdan el equilibrio. Otros con menos escrúpulos utilizan bastones con cuchillas de afeitar en el extremo para cortar los tendones de los pobres animales, que se desploman sobre el pavimento entre relinchos histéricos. Los jinetes derribados, después de recibir los golpes de la multitud, consiguen llegar en desbandada al puente. Los manifestantes también acusan la carga y se han retirado casi hasta la altura del obelisco que está en el centro de la plaza, dejando una tierra de nadie regada de caballos heridos, sangre y cascotes.

—¡Asesinos!

—¡Asesinos!

—¡Asesinos!

Los gritos llenos de rabia impulsan a la turba, que vuelve a avanzar sobre el puente. De repente suena una detonación, luego otra. No se sabe de dónde vienen. Los manifestantes se agachan y los policías se refugian tras sus vehículos. Los oficiales intentan evitarlo, pero los agentes están nerviosos y uno de ellos dispara. Le sigue una descarga cerrada. A mi lado empiezan a caer cuerpos desvencijados, como muñecos derribados por un golpe seco. Corro, corro sin saber hacia dónde. Siento un golpe en la cabeza y no recuerdo nada más.

II

Abrí los ojos en un hospital. A izquierda y derecha había dos hileras de camas con enfermos. O heridos, probablemente de la manifestación. ¿Cuánto tiempo había pasado? Era de día. Intenté mirar el reloj, pero me di cuenta de que estaba esposado al armazón metálico del catre. Con la otra mano me toqué la cabeza, la tenía vendada. A los pies de mi cama había una enfermera que tomaba notas en un cuaderno.

—Ha tenido usted mucha suerte, la bala solo le rozó. Cinco centímetros más y le habrían reventado la cabeza como un melón —me informó al verme despierto. Las náuseas me revolvieron el estómago. La sutileza no parecía ser el fuerte del personal sanitario de aquel lugar.

—¿Dónde estoy?

—En la enfermería de la prisión de La Santé. Lo suyo no es grave, mañana le trasladarán a los calabozos. Aproveche y descanse.

Fue inútil intentar averiguar más, saber por qué estaba allí ni de qué me acusaban. Traté de protestar, pero debían de haberme sedado y me costaba hablar. Volví a dormirme.

Cuando desperté de nuevo, en vez de la enfermera me encontré con dos tipos mal encarados con pinta de policías. Me entregaron mis ropas, la chaqueta aún manchada de sangre, y vigilaron mientras me vestía. Cuando me puse de pie, me mareé y tuve que volver a sentarme en la cama. Me levantaron y me pusieron las esposas, todo sin responder a mis preguntas. Salimos a un patio y me empujaron dentro de la parte trasera de un automóvil. Cuando traspasamos las verjas de la prisión, el que estaba junto a mí me enfundó una bolsa en la cabeza. Fundido a negro. El pánico me impedía respirar con normalidad. ¿Qué significaba aquello? ¿No había dicho la enfermera que estaba en la prisión de La Santé? ¿Dónde me llevaban de esa forma? Sentí que me asfixiaba bajo esa capucha, que el corazón iba a estallarme. Estaba mareado y tenía ganas de vomitar. Por suerte, el viaje no debió de ser muy largo. Bajamos del coche, descendimos unas escaleras y me hicieron sentar en una silla. Cuando me quitaron la bolsa, estaba en un sótano y tenía enfrente al inspector Bonny.

—Disculpe que le hayamos traído hasta aquí de esta forma tan grosera —dijo con una sonrisa que dejaba ver sus dientes amarillos y puntiagudos—. Tenía que verle en un lugar en el que pudiéramos hablar sin que nos molestaran.

El sótano era pequeño, no tenía ventanas y solo estaba iluminado por una bombilla que colgaba de un cable. Podría haber sido el calabozo de una comisaría, pero por la forma de llevarme allí tenía que tratarse de algún centro de detención clandestino.

—Por si aún no se ha dado cuenta, señor Ortega, su situación ha empeorado significativamente. —Acercó otra silla y puso su pie, un zapato de cuero fino, encima del asiento mientras se inclinaba hacia mí—. Ha sido detenido durante una revuelta, prácticamente un golpe de Estado, en la que han fallecido dieciséis personas y se han producido dos mil heridos. —Volví a marearme, me dolía la cabeza, podía estar muerto.

—Yo solo me encontraba allí por casualidad, no tengo nada que ver con la manifestación, soy extranjero, no entiendo de política. —Aunque todo eso fuera cierto, sonaba como una excusa penosa.

—Estaba allí porque se había citado con el miembro de una célula comunista clandestina. —Ahora tenía la cara de Bonny a un palmo de la mía. Como la otra vez, podía oler el pastís mezclado con café en su aliento.

—Así que fueron ustedes los que me enviaron la nota en la que me citaban en la boca del metro. —Me costó no decirle que era un retorcido hijo de puta.

—¿Le gustó mi imitación de la letra de una tabernera? —respondió Bonny con satisfacción—. Un buen policía debe tener oídos en todas partes. Incluso en un agujero fétido como la Grappe d'Or.

—¿No tenía suficiente con los talonarios de Stavisky para chantajearme? ¿Para qué me metió en aquel avispero? —La herida de la cabeza seguía doliéndome y tenía una difusa sensación de irrealidad.

—Debo confesarle que le he mentido. —Bonny fingió una cara de payaso triste—. Desgraciadamente, no dispongo de las matrices de los cheques ni de prueba alguna de que usted cobró los que le entregaron. Pero ahora le tengo donde quería: puedo acusarlo de asociación con los alborotadores que causaron esta desgraciada masacre. Aunque la manifestación estaba convocada por los movimientos de derecha, los provocadores ya sabemos todos de dónde vienen.

—A pesar de todo tiene usted problemas, ¿verdad? —aventuré intentando borrar esa sonrisa sarnosa aunque me saliera caro—. De lo contrario, no me habrían sacado de la prisión como lo han hecho para traerme a este agujero.

—No es usted tan tonto como parece —respondió con una mueca—. Por una vez voy a ser franco con usted. He sido suspendido de servicio hace unos días. Algunos envidiosos hicieron correr el rumor de que había sido visto con Stavisky antes de su muerte.

—Así que necesita los papeles de Zaharoff para comprar protección política.

—En efecto, además del dinero que puedo conseguir, necesito amigos influyentes, aunque sea teniéndolos sujetos por los cojones —dijo tirando con rabia de su puño para abajo.

—Si está suspendido, no puede hacer nada contra mí. Además, asistir a una manifestación autorizada no puede considerarse un delito. —Estando en un calabozo clandestino no me convenía hacerme el gallito, pero no estaba dispuesto a dejarme tomar el pelo de nuevo como con el asunto de los cheques.

—No olvide que sigo teniendo muchos amigos en el cuerpo y subestima la solidaridad policial, así como nuestra capacidad de presentar los hechos de la forma que más nos conviene. Sin embargo, en su caso no voy a tener que tomarme la molestia de pedir que coloquen en su abrigo unos gramos de heroína o un arma. De eso se ha encargado usted solito. —Bonny, con la mano envuelta en un pañuelo, sacó un objeto oscuro de una bolsa—. Aquí tiene la Walther que llevaba usted en el bolsillo de su chaqueta cuando lo recogieron inconsciente en la plaza de la Concordia.

Volví a marearme, la cabeza me daba vueltas. Había olvidado completamente la pistola de Émile, ni siquiera me había acordado de ella durante los peores momentos de la manifestación. Ahora era como un dedo acusador que me incriminaba.

—Es una suerte increíble que usted mismo se haya puesto la soga al cuello. Como le acabó de comentar, en la noche del día 6 de febrero murieron dieciséis personas, casi todas por heridas de bala; varias provenientes de armas del calibre 7,65 milímetros, como la suya.

Bajé la cabeza derrotado. Daba igual que dijera que no había utilizado la pistola. Sabía que ellos podrían apañarlo para que pareciera que sí lo había hecho. Teniendo en cuenta la convulsión política, los jueces tendrían pocas dudas en dictar una sentencia ejemplarizante contra un agente provocador que, para empeorar aún más las cosas, era extranjero.

—Como verá, si no quiere pasar un buen tiempo en prisión, no tiene usted más alternativa que hacer lo que le estoy pidiendo a la mayor brevedad. Zaharoff volverá a París mañana. Le doy dos días a partir de cuando le dejen suelto para que encuentre los documentos y me los entregue. ¿Me ha comprendido? —Asentí sin levantar la cabeza—. Ahora, y como no todo va a ser amabilidad, le voy a dar un pequeño adelanto de lo que le puede pasar si no me obedece. —Uno de sus matones alcanzó a Bonny una guía telefónica—. No se preocupe, no voy a obligarle a que se la lea. Hay formas mucho más divertidas de que recuerde una promesa. —No me dio ni tiempo a encogerme antes de que me descargara un golpe bestial en la cara—. Para que no tengamos problemas, solo trabajaré la herida que ya tiene de la manifestación. Así no podrá quejarse de que le dejamos marcas nuevas. —En efecto, el segundo leñazo fue justo en la zona que tenía vendada. Al tercero perdí de nuevo el conocimiento. Supongo que el inspector quedaría decepcionado: no tengo mucho aguante para las palizas.

12

Cuando volví a despertarme me encontraba, ahora sí, en el estrecho calabozo de una comisaría de policía. Los últimos días habían sido como atravesar un largo túnel en el que solo muy de vez en cuando atisbaba la claridad. Estaba débil, al principio casi no podía levantar la cabeza, pero el rancho a base de judías blancas que me pasaron por la trampilla de la puerta ayudó a que me fuera recuperando; no recordaba haber comido nada desde que había salido del palacete de la avenida Hoche la tarde de la manifestación. Empecé a sentirme mejor, casi a gusto dentro del calabozo. Allí estaba protegido y, aunque cada tanto pasaba un policía y me insultaba a través de los barrotes o me amenazaba con un interrogatorio, sabía que los auténticos problemas empezarían cuando saliera a la calle. Bonny necesitaba los papeles y pronto se encargaría de que me soltaran. A pesar de no tener un espejo a mano, sentía la cara hinchada y un ojo medio cerrado. Menos mal que había tenido el buen sentido de no hablarle al inspector del arma secreta que supuestamente contenían las memorias; seguro que me habría apretado las clavijas hasta hacerme crujir los huesos. Dos días para llevar a cabo un robo del que me veía incapaz. A esas alturas ya no me preocupaban las posibles represalias de Zaharoff. Simplemente me parecía imposible poder burlar la vigilancia y conseguir huir con los documentos sin ser visto. Sin embargo, era obvio que Bonny no se iba a contentar con excusas.

Me aferraba a cada minuto que me quedaba en aquel cuartucho apestoso, sobre ese colchón que era un mapamundi de manchas en distintas tonalidades de ocre. Cada vez que oía un ruido, un grito o un portazo, me sobresaltaba pensando que iban a ponerme en libertad. No tardaron mucho. A primera hora del segundo día descorrieron el cerrojo de la puerta y un guardia me tiró mi abrigo.

—¡Venga, fuera! —dijo malhumorado, como al que le fastidia perder un cliente—. Debes de ser el único detenido al que vienen a recogerle en un Rolls Royce.

Lucía el sol, pero la mañana era muy fría y húmeda. Empezaba a correr el reloj para Bonny, tic, tac, tic, tac. McPhearson y Elan me esperaban junto al automóvil de Zaharoff y el recibimiento no me ayudó a entrar en calor.

—¡Imbécil! ¿Se da cuenta de la posición en la que ha puesto a *sir* Basil? —me gritó el secretario antes incluso de que arrancáramos. Estaba tan indignado que me llenaba de esputos mientras hablaba—. Después de lo de la prostituta de Montecarlo, ¡ahora le hieren en una manifestación que acabó en una matanza! Ya sabe qué ganas tiene la prensa de relacionar a mister Zaharoff con cualquier hecho sangriento que se produce. ¡Hemos tenido que mover muchos hilos para que no trascienda su relación con él!

Si hubiese tenido más fuerzas, quizás le habría planchado la nariz de un puñetazo, pero por suerte todavía estaba débil para hacer estupideces y complicar aún más mi situación e intenté mostrarme lo más inocente posible. Según mi versión, estaba visitando el museo del Louvre cuando al salir fui arrastrado por una turba hasta la cercana plaza de la Concordia, donde me vi atrapado en la más feroz de las batallas. A pesar de que describí lo sucedido cargando las tintas hasta hacer parecer la manifestación el infierno de Dante, no conseguí conmover al secretario con mi relato.

—¿Por qué no fue usted al Moulin Rouge, como hacen todos los turistas? —gritó indignado—. Visitando museos..., no parece usted español. ¡Ni que fuera usted un afeminado! —McPhearson se rascaba la cara con rabia—. *Sir* Basil está muy disgustado con su intolerable comportamiento, mucho —dijo cuando consiguió calmarse—. Cuando se enteró de lo sucedido se le disparó la presión arterial y ya sabe lo peligroso que puede resultar eso a su edad. Esta situación es insostenible y ya le he dicho a *sir* Basil que debemos prescindir de usted de forma inmediata. Espero sinceramente, señor Ortega, que esta vez el señor actúe con sensatez y me haga caso.

La posibilidad de ser despedido me dio nuevas esperanzas y entré en el palacete mucho más animado. Si dejaba de trabajar para Zaharoff, el inspector no podría exigirme que robara algo que ya no estaba a mi alcance. Debía hacer todo lo posible por que me echaran cuanto antes, esa misma mañana si era posible. Sin embargo, cuando me metí en la bañera para quitarme la sangre y la mierda de los últimos días, mi entusiasmo se fue colando poco a poco por el desagüe: conociendo a Bonny como ya le conocía, no iba a conformarse tan fácilmente, creería que le estaba engañando y me lo haría pagar de todas formas.

Me miré al espejo, tenía el lado derecho de la cara deforme y amoratado. La idea de una nueva paliza o de algo peor volvió a hundirme en la angustia. La sensación empeoró cuando, ya limpio y vestido decentemente, llamaron a la puerta: era Short para anunciarme, con una mueca de «la que te espera», que *sir* Basil quería verme cuanto antes. No había tenido tiempo ni de sentarme. El despido iba a ser fulminante, ya no tendría escapatoria posible.

Cuando llegué al despacho, Zaharoff aún no estaba allí y mis ojos fueron directamente al escritorio. Al contrario que las noches en las que yo había entrado a rebuscar, la mesa ya no estaba vacía: los secretarios habían colocado pulcramente los documentos traídos de Montecarlo en dos pilas a cada extremo del tablero. Ahí tenían que estar las memorias. Di un par de pasos adelante para acercarme y en ese momento oí un crujido al otro lado de la puerta. Retrocedí. Nadie entró en la habitación y seguí allí de pie, sin atreverme a sentarme. Miré hacia la ventana. Las jardineras, que el servicio había quitado el día de la manifestación, volvían a estar en su sitio.

Un nuevo crujido a mis espaldas, se abrió la puerta y entró *sir* Basil en una silla de ruedas empujada por Short. Supongo que debería haber dicho algo, disculparme, pero Zaharoff me miró con sus ojos trasparentes, de ciego, de una forma que me sobrecogió. Parecía haberse consumido un poco más en esos días en que no le había visto y sin embargo su mirada era aún más penetrante. Esperé la bronca, los reproches y las acusaciones, todo menos lo que sucedió: el viejo traficante de armas me cogió de la mano, no para estrecharla en un saludo, sino con cariño, como lo haría un abuelo a su nieto. Luego me dio unas palmaditas con la otra en el dorso de la mía. Volvía a ser el anciano frágil y atento al que yo había tomado cariño durante las primeras semanas en Montecarlo.

—Pepe, Pepe..., me tenía tan preocupado... Siéntese, cuénteme lo sucedido.

Todavía conmovido por su reacción, volví a contar la patraña de que estaba en la zona para visitar el Louvre, pero fui mucho más concreto en los detalles de los hechos que había presenciado: la multitud desbordada, los porrazos de los guardias, la carga a caballo, los disparos, los muertos.

—Los Croix de Feu, esas milicias reaccionarias, estuvieron a punto de tomar la Asamblea Nacional, donde estaba reunido el Parlamento en pleno y el Gobierno. Por suerte, se acobardaron en el último minuto y retrocedieron. Imagínese lo que habría supuesto: el fin de la República, probablemente el advenimiento de un Estado autoritario. Como respuesta habría estallado una sublevación obrera y de los partidos de izquierda, una espiral de violencia y represión. Un auténtico desastre. ¡Cómo puede suceder esto en Francia! ¡La gente se ha vuelto loca! ¡El mundo se está volviendo loco! —Zaharoff, muy alterado, movía las manos con vehemencia—. Lo peor de todo es que no había que ser muy inteligente para saber que todo esto se iba a producir.

—Por lo menos parece que usted ya estaba al corriente de lo que iba a suceder —dije mientras señalaba las jardineras. El viejo sonrió con resignación.

—Ya sé que usted cree a pies juntillas ese bulo de que soy la mano negra detrás de los desastres, pero en este caso, como dicen en España, sabe más el diablo por viejo que por diablo. Con el tiempo aprendes a leer las señales, a anticipar lo que puede suceder. Por desgracia, he tenido que vivir esta situación en otras ocasiones.

—Por suerte, de momento el peligro pasó. —También parecía que yo ya no corría riesgo inmediato de que me echaran. Aquella charla no tenía pinta de acabar en un despido.

—Solo de momento. Ahora todos tienen lo que quieren: la derecha radical a los mártires que justificarán otras muertes, y los comunistas la excusa de que ha estado a punto de triunfar un golpe de Estado fascista. Más gasolina para el fuego. Sí, es terrible lo que nos espera. No a mí, que ya me queda poco, sino a la humanidad. No hemos aprendido nada del anterior conflicto, de la guerra que supuestamente iba a acabar con todas las guerras. Los hechos de los que usted ha sido testigo son reflejo de lo que sucede en toda Europa. Rusia extiende su influencia mientras Alemania e Italia ya cayeron en el nacionalismo ególatra que prendió la mecha en 1914. Francia estuvo a punto de hacerlo el otro día. Si la derecha de inspiración fascista estuviera más organizada, habría tomado el poder también aquí. Imagínese lo que eso supondría. Sin embargo, cada vez resulta más inevitable que esas ideologías tan excluyentes, tan contrapuestas y tan parecidas, que necesitan expandirse para sobrevivir, acaben por enfrentarse entre sí y con cualquiera que se ponga en su camino, comunistas contra fascistas, totalitarios contra demócratas. La próxima lucha será a muerte y muchísimo más cruenta que en la guerra anterior. Esta vez no solo morirán los soldados, sino también y sobre todo los civiles, millones de ellos caerán víctimas de los bombardeos masivos, de las deportaciones, de las represalias. Será una guerra como no se ha visto nunca, una guerra de exterminio porque estará dirigida por el odio.

En un primer momento no supe qué responderle. Estaba atenazado por el pavor, era como si aquel viejo montara el caballo rojo del apocalipsis, el que anuncia todos los desastres de la guerra.

—Usted, que ha dedicado su vida a vender armas y que ve lo que va a suceder de una forma tan clara, ¿no cree que podría advertir a la gente, prevenir a la opinión pública antes de que se produzcan estos horrores de los que habla?

—¿Prevenirlos? La humanidad es tan sumamente estúpida que, aunque se le avise de que está al borde del abismo, siempre se empeñará en dar un paso más —sentenció el viejo irritado—. Debe usted de creer que, por mi profesión, amo la guerra, y sin embargo, como muchos de los que nos dedicamos a este negocio, he visto tantas que he llegado a la conclusión de que son una espiral de destrucción imparable, que las guerras se encadenan y se retroalimentan unas con otras en plazos cada vez más cortos. Nos dirigimos a una catástrofe que será terrible, pero que tampoco será la última porque luego le seguirá otro conflicto aún más devastador que a su vez será superado por uno todavía más espantoso. Es un ciclo que, a menos que alguien lo impida, acabará con la destrucción del mundo tal y como lo conocemos. —El viejo hablaba cada vez de una forma más arrebatada, como el profeta que sabe que nadie le escucha—. Muchos hablan de eliminar las armas, de prohibir las más destructivas, pero eso es solo una quimera; siempre habrá alguien que haga trampas, que se salte esa prohibición. No hay más que ver cómo se está rearmando Alemania. La única forma de poner fin a este círculo vicioso es que los políticos tengan la certeza de que la próxima guerra será la última; en definitiva, que todos los gobiernos dispongan de la llave del Armagedón.

—¿Está hablando del fin del mundo? ¿De la destrucción total? —A pesar del calor que había siempre en las habitaciones de Zaharoff, me quedé completamente helado.

—En efecto, que todos los dirigentes tengan la misma arma, un arma con un poder tan terrible que sea capaz de acabar con la vida en el planeta.

—¡Eso es una locura! —exclamé mientras me ponía de pie sin poder aguantar mis nervios.

—Piénselo bien —respondió el viejo mientras se incorporaba en su silla cada vez más entusiasmado—. Hasta ahora, los políticos empezaban las guerras con la idea de que podrían ganarlas fácilmente. «Para Navidades, en casa», decían en agosto de 1914. Y se lo creían. Si todos los gobiernos tuvieran el arma capaz de destruir el mundo, los dirigentes sabrían que un ataque suyo conllevaría una réplica inmediata del enemigo. No solo destruiría al contrario, sino también a sí mismo, a los suyos, a todo su pueblo, sus ciudades, sus campos. Como decía el viejo Alfred Nobel, el inventor de la dinamita: «El día que dos ejércitos puedan aniquilarse uno a otro en un instante, todas las naciones civilizadas se abstendrán de declarar la guerra y licenciarán a sus tropas».

Por el ardor y la emoción con la que el viejo defendía su idea, no había que ser muy listo para adivinar en que consistía el famoso secreto que encerraban las memorias de Zaharoff, por el que peleaban todos los servicios secretos del mundo: el perfecto juego de suma cero, los planos de un arma tan mortífera que, puesta en manos de todos los países, de todos los que tenían poder para iniciar un conflicto, acabaría con las guerras. La idea era brillante, revolucionaria. Un legado imperecedero para un traficante de la muerte. Sin embargo, y aunque sonaba muy bien, yo no lo veía claro. Mi fe en el ser humano era aún menor que la del viejo: siempre habría un loco, un fanático, un iluminado dispuesto a acabar con el contrario aunque tuviera que volar el mundo. Además, para Pepe Ortega, el simple ciudadano de la calle acosado por un comisario corrupto, todo eso era demasiado complicado, demasiado visionario. Yo solo quería poner tierra de por medio.

—*Sir* Basil, quiero volver a casa. —La frase me salió de forma espontánea, como si no pudiera aguantar más el ruido, el estruendo ensordecedor que había a mi alrededor. No quería más líos, más conspiraciones. Solo vivir mi vida con tranquilidad. Si Zaharoff me ayudaba, seguro que podría escapar del control de Bonny.

El anciano giró la silla de ruedas y me miró con afecto.

—Entiendo que esté asustado después de lo que le ha sucedido estos últimos días.

—No es que tenga miedo. —Mentía, estaba aterrorizado, pero no creía que sirviera para nada que le explicara cómo me sentía, todos los peligros que me acechaban—. Simplemente llevo demasiado tiempo fuera.

—... Y echa de menos el cocido de su madre. ¡Los españoles..., siempre iguales! —respondió con una de sus risas débiles—. Admiro su sentido de la familia. En eso, como en tantas otras cosas, se parecen ustedes a los griegos. Además, me imagino que no querrá pasarse toda la vida leyéndole a un viejo —añadió con cariño—. No se preocupe, si quiere volver a trabajar en la prensa, yo tengo amigos en España que le podrán ayudar llegado el momento. Pero debo pedirle que tenga solo un poco de paciencia. Aún le necesito unos días más. —Insistí en la necesidad de irme e intenté que me explicara cuál era el motivo por el que quería que me quedara, pero no lo conseguí—. No se preocupe, todo será por su bien, se lo aseguro. Ahora vaya a descansar, debe de estar agotado —dijo mientras tocaba el timbre para llamar al mayordomo.

13

Cuando salí del despacho de Zaharoff en lo último que pensaba era en meterme en la cama. Me daba igual haberle prometido al viejo que me quedaría hasta que él quisiese, no podía arriesgarme a que Bonny volviera a ponerme la mano encima. Debía encontrar la forma de abandonar París cuanto antes.

—Por favor, mademoiselle, póngame con el palacio del príncipe de Mónaco. ¿Que con quién quiero hablar? Con su alteza la princesa Carlota. Sí, espero.

Lo había intentado anteriormente, pero tardaba horas en que me pusieran la conferencia y cuando conseguía la comunicación siempre me decían que ella estaba fuera. Ahora estaba decidido a esperar lo que hiciera falta para exigir lo que me habían prometido.

—La echa de menos, ¿eh? —El teléfono que podía utilizar estaba en el *office* y el servicio de Zaharoff había venido de Montecarlo con él, así que, aunque lo intenté, no podía esperar intimidad en la llamada. Afrodita me guiñó el ojo con su sonrisa incompleta y se sentó a mi lado en una banqueta a pesar de que le hice señas para que me dejara solo—. Pero ¿qué esperaba, desgraciado? ¿Que la princesa se enamorara de usted? Esa gente es humana y, como a todos, a veces les pica la entrepierna, pero luego se cansan de todos los juguetes.

—Váyase, por favor —repetí en voz baja, intentando no ponerme más nervioso.

—Una vez se encaprichó de mí un mayor del ejército inglés, no se puede imaginar lo guapo que estaba en su casaca roja. Me rondaba sin parar, me hacía regalos, todo para conseguir lo que ya se imagina, pero yo...

—Creo que la están llamando. —A ver si se largaba de una vez. Afrodita afinó el oído y, al comprobar que nadie la requería, continuó hablando.

—... El caso es que el mayor Consington quería...

El teléfono sonó de nuevo; era la conferencia a Mónaco y despaché a Afrodita con una mirada apremiante mientras le señalaba la puerta de la cocina. Solo a regañadientes conseguí que saliera del *office*.

—Aló, ¿su alteza? —pregunté sin estar seguro de que fuera ella la que había atendido el teléfono.

—Caramba, Pepe, ¡qué formal! Parece que en París le han pulido como a una buena manzana. —Sí, era su ironía.

—Mire, Carlota, no estoy para chistes. Hice lo que me pidieron y ahora necesito lo que su padre se comprometió a darme, es urgente. Mi vida puede estar en peligro.

—Pues tendrá que devolver a Tini con su padre. A esta niña no hay quien la aguante, ya no sé qué hacer con ella.

—¡Insisto, déjate de bromas! ¿No te das cuenta de las consecuencias que puede tener todo esto para mí? —dije olvidándome de tratarla de usted. Afortunadamente, de lo único que no me habían acusado hasta entonces era del secuestro, aunque con mi suerte la situación aún era susceptible de empeorar.

—Entonces ¿buscabas algo a cambio de tu ayuda? —La princesa chasqueó la lengua—. *Dommage,* creí que hacías lo que te pedía porque me querías.

—Bueno, claro... —respondí desconcertado—. Pero no entiendes mi situación, de verdad que necesito ese pasaporte. Tengo un problema grave y debo irme de París. Te lo pido por favor. —Se hizo un silencio al otro lado de la línea.

—¡Qué lástima!, me entristece mucho comprobar que me has estado utilizando todo este tiempo —me soltó, utilizando su habitual tono cortante.

—¡Que yo he estado utilizándote! ¡Cómo puedes decir...! —Oí cómo colgaba el teléfono. Casi me rompo la mano del puñetazo que di en la pared. Todo el mundo parecía reírse de mí. Y lo peor era que aquella comedia cada vez tenía más aspecto de acabar mal. No pensaba aguantar más, ya me podía buscar Bonny y la policía de Francia entera: cogería el primer autobús y desaparecería sin más, aunque me arriesgara a que me pegaran un tiro.

Mientras pensaba en que ni siquiera sabía a qué estación dirigirme, Afrodita volvió a entrar en el *office.*

—La muchacha no quiere saber nada de usted, ¿verdad? —preguntó mientras chasqueaba la lengua—. No se lo tome como algo personal, los ricos están hechos de otra pasta; aunque puedan divertirse un rato con nosotros, no puede esperar que nos tomen en serio. Yo llevo trabajando con el Kyrios toda mi vida y me considero parte de su familia. A pesar de eso, si desapareciera, al segundo día no me echarían de menos; contratarían a otra que hiciera mi trabajo y santas pascuas.

—Muy bien, tiene usted razón. Ahora, si me disculpa...

No tenía ganas ni tiempo de seguir hablando de idioteces, había cosas mucho más importantes que decidir. Sin embargo, cuando iba a salir del *office* Afrodita me agarró con suavidad de la chaqueta.

—No soy tonta, ¿sabe? —dijo en voz baja mientras me arrastraba a la esquina de la sala más alejada de la cocina para que no nos oyera el resto del servicio—. Usted está metido en problemas. Algo que ver con esas memorias del Kyrios, ¿a que sí? —Debe de ser verdad eso de que los que trabajan en una casa son los que antes se enteran de todo. No intenté negarlo, era una idiotez contárselo a la doncella, pero estaba a punto de estallar.

—Me han amenazado con matarme si no las entrego en dos días.

—Y por algún motivo, no puede escapar, marcharse de Francia, ¿no? —Afrodita no pareció muy sorprendida por la noticia.

—El tipo que me acosa tiene controlada a la policía y seguramente los puestos fronterizos.

—Feo asunto... —La vieja jugueteaba con un pelo que salía de una de sus verrugas mientras pensaba—. Y si se lleva los documentos que le piden, tiene miedo de acabar como Nadel. No me extraña, el Kyrios no tolera la deslealtad.

—A mí no me interesa el dinero. Solo quiero salvar el pellejo y no me quedan muchos caminos para hacerlo.

—Lo sé, le conozco lo suficiente para estar segura de que no es usted un joven codicioso, así que debe de tratarse de un asunto serio. ¡Pobre muchacho! —Me pellizcó la mejilla con algo que parecía ternura—. Mire —añadió al cabo de unos instantes—, le voy a dar un consejo que no daría a nadie, que va en contra de todo lo que creo y defiendo, de todos mis principios: no lo dude más. Si no ve otra salida a este lío, haga lo que tiene que hacer. Como le decía antes, quiero a la familia Zaharoff como si fuera la mía, pero a usted le va la vida en este asunto. Ya que no tenemos mucho, a los pobres nos queda la obligación de sobrevivir como podamos. El Kyrios es un gran hombre, pero no es ningún santo. Y ya sabe lo que dicen del que roba a un ladrón. Por muy importantes que sean los papeles esos, no le van a cambiar la vida. Aunque no le guste que le quiten lo suyo, aunque se enfade durante unos días, no será más pobre ni más desgraciado.

—Pero como usted misma ha dicho, ya hemos visto cómo acabó Nadel...

—Nadel era Nadel, y usted es usted... —La vieja se pasaba la mano de un lado a otro de la boca como intentando resolver un conflicto—. ¿Sabe lo que le digo? Aunque me pone usted en una situación muy comprometida, es usted un buen chico y pienso que tiene una madre que le espera: voy a ayudarle. —Me enseñó una llave—. Cuando el Kyrios está en París, el despacho suele estar cerrado por las noches, pero hoy me aseguraré de que quede abierto. Baje sobre las dos, suele ser el mejor momento, es cuando todo está más tranquilo. —Se santiguó y luego me hizo la señal de la cruz en la frente—: Que Dios le bendiga —dijo mientras bajaba los ojos.

14

La idea de tener que cometer el robo esa misma noche me llenó de ansiedad, pero el consejo de Afrodita sobre cuál era la hora más adecuada me ayudó a decidirme. Además, más valía pronto que tarde: cada vez quedaba menos tiempo para que terminara el plazo que me había dado Bonny y había demasiada gente interesada en los papeles, siempre estaba presente el riesgo de que alguien se me adelantara.

El primer problema surgió cuando me enteré de que, como el ascensor privado de la casa resultaba estrecho para la silla de ruedas, los secretarios habían trasladado el dormitorio de Zaharoff a uno de los salones de la planta baja, la misma en la que estaba el despacho. Inevitablemente, eso significaba que habría alguien de guardia toda la noche en esa zona por si *sir* Basil necesitaba algo. Luego estaban las vías de escape. No tenía sentido que después de robar los documentos volviera a la cama como si nada hubiese pasado. Debía cogerlos y salir pitando. Por desgracia, la puerta de la calle se cerraba por dentro a conciencia cada noche. La responsable única de esa llave era miss Campbell y siempre la llevaba encima. Yo creía que había creado una cierta complicidad con ella durante el tiempo que llevaba en París y, con la excusa de que me apetecía ir al cine esa noche, le pedí una copia para no tener que molestar a nadie a mi regreso. Sin embargo, se mostró inesperadamente seca ante mi petición.

—Monsieur Ortega, tal como tiene la cara, le recomiendo que se deje de tonterías y se quede en casa —añadió señalando mi herida en la cabeza y el ojo morado con un tono agrio que no le conocía hasta entonces. La presencia del amo ponía a todos en alerta.

Descartada esa escapatoria, me quedaban las ventanas. Era impensable usar las que daban a la calle, excesivamente expuestas y con el estorbo adicional que suponían las voluminosas jardineras. Solo después de buscar un buen rato encontré un pequeño ventanuco en un aseo de servicio que daba al jardín posterior. De ahí podría pasar a la casa de al lado, siempre que no quedara ensartado en la valla pinchuda que separaba ambas propiedades. El único consuelo era que no había perros guardianes que pudieran arrancarme los tobillos mientras me daba a la fuga.

Me fui a la cama después de cenar y, a pesar de lo cansado que estaba después de mis días en la cárcel, no conseguí dormirme. A las dos de la mañana me vestí, cogí una linterna y puse los zapatos dentro de la bolsa que había buscado para meter los documentos; notaba cómo me temblaba todo el cuerpo. Pensé en postergar el robo a la noche siguiente, pero no podía pedirle a Afrodita que volviera a jugársela dejando abierta la puerta del despacho.

Con mucho cuidado para no hacer ruido, bajé las escaleras de mármol y me coloqué detrás de la barandilla derecha, que me ocultaba de los que vinieran de la zona de los salones donde dormía Zaharoff. El panorama parecía tranquilo y, exceptuando algún sonido que llegaba amortiguado de la calle, el silencio era casi absoluto. Esperé unos minutos más para ver si aparecía por allí alguno de los gurkas y cuando vi que todo seguía igual decidí arriesgarme y salir de mi escondrijo. Pegado a la pared, avancé por el corredor y llegué a la puerta del despacho. Aunque el salón en el que dormía Zaharoff se encontraba al fondo del pasillo, no había indios en la costa. Un par de pasos y estaría en el despacho. Todo parecía más fácil de lo que esperaba.

Estaba a punto de girar el pomo cuando se abrió suavemente la puerta del fondo. Reculé y me pegué a la pared. Una forma blanca, casi fosforescente por la luz que llegaba de una de las ventanas, apareció vacilante en el quicio. Si no fuese una imagen tan sobada, diría que se me heló la sangre en las venas. Aquella visión entró en la oscuridad del pasillo y empezó a moverse muy lentamente hacia mí, oscilando como la llama de una vela, casi sin hacer ruido. Solo cuando estuvo un poco más cerca me di cuenta de que era Zaharoff, vestido con un largo camisón. Yo estaba paralizado, me habían pillado in fraganti. Ahora llamaría a los guardaespaldas y me molerían a palos o algo peor. Sin embargo, su mirada despavorida, sus ojos llenos de lágrimas, no me reconocieron. Comencé a oír una letanía, casi imperceptible al principio: «Mamá, mamá, mamá...», luego otras palabras más extrañas: «Sevasty, Charikleia, Zoe...». Eran los nombres de las hermanas de Zaharoff. Su mano se alargó hacia mí, buscando la pared para asegurar sus pasos inseguros. La evité por muy poco. «Mamá, mamá, Sevasty...». Hasta entonces, la mente de *sir* Basil parecía despejada, brillante incluso, y resultaba terrorífico el espectáculo de la decadencia, la condena de la vejez. La voz sonaba cada vez más alta. Pude reaccionar y corrí hasta mi refugio al otro lado de las escaleras. Por una décima de segundo no me crucé con dos de los gurkas que bajaban a toda velocidad. Las piernas de *sir* Basil no habían podido aguantar el esfuerzo; lo levantaron del suelo donde se había acurrucado y, mientras le decían palabras tranquilizadoras, cargaron con él y le llevaron a sus habitaciones.

Quizás era el momento de volver a la mía, pero temí que los secretarios o el mayordomo hubiesen oído el ruido y pudiera encontrármelos en el camino. Mejor permanecer donde estaba mientras intentaba que no se me saliera el corazón por la boca. Los gurkas que habían recogido a Zaharoff reprendieron al que debía estar de guardia, que probablemente se había quedado dormido, y lo sustituyeron por otro compañero que en esta ocasión parecía tener ordenes de permanecer en el interior de la habitación para cuidar del anciano en caso de que fuera necesario. Aquello dejaba el pasillo despejado por el resto de la noche. Una ocasión así podía no repetirse.

15

Cuando la casa volvió a quedar en silencio, salí de mi escondite para llegar de puntillas a la puerta del despacho. En el último momento, con la mano en el pomo, cuando comprobé que no estaba cerrada como me había dicho Afrodita, empezaron a asaltarme las dudas, a desfilar delante de mis ojos todas las posibles consecuencias de aquel robo que estaba a punto de cometer: la venganza de Zaharoff, la posible traición de Bonny cuando le entregara los papeles, la cárcel o algo peor. Luego recordé la mirada perdida del anciano vagando por el pasillo y abrí la puerta. Si eso era lo que me esperaba al final del camino, más valía tomar riesgos, mejor morir al contado que a plazos.

Sabía que el parqué que estaba bajo el umbral crujía más de lo deseable y puse el pie junto al quicio para evitar el ruido. Una vez dentro, era más fácil, el suelo estaba cubierto de alfombras. Como en todas las habitaciones que Zaharoff usaba cotidianamente, la calefacción seguía encendida durante la noche y en un instante tenía la camisa empapada de sudor. Aún había rescoldos en la chimenea. La luz de la farola de la calle que entraba a través de los visillos era insuficiente y encendí la linterna. Me acerqué al escritorio y muy despacio me senté en la silla. En la pared de enfrente había un óleo de Pilar, la mujer del viejo, que no estaba allí la otra vez que había intentado encontrar los documentos; probablemente lo descolgaban cuando *sir* Basil no estaba en casa. Los ojos, alumbrados por un reflejo de la calle, me vigilaban en la oscuridad.

Empecé a revisar las carpetas que estaban sobre la mesa. Vickers, Vickers, castillo de Balincourt, bancos, bancos. Aunque entre todos esos papeles debía de haber información por la que muchos periódicos pagarían una fortuna, tenía que centrarme en lo que había ido a buscar: las memorias. Continué revisando archivadores de forma febril, pero no encontraba lo que quería entre los documentos colocados sobre la mesa, así que empecé a revisar los cajones. Aunque esta vez estaban abiertos, tampoco contenían lo que buscaba. Solo me quedaban los últimos, los que había conseguido revisar la primera noche. El corazón me golpeaba con fuerza. En efecto, allí estaban: los tres gruesos cartapacios de cartón naranja cerrados con sendos nudos de cuerda. Volví a sentarme para poder abrir una de ellas sin que cayeran papeles sueltos y deshice el nudo con mucho cuidado. Después de tanto oír hablar de esos documentos, por fin estaban en mis manos. Luego tomé la tercera carpeta, que no tenía ningún título, y la abrí también. Estaba llena de planos, de fórmulas. Aquel tenía que ser el legado de Zaharoff, la bomba tan terrible que disuadiría a todos los gobiernos de usarla. Volví a pensar lo mismo que cuando el viejo me había contado su teoría. Qué idea tan genial. Y tan absurda. Siempre habría un loco, un inconsciente, un fanático capaz de hacerla estallar. De forma casi inconsciente, me acerqué a la chimenea y vacié los contenidos de la carpeta de los planos sobre las brasas. No había pensado en destruirlos, pero por una vez tenía algo claro, la certeza de que aquella bomba capaz de acabar con todos nosotros no debía fabricarse jamás.

En ese momento oí un crujido detrás de mí. No me dio tiempo a darme la vuelta: un golpe duro y seco me derribó. Aunque no llegué a perder el conocimiento, no podía moverme; sentía que no podía despegarme de la lona, como un boxeador grogui. Una sombra recogió los planos que estaban sobre las brasas y aun no habían empezado a quemarse, metió el resto de las carpetas en una bolsa y salió de la habitación con rapidez. A pesar de que la cabeza me retumbaba como si la tuviera dentro de una campana, conseguí reunir fuerzas para ponerme de pie y salí tras el intruso. Encontré abierta la puerta de la casa y la sombra a la que perseguía ya estaba subiendo a un coche que le esperaba. A trompicones, alcancé la calle desierta. Noté el suelo mojado y recordé que mis zapatos estaban en la bolsa. Creí que todo estaba perdido, pero en ese momento apareció un taxi libre por la desierta avenida Hoche, una suerte inusitada a esas horas de la noche. Lo detuve y ordené al conductor que siguiera al vehículo que apenas era ya más que un par de puntos rojos en la distancia. El chófer se giró para mirarme con cara feroz. Conociendo a los taxistas parisinos, creí que me pegaría cuatro gritos y me echaría del coche, pero metió la primera y pisó a fondo el acelerador. Pronto los tuvimos a la vista. ¿Qué iba a hacer cuando los alcanzara? No tenía ni idea, solo necesitaba saber quién era el hijo de perra que se me había adelantado.

El Citroën al que perseguíamos se detuvo en un callejón en Montparnasse y de él descendieron dos hombres que entraron en uno de los portales. No llegué a verles la cara. Ahí acababa la aventura. No sabía quiénes eran ni a qué piso iban. Sin embargo, tuve la intuición de que, como en mi caso, aquel era un trabajo de encargo, que los ladrones aún debían entregar lo robado a su verdadero destinatario.

—¿Le importaría que esperásemos a que salgan? —pregunté al taxista. Volvió a darse la vuelta y, apoyando el brazo en el respaldo del asiento delantero, me miró con cara de hartazgo.

—*Alors,* monsieur, me he divertido mucho con usted, esto de perseguir a otro coche es mucho más entretenido que llevar a los borrachos que buscan un bar abierto a estas horas. —Tenía un cigarrillo apagado que pasaba de una esquina a otra de la boca—. Pero llevo toda la noche trabajando y son las tres de la mañana, debo volver a casa. La parienta, ya sabe...

—¿Cuánto?

—Ciento cincuenta francos la hora.

—Doscientos y hace usted el primer turno de vigilancia.

—Por cincuenta francos más le presto unas botas que tengo en el maletero para que no vaya descalzo. —Ni me había dado cuenta de lo fríos que tenía los pies.

—De acuerdo, avíseme en cuanto los vea —dije mientras me acomodaba en el asiento trasero. Estaba molido por el nuevo golpe que había recibido y que se sumaba a los que llevaba acumulados los últimos días y me dormí enseguida.

16

—¡Monsieur, monsieur!

A pesar de que el taxista me zarandeaba con fuerza, tardé un momento en despabilarme. Cuando lo hice, los dos tipos ya estaban de nuevo dentro del Citroën y salimos tras ellos, intentando seguirlos a distancia. Tampoco en esta ocasión había llegado a verles la cara y cada vez tenía más curiosidad por saber quién era el ladrón. ¿Bonny? ¿Los alemanes? La puerta de la casa de Zaharoff no parecía haber sido forzada, podía tratarse de alguien del servicio. ¿Elan, que siempre estaba hablando de dinero, había decidido hacerse rico por la vía rápida? ¿Por qué no McDermott? Estaba pasando un mal momento económico después de sus inversiones fallidas. En realidad, podía tratarse de cualquiera de dentro o de fuera del círculo de *sir* Basil; aquellos papeles tenían demasiados novios, demasiados espías detrás de ellos.

Clareaba y las calles empezaban a llenarse de coches y camiones de reparto que teníamos que evitar en un eslalon enloquecedor para no perderlos de vista. Tuve que anclarme al respaldo del conductor para no bailar de un lado al otro del asiento trasero. Aunque me dolía la boca del estómago, no dejaba de repetirle al taxista que fuera más deprisa, pero él parecía tranquilo, como si me llevase de excursión.

—Dígame una cosa —dijo mientras sorteaba un carro de fruta que estuvimos a punto de llevarnos por delante—. Aunque suelo ser discreto con los clientes que pagan bien, este asunto ya está empezando a intrigarme. ¿Por qué está tan empeñado en atrapar a esos tipos? No estará metido en algo ilegal, ¿verdad? —añadió con un nuevo volantazo.

—Uno de ellos es el amante de mi mujer. —Tenía preparada la respuesta y contaba con que con esa explicación se sentiría más inclinado a ayudarme.

—¿Quiere darle una paliza? —Me lanzó una mirada de apoyo por el retrovisor. Por mi ojo morado y la cabeza vendada debía de pensar que los adúlteros ya me habían arreado a mí antes.

—No, solo quiero que me devuelva el pijama de seda que se llevó. A ella puede quedársela. —Un chiste fácil, pero el taxista rio con satisfacción. Estábamos cruzando el Sena.

—Estos tipos van al Bois de Boulogne. Un sitio discreto a una hora discreta. Quizás su rival vaya a verse con su mujer. Aunque con el frío que hace hoy, no creo que vaya a pillarlos con las manos en la masa —dijo soltando una carcajada.

El parque parecía enorme y temí perderlos. Por suerte, las calles estaban vacías y pudimos seguirlos a distancia sin problemas. Poco después, el Citroën se detuvo y bajó uno de sus ocupantes. El otro volvió a poner en marcha el coche y aparcó unos quinientos metros más arriba.

—Gracias, desde aquí seguiré solo —dije mientras llenaba la mano del taxista de billetes.

—¡De ningún modo! —replicó bajando del coche—. Después de la noche que me ha dado, esto no me lo pierdo. Además, es posible que necesite mi ayuda.

No tuve ánimo para contradecirle y los dos seguimos a la silueta que se alejaba entre los árboles. Las botas que me había prestado el chófer me quedaban grandes, el suelo estaba escarchado y nos costó mantener el ritmo. Cuando llegamos a la cima de una loma me pareció que lo habíamos perdido, pero pronto encontramos las huellas que nuestro hombre había dejado en la hierba blanca. Por fin dimos con él: estaba sentado en un banco junto a un pequeño estanque en el que algunos cisnes agitaban las alas para no morir congelados. Para disgusto del taxista, que quería ir directamente a por el desconocido y partirle la cabeza, preferí que nos apostáramos detrás de un seto y esperáramos. Desde donde estábamos, no pude verle bien la cara hasta que se sacó el sombrero para pasarse un pañuelo por la frente.

—¡Que mal gusto tiene su mujer! —susurró el taxista con indignación—. Usted es un hombre guapo y joven, no como esa gárgola. ¡Seguro que está forrado!

Parecía que los escoceses no eran tan leales como creía Zaharoff, al menos en este caso. El dinero resultaba demasiado tentador incluso para los que pretendían ser incorruptibles. Era McPhearson. Por eso no lo había oído entrar en el despacho, probablemente estaría ya dentro cuando yo lo hice. El cerdo debía de llevar tiempo planeando el robo porque siempre que me encontraba solo en la habitación de *sir* Basil se ponía muy nervioso. Tuve que contenerme para no salir de mi escondite y molerle a palos allí mismo. Sé que, teniendo en cuenta que yo pensaba hacer lo mismo, puede resultar un tanto incoherente mi indignación, y si hubiera sido cualquier otro del servicio me habría dado igual. Sin embargo, el secretario —tan estirado, tan puntilloso, tan antipático, tan desagradable— siempre me había caído muy gordo. Ahora me estaba arrebatando mi única esperanza de abandonar esa ciudad sin que Bonny me hiciera picadillo.

—¿Salimos ya y le atizamos? —También tuve que contener al conductor, necesitaba saber cómo acababa aquella historia.

Pasaron unos minutos hasta que una pareja llegó al estanque. Creí que podían ser el contacto del secretario, pero se dedicaron a dar de comer a los helados cisnes. ¿A quién se le ocurría hacer semejante cosa a esas horas y con esa temperatura? A continuación, apareció un jardinero que barría las hojas caídas con desgana. Inquieto y aterido de frío, McPhearson miraba a un lado y a otro. Por fin, llegó un tipo con abrigo y sombrero negro y se sentó a su lado. Sin decir nada, el secretario dejó la bolsa sobre el banco y se levantó para marcharse. En ese momento, el jardinero y el chico de la pareja que alimentaba a los cisnes se abalanzaron sobre los dos y los sujetaron por los brazos. Aunque McPhearson intentó revolverse y escapar, recibió un buen puñetazo en el estómago. Sin aliento, se dobló en dos y lo derribaron para ponerle las esposas. Lloriqueaba de una forma patética.

—¿Qué mierda está pasando? —preguntó el taxista mientras me miraba atónito. No nos dio tiempo a decir nada más. Dos tipos salidos de no sé dónde nos calzaron los grilletes antes de que pudiéramos incorporarnos.

Mientras desandábamos el camino hacia donde habíamos dejado el coche, el taxista no paró de proclamar su inocencia, echándome a mí toda la culpa de lo que fuera que nos estuvieran acusando, y de exigir que le devolvieran las botas de goma que me había prestado. Los agentes de paisano que nos habían detenido no abrieron la boca hasta que llegamos a dos furgones policiales que estaban aparcados junto al taxi y cuando lo hicieron fue para indicar al conductor que subiera al que ocupaba ya McPhearson, y a mí que montara en el otro. Aquello solo podía significar una cosa: que Bonny y sus amigos de la policía me tenían reservado un tratamiento especial. Sentí aún más frío del que tenía. A medida que nos alejábamos del parque cada vez estaba más helado y empecé a temblar. Recordé el sueño recurrente que había tenido hacía unos días, ese en el que estaba en el casino y que cuando perdía me quedaba congelado. El agente que venía conmigo en la parte de atrás del furgón me tiró una manta vieja que había debajo de la banqueta en la que estábamos sentados. Tenía manchas oscuras que parecían ser de sangre.

Aunque intenté racionalizar la situación, solo conseguí asustarme más. Si aquellos eran los amigos de Bonny, ya tenían en su poder los papeles de Zaharoff; yo era solo un estorbo, un cabo suelto, un periodista que sabía que el inspector conocía a Stavisky y su implicación en la muerte de Jojo.

Hice un esfuerzo para mover mis labios ateridos y preguntar a dónde me llevaban. El policía no respondió y me dio un cigarrillo. ¿No era eso lo que solían ofrecer a los condenados a muerte? Mientras intentaba fumar con mis manos agarrotadas por el frío, imaginé mi cadáver en la morgue, con la cara medio comida por las alimañas después de varias semanas abandonado en el campo. O tal vez me esperaba una fosa común. Era un extranjero, nadie me buscaría ni me echaría de menos.

¿Pasaron diez minutos? ¿Una hora? Ni idea, mi cerebro quemaba imágenes siniestras a tal velocidad que era incapaz de medir el tiempo. Por fin, se detuvo el furgón. Levanté la barbilla intentando aparentar entereza, pero estaba a punto de echarme a llorar cuando abrieron las puertas. Miré a un lado y otro sin entender qué estaba sucediendo. No estábamos en medio del campo, en el típico paraje inhóspito donde se lleva a los infelices a los que se va a despachar para que los disparos no atraigan a los curiosos, sino dentro de la ciudad, en una calle con sus aceras y sus coches. Es más, aquella calle me resultaba familiar: era la avenida Hoche. Mientras yo intentaba entender qué sucedía, el agente me quitó las esposas, me ayudó a descender del vehículo y me acompañó hasta la puerta del palacete de Zaharoff, donde me esperaba McDermott.

17

Como era de esperar, esta vez Zaharoff no me cogió la mano como si fuera mi abuelito. Tampoco me apabulló a gritos. Le bastaba la mirada gélida para darme a entender su estado de ánimo. Me pidió que me sentara y ordenó a McDermott que nos dejara solos.

—No busque excusas innecesarias —dijo con un gesto de sus dedos largos y transparentes antes de que yo abriera la boca—. Tampoco yo le aburriré con los clásicos reproches sobre la confianza que había depositado en usted. No soy ningún ingenuo. A estas alturas de la vida, no espero que las personas me devuelvan lo que les doy. El dinero da muchas cosas, pero pocos amigos sinceros.

—No voy a negarle que he intentado robarle, aunque puedo asegurarle que tengo una razón de peso para actuar así. —Sonó como la disculpa que no quería dar, pero era consciente de que no me convenía ponerme en contra al viejo; aún podía denunciarme como cómplice de algo que no había hecho—. Ya le dije que tenía que irme de París. No me quedó otra alternativa que intentar llevarme los papeles: mi vida estaba en peligro. —Si pensaba que esas palabras y mi tono melodramático iban a tener algún efecto, me equivocaba.

—Mire, Pepe, cada uno debe ser responsable de sus actos y afrontar las consecuencias —dijo mientras continuaba mirándome con los mismos ojos de lobo cansado—. Yo me equivoqué al darle mi confianza y usted lo ha hecho al traicionarme, es así de simple.

—Le aseguro que me han tentado varias veces con muy buenas ofertas para que les entregara sus memorias y siempre me resistí. —Cada vez me sentía más inquieto. Por su forma de hablar, daba la impresión de que Zaharoff podía optar por una solución más drástica que entregarme a la policía. ¿No había eliminado a Nadel por algo parecido? Debía intentar mantenerme firme, no dejar ver mi miedo—. Cuando no te dejan escapatoria, cuando te amenazan de muerte y sabes que tienen medios para hacerte desaparecer, no queda otra que hacer lo que te piden.

—Estoy al tanto de sus conversaciones con unos y otros, así que puede ahorrarse el cuento. En cualquier caso, eso no le disculpa de su actitud. —La afirmación del viejo me dejó atónito y le pedí que se explicara—. Como comprenderá, cuando me enteré de que usted venía recomendado por Polovtsoff, resultaba evidente que los británicos querían meter un pichón en mi jaula. No podían buscar a un agente o a alguien obviamente relacionado con ellos porque sabían que yo lo descubriría, así que el general, con mucha astucia, supo ver la oportunidad cuando le conoció.

El clásico ingenuo desesperado que hablaba de más. Aunque había acabado por comprender los motivos de Polovtsoff para proporcionarme el trabajo, no había visto el papel que yo representaba para él tan claramente hasta ese momento.

—Tampoco puede usted creer que soy tan negligente como para desconocer que el barman del Hotel de París, de mi hotel, mantiene relaciones con el GPU soviético. Le aseguro que es muy conveniente contar con un hombre así cerca. Es como tener línea directa con Moscú: hago que se entere de lo que yo quiero para que lo transmita a sus jefes.

—¿Sabía que me entregó un arma para que lo asesinase a usted?

—Por supuesto, pero le aseguro que Émile nunca pensó que la usaría para matarme. Muerto no les sirvo de nada.

—¿Qué quiere decir? —A esas alturas estaba tan confundido que me daba la sensación de que no paraba de repetir esa pregunta.

—Ya sabe cómo son los rusos, les encantan los golpes dramáticos. —El viejo acercó su silla de ruedas hacia mí—. Con esta pantomima lo que buscaban era convencerle a usted, Pepe, de lo malo que soy, del odio que sienten por Zaharoff millones de excombatientes, millones de personas en todo el mundo. No niego que mucho de lo que dicen sea cierto, pero Émile solo quería ablandar su conciencia social para que, cuando se lo pidieran, usted, incapaz de dispararme, acabara por entregarles los documentos por amor a una causa justa. Los soviéticos andan un poco cortos de fondos, ¿sabe? No les queda más remedio que usar este tipo de subterfugios para ahorrarse las comisiones —añadió con gesto pícaro—. En cuanto a su amigo alemán, nos costó algo más confirmar que era un agente. Tuve que mandar a uno de mis hombres a Sanary sur Mer, el pueblo en el que vivía Dincklage, para averiguar que este tipo, además de frecuentarle a usted con sospechosa frecuencia y enviar a Berlín información sobre los refugiados antinazis, sonsacaba a los oficiales franceses de la base naval de Toulon.

—Y también estaba enterado de lo de Stavisky y Bonny.

—Además de manejar mucho dinero, Stavisky debía de ser un tipo avispado y persuasivo, pero resultó también bastante impaciente. Contactó con usted gracias a unos miles de francos que entregó a Polovtsoff, sin darse cuenta de que también el general quería mis documentos, y luego intentó tirar del anzuelo demasiado rápido. He de decir que, de todas formas, resistió usted la tentación mejor de lo que yo pensaba y no cobró los cheques. Por desgracia, cuando murió Stavisky también heredó usted a Bonny, que, como habrá visto, es mucho menos sofisticado y más directo que su amigo. Por eso me molestó especialmente que no acudiese a mí para que le protegiera de ese tipo tan desagradable. Le tengo el suficiente afecto como para defenderle de una simple sardina como Bonny.

—Una piraña con las conexiones para hacerme desaparecer si fuera necesario —respondí mientras inconscientemente me llevaba la mano a la herida que tenía en la cabeza.

La boca de Zaharoff se torció en una mueca de desdén.

—No le voy a aburrir ahora con batallitas de mi pasado, pero le aseguro que me he enfrentado a individuos infinitamente más peligrosos que un inspector corrupto de tercera. Además, tengo mis propias razones para tenerle poca simpatía a Bonny.

—¿Intentó chantajearle también a usted? —Por fin entendí por qué la primera vez que había visto a Bonny estaba entrando en el hotel en que se alojaba Nadel días después de su desaparición. Debía buscar pruebas para incriminar a *sir* Basil en el crimen y poder sacarle dinero o información a cambio de que no trascendieran.

—Digamos que ha medido mal sus fuerzas.

—Es usted muy listo, parece que siempre lo sabe todo —comenté con resentimiento—. Desafortunadamente no fue capaz de descubrir que el que acabaría traicionándole de verdad sería uno de sus más estrechos colaboradores, ni más ni menos que su secretario. —El viejo aceptó el reproche con la mueca del jugador de ajedrez que concede un peón.

—Aunque sospechaba que alguien de mi entorno podía acabar por sentirse tentado, he de confesar que McPhearson no era mi primera opción. No es tan fácil anticipar la estrategia de alguien que te conoce tan bien, que sabe cómo piensas, cómo funciona tu red de seguridad, tus fuentes de información. Por eso le necesitaba a usted, para agitar el avispero, para provocar que el traidor diera la cara. He de felicitarle, ha hecho muy bien su trabajo.

Sentí cómo un torrente de ácido me quemaba el esófago y me empapaba la boca. Así que había estado tomándome el pelo todo el tiempo, incluso al principio de esa conversación, cuando había pretendido que me sintiera culpable por intentar robarle las putas memorias.

—¡Es usted despreciable! —exclamé incapaz ya de controlar mi rabia—. Desde el principio pensó en utilizarme. —Me acerqué amenazador al viejo que no pareció intimidarse y siguió mirándome con la misma expresión fría.

—Digamos que, más allá de su carácter agradable y de que leía el *Quijote* de forma aceptable, en nuestra primera entrevista intuí un rasgo de su carácter que me resultaba útil.

—¿Mi estupidez?

—No se rebaje a usted mismo, Pepe. Solo me resultó evidente que, además de poseer una peculiar mezcla de idealismo y ambición personal, no era muy hábil mintiendo ni disimulando.

—Es decir, que acabaría intentando robar las memorias y que, antes de que lo hiciera, el posible traidor ya se habría dado cuenta de mis intenciones y trataría de adelantarse.

—¿Ve usted cómo no es estúpido? —El viejo no lo dijo con maldad, sino como intentando animar a un niño pequeño, algo que me molestó aún más—. Sin embargo, McPhearson escondió sus cartas mejor de lo que esperaba. No tuve la certeza de que era él hasta el final.

—¿A quién estaba intentando entregarle los documentos esta mañana en el Bois de Boulogne? ¿También a Bonny?

—McPhearson es mucho más codicioso que usted y aceptó la oferta de los americanos. Ellos siempre están dispuestos a pagar más que cualquiera y además le ofrecían protección en Estados Unidos.

—¿Qué habría hecho si finalmente yo no hubiese intentado robar los papeles? ¿Esperar a que se lanzara McPhearson en otro momento?

—Yo sabía que usted acabaría intentándolo. Además del miedo que le tenía a Bonny, busqué los medios para animarle en el instante decisivo a que lo hiciera. —¡Cómo había podido ser tan tonto! Una vieja más fiel que un perro a su amo abriéndome la puerta del despacho—. No culpe a Afrodita, ya sabe lo importante que es la familia para los griegos. Yo haría cualquier cosa por ella y ella por mí. Usted solo necesitaba un pequeño empujón.

—No sé por qué me da la impresión de que no me lo está explicando todo. —A pesar de mi indignación, intuía que aquel plan era aún más enrevesado—. Seguro que podía encontrar otra forma de descubrir a la persona de su servicio que le traicionaba.

—Es usted más sagaz de lo que creía, Pepe —dijo el anciano con una sonrisa maliciosa en los ojos de lobo—. Lo cierto es que este juego de observación antropológica ha resultado apasionante, intentar adivinar quién iba a dar el siguiente paso en cada momento, cuál de ustedes caería primero en la tentación. Ha sido como revivir las grandes operaciones empresariales de antaño, esas partidas de ajedrez en las que no estabas seguro de quién estaba en tu bando, dónde debías anticiparte al movimiento de los adversarios y los aliados. Podría decirle incluso que ha sido una experiencia rejuvenecedora. ¡Y tenemos tan pocas ocasiones para divertirnos los viejos...!

—Una diversión en la que ha muerto al menos una persona. —Me sentía un completo imbécil. No sabía si estaba más furioso por Jojo o por la forma en la que Zaharoff había estado jugando con todos.

—Eso no estaba previsto. —El viejo se revolvió incómodo en su asiento—. Y le puedo garantizar que yo no tengo nada que ver en ese asunto. A su amiga le gustaba vivir peligrosamente, pasaba información a los alemanes y a Bonny, una mala mezcla. Si no la hubiese asesinado el inspector, lo habrían hecho los otros tarde o temprano.

—O usted mismo, ¿no? Como con Nadel. —Era consciente de que estaba traspasando la línea roja, de que yo también podía ser uno de esos daños colaterales sin importancia, de los peones prescindibles en la partida que el viejo jugaba contra sí mismo.

Por primera vez durante la conversación, Zaharoff pareció ofendido y su mirada volvió a endurecerse.

—No soy ningún asesino, señor Ortega —respondió con rabia mientras se aferraba a los brazos de la silla—. ¿Qué quiere que haga con un individuo que me chantajea? ¿Seguirle pagando eternamente? Nadel me conocía demasiado bien para dejarle suelto. Le aseguro que a estas alturas no me gusta tener otro muerto en mi conciencia, y aunque busqué soluciones alternativas, él no me dejó otra salida.

—Todo vale entonces para proteger su memoria...

El viejo se quedó en silencio un momento. Luego metió la mano en la bolsa en la que estaban los papeles que había recuperado, abrió una de las carpetas y empezó a pasar las páginas lentamente sin detenerse en ninguna.

—No hay nada tan deprimente como escribir tus memorias. Ver que todo queda detrás, que solo permanecen unos recuerdos frágiles y marchitos, es muy difícil para un hombre que, como yo, siempre ha vivido el presente. Aunque cuando las comencé buscaba justificarme, dejar bien limpia la estatua de bronce de mí que puede pasar a la posteridad, bucear en el pasado solo me produce melancolía. Más aún si pienso que dentro de unos años, los triunfos y miserias de mi generación, de mi vida, solo le importarán a unos pocos ratones de biblioteca. Pocos entenderán que, para conseguir grandes logros, a veces es necesario traspasar los límites.

—¿Tampoco le interesa que se conozca a Pilar, su historia de amor? —Ahora que le veía débil, sentía la necesidad de apretar un poco más. El destello de melancolía se apagó enseguida y los ojos del viejo se afilaron de nuevo.

—Sobre todo, no quiero que nadie hable de Pilar. Durante las últimas semanas me he dado cuenta de que no deseo que nadie piense, como adivino que usted hace, que la utilizo para limpiar mis actos menos nobles. No puedo, para mostrarme más humano, para sentirme querido, prostituir unos recuerdos que para mí son sagrados y que no debo compartir con nadie.

—Pero en realidad su gran legado será esa bomba tan terrible que acabará con todas las guerras, ¿no es así?

La cara del anciano volvió a entristecerse.

—También sobre eso he tenido ocasión de reflexionar, en parte gracias a usted, a su reacción de querer quemar esos planos para que no cayeran en malas manos, en las manos de cualquiera de los países que los desean para tener una ventaja definitiva sobre sus enemigos, para dominarlos o acabar con ellos. Usted estaba en lo cierto al intentar destruirlos. Yo estaba poniendo el poder de Dios en manos de los seres más insensatos de la creación. La estupidez humana siempre triunfará, nos llevará a la aniquilación de una forma u otra, no hay nada que yo ni nadie pueda hacer para evitarlo.

—Entonces ¿qué piensa hacer?

—A lo largo de mi vida he huido de salir en los periódicos, nunca he buscado el reconocimiento público. Ahora me he dado cuenta de que ese era el camino correcto. La vanidad de querer trascender a la muerte es solo una ilusión con la que he intentado dar sentido a mis últimos años de vida. La posteridad está sobrevalorada, la historia no nos necesita tanto como pensamos cuando somos jóvenes llenos de ambición. Ahora soy consciente de que mi destino es otro muy distinto que el de convertirme en el fabricante de armas que acabó con las guerras. Todos morimos, desaparecemos. Que nuestro recuerdo perdure no conseguirá que ni nosotros ni las personas que amamos vivamos un minuto más. Lo que me queda, como a la inmensa mayoría de la humanidad, es la oscuridad y el olvido.

—Lo siento, pero no le creo —dije con una sonrisa irónica. Aunque, como siempre, el viejo era muy persuasivo, sospechaba que, también como siempre, se guardaba un as en la manga—. ¿Me está diciendo que no va a hacer públicas ni sus memorias ni los planos de la bomba?

—Va a ser usted el único testigo de cómo sigo su ejemplo, de cómo acabo definitivamente con todos mis recuerdos, con todas mis ansias de gloria —afirmó Zaharoff mientras me daba la carpeta que tenía en la mano—. Venga conmigo. —Le seguí a la chimenea y allí me entregó la bolsa con el resto de los documentos.

—Hágame los honores —dijo mientras me señalaba el fuego. ¿Realmente quería que destruyese el trabajo de su vida? No era posible, tenía que haber un truco. Eché un vistazo a los documentos: parecían los mismos que yo había intentado robar la noche anterior.

—¿No debería pensarlo mejor? —Aunque solo fuera por todo el tiempo que había empleado intentando conseguirlos, destruir aquellos folios que contenían tantas miserias, tantos secretos, me parecía ahora un sacrilegio—. ¿No le gustaría conservar al menos sus memorias?

—¿No cree que el mundo puede prescindir del recuerdo de un hombre tan despreciable como yo? —preguntó con una sonrisa amarga. No supe qué responder. Tampoco podía mover un músculo—. ¿O es que siente perder todos los millones que le pagarían por estos documentos? ¿Es usted el Sancho que piensa en el dinero que se va a evaporar o el Quijote idealista que quiere librar al mundo de los malvados?

Una vez más, me daba la impresión de que Zaharoff jugaba conmigo.

—Venga, Pepe, no tenga miedo. Es solo papel.

Y una vez más, el gran vendedor me convenció: intentando no pensar, tiré las carpetas a la chimenea y las coloqué con el atizador para que ardieran bien.

—Gracias, Pepe —dijo el viejo mientras daba la espalda al fuego—. No sé si yo habría sido capaz de hacerlo. Ahora me siento mucho más tranquilo.

Continué observando inmóvil mientras las llamas empezaron a morder las hojas; cuánta gente se tiraría de los pelos o respiraría aliviada al saber que ya no existían las famosas memorias de Basil Zaharoff.

Y... 18

—¿Qué piensa hacer conmigo? —le pregunté al viejo después de un largo silencio contemplando las llamas—. ¿Me entregará a la policía como a McPhearson?

—Una simple detención no escarmentará a un traidor como McPhearson —respondió Zaharoff mientras arrojaba algún otro folio suelto a las llamas. Sentí cómo se me secaba la boca y volví a temer que el secretario y yo corriéramos la misma suerte que Nadel—. Conoce demasiadas cosas sobre mí, así que me encargaré de que lo envíen lejos, a un penal en la Guayana francesa donde cumplirá unos años en reclusión solitaria. Cuando vuelva, ya nada de lo que sabe tendrá importancia. —Yo estaba empapado de sudor. Miré a la puerta buscando instintivamente una vía de escape que no existía: detrás esperaban los gurkas—. En cuanto a usted, Pepe..., ha cumplido con lo que yo esperaba, así que creo que ha tenido suficiente castigo con el tratamiento al que le sometió Bonny durante su detención.

—¿Me va a dejar marchar? —Como otras veces, no le acababa de creer; tenía que haber alguna sorpresa más.

—Solo espero que el susto que le he dado esta mañana con el paseo en el furgón policial le sirva de escarmiento —añadió con malicia.

—Creía que me iban a liquidar —respondí aliviado. El peligro parecía que había pasado.

—Lo sé y le pido disculpas por esta pequeña broma. Para compensarle, tengo para usted un pequeño obsequio que quizás ya no esperaba. —Me entregó una libreta que, por la poca luz que había en la habitación, me costó un momento identificar: era un flamante pasaporte diplomático de Mónaco—. Me lo envió hace unos días el príncipe Luis, pero he creído que era mejor ver cómo se desarrollaban los acontecimientos de los últimos días antes de dárselo.

Sería hijo de perra... Lo que habría dado por tenerlo en mi poder solo unos días antes. Comprobé que llevaba mi foto, mis datos y todos los sellos necesarios.

—¿También fue idea suya que la princesa Carlota me utilizase para secuestrar a su hija?

—Ella buscaba a una persona que la ayudara, pero el resto lo provocó usted con su atractivo español. Como habrá podido comprobar, su alteza siempre lo hace todo a su manera; no puede usted decir que le engañó. Además, no debería usted ser ingrato: este es un recuerdo que le será útil toda la vida. Y no solo por ahorrarse una fortuna en impuestos —dijo mientras me miraba con satisfacción—. Eso sí, ya no necesitará el pasaporte para huir de Bonny: me encargaré personalmente de que el inspector no permanezca mucho tiempo más en la policía. Ha resultado un tipejo demasiado molesto.

—Bien, supongo que eso es todo, ¿no? —Tenía ganas de salir de allí cuanto antes. Estábamos en paz, yo intenté engañarle y él me había engañado a mí, no servía de nada quejarme, pero no me sentiría tranquilo hasta que me viera en la calle y lo más lejos posible de la avenida Hoche. No obstante, el viejo me hizo un gesto para que no fuera tan rápido.

—Todavía queda algo más. Ha jugado usted y ha perdido, como casi todos los que van al casino. Sin embargo, ya conoce la vieja costumbre del de Montecarlo: el *viatique*. Los buenos clientes que son desplumados siempre reciben una cantidad para que vuelvan a casa. Este es el *viatique* que he preparado para usted. —Me dio un sobre y dentro había un cheque con suficientes ceros como para vivir tranquilo una temporada. Lo puse encima de una mesa auxiliar y me encaminé a la puerta—. Le ruego que deje la dignidad a un lado y lo coja. Ya sé, probablemente pensará que se trata del dinero manchado de sangre de un traficante de armas, pero le pido que considere el regalo de alguien que a pesar de todo le aprecia.

—Que me aprecia y que no quiere que escriba nada de él.

Me dedicó una sonrisa melancólica.

—Piense que en el fondo se ha salido con la suya. Si en algún momento pensó en matar a este viejo, al maldito mercader de la muerte, esto es lo más parecido a hacerlo, borrar mi lugar en la historia, hacer desaparecer mi recuerdo. No ha expuesto a la opinión publica mis maldades, pero me ha robado la posteridad. ¿Le parece poco? No tendría sentido que ahora quisiera llevarme de nuevo a las portadas de los periódicos. En cualquier caso, puede hacer lo que le parezca más oportuno, no le pediré que firme ningún compromiso ni haré valer el contrato de confidencialidad. Con un apretón de manos será suficiente —dijo ofreciéndome la suya. Tardé un instante en estrechársela y él insistió—: Escriba lo que escriba, Pepe, le aseguro que todo seguirá igual. Le convertirán en un loco al que nadie toma en serio, en un inventor de teorías conspirativas. Y se seguirán fabricando armas, porque ningún gobierno está dispuesto a prescindir de ellas. La humanidad no sabe vivir sin la guerra. Es mejor que se lleve este dinero y que lo gaste en algo que merezca la pena.

Dije que me lo pensaría mientras me preguntaba si debían quedar impunes la corrupción, la codicia, la discordia que había sembrado Zaharoff. Quizás el mundo podría sobrevivir sin una historia que, como decía el anciano, pronto no importaría a nadie. O quizás yo no era la persona indicada para escribirla.

—Le echaré de menos. Tiene usted una bonita voz, el *Quijote* no sonará igual sin usted. —Zaharoff parecía haber adivinado mi decisión—. Pero ya lo decía Cervantes: «Como las cosas humanas no sean eternas, yendo siempre en declinación de sus principios hasta llegar a su último fin...».

—Usted tampoco recita mal; si sigue así, en unos años hablará perfectamente español.

El anciano sonrió y giró la silla para colocarla enfrente del retrato de su mujer que colgaba de la pared.

—Por favor, cierre la puerta al salir. Y diga que no me molesten. Quiero estar un rato a solas.

EPÍLOGO

El 27 de noviembre de 1936 la muerte de Basil Zaharoff ocupó la primera plana de todos los medios comunicación del planeta. Short, el mayordomo, encontró su cuerpo en la cama del Hotel de París de Montecarlo cuando fue a despertarlo por la mañana. Tenía ochenta y siete años. Después de innumerables falsas alarmas, los periódicos pudieron desempolvar las necrológicas guardadas durante tanto tiempo y, a falta de información veraz, llenas de inexactitudes, leyendas y anécdotas de tercera mano. Algunos lo ensalzaron como gran hombre de negocios y filántropo, otros muchos como la mano siniestra que provocaba las guerras y se enriquecía con ellas. «Gran maestro de los fantasmas», lo llamó el periodista español Cesar González Ruano en el artículo que le dedicó en el diario *ABC*.

La primera sorpresa surgió cuando se desvelaron los fondos a nombre de un magnate que se suponía a la altura de los Rockefeller, Carnegie y demás *robber barons* americanos.

Según el Banco de Inglaterra, a la fecha de su muerte Zaharoff solo disponía de fondos por una cantidad de un millón de libras esterlinas, una cifra importante (cerca de cien millones de euros al cambio actual), pero muy lejos de los cálculos oficiales que le suponían una fortuna cien veces superior. Algunos rumores hablaron de que *sir* Basil había creado un fideicomiso secreto en Luxemburgo a nombre de las hijas de la duquesa de Villafranca, pero lo cierto es que se perdió la pista del grueso de su fortuna. Tres quintos de la herencia oficial fueron a parar a Cristina Walford y dos quintos a la menor, Ángeles de Borbón, quien también obtuvo el palacete de la avenida Hoche y el castillo de Balincourt. A las personas a su servicio en el momento de su fallecimiento les correspondió el equivalente a la mitad del total de las cantidades que habían recibido durante los años que trabajaron con él. No hay constancia de legados para obras benéficas, a pesar de las numerosas donaciones que el millonario realizó en vida.

El nombre de Zaharoff volvió a saltar a los titulares el 18 de diciembre de 1936, menos de un mes después de su muerte. El llamado «hombre más misterioso del mundo» había sido enterrado en el castillo de Balincourt junto a su esposa, Pilar de Muguiro, y el primer marido de esta, Francisco María de Borbón, y ese día se encontró la cripta profanada por ladrones sin identificar. No tocaron la tumba de *sir* Basil, pero sí la de Pilar, probablemente en busca de un collar de esmeraldas con el que algunos creían que había sido sepultada. Se fueron con las manos vacías. Como tantos aspectos de la vida del enigmático millonario, aquellas joyas eran solo parte de la leyenda.

Después, la imagen de Zaharoff fue desvaneciéndose. Sus descendientes se repartieron entre Francia, España y Bélgica y muchos de ellos ni siquiera saben de su existencia. Tampoco los historiadores se han acordado de él. La devastación de la Segunda Guerra Mundial borró el recuerdo del mercader de la muerte y conflictos como Corea, Vietnam, Afganistán, Irak, Yemen y tantos otros demostraron que la humanidad no piensa dejar de matarse. Sin embargo, y como aventuraron en su momento Julio Verne, Alfred Nobel o Wilkie Collins, desde el descubrimiento de las armas nucleares, y gracias al miedo de los Gobiernos a la mutua destrucción asegurada, no se ha producido una confrontación directa entre las grandes potencias que las poseen. Al menos de momento.

A pesar de que en su tiempo Zaharoff inspiró a autores como George Bernard Shaw, Eric Ambler, Morris West y Upton Sinclair —que lo convirtió en el malvado de una exitosa saga de los años 30— o cineastas como Orson Wells —que lo usó de modelo para su película *Mr. Arkadin*—, la única imagen que sobrevive mal que bien en la mente de algunos es gracias a Hergé y a Tintín. Como he dicho en el prólogo, de estas aventuras de mi infancia rescaté hace unos años a este personaje y cuando leí lo poco que se sabe de él pensé que esa falta de información no podía ser casualidad. Finalmente, la historia del robo y destrucción de sus memorias, un hecho comprobado dentro de la nebulosa de una vida tan poco conocida, acabó por conformar en mi cabeza el argumento de esta novela.

¿QUÉ PASO CON...?

No he encontrado rastro de algunos personajes verídicos que rodeaban a Zaharoff —como McPhearson, Elan o Short— tras la muerte del mercader de la muerte y solo un dato insignificante sobre McDermott (una carta a una revista de música), pero muchos de los personajes de esta novela tuvieron historias que merece la pena reseñar:

Pierre Bonny. En 1934 se reabrió de forma inesperada una causa contra él por extorsión que había sido sobreseída cinco años antes y fue condenado a ocho meses de encarcelamiento en la prisión de La Santé, además de ser expulsado definitivamente de la policía. Durante unos años malvivió como periodista y detective privado, intentando siempre volver al cuerpo sin lograrlo.

Tras la ocupación de Francia por los alemanes, Bonny ingresó en 1941 en la Gestapo y fue nombrado teniente de las SS. Durante esos años participó activamente en interrogatorios y en la persecución de la Resistencia. Tras la victoria de los aliados fue capturado y sometido a juicio. Intentó librarse de la pena capital denunciando a sus colaboradores, pero fue condenado a muerte y fusilado el 27 de diciembre de 1944.

Carlota de Mónaco. En 1944, cuando Rainiero cumplió los veintiún años, Carlota cedió sus derechos sucesorios a su hijo. A partir de entonces, vivió permanentemente en el castillo de Marchais, en el norte de Francia, rodeada de sus perros. Se dedicó al trabajo social, principalmente en las cárceles, y su servicio doméstico estaba compuesto por expresidiarios rehabilitados.

La relación con sus hijos continuó siendo difícil y cuando Rainiero anunció su matrimonio con Grace Kelly, Carlota, que desaprobaba firmemente el compromiso con una actriz americana, llegó a la ceremonia a bordo de un coche que conducía su amante René Girier, más conocido en los ambientes penitenciarios como René «el Bastón», un famoso ladrón de joyas que se había fugado diecisiete veces de prisión en ocho años.

Tras la boda, Carlota nunca más pisó el principado de Mónaco y murió en París en 1977.

Pierre Polovtsoff. Continuó siendo director del Sporting Club de Montecarlo hasta su jubilación. Murió en Mónaco en 1965 a los noventa y tres años.

Nanny Wanstall. La niñera fue acusada del secuestro de Tini (que tuvo lugar en 1936 y que yo me he tomado la licencia de adelantar dos años), pero el caso fue sobreseído por considerar que la muchacha había dejado la casa de su padre por voluntad propia. Miss Wanstall continuó trabajando para la familia Grimaldi hasta el fin de sus días. Crio a los hijos de Antoinette y Rainiero, quien la consideraba su auténtica madre y que le regaló una pequeña casa junto al palacio del Príncipe.

Hans Günther von Dincklage. Durante años continuó su labor de espía, primero en el departamento de Prensa de la Embajada de Alemania en París y, cuando se descubrió que había creado una muy activa red de agentes (entre los que estaba su propia empleada doméstica), en el norte de África. Se divorció de su mujer medio judía para acatar las leyes de Núremberg y vivió varias historias amorosas con damas de la alta sociedad. Cuando la Wehrmacht invadió Francia, regresó a la ciudad con la misión de reclutar colaboradores entre los círculos influyentes del país ocupado. Lo hizo tan a conciencia que consiguió convertirse en el amante de Coco Chanel, el ícono de la moda parisina. Vivió con ella en el hotel Ritz hasta la derrota alemana y gracias a la diseñadora logró escapar a Suiza, donde continuaron su idilio hasta 1954. Von Dincklage murió en un accidente de automóvil en Palma de Mallorca en 1974.

Antoinette Grimaldi, Tini. Casada tres veces, Antoinette nunca se resignó a no reinar en Mónaco y urdió varios planes para reemplazar a su hermano Rainiero. La princesa Gracia acabó por impedirle el acceso a palacio y durante años vivió retirada en su casa de Eze, rodeada de sus perros y gatos.

Samba. Continuó custodiando la entrada del Hotel de París hasta que en 1941 se retiró y volvió a Senegal, donde trabajó como capataz en una empresa de silvicultura. Uno de sus hijos heredó el puesto de portero del hotel.

Émile. Siguió sirviendo cócteles en la barra del Hotel de París hasta después de la Segunda Guerra Mundial, cuando se pierde su rastro.

AGRADECIMIENTOS

A Manzana, que me sugirió el comienzo y el final de este libro. A mis implacables lectores cobaya habituales, Victoria Chapa, Javier Gutiérrez y Carmen, mi hermana. También en esta ocasión a Hiara Olivera. A David Moralejo, por darme la oportunidad de conocer el Hotel de París, y a Julia Berg, por enseñármelo. A Javier San Mateo Isaac-Peral, por la información de su tatarabuelo, la que he podido usar y la que quedó en el tintero, y por su archivo de prensa sobre Zaharoff. A Anita Coppet, por los datos sobre la vajilla y las joyas de Boucheron. A los descendientes españoles de Zaharoff, por no facilitarme más datos y dejar que yo imaginara mi propia historia.

Este libro se terminó
de imprimir en el mes de
abril de 2020